송화강

김용순 장편소설

송화강

초판 1쇄 발행 2024년 7월 26일

지은이 김용순
펴낸이 장현수
펴낸곳 메이킹북스
출판등록 제 2019-000010호

디자인 이정아
편집 이정아
교정 안지은
마케팅 김소형

주소 서울특별시 구로구 경인로 661, 핀포인트타워 912-914호
전화 02-2135-5086
팩스 02-2135-5087
이메일 making_books@naver.com
홈페이지 www.makingbooks.co.kr

ISBN 979-11-6791-584-9(03810)
값 16,800원

ⓒ 김용순 2024 Printed in Korea

※이 책에는 '을유 1945'체가 사용되었습니다.

잘못된 책은 구입하신 곳에서 바꾸어 드립니다.
이 책의 전부 또는 일부 내용을 재사용하려면 사전에 저작권자와 펴낸곳의 동의를 받아야 합니다.

홈페이지 바로가기

메이킹북스는 저자님의 소중한 투고 원고를 기다립니다.
출간에 대한 관심이 있으신 분은 making_books@naver.com로 보내 주세요.

송화강

김용순 장편소설

메이킹북스

송화강

 송화강은 만주어로 은하수를 뜻하는, '숭가리 울라'라 한다. 총 길이 약 1,960km로 백두산에서 발원하는 3대 강 중 제일 길다. 천지에서 북서쪽으로 흘러, 길림성 삼차하에서 눈강과 합친 다음 북동쪽으로 진로를 바꾼다. 그 후 하얼빈을 거쳐 흑룡강성 의란현에서 목단강을 만나고 가목사를 지나 러시아 아무르강과 합류한다. 이 강 유역, 길림, 장춘 일대는 고대 부여의 근거지였다. 고구려에서는 엄리대수라 불렀으며 주몽이 물고기와 자라의 도움으로 이 강을 건너, 남쪽 오녀산성에 도읍을 정했다. 이후 금나라 시조 아쿠타가 활동했으며, 누르하치가 여러 여진 세력을 병합하여 후금을 세운 지역이기도 하다. 이곳에서 흥망성쇠한 국가와 민족도 숱하게 많았다. 청나라 말엽부터 일제강점기까지 수많은 우리 한민족(韓民族)이 이 지역으로 이주하여 이 강의 언저리에서 벼농사를 일구며 생활의 터전으로 삼았다. (나무위키 참조)

| 목차 |

송화강   5
제1부 만주행   7
제2부 북만주   69
제3부 일소(日蘇) 전쟁   247
제4부 귀향   319

작가의 말   370

제1부
만주행

1

　산봉우리에서 붉고 노란, 단풍잎들이 산 아래로 성큼성큼 내려오고 있다. 추수가 끝난, 올망졸망한 논배미에 백설기를 뿌려 놓은 듯 하얀 무서리가 내려앉았다. 산그늘을 비집고 들어온, 늦가을의 설핏한 햇살에 논두렁의 잡초들이 생기를 잃고 꾸덕꾸덕 말라가고 있다. 볏짚 낟가리들이 지키고 있는, 텅 빈 들판에 하얀 바지저고리 차림의 농부가 무슨 일을 하고 있는지 부지런하게 삽질을 해댄다. 산자락에 다닥다닥 붙어 앉은, 초가들이 새파란 하늘에 아침 연기를 뭉실뭉실 피워올린다. 차창으로 바라본 농촌 풍경은 한없이 평화롭게 보이지만, 겉모습과 다르게 농민들은 가난과 싸우며 지친 삶을 이어가고 있을 것이다.
　차창 밖을 바라보며, 현규는 새삼 조선의 국토가 너무 좁다고 느꼈다. 좁은 땅도 모자라 7할이 쓸모없는 산지(山地)이다. 다투듯 마주보고 서 있는 산(山)들끼리 긴 대나무 장대를 걸치면, 빨래라도 말릴 수 있을 것처럼 가깝다. 농사를 지을 수 있는 곳이라고는 산과 산 사이에 끼어 있는, 손바닥만 한 땅들뿐이다. 완만한 곡선을 이루는 산과 맑은 물이 어우러져, 산수가 아름답기는 해도, 배고픈 농민들에게는 아무 소용이 없다. 이렇게 좁은 땅에 2천만 백성들이 코를 박고 치열한 생존 경쟁을 벌여야 했다. 애초부터 땅의 분배도 고르지 않았다. 많이 가진 사람, 조금 가진 사람, 전혀 가지지 못한 사람도 많았다. 땅을 가지지 못한, 농민들은 가난을 숙명처럼 떠안고 살아야 했으며, 가난은 대대로 세습되었다. 일본의 식민지가 된 이후에는 지배국 국민까지 가세하여 좋은 땅 대부분을 차지해, 농민들의 삶은 더욱 피폐해졌다.

중국이나 러시아처럼 땅이 넓었다면 지금보다 낫지 않았을까? 거기도 가진 사람과 가지지 못한 사람들의 격차가 조선과 조금도 다름없다고 들었다. 어느 나라건 땅은 힘 있는 사람들의 차지인 모양이었다. 남방의 안남국(安南國)처럼 사철 날씨가 따뜻하여 이모작, 삼모작으로 수확량이 지금의 몇 배가 된다면 배고픈 사람들이 없어질까? 조선이 독립된다면 농민들의 삶이 더 나아질 수 있을까? 지난 역사를 돌이켜 보아, 큰 기대를 할 수 없을 것이라는, 생각이 든다. 식민지가 아니었을 때도 지금과 다름없이 힘들게 살아왔기 때문이다.

새벽에 부산역을 출발한 기차는 이름 모를 간이역까지 일일이 챙기느라, 가다 서기를 반복하며 북으로 달린다. 산과 산(山) 사이의 좁은 틈을 뱀처럼 빠져나가기도, 오소리 굴처럼 캄캄한 굴속으로 들어가기도 한다. 뱀장어처럼 긴 몸통이 휘어지며, 오르막을 오를 때는 짐승처럼 헉헉대다 빽, 빽 소리도 지른다. 연신 뿜어져 나오는 하얀 연기가 하늘 높이 솟아올랐다가 안개처럼 내려앉는다. 대륙과 반도를 연결하는, 이 철도로 중국이나 조선에서 수탈한 자원을 일본 열도로 실어나르려는, 목적일 것이다. 자신들의 필요에 따라 건설했다지만, 먼 길을 단숨에 달려갈 수 있는, 기차가 조선 백성들에게도 한없이 편리하다는 사실은 인정하지 않을 수 없다. 발이 부르트며 보름을 걸어야 했던 경성(京城) 길도 이제 하룻밤이면 갈 수 있게 되었다. 축지법을 쓴다는 전설적인 도인(道人)도 이렇게 빨리 갈 수는 없을 것이다. 일본의 기술 덕분으로 조선의 전국이 하루, 이틀 생활권이 된 것이다. 이런 호사를 누리는 데는, 철길을 건설하고 굴을 뚫기 위해 강제 동원된, 수많은 조선 노동자들의 피와 땀이 있었다. 곳곳의 공사장에서 수많은 노동자가 다치거나 죽었다고 한다. 학교 친구, 재혁이의 할아버지도 추풍령 공사장에서 돌아가셨다 했다.

현규는 싸늘한 아침 공기를 가르며 북으로 달려가는, 기차의 차창에 기대어 한가롭게 농촌 풍경을 바라보고 있지만, 머릿속은 온갖 상념으로 가득했다. 주어진 현실에 대한 불만으로 호기롭게 군청을 사직하고 길을 나섰다. 하지만 자신을 기다리고 있을 미래에 대한 막연한 불안과 기대가 끝없이 교차되었다. 부모님이 자랑스러워하시던 군청 서기직을 그만두고, 천생연분이라는 신붓감까지 싫다고 뛰쳐나와, 불효막심한 자식이 되고 말았다. '자식은 마음대로 할 수 없다.'는 말이 있지만, 논까지 팔아 공부시킨 자식이 이렇게 큰 실망감을 안겨줄 줄은 모르셨을 것이다.

한없이 느린, 보통 열차는 돈 없는 사람들의 몫으로 승객들 대부분 조선 사람이다. 두루마기에 갓을 쓴 노인, 바지저고리를 입은 남자, 보통이를 안고 앉아 있는 여인네, 카쿠란(학생복) 복장의 고보생, 국민복을 입은 사람도 보였다. 모두가 어디에서나 흔하게 볼 수 있는, 삶에 지쳐 있는 백성들이다. 현규와 마주 보는, 앞자리에는 구포역에서 어린아이를 업고 짐 보퉁이까지 들고 올라 온, 아낙네가 앉았다. 차림새로 보아 예외 없이 어려운 듯, 지친 모습이다. 그녀는 하이칼라 머리에 국민복 차림으로 마주 앉은, 현규가 신경이 쓰이는지 슬쩍슬쩍 눈치를 보는 듯했다. 아이가 칭얼대자 주위를 살핀, 그녀는 저고리 속에서 하얀 젖을 끄집어내어, 오디 알처럼 까만 젖꼭지를 아이에게 물리고는 얼른 앞섶으로 가린다. 누비저고리를 입은 돌잡이 아이가 쪽쪽 빠는 소리까지 내었지만, 젖이 잘 나오지 않는지 빨다 말고 칭얼거린다.

 방금 지나간 물금역에서 바지저고리 차림의 머리를 짧게 깎은 중년 남자가 올라와 현규의 옆자리에 앉았다. 얼굴의 대부분을 차지하고 있는 주먹처럼 뭉텅한 코가 유별난, 그에게서 거름 냄새가 날 듯한 농군티가 났다. 기차가 밀양역에 멈추자, 상투를 틀고 챙이 좁은 갓을 쓴, 하얀 두루마기 차림의 중노인이 올라와 여자의 옆자리에 앉았다. 그가 비록 두루마기에 갓을 썼지만, 검은 얼굴과 투박한 손으로 보아, 역시 농군임이 한눈에 읽혔다. 마주 앉게 된, 두 사람 모두 나름대로 깨끗하게 차려입은 입성으로 먼 나들이를 하는 듯했다. 한동안 말없이 소 닭 보듯 멀뚱히 앉아 있던 두 사람이 기차 여행이 지루했는지 말을 주고받는다. 그들의 가래 섞인 듯한 쿨렁한 목소리가 크지는 않았지만, 현규도 그들의 대화를 자연스럽게 들을 수 있었다. 대화 내용은 특별하지도 않은, 방금 끝냈을 가을걷이 이야기였다. 두 사람은 간단한 인사말 끝에 공동 관심사인 농사 이야기로 이어졌다. 농민들이 만나면 아는 사이든, 모르는 사이든 그들의 생업인 농사 이야기는 빠지지 않는다.

"금년 농사는 잘 됐능기요?"

"아이고, 말도 마이소. 날씨가 가물어 겨우 한 섬 채울까 말까 했어예. 그것 가지고 소작료 떼고 나면 뭐가 남겠소."

그의 말처럼 금년에는 봄 가뭄이 심해 모심기부터 농민들의 애를 태웠다.

"그래도 우리보다는 낫네요. 우리는 천수답이 많아 한 섬도 몬 채웠심더."

"그쪽에는 소작료를 몇 할이나 냅니꺼?"

"우리 동네에는 대부분 삼칠이라요."

"그 동네는 우째 그렇노. 우리는 사륙제인데."

"지주를 잘 만나 그런 거겠지요."

"지주고 뭐고, 더러바서 못 부쳐 묵겠소. 평소에 온갖 궂은일 다 시키 묵으면서 타작 때는 이삭까지 어김없이, 챙겨 가이께요."

"그거야 어데 없이 마찬가지지요."

"밀양 쪽은 들이 넓어 동척(東拓) 논이 많지예? 동척은 좀 낫다 카던데."

"나으면 얼마나 낫겠소. 거기서 거기지요."

그나마 동척 논의 소작료는 논의 등급에 따라 일정하게 매겨져 있기는 했다. 동척은 걸핏하면 불러 잡일을 시키는 개인 지주와 달리, 귀찮게 하지는 않는다.

"예전에 우리 젊을 때만 해도 이렇게까지 어렵지는 않았는데. 해가 갈수록 살기가 더 애럽아지니, 무슨 세상이 이런지."

"말하는 거 보이께, 이녁도 예전 토지조사 때 논마지기 깨나 빼깄는 모양이지예?"

"말도 마이소. 하천부지라 카면서 4마지기나 빼깄소."

"우리도 마찬가지라요. 옛날 아버지 때 개간하여 부쳐 묵던 논 5마지기를 문서가 없다꼬 내놓으라 카데요. 그 논 지금은 왜놈 논이 되어 있소. 생각할수록 빼가 아파 죽겠소. 그것만 있어도 지금보다 살기가 훨씬 나을 낀데."

그들의 대화 내용으로 보아, 둘 다 남의 논을 부치는, 소작인들로 어느 정도의 자작도 겸하고 있을 것이다. 그들의 금년 소출은 마지기 당 벼, 1석(石) 정도이고 천수답은 1석도 못 했다고 한다. 이어지는 대화에서 소출과 소작료, 공출, 부역 등, 불평과 한숨도 새어 나왔다. 소출은 논에 따라 다르고, 소작료는 동척이나, 일본인 지주, 조선인 지주가 거의 비슷했다. 하지만 어떤 지방에서는 일본인 지주가 더 독하다고 하기도, 또 어떤 곳에서는 조선인 지주가 더 독하다는 소문도 있었다. 소작료는 지방에 따라, 논에 따라, 지주에 따라 조금씩 차이가 나지만, 대부분 삼칠제, 사륙제로 악덕 지주는 반타작을 요구하기도 했다.

이들은 이미 20년도 더 지난, 전국적인 토지조사 이야기까지 끄집어내었다. 그들의 생존 문제가 걸렸던, 뼈아픈 기억을 아직 잊지 못하고, 아쉬워하고 있었다. 당시 그렇게 빼앗기지 않았다면 자작(自作)논이 많아, 지금보다는 훨씬 형편이 나을 것이다.

현규가 태어나기도 전, 9년 동안 총독부는 국유지 조사에 이어 전국적인 토지조사를 위해 대대적인 측량을 실시했다. 당초 목적은 공평한 지세(地稅)와 소유권 보호, 생산력 증진 등이라 했다. 하지만 실제는 총독부의 지세 수입 증대와 일본인들의 토지 소유를 용이하게 하기 위함이었다. 조상 대대로 경작하던 논이라 할지라도 문서를 구비 하여, 기한 내에 신고해야만 자신의 논으로 인정받을 수 있었다. 대부분 배우지 못한 농민들이라 복잡한 절차와 짧은 신고 기간으로 많은 농가가 신고를 놓쳤다. 친한 이웃끼리 구두로 사고팔거나, 산자락을 개간한 농지, 하천부지 등의 애초부터 문서가 없었던 농지, 동네나 문중에 속해 문서가 없어진 농지 등도 모조리 빼앗겼다. 농민들은 문서에 대한 개념 자체가 없었을뿐더러, 문서가 없어도 농사짓는 데 별다른 지장이 없었기에 언제 없어졌는지? 알지 못하는 경우가 많았다. 빼앗은 농지는 총독부에서 동양척식주식회사나 일본인들에게 헐값에 넘겨주었다. 어느 지방이랄 것도 없이 좋은 농지 대부분은 동척이나 일본 사람들의 차지가 되어 버렸다. 이렇게 소유주가 바뀐 농지는 조선 농민들의 소작지가 되어 되돌아왔다. 심지어 자신의 소유였던 농지를 다시 소작을 얻어 경작하기까지 했다. 애초 동척은 일본인들을 이주시켜 조선 농민들에게 농업 기술을 전수해주기 위함이라고 했으며, 조선인들의 소유지와 주거를 침해하는 일은 결코 없을 것이라고 안심시켰다. 하지만 결국 강탈한 농지의 수혜자는 동척이나 일본인들이었다. 농지 강탈은 평야 지대의 옥답들뿐 아니라 산골에도 예외가 없어, 현규의 고향 마을도 다르지 않았다. 그의 집만 해도 대대로 지어먹던 뒤뜰 문중 논, 3마지기를 문서를 찾지 못해 빼앗기고 말았다. 옆집 안동댁도 개간한 논 2마지기를, 뒷집 칠산 댁도 하천부지라며 5마지기를 빼앗겼다. 어른들 이야기로 당시 현규의 동네만 해도, 전체 농지의 4할 넘게 빼앗겼다고 했다. 농민들은 날벼락을 맞은 듯 기막혀하고 억울해했지만, 별다른 방법이 없었다. 격렬한 항의는 순사와 헌병들의 폭행과 더불어 감옥으로의 직행이었다. 당시 면내(面內)에도 심하게 저항하다 감옥 간 사람이 더러 있었으며 전국 곳곳에서 상당히 오랫동안 거센 항의가 잇달았다. 김해 지역에도 땅을 빼앗기고 항거하는 농민들뿐 아니라, 과도한 소작료로 인한 소작쟁의로 투옥된 이들이 많아, 부산형무소가 미어터질 지경이라고 했다.

2

현규는 마을 입구에 세워진, 4년제 보통학교를 졸업하고 이웃 면의 소학교에서 5~6학년 과정을 마쳤다. 형편이 어려운 대부분의 소작농가들은 아이들을 학교에 보내지 못했다. 보통학교 사친회비는 그리 비싸지 않았지만, 밥을 굶을 형편인 소작인들에게는 적은 돈이라 해도 있을 리가 없었다. 농촌에서는 한 푼이라도 마련하려면 곡식을 팔아야 하지만 땟거리도 부족한 형편에 팔 곡식이 있을 턱이 없었다.
현규 아버지 덕섬 어른은 형제들 가운데 제일 총명한, 그를 소학교 졸업 후 상급학교로 진학시켰다. 현규처럼 고보(高普) 진학은 마을에서 특별한 경우였다. 그가 소학교를 1등으로 졸업했을 뿐 아니라 도(道)내 수재들만 모인다는, 농업학교 입학시험에 합격했기 때문이었다. 마을에서 유일한 조선인 지주인, 면장 집 아들과 나란히 응시하여 현규만 붙었다. 인심을 잃은 면장 집 보란 듯이 합격한, 현규에게 마을 사람들의 치하가 쏟아졌다. 이에 기분이 좋아진 덕섬 어른은 골안 논 2마지기를 팔아 입학금을 마련하여, 진학시켰다.

실업계 고보(高普) 과정인 김해공립농업학교는 그 희소성으로 전국적으로도 이름나 있는 학교였다. 일반계 고보는 조선인 학교와 일본인 학교가 분리되어 있었지만, 실업계 고보는 두 나라 학생들이 같이 공부했다. 조선 학생들은 일본 학생들과 경쟁해야 하기에 입학시험뿐 아니라 학비 등, 모든 면에서 불리했다. 수적으로도 일본 학생들이 2/3 정도로 많았고 차별도 심했다. 그렇기에 양국 학생들 간에 마찰도 끊기지 않았다. 우월의식을 가진, 일본 학생들의 행패가 심해, 때로 집단 패싸움이 일어나기도 했다. 현규가 4학년 때, 조선 학생과 일본 학생의 사소한 말다툼으로 시작된, 싸움이 살인으로까지 간 적도 있었다. 쌍방 간에 주먹질을 주고받았지만 대체로 조선 학생들의 판정승이었다. 조선 학생들은 일본 학생들과 비교해, 키가 크고 건장했으며 공부도 잘했다. 이 일로 현규와 친구들 9명이 열흘간의 정학 처분을 받았다. 마찰이 있을 때마다 한결같이 조선 학생들에게 불리한, 편파적인 처벌이었다. 싸움은 그것으로 끝나지 않았다. 싸움이 있은 지 보름쯤 후, 생림면에 사는 친구 광호가 야산에서 시체로 발견되었다. 피투성이가 된 광호가 어떤 처치도 받지 못한 채, 죽어 있었던 것이었다. 싸움을 제일 잘하는, 광호의 하굣길을 지키고 있던 일본 학생들의 집단 폭행으로 벌어진 일이었다. 뒷배가 든든한 일본 학생들은 조금도 거칠 것이 없었던 것이었다. 이 일로 전교의 조선 학생들이 들고일어나, 가해 학생들의 엄중 처벌을 요구하며, 수업을 거부했다.

김해가 발칵 뒤집힌 사건이었지만, 경찰에서 가해 학생들에게 어떤 처벌을 내렸는지는 알지 못했다. 주동자를 퇴학시켜 일본으로 보냈다는 이야기도 있었으나, 어디까지나 소문일 따름이었다. 어떤 처벌이 내려졌건 조선 학생들의 동요를 잠재우기 위한 눈가림일 따름이었다.

"우리 조선도 땅이 넓고 인구가 많은, 중국이나 러시아 같은 대국이었다면 일본한테 이래 쉽게 묵히지는 않을 낀데."
"아이다, 땅덩어리가 넓다고 꼭 강한 나라가 되는 것은 아잉기라. 땅끝이 보이지 않는다는 중국이나 러시아 같은 대국도 섬나라인 일본을 이기지 못했다 아이가. 중국은 지금도 중일전쟁에서 계속하여 밀린다 카데."
"맞다, 중국이 만주를 내어주고도, 못 이기고 있다 앙이가. 북쪽의 대국이라는 러시아도 만주와 조선을 놓고 일본과 서로 묵을라꼬 싸우다가 결국 지고 말았제."
"그래도 중국이나 러시아는 조선처럼 식민지가 되지는 않았는 기라. 작은 일본이 큰 나라를 통째로 묵기에는 어려봤던 모양이지."
"이런 것을 보면 땅덩어리가 넓고 인구가 많다고 반드시 강국이 되는 것은 아인기라. 그보다는 과학기술이 강국(強國)을 만드는 필수조건인 기라. 군함, 전투기, 대포 등 신식무기 앞에서는 아무리 군대가 많다 캐도 뭐하노. 일본이 일찍부터 서양의 선진 문물을 받아들여 과학기술이 엄청나게 발달했기에 대국을 상대로 전쟁을 일으킬 수 있었던 기라."
"그것도 그렇지만, 조선이 비록 소국이라 해도 왕이나 대신들이 좀 더 정치를 잘했으면 허무하게 나라를 뺏기는 일은 없었을 낀데."

"잘하는 기 다 뭐꼬. 오히려 나라를 팔아먹은 놈들인데."

"우리가 아무리 그래사면 뭐 하겠노. 어차피 졸업하면 왜놈 밑에서 일해야 할 건데. 우리가 다른 데 갈 데가 어데 있노?"

거창에서 유학 온 혁수의 자취방에 친구들이 모여, 짧은 지식으로 제각기 한마디씩 했다. 아무것도 모르던 농촌 소년들이 일본이 세운 교육기관에서 일본인 선생에게 교육받았지만 스스로 조선과 일본의 현실, 더 넓은 세상에 대해 조금씩 눈을 뜨게 된 것이었다. 현규도 자신이 태어나기 전부터 일본이 지배하고 있었기에, 세상에 대한 어떤 의문도 가지지 않았다. 일본은 이 세상의 전부이며, 세계에서 가장 힘센 나라로 생각했다. 코흘리개 보통학교 때부터 군국주의 교육과 일본 국가인, 기미가요를 흥얼거리며 자라났다. 보통학교 1~2학년 때까지는 조선어를 배웠으나 그 이후로는 조선어(朝鮮語)나 조선의 역사 등은 배워본 적이 없었다. 소학교 때부터 가타카나 히라가나 등 일본어와 조몬, 야요이, 아스카, 나라, 막부시대 등 일본의 역사와 메이지 천황, 오다 노부나가, 도쿠가와 이에야스 등 일본의 인물에 대해, 공부했다. 천황 폐하가 조선에 열거할 수 없을 정도로 많이 베풀어 준, 혜택에 대하여 배웠다. 천황 폐하는 하늘이며 우리는 그 은혜에 자나 깨나 감사해야 한다고 들었다. 방방곡곡에 철도를 놓아 천릿길도 하루아침에 다니게 해주었다. 신작로를 닦아 자동차가 다니게 했으며 전깃불로 온 세상을 환하게 밝게 했다. 학교를 세워 누구라도 신식 교육을 받을 수 있게 했으며 우편소를 세워 편지를 보내고 전보를 칠 수 있게 하는 등등이었다. 현규는 자신이 태어나기도 전, 전국적으로 일어났다는 의병들과 기미 만세 사건, 독립운동이라는 말을 뒤늦게 듣기는 했지만, 별다른 관심을 가지지 않았다. 독립이라는 말은 입 밖으로 낼 수 없는 금기어였으며 자신이 태어나기 전 이웃 장유면 장터에서 일어났다는 만세운동도 까마득한 전설처럼 생각했다.

하지만 현규는 5년간의 고보 과정에서 국가관이나 세계관뿐만 아니라 조선이 처한 현실에 의문과 회의를 가지기 시작했다. 특히 일본 학생들과의 차별에 분노를 느끼면서 민족에 대해 생각하게 되었다. 일본이 세운 학교에서 일본식 교육을 받으면서 오히려 민족의식이 싹트기 시작한 것이었다. 학년이 올라갈수록 일본식 교육은 더욱 강화되었지만, 조선의 현실에 대한 불만과 회의는 커져만 갔다. 평소 책을 좋아하는 그가 도서관에서 책을 읽거나 총독부 기관지 매일신보를 보면서 세상을 알아 나갔다. 친구들이 가져온 민족 신문, 조선일보, 동아일보, 중외일보 등과 민족지도자들의 저서, 소위 불온서적들을 몰래 읽으며 민족의식을 키워나갔다. 일본에 항거한, 테러범이나 불령선인에 대한, 기사를 접하며 그들이 진정한 민족의 영웅임을 깨닫게 되었다. 친구들과 학교나 사회에 대한 불만, 농촌이 처한 어려움 등을 토론하며 나름대로 조선의 현실을 진단하기도 했다. 일본에 충성할 인재를 키우기 위해 세운, 교육기관에서 교육받은 학생들이 엉뚱한 생각을 하고 있다면 분명 식민지 교육이 잘못되었다 할 수밖에 없을 것이다. 현규와 친구들은 조선이 일본의 지배를 받는, 현실에 울분을 토로하지만, 그들이 할 수 있는 일이라고는 모여서 불평하는 것 외는 아무것도 없었다.

어차피 그들은 졸업 후, 군청이나 면(面), 금융조합, 수리조합, 산림

조합, 측량국 등 총독부 산하의 기관에 취직해야 했다. 그렇지 않으면 현실적으로 밥 벌어먹을 수 있는 곳이 어디에도 없었다. 농업학교를 나왔지만, 농사를 직업으로 선택할 수 있을 만큼 넓은 농지를 가지지 못했을 뿐 아니라 애초 농사 잘 지으려고 농업학교에 입학하지 않았다. 졸업 후 일본이 만든 기관에 취직하여 맡은 일에 충실하다 보면 오히려 왜놈의 앞잡이라는 소리를 듣기 십상이다. 그들은 민족의식과 현실 사이에 갈등하지 않을 수 없는 처지가 되고 말 것이다. 하지만 누구도 이런 현실을 거부할 만한 힘과 용기를 가지지 못했다. 조선인들의 존경을 한 몸에 받으며 국내에서 독립운동을 주도했던, 문화계, 종교계, 교육계의 민족 지도자들조차 친일로 돌아서거나, 오히려 적극적으로 일본을 찬양하고 있는 실정이다. 이런 현실에서 조선이나 민족이라는 멀고 거대한 담론보다는 당장 눈앞에 닥친, 자신과 가족들이 먹고사는 문제와 안위가 중요할 수밖에 없었다. 그들은 '일본이 이렇게 강한 나라이고 영원히 망하지도 않을 것이다. 힘없는 조선인의 저항은 달걀로 바위를 치는 것과 다름없다.' 불만이 있더라도 현실에 호응하며 살아갈 수밖에 없다고 생각했다.

 이런 생각은 농민들도 마찬가지였다. 현규 아버지 덕섬 어른이나 마을 사람들도 오랜 식민 지배가 이어지면서 과한 소작료나 과도한 공출, 부역 등으로 불만이 팽배해 있었지만, 그 불만이 민족의식으로 연결되지는 못했다. 대부분 배움이 모자라고 경제적으로 쪼달리고 있어, 민족이나 국가를 생각할 여유와 식견이 없었다. 이런 상황에서 소작 쟁의도, 단체 쟁의도 일으키지 못하고 체제에 순응하는 수동적인 삶을 살고 있을 뿐이었다. 일본 순사나 헌병보조, 면서기,

면장 등 수탈에 앞장서는 관리들을 미워하기는 했지만, 처벌이 두려워 주도하거나 조직적으로 저항하지 못했다. 하지만 지렁이도 밟으면 꿈틀거리듯, 때로 무리한 부역이나 공출 등으로 조선인 면서기나 구장에게 강한 불만을 토로하기도 한다. 특히 빈번히 동원되는 신작로 공사, 사방공사, 다리 공사 등 무리한 부역은 거부하기도 했다. 그렇다 해도 어디까지나 개인적이지 단체행동을 하거나 조직적인 저항을 하지는 못했다.

3

현규는 농업학교 졸업 후 학교의 추천으로 하동군청 서기가 되었다. 고보를 졸업하면 보통문관 시험을 치른 것과 같은, 하급 관리가 될 수 있는 자격이 주어졌다. 부모님은 군청 공무원이 된 그를 자랑스럽게 생각하셨다.

조선인들이 고급공무원이 되려면 내지(內地)인과 마찬가지로, 고등문관 시험을 치러야 했다. 일본 동경에서 실시하는, 고등문관 시험에 합격하면 판검사나 고급관료를 할 수 있었다. 하늘의 별 따기라는 고등문관 시험은 식민지가 된 지 30년도 더 되는 동안, 조선인 합격자는 300여 명에 지나지 않는다고 했다. 평범한 조선 농민의 자식으로서는 감히 꿈꾸기 힘든 일이었다. 일반 공무원이 되는, 보통문관 시험도 조선인들에게는 쉽지 않았다. 학력 불문이라지만 일본어 능력뿐만 아니라 일본의 역사와 문화에 대한 지식과 이해도가 높아야 했다. 조선인들은 고보 졸업만 해도 그 희소성으로 인텔리 대우를 받으며 농사일에서 벗어날 수 있는, 기회를 얻을 수 있었다.

현규는 고보 과정만으로는 공부가 부족하다고 생각했다. 경성에 있는 대학이나 전문학교에 들어가거나, 일본으로 유학하여 공부를 계속하고 싶었다. 대학이나 전문학교를 나와야 출세를 보장받으며, 진정한 지식인으로 대우받을 수 있기 때문이었다. 경성에는 제국대학뿐만 아니라 혜화, 보성, 연희, 이화 등등의 사립 전문학교가 개교하고 있었다. 하지만 현규의 집 형편으로는 일본이나 경성 어디에도, 손톱만큼의 가능성도 없었다. 아버지를 설득한다고 해서 될 일도 아니었다. 대학 공부는 지방의 고보(高普) 과정에 드는 비용과는 하늘과 땅 차이였다. 대지주의 자식이 아닌, 평범한 농촌 출신으로서는 감히 엄두도 낼 수 없는 일이었다. 그나마 고보 과정이라도 마칠 수 있었던 것만으로 감사해야 할 일이었다. 꿈이 아무리 크다 해도 그가 할 수 있는 일은 한정되어 있었다.

하동군은 지리산과 섬진강이 어우러져, 수려한 풍광을 자랑하는 곳이었다. 하동과 구례를 가르는, 섬진강은 경치가 아름다워, 그의 고향 김해와는 비교되지 않았다. 하동읍이 있는, 강 하류에는 바닷물이 드나드는 기수지역으로 봄이면 알이 가득 찬 재첩이 많이 잡혀, 그 국물 맛은 가히 일품이었다. 뿐만 아니라 하얀 모래와 울창한 노송이 우거진 백사장은 빼어난 명소로 이름난 곳이었다. 현규도 타향살이가 외롭거나 정신적으로 피로가 쌓일 때, 곧잘 이곳으로 나와 휴식을 취하곤 했다. 하동도 비교적 들이 넓은, 평사리 지역을 제외하면 여느 지방과 마찬가지로 농지가 협소하여 농민들의 생활은 매우 궁핍했다. 평사리 넓은 들판도 대부분 일본인 차지가 되어, 조선인들은 소작농으로 바뀐 지 오래였다.

그가 비록 상급학교 진학의 꿈을 접고 군청 근무를 시작했지만, 직장 생활에 대한 일말의 기대를 품은 것도 사실이었다. 쇼와 천황과 7대 총독 미나미 지로의 사진과 '총동원', '진충보국', '내선일체' 등의 각종 구호가 붙어 있는, 사무실에서 천황과 일본 국기에 대한 경례와 반자이(만세)를 외치며 하루 업무를 시작했다. 그가 군청 근무를 시작하기 한 해 전(1939. 11) 개정된, 조선민사령에 따라 김현규를 일본식 이름, '가네야마 히데키요(金山秀潔)'로 창씨개명해야 했다. 총독부가 줄곧 내선일체를 외쳤지만, 30여 명의 직원 가운데 간부급은 대부분 일본인이었고 일본인 직원과의 차별은 그의 자존심을 상하게 했다. 힘들고 험한 일은 조선인들이 도맡아 해야 했지만, 대우에는 많은 차이가 났다. 일본인 직원은 외지(外地)수당이라는 명목으로 조선인 직원보다 월급이 2배(倍)도 더 되었다. 농민들과 접촉해야 할 일은 대부분 면사무소로 하달되지만 직접 나서야 할 일은 조선인 서기를 앞세웠다. 현규의 업무도 일본인 간부와 면 직원, 농민들 사이에서 부대껴야 하는, 단 하루도 마음 편하게 할 수 있는 일이 아니었다. 그가 맡은 일이 주로 농촌 진흥이라고 하지만 실제로는 간접적인 자원 수탈과 일본화(化) 교육이었다. 자력갱생해라, 산미를 증산해라. 일본 말을 배워라, 신사참배 해라, 창씨개명 해라, 양력설을 쇠어라. 술을 적게 마셔라, 흰옷을 입지 말아라. 여자들도 일해라, 공출을 잘 바쳐라, 부역 나와라 등등이 농촌 계몽이라는 명목으로 농민들에게 강

요되었다. 하지만 농민들은 이 같은 지시를 잘 따르지 않을 뿐 아니라 오히려 저항했다. 옷에 검정 물을 들여 입으라고 지시해도 흰옷을 그대로 입었고, 아무리 양력설을 쇠라고 해도 말을 듣지 않았으며, 상투를 자르라며 귀찮게 해도 여전히 상투 머리가 많았다. 미국과의 전쟁(1941. 12)이 새롭게 시작되면서 도청에서 군으로 내려오는, 지시 사항이 부쩍 더 늘어났다. 징용자를 지원시켜라. 군수공장에 보낼 정신대원을 모집하라. 각종 군수 물자의 공출 독려뿐 아니라 국방헌금 모금, 전사자나 사상자 가족 위문과 후원금 등 후방 전시업무를 적극적으로 수행해야 했다. 저조한 실적으로 도청으로부터 매일같이 닦달받고 있는, 군청은 하급 관청인 면(面)을 다그치지 않을 수 없었다. 결국에는 더 내어놓을 것도 없는, 농민들만 시달릴 수밖에 없는 형편이었다. 때로 면 직원들과 함께 화개, 악양, 묵계 등등의 마을을 다니면서 구장과 농민들을 격려하고 독촉했다. 그 가운데 농민들의 거센 항의를 받기도, '왜놈의 앞잡이'라는 소리를 듣기도 했다. 농민들을 직접 닦달해야 하는, 조선인 관리들은 욕을 먹을 수밖에 없는 실정이었다. 농민들로서는 '때리는 시어머니보다 말리는 시누이가 더 밉다'는 말처럼 직접 다그치는 조선인 관리가 더 미울 수밖에 없을 것이다. 하급 관리로서 윗선에서 시키니 어쩔 수 없다고 하지만 농민들에게 변명이 될 수는 없었다. 현규는 왜놈의 앞잡이라는 소리를 들어가며 내가 지금 무슨 짓을 하고 있나 싶기도, 언제까지 이 일을 계속할 수 있을지 의문이 들기도 했다.

하동군수는 청주 출신의 27세 조선인 청년으로 경성제국대학 법과를 졸업하고 고등문관시험에 합격한 이태영 씨였다. 식민지 청년으로서 가장 빠른 출세는 고등문관 시험에 합격하는 것이었다. 합격의 영광을 누리며 군수로 임명되었지만, 초임부터 맡은 업무는 조선 백성들을 다그쳐야 하는 일이었다. 그가 노골적인 친일행위는 하지 않았지만, 군수라는 직책은 총독부나 도청의 지시를 적극 수행하지 않으면 유지할 수 없는 자리였다. 명색이 군수라지만 조선인이라는 한계가 있어, 군정의 실질적인 권한은 일본인 간부가 쥐고 있었다. 이 군수도 자신의 임무와 조선 백성들 사이에서 심적 갈등을 겪고 있는 듯했다. 현규는 민족의식을 억누르고 능동적으로 군정을 수행해야 하는, 이 군수의 고뇌를 충분히 이해할 수 있었다. 가끔 사적인 대화에서 그가 얼마나 갈등하고 있는지 짐작되었다. 누구도 체제에 대한 불만을 입 밖으로 낼 수 없지만, 이심전심으로 통하고 있음을 느낄 수 있었다. 현규와 이 군수는 동병상련을 앓고 있다는, 동질감 때문인지 하늘과 땅 같은 계급 차이를 뛰어넘어 남달리 가깝게 지냈다. 현규보다 네 살 연상으로 형뻘인 이 군수는 개인적으로 현규를 동생 대하듯 했다. 고향에 가족을 두고 혼자 내려와, 외로움 때문인지, 가끔 퇴근 후 관사로 현규를 부르기도 했다. 사무실에서도 "김 서기 점심 먹었어?" 하며 언제나 따뜻한 눈길을 보내기도 했다. 현규도 이 군수에게서 형처럼 친근감을 느끼며, 식견과 지성을 갖추고 반듯한 인품의 군수를 존경할 뿐 아니라 한없이 부러워했다.

4

 현규가 나고 자란 마을은 낮은 산들에 둘러싸여, 들이 넓지 않아 궁핍한 편이었다. 가구 수도 많지 않아, 아래, 윗마을 합쳐도 100여 호에 지나지 않았다. 현규 집은 부농(富農)이라 할 수는 없으나, 남의 땅을 소작하지는 않아도 되었다. 그의 선대(先代)가 변변한 벼슬은 하지 못했지만, 적지 않은 농지를 물려 주었기 때문이었다. 한 해에 20여 석(石)을 하는, 자작농이라 해도 형편이 그리 넉넉한 것은 아니었다. 농사를 지어 양식뿐 아니라 가용(家用)으로도 써야 하고, 부쩍 늘어난 세금과 공출까지 바치고 나면 남는 것이 없었다. 식량을 보태려면 일부 논에 보리농사도 지어야만 했다. 밭은 웬만한 땅은 논으로 만들었기에 그리 많지 않았다. 밭에는 주로 콩, 팥 등 잡곡을 심었다. 배추, 파, 고추 등 양념류는 밭 귀퉁이에 조금씩 심을 뿐이었다. 수확한 잡곡은 양식으로 보태고 읍내 장에 나가 팔아, 필요한 물건을 사기도 한다. 마을 사람들 대부분은 자가 농지만으로는 식량이 부족하여, 소작을 부쳐야 했다. 거의 면장 집 소작인들이고 나머지는 동척이나 일본인 사까모도 농장의 소작농들이었다. 소작도 몇 년씩 오랫동안 부쳐 먹을 수 있는 것은 아니었다. 걸핏하면 농사를 잘 못 지어, 소출이 적게 나왔다는 등, 이런저런 이유로 떨어지기 일쑤였다. 빈곤한 소작 농가들은 다음 해 추수까지는커녕 겨울을 지나고 나면 식량이 바닥났다. 봄여름을 보리쌀, 잡곡, 채소 등으로 겨우 버티다가 초가을 벼가 채 익기도 전에 베어다 가마솥에 찐 다음, 방아로 찧어 껍질을 벗겨 먹는다. 그렇게 해도 추수 때까지 버티지 못

하는 농민들은 장리(長利)를 낼 수밖에 없었다. 지주들은 형편이 어려운 농가의 논을 담보로 고리의 장리를 놓았다. 1석을 빌리면 가을에 최소한 1석 반을 갚아야 했다. 흉년이 들어 제때 갚지 못하면 담보 잡힌 논을 넘겨주어야 하지만 그렇게라도 하지 않으면 굶어야 하기에, 어쩔 수 없는 일이었다. 일본인 지주들은 거간꾼을 앞세워 농지를 사 모았으며 좋은 논은 마지기당 20원도 더 쳐주었다. 비교적 좋은 가격이지만, 조선의 농지 가격은 일본의 몇 분의 일밖에 되지 않을 정도로 싸다고 했다.

  농촌의 생활도 예전과 많이 달라졌다. 일본에서 하루가 다르게 새로운 물건들이 쏟아져 들어오고부터 쓰임새도 많아졌다. 누구나 편리하고 좋은 신식 물건을 한번 써보면, 옛날 물건들은 눈에 들어오지 않기 마련이다. 방직공장에서 생산되는 광목과 옥양목을 비롯하여 고무신, 석유, 화장품, 화투, 자전거, 사탕 등등은 농촌의 일상을 바꾸어 놓았다. 광목이나 옥양목을 보고 삼베길쌈을 하려 하지 않았으며 고무신을 두고 짚신을 삼아 신으려고 하지 않았다. 논에도 퇴비뿐 아니라 새롭게 들어온, 효과 좋은 화학비료를 뿌려야 했고, 농한기에 심심풀이로 하던 골패조차 화투로 바뀌었다. 지금은 물건들 대부분 배급제로 바뀌면서 귀해졌을뿐더러 장마당으로 흘러나오는 물건들도 값이 비싸졌다. 쓰임새가 늘어난, 농가에서는 소득을 늘려 보려고 소나 닭, 염소, 돼지 등 가축을 기르기도 했다. 농사를 지으려면 농우(農牛)는 필수적으로 길러야 했고, 다른 가축들은 길러서 장에 나가 팔거나 잔치나 초상 등 대사(大事)가 있을 때 도축하기도 했다. 덕섬 어른 집에도 돼지를 두어 마리 키우고 있었다. 돼지는 풀만으로는 키울 수 없고 곡식 찌꺼기라도 먹여야 했기에 식량이 부족한 집에서는 기를 수 없었다. 현규의 마을에는 일본 이주민들이 살고 있지 않았지만 들이 반반한 면사무소와 주재소, 양조장이 있는 전곡마을에는 몇 가구가 일본식 집을 짓고 살고 있었다. 일본에서는 별 볼 일 없는 낭인들이었다는 소문도 있지만, 총독부가 베푸는 각종 혜택으로 대지주가 되어, 조선 사람들을 종처럼 부리며 떵떵거리며 살고 있었다.

마을의 조선인 지주(地主)는 윗대가 조선말 하급 관리를 하였다는, 천석꾼으로 한때 우리 면 면장을 지내기도 했다. 면장 집은 일본인보다 소작료를 오히려 더 많이 받았다. 일본인 농장의 소작은 삼칠제, 많아야 사륙제지만, 면장 집은 논에 따라 반타작도 받았다. 이러다 보니, 마을에서 인심을 잃었을 뿐 아니라 나들이 때마다 말을 타고 거들먹거리는 면장을 동네 사람들이 싫어했다. 그 집 재취 댁이 낳은, 열여덟 살 딸이 있어 현규를 은근히 탐을 내고 있었던 것 같았다. 중매쟁이를 보내왔는데, 현규 아버지 덕섬 어른이 현규에게 물어보기는커녕 한마디로 거절해 버렸다. 처녀가 애비를 닮아 인물도 볼품없을뿐더러 콧대가 세어서 마을 길에서 어른들을 만나도 제대로 인사도 하지 않았다. 똑똑한 자식을 동네에서 인심을 잃은 집으로 장가보내기 싫었다. 혼인만 하면 논도 댓 마지기 떼어 주겠다는 제의도 했지만, 아들을 재물로 사려는 것 같아 기분이 좋지 않았다. 덕섬 어른이 그 집의 소작인이었다면 입장이 곤란할 수도 있었겠지만, 마음 놓고 거절할 수 있었다.

5

 "이놈아, 금순이가 착하고, 여자라도 보통학교를 나와 지 이름 석 자도 쓸 줄 알고, 신체 건강해 일 잘하고, 아이 잘 놓으면 됐지, 그 이상 뭘 더 바랄 끼고. 인물이 안 좋아서 그라나? 인물도 그만하면 어데 가도 빠진다 소리 안 듣는다. 인물 뜯어 먹고 살끼가? 인물이 너무 좋으면 팔자가 세다 카더라. 무엇 때문에 싫다 카노."

 "인물 때문에 그라는 거 아닙니더, 금순이는 내 색싯감이 아니라 그냥 친한 동생일 뿐입니더. 그라고 아직 장개가기 싫습니더."

 "니 동무들 장개가서, 아들 놓고 사는 거 안 보이나?"

 방금 올라온 승객들 가운데 금순이 또래로 보이는 머리를 길게 땋아 내린, 다소곳한 처녀가 보였다. 그녀는 어머니로 보이는, 나이 많은 여인과 동행하고 있었다. 그 처녀는 잠시 잊고 있었던 금순이를 떠올리게 했다. 착한 금순이를 생각하면 마음이 편하지 않았다. '집에한번다녀가기바람'이라는 전보를 받았다. 집에 다녀 온 지 오래되기는 했지만, 무엇 때문에 그러는지 알 수 없었다. 급한 일이 아니라면 전보까지 치지 않았을 것이다. 맨 먼저 할머니나 아버지, 어머니가 편찮으신 건가? 놀랄까 봐, 별일 아닌 것처럼 속이고 있다는 생각도 들었다. 전보를 받고 온갖 생각이 다 들어, 미적거리고 있을 수 없어, 곧바로 고향 집으로 달려갔다. 하동에서 김해 집까지는 느려터진 목탄 버스와 기차를 번갈아 타야 하는, 꼬박 하룻길도 모자란다. 집에 도착했을 때 할머니와 부모님은 아무렇지도 않았고, 금순이와의 혼인 때문이라는 것을 알았다.

형식적인 매파가 오가고 택일을 위해 사주(四柱)단자를 보내 혼인 날짜까지 나와 있어, 꼼짝없이 결혼해야 할 형편이었다. 다음 달 초닷새가 손 없는 길일이라고 했다. 이제 채 보름도 남지 않았다. 현규가 하동군청 근무를 시작하고부터 혼삿말이 오고 가다, 근래 본격적으로 논의된 모양이었다. 부모님은 어릴 때부터 금순이의 됨됨이를 보아왔기에 현규의 색싯감으로 손색이 없다고 말씀하신다. 마을에서도 금순이가 참한 규숫감이라고 칭찬이 자자했다. 하지만 현규는 금순이를 한 번도 자신의 짝으로는 생각해 보지 않았다. 어릴 때부터 같이 자라, 금순이에게 이성이라는 감정을 느껴보지 못했기 때문이다. 한 식구거나 친한 동생으로만 여겼다. 어른들 때문에 잠시 자신의 짝으로 어떨까? 생각해 보다가도 곧 그럴 수 없다고 고개를 저었다. 금순이보다 훨씬 많이 배우고 예쁜 신여성을 꿈꾸고 있었다. 현규도 금순이의 인물이 그리 나쁘다고는 생각하지 않았다. 그저 평범하고 다소곳한 얼굴에 암팡진 엉덩이, 어른들 말로 애는 잘 낳게 생기기는 했다. 현규의 아버지와 금순이 아버지 철호 어른과는 친구 사이이다. 현규의 여동생 영숙이의 친구이기도 한, 금순이는 어릴 때는 "현규 오빠"하며 곧잘 따라다녔다. 철이 들고부터는 내외한다며 현규를 보면 얼굴이 붉어지기도 하지만 방학이 되어 현규가 집에 있으면 이런저런 핑계로 영숙이를 찾으며, 주위를 맴돌았다. 부모끼리 사돈 하자며 농처럼 주고받은 사이인지라, 그녀의 부모님도 그에게 각별했다. 어쩌다 마을 길에서 마주칠 때면 그냥 지나치지 않고 "현규야 학교 갔다 오나?"며 반기면서 곧잘 말을 시키곤 했다. 현규는 자신의 나이 이제 스무 살을 조금 넘겼는데 혼인은 아직 멀었다고 생각하고 있었다. 몇몇 동네 친구들이 장가를 들어, 아이까지 있지만, 자신은 아직 혼인하고 싶지 않았다. 혼인한다고 해도 금순이와는 아니었다.

현규는 지금 결단을 내리지 못하고 부모님의 뜻에 못 이겨, 금순이와 혼인한다면 앞으로 더 큰 문제가 생길 수도 있다고 생각했다. 자신은 가정에 안주하지 못하고 틀림없이 멀리 일본이나 만주로 떠나 버릴 것 같았다. '한창 때는 뜨물에도 아이 생긴다.'는 말처럼 아이라도 들어선다면 영영 발목이 잡히고 만다. 부모의 강요에 못 이겨 고향의 정혼녀와 결혼한 인텔리들 중에는 불행하게 살거나, 가정이 파탄 난 사람들이 많았다. 십몇 년 전, '사(死)의 찬미'를 불러 유명해진 신여성 윤심덕이 레코드 취입을 위해 일본에 갔다가 귀국길에 기혼자인 애인 김우진과 현해탄에 몸을 던졌다. 당시 그녀의 나이 29세였다. 그들 자살의 근본 원인은 김우진이 부모가 정해준, 정혼녀와 마음에 없는 혼인을 했기 때문일 것이다.

아버지가 결혼을 서두르는 이유는, 자신이 외아들이셨기에 손자를 빨리 보기 위함이었다. 수년 전에 결혼한 병규 형이 딸만 둘 낳았기에, 이제는 그에게서 손자를 기대하고 계셨다. 아버지는 현규가 상급학교를 다니느라 혼인이 늦어졌다고 생각하시어, 이제 졸업하고 취직도 하였으니 당연히 결혼시키려 하셨다. 금순이도 열아홉 살로 혼기가 꽉 찼다. 현규는 어린 나이에 세상모르는 철부지로 혼인했던 아버지와는 다르다고 생각했다. 아버지는 열네 살에 4년 연상의 어머니와 혼인하셨다. 아버지는 어릴 때 부모가 시키는 대로 혼인했지만, 오랫동안 같이 살다 보니, 자연스럽게 정이 들어 평생을 함께할 수 있었을 것이다. 부모님의 결혼 생활이 겉으로는 그저 그랬지만, 실지로 어땠는지는 부모님 자신들만이 알 것이다. 자신은 나이뿐 아니라 신식 교육을 받았으며 그 당시와는 시대도 많이 달라졌다. 무조건 부모 말에 순종하던 아버지 세대와 달리, 지금은 젊은 인텔리들 사이에 자유연애가 들불처럼 번지고 있다. 현규는 금순이와 혼인하지 않겠다고 거듭 말씀드렸지만, 아버지의 생각은 요지부동이었다. 혼인을 피하려면 집을 나오는 수밖에 없다고 생각했다. 혼인날까지는 아직 며칠 여유가 있었다. "군청에 가서 바쁜 일 처리해 놓고 다시 오겠다."는 말을 남기고 집을 나섰다. 부모님은 현규가 설마 딴마음을 품었으리라고는 생각하지 못하셨을 것이다. 현규는 동생 인규의 책갈피에 편지를 끼워놓았다.

"나는 만주로 가겠으니, 기다리지 말아달라. 몇 년은 걸릴 것 같다. 금순이는 다른 사람에게 시집 보내는 것이 좋겠다."는 내용이었다.

혼인 날짜가 임박해도 현규가 돌아오지 않으면 큰 소동이 벌어질 것이다. 그러다 편지를 발견한다면, 부모님은 까무러칠 듯 놀라실 것이다. 황당해하기는 금순이 집이 오히려 더할 수도 있다. 양가 부모님은 물론 금순이에게 큰 충격을 줄 것으로 생각하니 현규의 마음이 편하지 않았다. 금순이에게는 평생 지울 수 없는 상처가 될지도 모른다. 이미 잔치 소문도 퍼져 있어, 앞으로 금순이의 혼인에 흠이 될 수도 있다. 하지만 모든 문제는 시간이 해결해줄 것이라고 기대할 수밖에 달리 방법이 없었다. 금순이가 하루빨리 현실을 받아들이고, 좋은 짝 만나기를 바랄 뿐이었다. 언제가 될지 모르겠지만, 자신이 만주에서 돌아왔을 때, 금순이가 결혼하여 행복하게 살고 있었으면 좋겠다고 생각했다. 현규는 금순이처럼 머리를 엉덩이까지 길게 땋아 내린, 시골 처녀보다는 읍내에서 보아온 신여성들에게 마음이 쏠렸다. 짧게 자른 머리에 교복을 입고, 여고보를 다니는 인텔리 여성이 좋았다. 읍내에 사는 학교 친구 경호의 여동생 은혜가 은근히 마음에 있었지만, 혼자만의 생각이었다. 은혜는 부산에서 여고보를 다니고 있어, 볼 기회도 거의 없었다. 경호의 집에서 두어 번 보았을 뿐이었다.

  금순이와의 혼인 문제가 만주행의 직접적인 계기가 되기는 했으나, 꼭 그것 때문만은 아니었다. 무엇보다 농민들을 쥐어짜고 닦달해야 하는, 군청 업무가 싫었다. 그동안 군청을 사직해야겠다고 생각하고 있었지만, 막상 실행에 옮기지는 못하고 있었다. '울고 싶을 때 뺨 때려준다'더니 금순이와의 혼인 문제가 그의 결심을 굳히게 하는 계기가 되었다. 사직한 후 공부를 계속할 수 없다면 색다른 경험이라도 하고 싶었다. 일본이든, 만주든, 어디든 넓은 세상으로 훌쩍 떠나고 싶었다. 일본으로 건너가 고학이라도 해볼까? 했으나, 조선인들이 멸시당하며 살고 있다는 이야기가 일본행을 주저하게 했다. 이런저런 궁리 끝에 만주로 가야겠다는 결론을 내렸다. 만주 역시 혼란스럽기는 마찬가지지만, 일본보다 만만하게 느껴졌다. 언제부터인가 광활한 대륙에 말을 달렸다는, 그 옛날에는 우리 땅이었다는, 만주에 꼭 한번 가보고 싶다고 생각하고 있었다. 그곳에도 수많은 우리 동포가 살고 있으며 우국지사들이 피를 흘렸던 곳이기도 하다. 더구나 건국한 지 아직 10여 년밖에 되지 않은 신생 국가인 만주국에는 모든 분야에 인재들이 필요할 것이다. 자신처럼 일본어가 유창하고 고등교육까지 받았으면 일자리는 그리 어렵지 않을 것으로 생각했다. 그렇지 않아도 만주국이 세워진 이후, 봉천이나 장춘, 하얼빈 등 대도시에는 일자리가 넘쳐난다는 소문이 돌아, 한밑천 잡으려고 만주로 가는 사람들도 많다고 했다. 만주에는 오족(五族)인, 일본인, 조선인, 만주인, 중국인, 몽골인 중, 조선인은 이등 국민으로 일본인과 비슷하게 대우해 준다고 한다. 어쩌면 만주국이 설립했다는 건국대학에 입학할 수 있는, 기회가 올지 알 수 없는 일이었다. 하지만 내지와 조선뿐 아니라 만주까지 전시 비상 체제로 전환되었기에 생각보다 녹록지 않을 것이다. 가는 길도 만만치 않아, 부산에서 서울을 거쳐 만주 봉천이나 신경까지는 수천 리 길이다.

그는 집안 사정 때문이라며 사직서를 제출했다. 현규의 군청 근무는 4년이 채 되지 않았다. 그는 이 군수에게 사직 인사를 드렸다. 직급을 뛰어넘어 인간적으로 가까웠던 이 군수는 섭섭함을 감추지 못했다.

"그렇지 않아도 오래 버티지는 못하리라고 짐작은 했네. 사직하고 뭘 할 것인가?"

"만주로 가려고 합니다."

현규는 이 군수에게 솔직하게 이야기했다. 이 군수도 현규가 군정 업무에서 하루빨리 벗어나고 싶어 한다는 사실을 알고 있었다. 이 군수도 마지못해 근무하고 있겠지만 현규와는 달리 여러 가지 사항을 심각하게 고려해야 하는 신분이다. 이 군수가 놀랍다는 표정을 지었지만, 홀가분하게 벗어던질 수 있는 처지와 용기를 가진 그가 부럽기도 했을 것이다.

"만주로 가겠다. 만주 어디로 가려고? 만주에 아는 사람이라도 있는가?"

"어디로 갈지도, 아는 사람도 없습니다."

"만주 가서 농사를 지으려는 것은 아닐 터이고 무슨 계획이라도 있는가?"

"별 계획도 없습니다만."

"이런 사람 봤나. 무작정 가서 어떻게 하려고."

"농업학교를 나왔으니, 그 방면으로 일자리가 있겠지요."

현규가 머뭇거리며 뚜렷한 계획을 대답하지 못하자, 잠시 생각하던 군수는 편지지를 끄집어내어, 펜을 들고 뭔가를 써 내려갔다.

"만주에 가서 어려움이 있거든, 봉천에 있는, 봉천 지방법원의 김충선 판사를 찾아가게. 일본 이름은 '가네무라 추이지수'라고 하네. 나하고는 제국대학 동기이고 고등문관시험 사법과에 붙었는데 그곳으로 발령을 받았어. 자네를 동생 같은 사람이라고 소개했네. 나와 절친한 사이니까 직장이 필요하다면 알아봐 주기도 할 거야, 아무튼 잘 돌보아 줄 것이야."

"그렇게 해 주신다면 저야 감사한 일이지요."

"경성에는 가본 적이 있는가?"

"아직 가보지 못했습니다."

"가는 김에 경성 구경도 하고 가게. 넓은 곳에 가서 안목도 넓히고. 시절이 좋지 않으니 어딜 가든지 몸조심해야 할 것이야. 만주에서 자리 잡으면 연락을 주기 바라네, 언젠가 다시 만나게 될걸세."

그는 이 군수가 건네준 소개장을 받으며, 그의 배려에 거듭 감사드렸다. 무작정 만주로 가기보다, 군수의 소개장을 손에 쥔 그는 천군만마를 얻은 듯, 발걸음이 더욱 가볍게 느껴졌다.

6

기차가 역사(驛舍)도 인가도 보이지 않는, 간이역에 정차하면서 보퉁이를 이고, 든 남녀 몇 명이 올라와 빈자리를 찾는다. 그들의 의복은 하나같이 하얗다. 관청에서 색옷을 입으라고 권장하며, 먹물을 끼얹기도 하지만, 여전히 농촌에서는 무명이나 삼베로 만든 하얀 치마나 바지저고리를 입는다. 옷감을 직접 짜서 만든, 무명옷이나 삼베옷은 자주 빨면 자연히 하얗게 탈색된다. 자연색에다 색 물을 들이라고 하니 가뜩이나 먹고 살기 힘든데, 돈도 들뿐더러 귀찮을 수밖에 없을 것이다.

한나절이 가까워, 기차는 기적을 울리며 대구역으로 들어선다. 길게 멈추어선 기차에 내리는 사람들과 오르는 사람들이 바쁘게 움직인다. 이곳은 현규가 대구사범에 응시하기 위해 한번 와봤던 곳이기도 하다. 한때 그도 선생님이 되어야겠다는 생각으로 대구사범에 지원했다. 출셋길이 한정된 조선 청년으로서 그나마 존경과 대우를 받는, 교사는 선망하는 직업이었다. 하지만 조선인으로 교사 되기란 쉽지 않았다. 전국의 수재들만 모인다는, 1종 훈도 양성학교인, 경성사범, 평양사범, 대구사범 등은 들어가기 무척 힘든 곳이었다. 현규도 첫 번째 실패한 후, 재도전을 포기하고 김해 공립농업학교에 입학하고 말았다. 바쁜 농촌에서 다음 해 재도전이란 불가능한 일이었다. 대구는 일찍부터 사과가 유명한 곳이었다. 대구 처녀들이 사과를 많이 먹어, 피부가 희고 예쁘다고 소문이 나 있었다. 여인네들이 사과를 쌓아 올린 대나무 바구니와 찐 달걀 등을 들고, 기차가 서기를 기다렸다는 듯 우르르 다가와 차창을 두드리며 호객을 한다.

"달콤한 홍옥 사과 사이소."

"삶은 달걀 사이소."

목이 터지게 외치지만, 물건을 사려는 사람들은 몇몇 보이지 않는다. 그들 중에는 무명 치마저고리에 아이를 둘러업은 여인도 보였다. 꾀죄죄한 누비저고리를 입은, 돌이 지난 듯한 아이는 고개를 이리저리 돌리며 호기심이 가득하다. 아이를 업고도 장사를 나서야만 하는, 여인네의 힘겨운 삶이 짠하게 전해졌다. 종일 저렇게 외치고 다니면 얼마나 벌 수 있을까? 얼마간 생활의 보탬은 될 수 있을 것이다. 새벽에 지나온, 구포역에서도 배를 팔러 나온, 여인들이 있었다. 구포역 맞은편, 강 건너 대저면에는 일본인들이 들어와 시작한, 배밭이 많기 때문이었다. 사과, 배 등의 큰 과수원들도 농지와 마찬가지로 대부분 일본인이 차지하고 있었다. 현규는 서울까지 가는 동안의 요기를 위해, 20전을 주고 찐 달걀 한 꾸러미를 샀다. 한 시간여를 머뭇거리던 기차가 다시 움직이기 시작한다.

"자리 있습니까?"

"예?"

현규는 굵은 목소리에 깜짝 놀라 눈을 떴다. 잠깐 졸았나 보았다.

타그닥, 타그닥 쇠바퀴 소리는 계속하여 이어지고 있었다. 그러고 보면, 요 며칠 사이에 하동에서 김해 집으로, 다시 하동으로, 부산으로 바쁘게 다니느라 피곤했다. 어쩌면 군청을 사직하고 부모님을 말씀을 거역하면서 먼 길 떠나기를 결심하기까지, 심신(心身)이 모두 피곤했는지도 몰랐다. 어제저녁은 부산역 부근 허름한 여관에서 묵고 새벽같이 이 기차를 탔다. 현규가 졸고 있는 사이에 옆에 앉아 있던 남자가 내린 모양이었다. 어느 역에서 탔던지 목소리와 다르게 왜소한 체구의 사내가 그의 앞에 다가서 있었다. 하이칼라 머리에 회색 모직 두루마기를 입은, 40대로 보이는 남자였다. 갈색 테 안경 너머 눈빛이 예리해 보여, 그냥 농사꾼은 아닌 듯했다.

"옆 사람이 내린 모양이네요. 앉으시지요."

그 남자는 두루마기 양쪽 자락을 걷으며 자리에 앉는다. 조선 어디를 가나 바깥 풍경은 모두 비슷비슷하다. 조금 넓다 싶은 들을 만나기 바쁘게 산비탈이 나타났고 경사진 밭떼기들이 보인다. 기차는 산골짜기 사이를 헤집으며 가고 있는 듯, 차창 밖으로 팔을 내밀면 산에 닿을 듯 가깝다. 북쪽으로 갈수록 날씨가 차가워져, 잎을 떨쳐낸 나무들이 앙상한 가지를 들어내고 있었다. 가지 끝에 가까스로 매달려 흔들리고 있는, 누렇게 퇴색된 잎들도 겨울이 가까웠음을 알려 주고 있었다. 집집마다 한두 그루씩 서 있는, 감나무 꼭대기에는 여름내 햇살을 먹고 빨갛게 익은 감 몇 개씩 매달려 있었다. 새까만 까마귀 떼들이 '깍깍' 울부짖으며 논바닥으로 내려앉는다.

기차는 옥천역에서 길게 드러누워, 해가 저무는 데도 움직일 생각을 않는다. 벌써 하루해가 다 간 듯, 산봉우리에 걸린 해가 긴 그림자를 만들고 있었다. 방금 올라온 승객들의 대화에서 억양이 바뀐 것을 알 수 있었다. 분명 경상도 억양이 아닌, 느린 말투에 말꼬리가 길어졌다. 도(道) 경계 표시는 어디에도 보이지 않는데, 사람들의 말씨만 달라졌다. 벌써 이렇게 말이 달라지면 경상도와 함경도처럼 먼 지방 사람들끼리는 서로 소통이 어려울지도 모를 일이다. 중국이나 러시아처럼 땅덩어리가 넓은 나라에서는 아예 말이 다를 것이다.

"젊은 양반은 어디까지 가는 게요?"

현규가 이런저런 생각에 빠져 있을 때, 눈을 감고 앉아 있던 옆자리의 남자가 무료를 달래려는 듯 말을 건넨다. 그에게서 지성(知性)이 느껴졌고 짧게 깎은 머리에서 결기가 보이기도 했다. 국민복 차림으로 말없이 차창 밖을 주시하며 앉아 있는 현규의 모습이 인상적으로 보였는지 알 수 없는 일이었다.

"예, 만주 봉천까지 가는 길입니다."

현규는 자신도 모르게 목적지를 말해 놓고는 곧 후회했다. 생전 처음 먼 길을 나서는 현규로서는 매사에 조심스러울 수밖에 없다. 젊은 남자 혼자 만주로 간다고 하면, 무엇 때문에 가려고 하는지 의심받을 수도 있을 것이다. 옆자리의 남자가 누구인지 모르고 경솔하게 말해 버린 것 같았다. 사회 곳곳에 한간(韓奸)이라는 조선인 정탐꾼들이 숨어 있어, 기차 내에도 승객들을 감시하고 동태를 살피고 있을지도 모른다. 애당초 막연하게 만주로 가야겠다고 생각하고 있었지만, 봉천까지 갈 것이라고 정하지 않았다. 하지만 이 군수를 만난 이후 자연스럽게 목적지가 봉천으로 되어버렸다.

"만주 봉천 말이요?"

"예."

이미 말을 해 버렸기에 아니라고 부정할 수도 없었다.

"이 차는 봉천까지 바로 가지 않을 텐데, 서울에서 갈아타야겠네요."

그 남자의 말처럼 완행열차로는 봉천까지 갈 수 없다. 봉천까지 바로 가려면 특급이나 급행이라야 가능하다. 관부연락선을 타고 부산항에 내리는 일본인 승객들을 만주까지 수송하기 위해 부산역에서 봉천까지 직접 가는, 특급열차 아카즈키호, 급행열차 히카리호, 노조미호 등이 있었다. 이런 기차는 시간은 얼마 걸리지 않지만, 푯값이 너무 비싸 대부분 조선인은 값싼 완행열차를 탄다. 현규도 바쁜 일도, 만주에서 누가 기다리는 것도 아니어서 몇 배로 비싼 푯값을 내고 갈 필요가 없었다. 월급을 모은 300원 남짓 손에 쥐고 출발했지만 낯선 곳에서 돈이 얼마나 필요할지 알 수 없어, 몇 날 며칠이 걸린다 해도 완행을 타고 가기로 했다. 하지만 특급열차는 빠르게 갈 수 있을 뿐 아니라 주로 일본 사람들이 많이 이용하기에, 이동경찰의 검문이 훨씬 수월하다는 이야기를 들었다.

"예, 바꾸어 타야 합니다."

"고향이 어디예요?"

"김해입니다."

"김해는 들이 넓어 잘 사는 지방이 아닌가요?"

"지금 조선 사람들이 잘사는 곳이 어디 있겠어요? 거기라고 다르겠습니까."

"하기야 그렇지요. 봉천까지는 왜 가려는 거지요? 설마 거기에서 영영 살려고 가는 것은 아니겠죠?"

"예, 그건 아니고요. 특별한 목적이 있어서가 아니라 조선 밖을 나가 본 적이 없어, 세상 구경도 하고 바람도 쏘일 겸요."

"만주에 간다고 하니 하는 이야기지만, 만주는 지금 한없이 어지러울 터인데, 조심해야 할 게요. 거기가 여기보다 오히려 살기가 더 팍팍하다는 소문도 들려요. 만주로 이주한 농민들 소문은 들었어요?"

"아뇨, 지금은 이주하는 농민들이 별로 없다고 들었습니다."

"그래요, 지금은 잘 가지 않는 것 같아요. 소문이 그렇게 좋지 않게 났으니, 누가 가려고 하겠어요? 몇 년 전 우리 친척도 총독부 선전에 속아 다섯 아이를 데리고 이주했는데, 훗날 그곳을 다녀온 사람의 이야기로는, 왜놈들에게 속았다고 아무도 오지 말라고 당부하더래요. 그 친척의 이야기로는, 기차를 타고 끝없이 가다 어딘지도 모르는 곳에 내리자, 날씨가 여기와는 비교할 수 없이 추웠다고 해요. 벌벌 떨면서 움막 같은 집에서 만선(滿鮮)척식 회사에서 내주는 썩은 좁쌀에 맨 소금을 먹으면서 살았다네요. 농사 도구를 회사에서 내어주어 그곳에 강냉이도 심고 콩도 심고 감자도 심었는데 일찍부터 날씨가 추워지고 서리까지 내려 작물이 잘되지 않았다고 해요. 농사가 잘되는 다른 지방으로 이사 가려 해도 그동안 만선 회사에서 대준 물건값을 몽땅 갚아야 움직일 수 있다고 하여 꼼짝할 수도 없었대요. 빚을 갚으라니 무슨 돈으로 갚겠어요? 같이 이주한, 100여 가구 어느 집이나 문을 밀고 들어서면 눈에 확 뜨이게 만선에서 내준 빚 문서가 다닥다닥 붙어 있었다나요. 도저히 견디지 못해, 몰래 도망치는 사람들도 생겨났다고 해요. 이들 대부분은 붙잡혀 죽도록 매를 맞았대요. 그래서 그 집에서는 이사하려는 눈치를 전혀 보이지 않고 숨죽이고 있다가, 하룻밤 새에 온 식구들이 북만주 쪽으로 도망쳤다고 하네요."

옆자리의 남자는 현규가 위험해 보이는 인물은 아니라고 판단했는지 가까운 조선인끼리가 아니면 할 수 없는, 이야기를 끄집어내었다. 이 남자가 거짓말을 하는 것 같지는 않았다. 그가 그동안 들어왔던, 소문들과는 달리 실제 만주로 이주한 사람의 생생한 경험을 이야기한 것이어서 새삼스러웠다. 특별한 이야기는 아니지만, 낯선 사람에게 대놓고 이런 말을 해도 괜찮을까 싶었다. 총독부가 선전하는, 농민 이주 정책의 실패를 비판하는 이야기로, 잘 모르는 사람에게 대놓고 할 수 있는 말은 아니다. 하지만 그 남자는 서슴없었다. 오히려 듣고 있는, 자신이 주위의 눈치를 살펴야 했다.

현규도 만주에 관한 정보를 어느 정도 알고 있었다. 한때, 만주는 자기 땅이 없는 가난한 소작인들 사이에서 이상향이라고 소문나, 새 삶을 위해, 희망을 품고 찾아가는 곳이었다. 조선보다 수백, 수천 배로 넓으면서 임자 없는 땅이 널려 있어, 마음먹은 대로 금만 그으면 자기 땅이 된다고 했다. 땅이 무지하게 기름져 거름을 하나도 하지 않아도 농사가 잘된다는 소문도 있었다.

'만주에는 농토가 널려 있고 땅이 기름져 농사도 잘된다. 노자는 물론이고 첫해의 양식과 종자, 농기구도 선대(先代) 해준다. 거처할 집까지 준비해 놓았다. 부지런히 일만 하면 누구든지 자작농이 될 수 있다.'

총독부는 달콤한 선전으로 배고픈 농민들을 유혹하며, 만주 이주를 적극적으로 권장했다. 그동안 수많은 사람이 식솔들을 이끌고 만주로 떠났다. 지방마다 이주민 할당제를 실시했다. 현규가 군청에 근무할, 재작년에는 총독부 척식과에서 농가 일만 호를 만주로 보낸다며 이주할 농가를 모집하라는 지침이 내려오기도 했다. 그의 집과 가까운 이웃 마을인, 덕암리 주민 몇 가구도 만주로 이주했다는 소문을 들었다.

하지만 얼마 후부터는 만주가 이상적이라는 이야기는 전부 거짓말이라고, 그들의 약속이 사기였다는 소문이 전해지기도 했다. 황무지 갈대밭도 주인이 있어, 힘들게 개간하고 나면 주인이 나타나 소작료를 요구하기도 하고, 소가 얼어 죽을 정도로 추워 살기가 힘들다는 소문도 있었다. 하지만 자기 논 한 뼘도 없어, 배고파 살아가기가 힘든 소작인들은 좋은 소문과 좋지 않은 소문도 들었지만, 아무리 그렇다 해도 여기보다 못할까 자신들이 듣고 싶어 하는, 소문만 믿으며 그들이 처한 궁핍한 현실에서 벗어나고 싶어 했다. 요즈음 와서는 가족이 이주하려면 관청의 허가를 받아야 하는데, 허가를 잘해주지 않는다는 이야기도 들렸다. 현규가 군청에 근무할 때도 농민의 이주 신청이 들어온 것으로 알고 있지만, 허가가 떨어졌는지 어땠는지는 담당자가 아니어서 그 결과는 알지 못했다. 강제로 이주시킨다는 이야기와 이주를 제한한다는 이야기까지, 만주에 관한 소문들이 하도 무성하여 어느 쪽이 사실인지 정확히 알 수 없었다. 아무튼 그동안 이주를 적극적으로 장려한 것만은 사실이었다.

"저도 그런 소문을 듣기는 했습니다. 요즈음은 만주 이민을 허가해 주지 않는다는 이야기도 있어, 이주를 하라는 건지, 말라는 건지 도무지 알 수가 없네요."

"만주사변이 난 지 이미 10년이 지나, 지금은 질서가 좀은 잡혔다 해도, 온갖 민족들이 뒤섞여 더없이 혼란스럽고 마적들까지 설쳐대는 무법지대라, 위험하다고 들었어요. 조심해야 할 게요."

"지금 거기는 남쪽에서 전쟁 중이라, 조용하기야 하겠습니까. 그래도 조선인은 2등 국민으로 일본인 다음으로 쳐 준다고 하던데요."

"2등 국민이란 말은, 조선 사람들의 착각이지요. '오족협화(五族協和)', '왕도낙토(王道樂土)'라고 하지만 내지인들 외, 모든 민족을 열등 민족으로 취급한다고 해요. 기차에도 복장조정자석(服裝整調者席)이라는 것이 있어, 일본인 이외에는 앉을 수 없는, 특별한 좌석도 있다고 하더군요. 2등 국민이란 말도 뒤집어 보면, 만주족이나, 한족, 몽골족들에게는 일본은 제일 나쁜 놈, 조선인은 그다음 나쁜 놈으로 취급되는 것 아니겠어요? 더구나 조선 사람들은 일본의 앞잡이로 찍혀서. 그곳의 실제 주인인, 중국 사람들이 일본 사람보다 오히려 조선 사람을 더 싫어한다고 하던데요."

현규는 처음 낯선 사람에게 목적지를 바로 말하여 실수라고 생각했지만, 대화를 나누면서 경계심을 늦추고 어느새 이것저것 가리지 않고 말하고 있었다.

"혼인은 하셨소?"

"아닙니다. 결혼을 했으면 집을 나서기가 힘들었겠지요."

"그렇겠군요. 혹시 고보를 나왔나요?"

"예, 실업계 고보인 김해공립농업학교를 마쳤습니다."

"그렇다면 뭘 알 만큼 배운 사람이네. 지금 조선이 처한 현실과 장래에 대해서 어떻게 생각하시오?"

현규는 긴장감을 느끼며 이 남자가 자신을 꿰뚫어 보고 있는 것 같아 말을 조심해야겠다고 생각했다. 같은 조선사람끼리라 해도 자신의 속마음을 털어놓기에는 이 사람을 너무 모르고 있었다. 이제 만난, 모르는 사람에게 작금의 현실에 대해 불평, 불만을 심하게 토로할 수는 없는 일이다. 일본의 식민지가 시작된 이래, 그동안 일본 사람들에게 빌붙어 같은 동족을 해코지하는 사람들이 수없이 많았다. 오히려 일본 사람보다 조선인 헌병보조나 순사 보, 염탐꾼들이 더 악질적으로 굴고 있다고 한다. 현규도, 그 남자도 서로 무엇을 하는 사람인지 분명하지 않다. 섣불리 대답할 수 없어, 원론적인 대답만 했다.

"글쎄요. 별로 생각해 보지 않아서요. 그렇지만 농촌을 보면 잘살고 있다고야 할 수 없겠지요."

"혹시 신간회(新幹會)라고 들어 보았나요?"

"예, 들은 것 같기도 하지만 자세히는 알지 못합니다."

현규는 신간회에 대해 어느 정도는 알고 있었다. 이미 10여 년 전에 경찰의 탄압으로 해산된, 조병옥, 홍명희 등이 주도한 전국적인 반일 사회주의단체였다는 정도였다. 각 지역에 지부가 있어 김해 지역에도 회원이 있다고 들었다. 실질적으로 국내에서 활동한, 독립운동 단체라고 알고 있었다. 그는 실제 자세하게 몰랐기에 신간회의 존재를 안다고 이야기할 수 없었다. 독립운동이라는 말만 들어도 몸이 움츠려지고 죄를 짓는 듯했기 때문이었다.

"지금은 조용히 살고 있지만, 나도 한때 신간회 충북지역 간부였소. 알아들을 만큼 배웠으니 하는 말인데, 젊은이 어디를 가더라도 민족정신을 잊지 마시오. 몽매한 조선 백성들의 재산은 물론 생명까지 착취하는 식민지 정책이 얼마나 갈 것 같아요? 이 세월이 분명 그리 오래 가지는, 않을 것이오."

그 말은 멀지 않아 일본의 세상이 끝날 것이라는 이야기이다. 현규는 그 소리를 듣자 갑자기 숨결이 가팔라지면서 북을 두드리듯 가슴이 쿵쾅거렸다. 혹시 누가 듣기라도 하는지 주위를 둘러보았다. 그가 태어나기 한 해 전 만세운동을 비롯하여, 10여 년 전까지만 해도 국내외에서 격렬한 저항이 있었다고 알고 있었다. 하지만 일본의 식민지배가 30년을 넘기면서 수많은 애국지사와 지식인들이 저항을 포기했다. 오히려 어떤 이들은 적극적인 친일로 돌아서기까지 했다. 이제 표면적으로 잠잠해진 상태로, 조선 내에서 독립운동의 열기가 식었다 하겠다. 하지만 이 남자를 보면 불씨가 여전히 살아 있음을 알 수 있었다. 이 남자는 지하에 숨어 있는 우국지사가 분명했다. "이 세월이 그리 오래 가지 않을 것"이라고 한 이야기는 머지않아 일본이 망할 것이라는 이야기이다. 그게 가능한 이야기일까? 중국 같은 대국도 만주를 빼앗기고, 국토의 절반을 넘게 넘겨주고도 꼼짝 못 하고 있다. 일본은 중국을 넘어 아시아 전체를 점령할 만큼 강할 뿐 아니라 선진 대국이라는 미국과도 맞서고 있다. 현규로서는 여태까지 들어 보지도, 감히 생각해 보지도 못한 이야기였다. 일본이 앞으로 100년은 더 조선을 지배할 것이라는 이야기도 공공연하게 나돌고 있으며, 내지와 조선, 만주까지 어우르는 새로운 수도를 경기도 용인에 세울 것이라는 소문도 있다. 대다수의 조선인들은 조선이라는 나라는 언제까지 일본의 지배하에 살아가다, 결국에는 완전한 내선일체(內鮮一體)가 되어, 세상에서 없어지고 말 것으로 생각하고 있었다. 현규는 그 사람의 말에 어떤 대꾸도 할 수 없었다.

"만주에 누구 아는 사람이라도 있어요? 만주에서 무슨 일을 하려고요?"

"아는 사람은 없습니다만 농업학교를 나왔기에, 그 계통으로도 일자리가 많다고 들었습니다."

"허기야, 만주국이 아직 완전히 자리를 잡지 못해, 많은 인재가 필요하다고 하기는 합디다만. 만주도 그리 녹록지는 않을 것이오. 어쨌든 이 세월이 그리 오래 가지 못할 것 같으니, 젊은이 그때까지 매사에 조심조심하고 몸을 잘 보존하시오. 우리 좋은 세상에서 다시 만납시다."

그 남자는 그렇게 당부하고 천안에서 내렸다.

현규는 그 남자가 내리고 난 후에도 그의 말이 머릿속에 맴돌았다. 청일, 노일전쟁의 승리로 기고만장해진 일본은 만주사변을 일으킨 후에도 중일전쟁을 벌였고 그래도 성이 차지 않아, 지난 연말 미국, 영국 등과 또다시 전쟁을 일으켰다. 일본이 망하려면 지금 벌어지고 있는 전쟁에서 패해야만 한다. 하지만 매일신보에서는 황군이 버마, 동인도, 뉴기니, 솔로몬 제도, 필리핀, 싱가포르 등등 아시아 쪽에서 연일 대승하며 영토를 확장하고 있다고 대서특필하고 있다. 곧 미국 본토까지 쳐들어갈 것처럼 위세를 부리고 있다. 큰 전투는 호외까지 발행해 가며 승전보를 들려주고 있어, 일본이 패할 것이라고는 조금의 의문도 가지지 않았다. 하지만 그 남자는 미국이나 영국 등 서방의 힘이 일본을 능가한다는 생각을 가진 듯했다. 미국만 해도 만만치 않다고 들었는데, 영국, 화란 등 연합군까지 합세하고 있다.

 지나간 전쟁에서 한 번도 패한 적이 없는, 일본이 정말 패할까? 현규는 그동안 무적의 일본을 굳게 믿고 있었지만, '일본은 정말 세계 최강일까?'라는 새로운 의문이 생기기 시작했다. 그렇다면 일본이 빨리 패해야만 조선의 해방도 빨리 올 것 아닌가? 언제쯤 패할까? 전쟁이란 쌍방의 전력 차이가 클수록 빨리 끝나지만, 전력이 비슷하면 지루한 지구전이 된다. 일본이 패한다고 해도, 곧바로 조선이 해방될 것인지도 의문이다. 일본을 이긴, 서방 세력이 다시 조선을 지배하게 될지도 모르는 일이다.

 조선이 해방된다면 옛날처럼 다시 이씨 조선 시대가 되어, 고종 임금의 후손 중 누군가가 왕이 되는 것일까? 현규는 나라를 이 지경으로 만든 임금의 후손에게 다시 나라를 맡길 수 없는 일이라고 생각했다. 그동안 학교에서 조선 왕실과 대신들, 양반들이 무능하고 부패하여 조선이 망했다고 교육받았다. 누구에게 배웠건 틀린 사실이 아닌 것만은 확실하다. 해방되면 당연히 일본인들이 물러나고 빼앗겼던 조선 사람들의 농지도 되찾을 수 있을 것이다. 농지를 되찾으면 농민들이 소작에서 벗어나 자작농이 될 수 있을까? 하지만 돈 많은 지주들이 농지를 사 모아 버린다면 농민들의 형편은 달라지지 않을 것이다. 농민들을 위한 특별한 정책이 필요하지 않을까?

 조선이 해방된다면 자신이 가려고 하는 만주는 어떻게 될까? 자신이 머무르고 있는 동안 일본이 망해버린다면, 그때는 어떻게 해야 하나? 일본이 망해 세상이 뒤집히는, 혼돈으로 빠져든다면 자신의 안위도 장담할 수 없게 된다. 조선으로 돌아올 수는 있을까? 자칫하면 가족들과 영영 이별하게 될지도 모르는, 잘못된 선택이 아닐까? 현규는 그 남자의 말 한마디로 여태껏 별로 생각해 보지 않았던 일본과 조선의 운명에 대해 많은 생각을 하게 되었다. 부모님, 금순이, 하동군청 등의 자질구레한 생각에서 거대한 담론으로 바뀌면서, 머릿속은 혼란의 소용돌이로 빠져들었다.

7

규칙적으로 '타그닥 타그닥' 쇠바퀴 소리를 내던 기차가 시커멓게 입을 벌린 굴속으로 들어가면서 실내가 캄캄해졌다. 매캐한 연기와 동시에 요란한 소리가 귀청을 울렸다. 잠시 후 굴을 빠져나오자, 장총을 맨 이동경찰 두 명이 앞칸에서 문을 밀고 들어선다. 수십 년 동안 탄압받아 온, 조선 사람들은 잘못이 없어도 순사나 헌병을 보면, 움츠려져 숨도 크게 못 쉴 만큼 주눅이 든다. 울던 아이도 '순사 온다'고 하면 울음을 멈춘다는 말이 있듯, 헌병이나 순사는 저승사자 같은 존재로 생각했다.

일본이 새로운 전쟁을 시작하고부터 전쟁 수행을 위해, 국가총동원법이 제정되었다. 아시아와 태평양, 동시에 전쟁을 치르려면 막대한 병력과 물자가 필요할 수밖에 없기 때문일 것이다. 이 법으로 병력과 군수 물자 등 가리지 않고 동원시키고 있었다. 부족한 병력을 메우기 위해 조선 청년들에게 특별 지원제를 실시, 성전(聖戰)에 참가할 수 있는, 기회를 준다고 했다. 서울의 대학생들이나 일본의 조선 유학생들도 학도병으로 지원할 수 있게 했다. 말이 지원병이지 부모나 형제, 처자에 대한 위협과 공갈로 지원하지 않을 수 없도록 한다 했다. 높은 임금을 보장한다는 명분으로 노무자, 군무원, 정신대 등을 지역별로 할당, 강제적으로 끌고 간다는 소문도 돌았다. 전시(戰時) 사상범을 검거한다면서 의심스럽기만 해도 감옥에 보낼 수 있는, 법도 생겼다. 뿐만 아니라 곡물, 산림, 광물, 어자원 등 각종 자원까지 닥치는 대로 거두어가고 있어, 조선 백성들의 생활은 더욱 피폐해질 수밖에 없었다. 앞으로 전쟁이 치열해지면 무차별 동원과 물자 수탈이 더욱 극심해질 것이라는 사실은 불을 보듯 뻔했다.

가는 곳마다 순사들과 헌병들이 생사람이라도 잡아먹을 듯, 눈을 부릅뜨고 설치며 다녔다. 이들이 마음만 먹으면 무슨 트집이라도 잡아, 근로 보국대나 전쟁터에 보내버릴 수도 있는 상황이었다. 이동경찰은 티끌 하나라도 잡아내겠다는 듯, 뱀 같은 눈초리를 굴리면서 차례차례 좌석을 훑으며 현규 쪽으로 다가왔다. 허름한 복장의 농민들보다는 깨끗하게 차려입은, 지식이 있어 보이는 사람들에게 더욱 까다롭게 굴었다. 앞쪽에 앉아 있던, 두루마기 차림의 젊은이에게 다가가 소지품을 검사하며 무엇인지 꼬치꼬치 캐묻는 것 같았다. 현규는 자신이 기피자나 수배자가 된 듯, 가슴이 쿵덕거렸다. 여기까지 오는 동안 버스 정거장에서, 역에서 검문을 받으며 조마조마했지만, 다행히 무사히 통과할 수 있었다. 그는 문득 만주까지 간다고 하면 정말 의심받을 수 있겠다는 생각이 들었다. 이주하려는 농민이 아닌, 젊은 사람의 만주행은 그 목적을 의심받을 수밖에 없을 것 같았다. 잘못을 저질러 놓고, 도주하려는 수배자는 아닐까? 소집영장을 받고 도망치는 기피자? 독립운동을 하려는 불령선인? 이제 독립운동의 의지가 한풀 꺾였다고 하지만 중국에는 임시정부 등 아직 독립군 세력이 존재한다고 들었다. 그렇다면, 만주로 간다고 하지 말아야겠다는 생각이 들었다. 마침 경성에서 바꾸어 타야 하기에 기차표도 경성까지밖에 끊지 않았다. 현규는 내년 새학기 전문학교에 입학하기 위해 경성 간다고 해야겠다고 생각했다.

"야, 너 어디까지 가나? 소지품 다 끄집어 내어놔."

현규가 이런저런 생각으로 불안해하고 있을 때, 그에게 다가온 순사가 날카로운 목소리를 정수리에 꽂았다. 어디에도 특별히 보이지 않는 두리뭉실하고 모과처럼 못생긴 얼굴로 지배 국가 일본의 순사만 아니라면, 거름 무더기에 던져버려도 하나도 아깝지 않을 인물일 것 같았다. 하지만 금테 안경 끝에 어울리지 않게 솟아 있는 코끝과 목소리, 작은 눈에서 뿜어내는 눈빛만은 매서웠다.

"예, 경성까지 갑니다."

그는 대답과 동시에 주머니에서 지갑과 소지품들을 주섬주섬 끄집어내었다. 앞서 부산역에서는 무사히 통과했지만, 이번에는 다를 수도 있다. 잘못이 없다는 자신 생각과 달리, 순사 눈에 이상하게 보인다면, 그것만으로도 잘못한 것이다.

"경성에는 뭣 하러 가느냐?"

"내년에 전문학교에 입학하려고 갑니다."

"어느 학교에 입학할 것인가?"

"아직 결정하지 못했습니다. 알아보고 하려고요."

"그동안 무슨 일을 했지?"

"하동군청 서기로 일했습니다."

"서기직을 왜 그만두었나?"

"공부를 더 하고 싶었기 때문입니다."

 순사는 고향이 어디인지, 학교는 어디까지 나왔는지, 경성 어디에 머물 것인지 등등을 꼬치꼬치 심문하듯 캐물었다. 현규는 자신이 하동군청에 근무했다고 말했다, 공무원으로 임용되려면 철저한 신원조회를 거쳐야 하기에 불령 조선인이 아닌 것은, 분명하다고 생각했을 것이다. 온몸을 다 뒤지고 가방에 있는 짐까지 샅샅이 검사했지만 별다른 티끌을 잡아내지 못한, 이동경찰은 그제야 눈길을 다른 사람에게 돌린다.

 쇠바퀴 소리가 유난히 크게 들려, 눈을 떠보니 기차가 철교 위를 달리고 있었다. 언제부터인지 차창 밖은 캄캄한 밤중이 되어 있었고, 불빛에 출렁거리는 강물이 보였다. 예사롭지 않은 넓이로 보아, 이 강이 경성의 남쪽을 흐르는 한강(漢江)임을 짐작할 수 있었다. 기차는 불을 환하게 밝힌, 북쪽을 향하여 계속하여 달린다. 다리를 건너자 승객들이 하나, 둘 자리에서 일어나 선반 위의 짐을 내리며 하차를 준비했다. 마침내 기차가 긴 여정을 끝내고 경성역에 닿아, 가쁜 숨을 멈추며 승객들을 토해내기 시작했다. 현규도 사람들에게 떠밀리며 역 앞 넓은 광장으로 나왔다. 밤공기는 으스스했고, 매캐한 공기가 코끝에서 맴돌았다. 공기가 기차에 오를 때의 부산과는 확연히 다르다는 것을 느낄 수 있었다. 그는 잠시 어리둥절했지만, 곧 주위를 천천히 살폈다. 십몇 년 전에 지어졌다는, 서양식 붉은 벽돌 건물인, 경성역은 농촌에서 올라온 사람들의 기를 죽이기에 충분했다. 건물 정면의 커다란 벽시계가 저녁 8시 반을 가리키고 있었고, 환하게 밝힌 역 광장에는 사람들이 분주하게 움직이고 있었다. 전기가 들어오지 않는, 그의 고향이라면 지금쯤 온 천지가 깜깜해져, 억지로라도 잠자리에 들어야 할 시간이다. 광장 앞으로 인력거가 줄지어 서 있었다. 이곳에도 택시는 보이지 않았다. 김해 읍내에도 택시 몇 대가 있었으나, 대동아전쟁이 시작되고부터 기름이 없어, 다니지 못하고 있었다. 역 앞 도로에는 인력거와 자동차, 전차까지 땡땡거리며 지나갔다. 전깃불과 화려한 네온 불을 밝힌 상점들이 아직 손님들을 기다리고 있었다. 몸빼 차림의 여인과 소년이 여관잠을 자야 할 손님을 용케도 알아보고, 팔짱을 끼거나 소매를 끌고 가기도 한다. 현규의 행색을 보아, 나그네티가 나는지 남루한 소년이 다가왔다.

"아저씨 따뜻한 방 있어요."

현규가 들고 있는 가방을 빼앗으려고 했다. 가방을 빼앗기면 따라가지 않을 수 없다.

"이것 놓아, 우리 집은 경성에 있어."

현규가 농담 삼아 집이 경성이라고 해도, 곧이듣지 않는다. 말투를 들으면 경상도 사람임을 금방 알 수 있을 것이다.

"예쁜 여자도 있어요. 2원이면 돼요."

"그런 거 필요 없어."

경성에는 유곽이 있다고 들었는데, 이 아이가 자신을 그런 곳으로 데리고 가려고 하는 것 같았다. 일찍부터 '경성에는 산 사람 코도 베어 간다'는 말을 들어왔기에 정신 똑바로 차려야겠다고 생각하며 가방을 움켜쥐었다.

 내일 아침 일찍 봉천행 기차표를 사야 하기에 되도록 역에 가까운 여관으로 들어가야 했다. 아이를 따라 광장 건너편, 여관 간판들이 많이 보이는 쪽으로 향했다. 아이는 '역전여관'이라는 한글 간판이 보이는, 여관으로 안내했다. 한옥으로 지어진, 여관은 비교적 깨끗했다. 이 부근에 유곽이 있는지, 밤중에 여자들의 웃음소리뿐 아니라 술 취한 손님들이 떠드는 소리도 들려왔다. 한동안 시끄럽기는 했지만, 피곤하기도 하거니와 방도 따뜻해 며칠 만에 푹 잠들 수 있었다.

 저녁 8시에 출발하는 봉천행 기차표를 샀다. 역에는 일찍부터 전국 각지에서 모여든 사람들로 북적거렸다. 국민복이나 양복을 입은 사람, 양장에 높은 구두를 신은 신여성, 흰 두루마기에 갓을 쓴 노인, 기모노를 입은 일본 여성까지 말투도, 복장도 제각각이었다. 장총을 멘 순사와 헌병이 여기저기를 기웃거리며, 수상해 보이는 사람을 붙들어 세우고 검문을 하기도 한다. 사람들이 장마당처럼 들끓고 있어 경성이 큰 도시임을 실감할 수 있었다. 경성의 인구가 100만이라고 하지만 전국에서 모여드는 유동 인구까지 합친다면 100만을 훨씬 웃돌 것이다. 한적한 어촌이었던 부산이 일본인들이 들어오고부터 번창했던 것과는 달리, 경성은 원래부터 수도(首都)로 대도시였다. 경성에는 10만 명의 일본인들이 살고 있다 했다. 내지(內地)에서는 별 볼일 없는, 시정잡배들까지 한밑천 잡자고 몰려와 경성의 노른자위 땅을 차지, 종로와 청계천을 사이에 두고 있는 황금정(黃金町)이 일본인 거리라고 한다.

 경성은 일찍부터 현규가 동경해 오던 곳이었다. 현규는 기차에 오를 때까지 시내 구경을 하기로 했다. 거리 양편으로 총총히 박혀 있는 상점들과 인력거, 자동차, 전차, 행인들까지 모두가 분주하게 움직이고 있었다. 현규는 온갖 소음과 번잡함으로 오일장에 묶여나온 촌닭처럼 어지럼증이 느껴졌다. 정신없이 이쪽저쪽 두리번거리며 걸어가는, 자신을 누군가가 본다면 틀림없이 농촌에서 왔다는 사실을 금방 알아차릴 것이다. 가까이 보이는, 남대문 쪽으로 향했다. 남대문은 경성의 남쪽 정문이었다. 양편의 긴 성곽은 허물어지고 홀로 서 있는, 남대문의 모습은 지금의 조선이 처한 현실을 말해주는 듯했다. 큰길을 따라 걸으니, 거대한 서양식 건물 경성부(京城府)청이 자리하고 있었다. 저만치 떨어진 북쪽에는 광화문을 헐고 그 위에 지었다는, 푸르고 둥근 돔 지붕의 총독부 건물도 보였다. 저 총독부 건물 안에서 2천5백만 조선 백성들의 생사여탈을 쥐락펴락하고 있을 것이다. 일본이 거금을 들여 경성역, 경성부청, 총독부 등 거대한 건물들을 건축하는 의미는, 조선을 영원히 지배할 수 있을 것이라는 자신감에서 비롯된 것은 아닐까? 현규는 경성부청을 지나 오른쪽으로 꺾어, 조선인 거리라는 종로통으로 들어섰다. 전차가 땡땡거리며 종로통을 지나갔다.

 종로는 조선 시대부터 상업 거리였다 한다. 거리에 2층, 3층의 신식 건물들이 늘어서 있었고 조선어나 한문 간판을 단, 은행과 상점들이 보였다. 유리로 된 진열장에는 화려한 신식 의상들이 진열되어 있었다. 커피나 차를 파는 다방이 보였고 '카페'라는 간판도 보였다. 경성을 다녀온 친구가 카페에 대해 자랑스럽게 늘어놓는, 이야기를 들은 적 있었다. 물론 그 친구도 직접 가보지는 못했을 것이다. 카페마다 여급이라는 현대식 기생 수십 명이 손님들의 시중을 든다고 했다. 카페에서 술을 마시려면 몇십 원, 몇백 원이라는 큰돈이 있어야 한다고 했다. 비록 식민지 백성들이지만 조선인들 가운데에도 돈 많은 사람들이 많다고 한다.

종로 입구에 조선의 거부 박흥식이 세웠다는 화신백화점 7층 건물이 우뚝 솟아 있었다. 경성에는 미쓰코시, 미나카이, 히라타 등, 일본 백화점들이 여럿 있다는 이야기를 들었다. 조선 사람이 그에 뒤지지 않는, 큰 백화점을 세웠다는 사실이 놀라웠다. 백화점 정문으로 수많은 사람이 드나들었다. 대부분 여인으로 짧은 파마머리와 허리가 잘록한 양장, 개량된 한복 등을 입고 있었다. 백화점 안으로 들어서자 화려하게 꾸민 유리 진열장들이 줄지어 있었고 각종 상품이 불빛을 받아 반짝거렸다. 예쁘게 화장한 젊은 여성들이 손님을 맞고 있었다. 여성들의 서울 말씨가 그렇게 예쁘게 들릴 수가 없었다. 투박한 경상도 말씨보다 훨씬 부드럽고 애교가 넘쳐났다. 중앙에는 조선에서 제일 처음 설치했다는, 스스로 올라가는 계단이 손님들을 태워, 윗 층으로 올려보내고 있었다. 손님들이 직접 계단을 딛고 올라가는 수고를 들어주기 위한 기계장치였다. 그는 부산에서 단숨에 올라가는 승강기는 타보았지만 이런 기계는 처음이었다. 전시(戰時)라고 하지만 각 층마다 물건들이 가득 진열되어 있었다. 그는 '말이 태어나면 제주도로 보내고 사람이 태어나면 서울로 보내라'는 속담이 틀리지 않는다고 생각했다. 그도 경성에 살면서 대학에도 다녀 보고 싶었으나, 어디까지나 희망 사항일 뿐이다. 사람 일은 알 수 없다지만 그렇게 되기는 힘들 것이다. 백화점을 나와, 가까이 보이는 종로서적에 들어갔다.

책을 좋아하는 그는 경성에는 어떤 책들이 있는지 보고 싶었다. 넓은 서점의 사방 벽으로 온갖 책들이 꽂혀 있었고 매대 위에도 방금 출간된 듯한, 책들이 선을 보이고 있었다. 일본어로 된 책, 조선어로 된 책, 대동아, 조광, 동양지광, 태양, 국민문학 등의 각종 잡지와 영어로 쓰여진, 의상(衣裳) 관련 책도 보였다. 신문도 눈여겨보았으나, 경성일보와 매일신보 등은 보였지만 몇 년 전 폐간된 조선일보와 동아일보는 보이지 않았다. 늙수그레한 점원이 가까이 왔다.

"어떤 책을 찾으시지요?"

"조선의 역사책을 사고 싶은데요."

책을 사겠다고 작정하고 들르지는 않았으나, 점원이 묻자 순간적으로 역사책이라는 말이 나왔다. 하지만 곧 자신이 평소 조선 역사책을 원하고 있었다는 것을 생각했다. 그는 조선의 역사에 관심이 많았지만, 학교에서 제대로 배우지 못했다. 일본 책을 통해 배운, 조선의 역사에 대해 많은 의문점을 가지고 있었다. 민족 신문이나 잡지를 통해 단편적으로는 알고 있는 정도였다.

"그래요. 어디 보자.... 그럼 이 책이 좋겠네요."

점원은 구석진 쪽을 뒤지더니 빛이 바래 낡아 보이는 《조선사연구초(朝鮮史研究草)》라는 책을 내밀었다. 누런 꺼풀에 한자로 된 제목이 세로로 길게 쓰여 있었다. 단재 신채호 선생이 지은 책으로 그가 읽어 보지는 못했지만 들어 본 적은 있었다. 2원을 지불하고 그 책을 샀다.

8

　초저녁에 봉천행 기차에 올랐다. 시간이 없어 경성의 이곳저곳을 둘러보지 못해 아쉬웠다. 봉천까지는 2천 리 길로 곧장 가면 하루 한나절이면 된다고 하지만 얼마나 걸릴지는, 도착해 보아야 알 수 있을 것이다. 기차는 출발부터 늦어져, 오르고도 한참을 기다려야 했다. 드디어 기차가 꽥... 빽... 기적을 두어 번 울린 후 천천히 움직이기 시작했다. 주위에서 어느 지방인지 알 수 없는, 북도 사투리가 들려왔다. 경성을 벗어나면서 창밖은 칠흑 같아지며 밤하늘의 별빛 같은, 먼 불빛들이 간간이 보였다. 출발할 때 시끄럽던, 실내가 조금은 조용해졌다. 앞자리에는 먹을 것을 싸 들고 올라온 아낙네와 다섯 살쯤 보이는 아이가 앉았다. 여인의 짐과 차림새로 보아 그리 멀지 않은 곳까지 가는 듯했으며, 낡은 무명 저고리와 검정 홀치마 차림이 추워 보였다. 현규는 의자에 등을 기대어 잠을 청해 보지만 반복되는 쇠바퀴 소음으로 잠을 이룰 수 없었다. 기차는 이정표만 세워진 간이역까지 일일이 멈추면서 승객들을 바꾸어가며 달렸다. 개성역에 도착하자, 앞자리의 아주머니가 보따리를 챙겨 아이와 같이 내렸다. 곧바로 머리를 짧게 깎은, 노동자처럼 보이는 젊은 남자가 올라와 그 자리에 앉았다. 이동경찰 두 명이 눈꼬리를 치켜세우고 승객들을 내려다보며 천천히 다가왔다. 현규는 애써 눈을 감고 잠자는 척했다. 몇 번을 당해도 검문은 도무지 익숙해지지 않는다. 잘못한 일도 없는데 순사 제복만 보아도 주눅이 든다. 허수아비에게 그 제복을 입혀 놓아도, 조선 사람들은 외면하며 지나갈 것이다. 순사는 군대나 노무자로 끌고 갈 인력이 있는지 사냥감을 찾고 있을 것이다. 다행히 이번에는 무슨 생각을 했는지 그냥 지나쳐갔다. 그의 복장으로 보아, 교사나 공무원쯤으로 생각했는지도 모를 일이었다. 그가 잠이 든 사이에 기차가 평양역에 도착했다. 밖은 아직 깜깜했지만, 새벽이 다 된 것 같았다. 기차를 타려고 밤을 새웠는지, 하품을 해대며 오르는 사람들이 보였다. 평양역에서 영영 눌러앉기라도 하려는 듯, 일어설 줄 모르던 기차가 한나절이 지난 후에야 다시 달리기 시작했다.

정오가 다 되어, 기차는 긴 몸을 덜컹거리며 일본이 건설한 국경도시 신의주역에 닿았다. 붉은 벽돌 3층 건물의 역(驛)은 크고 우람했다. 기차가 멈추자 내리려는 사람들로 잠시 시끄러워졌다. 얼마 후 어깨에 총을 멘 경찰과 헌병이 올라왔다. 그들은 앞문과 뒷문 쪽에서 동시에 들어와, 승객들을 검문하기 시작했다. 조선에서는 마지막 국경 검문이라 까다로울 뿐 아니라 쉽게 끝나지도 않을 것 같았다. 새 전쟁이 시작되고부터 검문이 더욱 심해졌다는 누군가의 이야기도 들렸다. 농민으로 보이지 않거나 젊은 사람은 일으켜 세워, 일일이 기차표와 몸수색을 하고 목적지와 여행 목적을 꼬치꼬치 캐물었다. 수상하다 싶은 사람은 자리에 앉지 말고 그대로 서 있으라 했다. 앉으려는 사람에게는 "움직이지 마"라는 호령이 떨어졌다. 현규 역시 간단한 물음 끝에, 모두가 끝날 때까지 그대로 서 있어야 했다. 서 있는 사람은 전부 5명으로 그중 바지저고리에 검은 조끼 차림의 중년 남자를 제외하면 모두가 젊은 사람이었다. 따로 세워놓은 사람들을 어떻게 하려는지 알 수 없어, 모두가 불안해했다.

"전부 따라와."

서 있던 사람들은 기차에서 내려, 순사를 따라 역사 내 국경검문소로 들어갔다. 검문소에는 여러 사람이 조사를 기다리고 있었다. 어깨에 계급장을 단, 창백하고 뾰족한 얼굴의 순사부장이 조사를 진행하고 있었다. 차례를 기다리는 사람들은, 자신을 어떻게 하려는지 불안에 떨어야 했다. 짐을 샅샅이 풀어헤쳐, 일일이 그 용도를 물었다. 단순한 조사가 아니라 범죄자를 다루는, 취조 같았다. 이들은 만주로 도망가려는 수배자나 기피자, 사상범을 색출하려는 모양이었다. 조사 과정에서 대답을 빨리 하지 않는다고 뺨을 때리기도, 손 방망이로 어깨를 내리치기도 했다. 기대하는 대답이 나오지 않으면 어김없이 구타했다. 누구나 기피자나 범죄자로 가정해 놓고, 그렇지 않다는 증명을 해보라는 식이었다. 티끌 같은 문제점이라도 반드시 찾아내려는 듯, 조사는 쉽게 끝나지 않았다. 기다리던 사람들 가운데 국민복 차림으로 광대뼈가 두드러지고 키가 큰, 젊은이가 유달리 안절부절못하며 주위를 두리번거렸다. 그에게 어떤 약점이 있을지도 모른다는 생각이 들었다. 순사부장이 조사에 정신이 팔려 있는 사이, 그 젊은이가 재빨리 문밖으로 뛰쳐나갔다. 감히 도망치리라고는 아무도 예상치 못한 일이었다. 눈 깜박할 사이였다.
　사태를 알아차린 순사부장이 "거기 서"를 외치며 총을 들고 따라나갔다. 모두가 그 젊은이의 행방을 쫓아, 창밖을 바라보았다. 그 청년은 몸을 숙여, 세워 둔 기차 밑으로 재빠르게 들어갔고 뒤따르던 순사가 '빵, 빵' 총을 두 차례 쏘았다. 예상하지 못한 돌발사태에 모두가 정신이 나간 듯 멍해지며 겁에 질렸다. 어느새 순사와 헌병들이 모여들었고 그중 몇 명은 기차 반대쪽으로 넘어가 그 청년의 뒤를 쫓는 듯했다. 옆에 있던 누군가가 "압록강까지 도망가, 강을 건너려는 것 같다."고 말했다. 역사(驛舍) 맞은편으로 낮은 철조망 울타리가 쳐져 있었고 마른 풀이 무성한 언덕바지였다. 언덕은 압록강까지 이어져 있었다. 잠시 후에도 총소리가 두어 번 더 들렸다. 그 젊은이 때문에 조사가 잠시 중단되었다. 그가 어떤 사건에 연루된 수배자나 기피자였을 것이라고 짐작했다. 그로서는 붙잡히면 안 되는, 절박한 사정이 있었던 것 같았다. 이런 곳에서 도망가려 하다니, 무모하다는 생각도 들었다. 이곳 국경검문소에는 무장한 순사와 헌병들이 중대 규모보다 더 많이 주둔하고 있다는 이야기를 들었다. 국경을 드나드는 사람과 물건이 많아, 조사해야 할 일이 많기 때문일 것이다. 순사와 헌병들이 도망친 친구를 잡으러 간 사이, 한동안 출입문 바깥쪽이 텅 비어 있었지만, 모두가 얼어붙은 듯 꼼짝 않았으며, 감히 도망칠 생각을 하지 못하고 있었다. 그 젊은이가 잡혔는지 죽었는지는 알 수 없었다. 잠시 후, 순사부장이 얼굴이 벌겋게 상기되어 씩씩거리며 들어왔다.

"너희들 도망칠 생각 말어. 그놈은 죽었어. 어리석은 놈."

하지만 그 친구가 잡혀 끌려가는 모습도, 시체를 옮겨가는 모습도 볼 수 없었다. 순사부장 말의 진위를 알 수 없지만, 그 친구가 무사하기는 힘들었을 것이라는 생각이 들었다. 압록강까지는 비록 가깝다고는 해도, 몇백 미터는 될 것이다. 밤이라면 모르지만, 대낮에 헌병들의 총알을 피하기에는 짧지 않은 거리이다. 만약 압록강까지 도착한다 해도, 헤엄쳐서 건너기는 힘들 것이다. 건너가도 그쪽, 안동(安東) 역시 일본 경찰이 있다. 단지 조선 경찰과 만주국 경찰로 관할 구역이 다를 뿐이었다. 아직 만주에 도착하지도 않았는데, 분위기가 험악

제1부 만주행   61

하고 불안했다. 나머지 사람들의 조사가 다시 시작되었다. 나이가 들어, 30대 중반쯤으로 보이는 사람의 차례였다. 어쩌면 징용을 피해, 만주로 가려는 사람인지 알 수 없었다. 그 남자도 무수히 구타를 당했다. 도망친 사람 때문에 순사부장의 심기가 크게 틀어진 것이 확실해 보였다. 분풀이라도 하려는 듯 신경질적으로 구타했다. 어떤 젊은 사람은 일본 말을 잘 알아듣지 못한다며 구타당했다. 조선 사람이 일본 말을 잘 알아듣지 못하는 것은 지극히 당연한 일이다. 배우지 못한 농촌 사람들은 대부분 일본 말을 하지 못하고, 알아듣지도 못한다.

 현규의 차례가 되었다. 그는 떨리는 마음을 애써 진정시키며 순사부장과 마주 앉았다. 통상적으로 고향, 학력, 만주 내의 목적지 등등을 꼬치꼬치 캐물었다. 학력 등으로 보아, 그의 만주행을 불순한 의도가 있다고, 의심하는 것 같았다. 조금이라도 머뭇거리면 방망이가 날아왔기에 일본 말로 또박또박 분명하게 대답했다. 가방의 짐과 호주머니에 든 모든 것들을 쏟아내었다. 짐 중에서 《조선사 연구초》가 나왔다. 저자인 단재 신채호 선생은 독립운동하다 붙잡혀, 십여 년 전에 옥사했다. 소위 일본 경찰이 말하는 악질적 사상범이다. 그 책을 읽어 보려고 사기는 했지만, 자신은 결코 불령선인이 아니라는 사실을 곧바로 증명할 수 있어야만 했다. 무슨 말을 어떻게 해야 무사하게 넘길 수 있을지 난감하기만 했다.

 "불량 서적이군" 하며 혼자 일본말을 지껄였다.

 "이 자식 이런 책을 보고 있어. 이 책은 읽으면 안 되는 금서(琴書)야. 이 자식 역시 불령선인이구먼."

 그러면서 현규의 왼쪽 뺨을 몇 번 후려쳤다. 아니라고 한마디로 증명할 수 있는 말이 금방 생각나지 않아, 머뭇거릴 수밖에 없었다.

"봉천에는 뭣 하러 가는 거야? 너 독립운동인가 뭔가 하려고 가는 거지? 바른말 하지 않으면 감옥에 처넣든지 전장(戰場) 터에 보내 버릴 거야."

그게 아니라고, 부정해도 거듭 뺨을 후려친다. 눈에서 불이 번쩍했고 뺨이 후끈후끈해졌다. 벌겋게 독이 오른 순사부장 앞에서 꼼짝도 할 수 없는, 고양이 앞에 쥐 꼴이었다. 아프고 분하여 눈물이 줄줄 나왔지만, 이를 악다물고 맞기만 했다. 어떤 변명의 기회도 주어지지 않았으며, 반항할 수도 없었다. 손톱만큼의 반항이라도 순사의 심기가 불편했다면, 곧바로 전쟁터로 보내질 수도 있을 것이기 때문이다. 현규는 벌겋게 열이 나는 뺨을 손으로 감싸며 대답했다.

"아니요. 만주 건국대학에 공부하려고 갑니다. 입학이 여의치 않으면 취직이라도 하려고 합니다. 여기 군수님의 소개장도 있습니다."

그는 엉겁결에 공부를 하려 한다고 대답하며, 재빨리 만주국이 설립한 건국대학을 생각해 냈다. 건국대학은 예과 3년과 본과 3년, 6년 과정으로 그가 대학 진학 꿈을 꿀 때 생각해 본 적이 있었기에 대답할 수 있었다. 만주국에서 설립한 국립 건국대학은 오족협화라는 기치를 내걸고, 민족차별이 없으며 아세아의 지도자를 길러내는 대학이라고 했다. 전원에게 숙식을 제공하는, 기숙학교라는 말에 솔깃해한 적이 있었다. 실지로 1차 시험은 도쿄나 경성에서, 2차 시험은 도쿄와 만주 신경(新京)에서 치르지만, 순사부장은 구체적 내용을 잘 알지 못할 것이다. 순사부장은 현규의 말을 믿으려고도 하지 않았고 대학에 입학할 것이라는 말에도 별 관심을 보이지 않는 듯했다. 그는 얼른 책갈피 속에 넣어둔 소개장을 끄집어내었다. 이번에는 그런대로 효과가 나타나는 것 같았다. 순사부장은 소개장을 살펴보더니 하동군수가 봉천 지방법원 판사에게 보낸 소개장이라 적어도 그가 불순분자와 연결된 불령선인은 아니라고 판단하는 모양이었다. 소개장으로는, 현규가 하동군수가 신뢰한 하동군 공무원이었다.

"군서기를 했나?"

"예."

"군수가 조선인이었나?"

"예."

"군수도 조선인이고 소개하는 판사도 조선인이냐?"

"예."

순사부장은 무슨 생각을 하는지 잠시 머뭇거렸다. 비록 군수나 판사라 할지라도 조선인이라면 믿을 수 없다고 생각하고 있을 것이다. 일본인 군수가 써준 소개장이라면 조금도 의심 없이 통과되었을 것이다. 고급 관리라 해도, 조선인이라면 민족적 우월감으로 신뢰하거나 인정하려고 들지 않는다. 조선인 관리들은 출세를 위해 본마음을 감추고 거짓으로 충성하고 있다고 의심하기 때문이었다. 비밀리에 이들을 감시하고 있다고도 들었다. 그렇다 해도 고등문관 시험까지 합격하여 군수나 판사가 된 사람을 공식적으로 인정하지 않을 수 없을 것이다. 인정하지 않는다면 자신들이 만든 체제를 부정하는 행위이며, 총독부가 줄곧 외쳐대는 내선일체가 거짓 선전이 되고 만다. 그는 스스로 소개장을 써준 이 군수가 새삼 고마웠다.

"됐으니 저쪽으로 가 있어."

그제야 조사가 끝이 났다. 하지만 순사부장은 끝났어도 기차로 보내주지 않았다. 봉천행 기차는 현규 일행을 떨구어 놓고 이미 떠나버린 지 오래였다. 그를 비롯한 5명이 국경검문소 내의 임시 대기소로 보내졌다. 어떤 중년 남자는 어딘지 모를 다른 곳으로 끌려갔다. 말이 대기소지 한쪽을 쇠창살로 막아 놓은 감옥 같은 곳이었다. 이곳에는 이미 조선인 10여 명이 갇혀 있었다. 먼저 들어온 사람의 이야기로는 신원조회가 끝나 신원이 확인되어야만 나갈 수 있다고 했다. 전화로 조회하기에 그리 오래 걸리지는 않지만, 끝날 때까지 최소 사흘 이상 걸린다 했다. 식사는 좁쌀에 대두가 섞인 주먹밥이었고 다꾸왕 몇 조각이 올려져 있었다. 마룻바닥에서 모포 한 장으로 추위에 떨면서 옆 사람과 체온을 나누며 웅크리고 새우잠을 자야 했다. 만주에 발을 들여놓기도 전에 이런 일을 당하니, 앞으로 또 어떤 일이 있을지 예측할 수 없어 불안하기만 했다. 중국 어느 전선이나 버마 등지로 보내질지 모른다는 생각이 들기도 했다. 전쟁에 끌려가게 되면 살아 돌아오기 힘들거나 적어도 부상당할 것이라는 등, 불안은 꼬리를 물고 이어졌다. 군청에 계속 다녔다면 괜찮았을 터인데, 멀쩡히 잘 다니던 군청을 그만둔 자신이 경솔했다는, 후회가 되기도 했다. 금순이와 혼인 문제만 아니었다면 이렇게 갑자기 나서는 일은 없었을 것이다. 한편으로는 신원조회에 별다른 문제가 있을 턱이 없으니, 그냥 보내줄 것이라는 희망도 가져 보았다. 그가 이틀 밤을 지내는 동안에도 대기소에는 젊은이들이 불려 나가기도, 새로 들어오기도 했다. 꼬박 이틀 밤을 자는 둥 마는 둥, 힘들게 보냈다. 드디어 사흘째 되는 날 아침 "가네야마 히데키요 나와"라고 자신의 이름을 부르며, 이제 가도 좋다고 했다. 고향이나 하동군청 등으로 자신의 신원이 확인되어 이상이 없다는 통보를 받았을 것이다. 그는 자유의 몸이 되어 매표구 쪽으로 향했다. 봉천까지 가는 표를 다시 사야 했다. 경성에서 오는 봉천행 기차가 정오쯤에 닿을 것이라고 했다. 걸어서 압록강을 건너려는 사람들이 짐 보통이를 이거나 짊어지고 철교 입구 쪽으로 줄지어 가고 있었다.

서너 시간을 기다려 봉천행 기차에 올랐다. 오르자마자 금세 압록강 철교에 닿았다. 조선과 만주 사이의 국경선이기도 한, 압록강은 일찍이 고구려의 영토로 북방 사람들의 젖줄이었다. 물빛이 오리 머리 색과 같은, 푸른 색깔을 하고 있다고 하여 압록강이라 했다는 이야기를 들었다. 백두산 천지 부근에서 발원하여 그 길이가 800km가 넘는다고 한다. 일본 사람들이 이곳에 아시아 제일의 수풍발전소를 건설하여 엄청난 전기를 생산하고 있다는, 사실을 소학교에서 배웠다. 현규는 앞좌석에 앉은 승객들의 대화에서 놀라운 이야기를 듣게 되었다.

"큰 배는 돛대가 다리에 걸려, 지나갈 수 없겠는데?"

"그렇지 않아, 철교 중간쯤의 상판 한 마디가 하루에 2번씩 가로로 돌아가, 돛대가 높은 배들이 지나갈 수 있도록 뱃길을 열어준다고 해."

현규는 이 거대한 철 구조물이 어떻게 움직인다는 것인지 이해하기 힘들었고 일본인들의 기술에 새삼 감탄하지 않을 수 없었다. 일본이 언제부터 이렇게 기술 대국이 되어, 선진제국들과 전쟁을 치를 만큼 강해졌을까? 그동안 우리 조선은 무엇을 하고 있었는지? 안타깝다 못해 통탄할 일이라고 생각되었다.

얼마나 많은 조선 백성들이 이 강을 건너며 눈물을 뿌렸을까? 다시는 고향 땅을 밟을 수 없을지도 모른다고 걱정했을 것이다. 현규도 설렘뿐 아니라 앞으로 정세의 변화에 따라 어떻게 될지 불안하기도 했지만, 자신은 어떤 일이 있어도 반드시 고향으로 돌아갈 것이라고 다짐했다. 조선인들의 아픔을 아는지, 모르는지 푸른 강물은 천천히 여유롭게 흐르고 있었다. 강물 위에는 갈매기 무리가 나르고 크고 작은 돛단배들이 바람을 가득 안고 가고 있는, 평화로운 풍경을 그렸다. 덜컹거리는 철교 소음이 끝나자마자 기차는 만주 쪽 국경도시인 안동(安東)역으로 들어선다.

제2부
북만주

1

　안동(安東)역으로 들어선 기차가 덜컹거리며 무거운 몸을 눕힌다. 압록강에서 불어오는 차가운 강바람이 차창을 스치며 지나간다. 이제 만주의 관문에 들어섰다. 한때 이곳이 고구려 땅이었다고 하나, 이미 천년도 더 지난 이야기이다.
　현규는 거칠고 험하다는 만주 땅에서 어떤 일들이 자신을 기다리고 있을지, 일자리는 쉽게 얻을 수 있을지 걱정과 동시에 긴장감이 느껴졌다. 제복을 입은 해관원들이 올라와, 승객들의 짐을 샅샅이 조사한다. 면포, 인삼 등이 압록강을 건너 만주로 대량 밀수출 되고 있으며, 신의주에는 이 일에 종사하는 사람들만 수백 명이 넘는다는 이야기를 들었다. 두 나라 사이에 가격 차이가 크거나, 서로 필요한 물건들이 있기 때문일 것이다. 때로 밀수꾼들과 해관원 사이에 마찰이 일어나, 심하게 다치는 일도 있다고 했다. 기차에서도 국경을 넘을 수 없는 물건들, 아편, 인삼, 무기류, 불온 문서 등등을 찾아내려는 듯했다. 짐 보퉁이가 많은 사람은 조선과 만주를 이웃집처럼 들락거리는 보따리 장사꾼들인 것 같았다. 이들의 재빠른 행동으로 보아, 해관 검사가 익숙해 보였다. 신의주에서 철저한 검문, 검색을 받았기 때문인지, 일반 승객들의 검문은 그다지 심하지 않았다.

안동에서 이곳이 타국임을 곧바로 실감할 수 있었다. 두툼한 화복을 입은 사람, 좌우로 기우뚱거리는, 전족한 중국 할머니와 앞머리를 밀어 버리고 뒷머리를 처녀처럼 길게 땋아 내린 만주 사람, 상투를 틀고 바지저고리를 입은 조선 사람, 얼굴이 하얗고 수염을 기른, 러시아 사람들도 눈에 띄었다. 중국 사람과 만주 사람은 겉으로 보기에는 전혀 구별할 수 없었다. 만주족들은 노인들이나 자기들끼리는 만주 말을 쓰기도 하지만 젊은 사람들은 대부분 중국말을 한다고 했다. 지렁이처럼 생긴 만주 글도 있으나, 잘 쓰이지 않는다고 한다. 만주족이 세운 청나라가 300여 년 동안 중국을 지배해 왔지만, 문화적으로는 한족(漢族)에게 동화된 상태라 했다. 현규는 중국 말이 낯설었다. 일본 말을 할 줄 알면 크게 불편하지 않을 줄 알았지만, 이 땅의 주인은 중국 사람이라는 사실을 간과한 것이었다. 주인 노릇을 하는, 일본인뿐만 아니라 조선 사람도 이곳에서는 나그네일 뿐이다. 언제까지 만주에 머물게 될지 알 수 없지만, 중국 말도 배워야겠다고 생각했다.

안동역을 출발한 기차는 하얀 연기를 내뿜어내며 만주 내륙을 향해 힘차게 달린다. 현규는 만주 풍경을 조금도 놓치지 않으려는 듯, 차창에서 눈을 떼지 못했다. 한참을 달렸지만, 마을이 보이지 않았다. 땅이 넓어서인지 조선처럼 마을이 다닥다닥 붙어 있지 않은 듯했다. 조선보다 산세가 가파르기는 하지만 이곳 역시 산이 많았다. 간간이 보이는, 마을에는 반듯반듯한 붉은 벽돌집들이 보였다. 중국 사람들도 궁핍하다고 들었는데, 집은 조선보다 크고 좋았다. 흙벽보다 벽돌이 보기도 좋고 훨씬 오래 견딜 수 있다. 조선의 흙으로도 벽돌을 만들 수 있었을 터인데, 조선 사람들은 왜 벽돌집을 지을 줄 몰랐을까? 보이는 상점의 간판들이 한자(漢字)여서, 그리 낯설다는 느낌은 들지 않았다. 붉은 해가 산 너머로 기울어지며 사방이 어둑어둑해지고 하나씩 불빛이 보이기 시작했다. 승객들은 제각기 자기네 민족 말로 이야기하고 있었다. "봉천은 한밤중이 다 되어야 도착할 수 있다."는 조선 사람들의 이야기가 들렸다.

어둠을 가르며 10시간 남짓 달려온 기차가 한밤중에 봉천역에 닿았다. 현규가 하동을 나선 지 엿새 만이었다. 가방을 챙겨 들고 기차에서 내리자 날씨가 갑자기 곤두박질친 듯, 온몸에 싸늘한 냉기가 느껴졌다. 차가운 바람까지 세차게 불어, 이곳이 추운 지방이라는 사실을 실감케 했다. 코끝으로 느껴지는 공기의 냄새도 조선과는 다른 것 같았다. 사람들에게 떠밀리며 환하게 불을 밝힌 출구 쪽으로 나오자, 헌병과 순사가 승객들을 일일이 지켜보고 서 있었다. 역사 밖으로 나서자, 휑하니 넓고 스산한 역광장이 나타났다. 쏟아져 나온 승객들이 삼삼오오 흩어져 광장 끝, 어둠 속으로 사라진다. 일부 승객들은 교통편을 찾아 종종걸음으로 이쪽저쪽 움직이고 있었다. 너무 늦어서인지 인력거나 택시도 보이지 않았다. 현규는 드디어 목적지에 도착했지만 장마당으로 끌려 나온 송아지처럼 어리둥절했다. 힘들게 여기까지 왔지만, 막상 어디로 가야 할지? 낯선 곳에 버려진 어린아이처럼 막막하기만 했다. 먼저 여관부터 들어가, 천천히 생각하기로 했다. 여관이 어디쯤 있을까? 낯선 곳이라 어느 쪽으로 가야 할지 두리번거리고 있을 때, 저쪽에서 기차에서 내린 사람들을 기웃거리고 있던 키가 작은 소년이 자신에게로 다가왔다.

"아저씨 조선에서 오셨지요?"

"그래."

어디로 가야 할지 갈피를 잡지 못하고 있던 차에 조선말로 물어오자, 무척 반가웠다. 하지만, 경계심을 늦출 수는 없었다.

"깨끗한 여관이 있어요. 여기서 멀지 않아요. 같이 가요."

"밤이 늦었는데 나와 있어?"

"이 기차가 조선에서 오는 막차예요. 이제 들어가려는 참이어요."

"목욕은 할 수 있어?"

"그럼요. 온돌방이 따뜻하고 목욕도 할 수 있어요."

현규는 낯선 곳에다, 늦은 시각이라 선택의 여지 없어 아이를 따라가야만 했다. 하지만 무턱대고 따라가다, 어떤 위험이 도사리고 있을지 모른다는 경계심이 들었다. 아이가 가방을 들고 가겠다며, 달라고 했지만, 주지 않고 오히려 힘껏 붙잡았다. 별다른 물건이 들어있지는 않지만, 가방을 들고 도망가버리면, 낯설고 어두운 곳에서 꼼짝없이 당할 수밖에 없다. 경계심을 조금도 늦추지 않으며, 앞서가는 소년을 뒤따랐다. 길가에는 아직도 불을 밝히고 있는 중국 상점들이 더러 보였다. 회색 벽돌집들이 늘어서 있는 큰길을 따라 얼마쯤 가다, 어두운 길로 꺾어들자 골목 초입에 전깃불을 환하게 밝힌 일본풍 건물에 '해주여사(海州旅舍)'라는 간판이 보였다. 비로소 그는 긴장의 끈을 늦추며, 늦게까지 일하는 아이를 의심해 미안하다는 생각이 들었다. 대문으로 들어서면서 소년이 "손님 왔어요" 하고 외치자, 입구 방에서 신여성들 사이에 유행하는, 파마머리에 개량 한복을 입은, 30대 초반쯤의 아주머니가 나와 그를 맞는다.

"어서 오세요. 조선에서 오시지요?"

어느 지방 사람인지 아주머니의 말씨가 서울말처럼 부드러웠다.

"예, 그렇습니다."

"들어오세요. 따뜻한 온돌방 있습니다."

"목욕을 할 수 있을까요?"

"그럼요. 데워 놓은 물이 있습니다."

방은 깨끗했고 일본식 목욕통에 데워진 물이 있었다. 그는 오랜만에 몸을 씻고, 따뜻한 방에 누웠으나 이 생각 저 생각으로 좀체 잠들지 못했다. 자신은 이제 만주에 도착했지만, 부모님과 금순이는 어찌하고 있을까? 인규가 쪽지를 보았다면, 집에서도 지금쯤 난리가 났을지 모를 일이다. 부모님은 자신이 혼인은 물론 군청까지 그만둘 것이라고는 짐작조차 못 하셨을 것이다. 금순이도 이불을 뒤집어쓰고 누워버렸을 것이다. 하지만 이제는 돌이킬 수 없는 일이 되었다.

이곳에 뚜렷한 목적이 있어 온 것은 아니지만, 단순히 여행을 위해 온 것도 아니다. 당분간이라도 머물려면 빨리 일자리를 찾아야겠다고 생각했다. 월급을 모아, 몇백 원 쥐고 왔지만 놀고먹기만 하면 얼마 버티지 못한다. 뿐만 아니라 길을 가다 검문을 당해도, 직장이 없는 건달로 보이면 강제 징집당할 수도 있을 것이다. 이곳의 사정이 어떤지는 알 수 없지만, 직장 잡기 여의치 않으면 이 군수가 소개한 김 판사를 찾아봐야겠다고 생각했다. 이튿날 여관 아주머니가 아침상을 들고 들어왔다. 반찬 가짓수는 그리 많지 않았으나 한눈에 보기에도 정갈했다. 아침에 다시 보니 깨끗하게 생긴, 아주머니가 여간 미인이 아니었다.

"편안히 주무셨어요? 조선 어디에서 오셨지요?"

"예 아주 잘 잤습니다. 김해에서 왔습니다."

"조선의 제일 끝에서 오셨네. 총각 같은데?"

"예, 아직 결혼 못 했어요."

"여기 무슨 일 때문에 오셨어요?"

"예, 구경도 하고, 좋은 일자리라도 있나 해서요. 혹시 이곳 봉천에서 일자리를 얻을 수 있을까요?"

현규는 여관 아주머니라면 매일같이 드나드는 손님들을 통해서라도 봉천의 사정을 누구보다도 잘 알 것이라는 생각이 들어, 물어보았다.

"취직하시려고요? 제가 여기 온 지 10여 년이 넘었는데, 봉천에 일자리 많다는 소문도 다 옛날 말이지요. 만주국이 세워지고부터 얼마 동안은 일거리가 많았어요. 그 소문을 듣고 조선 팔도에서 수많은 사람이 몰려왔지요. 6~7년 전까지만 해도 봉천역에는 매일같이 조선에서 들어오는 사람들로 넘쳐났어요. 봉천에 있는 높은 건물들과 관공서들은 그때 다 지었어요. 그 시절에는 우리 여관에도 손님이 많았어요. 그러다 차츰 일거리가 떨어지자, 노동자들이 조선으로 돌아가지 않고 간도(間島) 등지의 농촌으로 들어가거나, 장사를 시작했지요. 조선 상점들이 많은 서탑(西塔) 거리가 그때부터 어울리기 시작했어요. 지금은 봄 여름에 쿠리(노동자)들의 일자리가 좀 있다고 들었지만, 배운 사람의 취직자리는 쉽지 않은가 봐요. 총각은 노동할 사람으로는 보이지 않는데, 사무실에 취직해야 할 것 아니어요? 해주에서 고보를 졸업하고 올라온 동생도 취직을 못 해, 여관 일을 도와주고 있어요."

"그렇군요."

"우리 여관에 얼마나 묵으실 생각입니까?"

"얼마나 있어야 할지 아직은 잘 모르겠어요. 아무래도 당분간은 좀 머물러야 할 것 같습니다."

"계시는 동안 편안히 모실게요. 필요한 일이나 모르는 것이 있으면 언제든지 물어보세요. 처음 보지만 총각이 좋아, 동생처럼 정이 가네요."

아주머니는 손님에게 그냥 하는 소리겠지만, 아는 사람이라고는 단 한 명도 없는, 먼 타국에서 누님뻘인 아주머니에게 여러 가지 도움을 받아야 할 것 같았다. 소문과 달리, 이곳에도 일자리 구하기가 쉽지 않은 듯했다.

2

현규는 여관에서 하루를 쉬면서 곰곰이 생각해 보았다. 농업학교 출신이면 취직은 그리 힘들지 않을 것이라고 기대했지만 이곳 상황도 그리 녹록지 않은 것 같았다. 만주행을 결정하면서 직장 문제는 걱정하지 않았으며, 여기까지 오는 동안에도 별로 신경 쓰지 않았다. 만주에 가기만 하면 어떻게 되겠지 하는, 안일한 생각을 하고 있었던 것이었다. 막상 취직이 힘들다고 하니, 낯선 타국에서 고아(孤兒)나 다름없는, 그로서는 어떻게 해볼 방법이 없었다. 설령 사람이 필요한 기관이 있다 하더라도, 알 수가 없다. 이곳에도 직업소개소가 있겠지만 주로 노동자들의 일자리를 알선해 줄 것이다. 내키지 않지만 김 판사 신세를 져야 할 수밖에 없을 것 같았다. 김 판사가 힘을 써준다면 취직이 그리 힘들지 않을 것이라는 생각이 들었다. 다음 날 아침 식사 후 이력서를 써서, 김 판사를 찾아 나서기로 했다.

"법원은 이곳에서 멀지 않지만, 봉천 지리를 잘 모르면 찾기 힘들어요. 고생하지 말고 요 앞 큰길에서 인력거를 타면 20전만 주면 되어요."

법원 위치를 묻자, 아주머니가 일러 주었다. 여관을 나와, 큰 길가로 나서자 차고 건조한 바람이 획획 불며 거리의 흙먼지를 일으켜 세우고 있었다. 어제보다 날씨가 부쩍 더 추워진 듯, 얼굴을 때리면서 스치는 차가운 바람이 국민복 속으로 거침없이 파고들었다. 길가에 인력거 몇 대가 손님을 기다리고 있었다. 늙수그레한 조선 사람의 인력거에 올랐다.

"아저씨, 여기 바람이 왜 이렇게 많이 불어요?"

"봉천에는 천날만날 바람이 이리키 세디래요. 벌판 바람이 유별나기요."

인력거꾼은 어느 지방인지 모를 북도 사투리로 대답했다. 그도 농촌에서 살기가 힘들어 삶의 터전인 고향을 버리고 여기까지 흘러왔을 것이다. 현규는 거리 모습을 정신없이 바라보았다. 봉천이 국제 도시라는 명성이 거짓이 아님을 알 수 있었다. 도로를 따라 열 지어 서 있는 서양식 높은 건물들과 수많은 상점과 전차, 자동차와 자전거, 인력거, 경성에서는 보이지 않던 마차까지 따그닥거리며 거리를 달리고 있었다. 아침부터 거리로 쏟아져나온, 사람들과 타는 것들이 무질서하게 뒤엉켜 바쁘게 움직였다. 행인들의 모습도 각양각색이었다. 챙이 없는 비단 모자에 변발한, 만주 사람들과 두꺼운 화복 차림의 중국인들, 이 추위에도 흰 두루마기에 상투를 틀고 갓을 쓴 조선 사람도 보였다. 거리 곳곳에 헌병과 칼을 찬, 순사들이 설치고 다녔고 어디에서 호루라기 소리까지 들려, 경성보다 분위기가 더 살벌하고 혼란스러웠다. 이 나라의 남쪽 어디에서 전쟁이 벌어지고 있기 때문일 것이다. 그래도 전쟁 당사국인 일본과 중국, 양국 백성들이 마찰 없이 같이 살아가고 있다는 사실이 흥미로웠다. 하기야 전쟁은 정치하는 사람들의 노름이지, 먹고살기 힘든 백성들의 싸움은 결코 아니다.

한참을 달리자, 인력거꾼은 연신 이마의 땀을 닦아 낸다. 거리의 소음에 묻혔지만, 거친 숨소리가 들려 오는 듯했다. 나이 든 사람이 힘들게 끌고 있는데, 젊은 사람이 편안하게 앉아서 가려니, 마음이 편하지 않았다. 다 같은 사람인데 누구는 힘들게 끌어야 하고, 누구는 걷기조차 싫어 호사를 누린다. 새삼 세상은 참으로 공평하지 않다는 생각이 들었다. 그래도 이곳이 오르막 내리막이 없는 평지라 인력거 끌기에 수월할 것 같았다. 이렇게 힘들게 일해도 고향에서 농사짓기보다 나을까? 추운 겨울에도 땀을 흘려야 하는, 이 일도 농사짓기보다 결코 나을 것 같지는 않았다. 고향에 변변한 농토가 없어 이곳으로 왔겠지만. 도시 빈민이나 농촌의 소작인이나 살아가기 힘들기는 오십 보 백 보일 것이다.

반 시간 남짓 걸려, 헌병이 정문을 지키고 있는 봉천 지방법원에 도착했다. 붉은 벽돌로 지어진, 법원은 여느 관공서 건물과 비슷했다. 넓은 마당 정문, 옆으로 작은 경비소 건물이 있었고, 정문 앞에는 초병이 서서, 들어오는 사람들을 철저히 검문하고 있었다. 현규는 키가 큰, 초병에게 "가네무라 추이지수" 판사를 면회하러 왔다고 말했다. 초병은 경비소에 들어가, 신청하라고 했다. 경비소에는 2명의 헌병이 더 있었다. 그중 한 명이 찬바람이 도는, 시큰둥한 표정으로 어떻게 왔는지 등을 꼬치꼬치 캐물었다. 그리고 면회 일지를 내어놓으며, 이름, 나이, 목적 등등 자세하게 쓰라 한다. 현규는 모르는 사람이 찾아왔다면 만나주지 않을 것 같아, 하동군수의 소개로 왔다는 사실을 꼭 전해 달라고 부탁했다. 잠시 기다리라는 말을 하고는, 내부 전화로 연락했다. 곧이어 "김 판사가 재판 중이라, 두어 시간은 기다려야 한다"고 했다. 현규는 경비소를 나와, 법원 문 앞에서 서성거리고 있었다. 추위에 종종거리며 무료하게 기다리면서, 드나드는 사람들을 유심히 지켜보았다. 매듭단추가 달린 두툼한 화복 저고리를 입은, 한 무리의 사람들이 중국말을 큰소리로 지껄이며 나오고 있었다. 그들의 말을 알아듣지는 못하지만, 억울함을 이야기하는 것 같았다. 뒤이어 나이 많아 보이는, 노파가 딸이나 며느리인 듯한 여인의 부축을 받으며, 대성통곡을 하면서 나왔다. 가족 중 누군가가 중형을 받았거나 재판 결과에 불만이 많은 사람일지도 몰랐다. 이곳에는 죄를 짓고 감옥 가는 사람뿐 아니라 억울하게 형을 받는 사람들도 많을 것이다. 일본에 저항한 수많은 조선인 독립지사도 이곳에서 재판을 받고 억울한 옥살이를 했을 것이다. 김 판사가 이 군수처럼 민족의식이 있다면 그에게 재판받는 조선인들은 불공정한, 중형을 선고받지 않을 것인데… 비록 일본 관청에 근무한다 해도 우리 민족을 도울 수 있는, 방법은 얼마든지 있을 것이다.

긴 시간 동안 날카로운 칼바람 속에서 몸을 덜덜 떨어야 했다. 지금쯤 김 판사가 재판을 끝냈을 것 같아, 경비소에 들어가 다시 물어봐 달라고 부탁했다. 헌병은 추위에 떨며 오랫동안 기다리고 있는, 그가 안 되어 보였던지 곧바로 연락해보고는, 중앙 현관으로 들어가 2층, 203호실로 찾아가라고 했다. 현관 입구에서 다시 한 번 몸수색을 당해야 했다.

"이 군수와 같이 근무했나?"

현규가 건네준 소개장을 읽고 난, 판사가 그를 똑바로 바라보며 물었다.

"예."

"이 군수는 잘 지내고 있겠지? 그러고 보면 만난 지 벌써 3년쯤 되었겠네."

"예, 잘 지내고 계십니다."

"이 군수가 자네를 많이 아낀 모양이군."

금테 안경을 쓴, 말쑥한 김 판사는 이 군수처럼 인상도 좋았고 서울 말씨가 부드러웠다. 그에게서 판사 영감의 근엄한 모습은 어디에도 보이지 않았고 온화하고 친근감이 느껴졌다. 유유상종이라더니 이 군수와 김 판사의 인상도 비슷해 보였다. 김 판사는 경기도 여주의 만석꾼 집 자제라 했다. 부잣집 아들답게 귀공자 같은 여유로움과 품격도 느껴졌다. 이런 배경에 머리까지 뛰어나니, 아무리 식민지 출신이라지만 선택받은 사람이라고 생각되었다. 김 판사가 조선이 아닌, 만주국으로 발령받은 이유는 그가 조선인이기에 차별받았을 것이라고 짐작했다. 만석꾼 자제가 월급 더 받기 위해 이곳으로 지원하지는 않았을 것이다. 현규로서는 이 군수와 김 판사의 모든 것들이 한없이 부럽기만 했다.

"그래, 있을 곳은 잡았나?"

"예 그저께 저녁에 도착하여 역에서 멀지 않은 여관에서 묵고 있습니다."

"왜 군청을 그만두고 만주까지 왔지?"

"예, 개인적으로 신상에 문제가 있어, 떠나와야 했습니다."

"학교는 어디까지 나왔나?"

"예, 공립 김해농업학교를 졸업했습니다."

"그래, 농업학교를 나왔다. 만주에는 언제까지 있을 생각인가?"

"정하지 않았습니다만 일자리만 있으면 한동안 여기 머물고 싶습니다."

"이 군수 말로는 원한다면 일자리도 알아봐 주라는데, 일자리가 있었으면 좋겠다, 그 말이지?"

"예, 그렇게 해 주셨으면 감사하겠습니다."

"사정은 잘 모르겠지만 이 군수 부탁도 있고 하니, 내가 한번 알아봐 주겠네. 먼 곳에서 왔는데 같이 밥이라도 한 끼 먹었으면 좋겠지만 지금은 시간이 없어 미안하네. 이력서를 주고 가게. 이력서를 보내고 연락 오기를 기다리려면, 시간이 좀 걸릴 것이니 열흘쯤 후에 다시 찾아오게나. 그리고 될 수 있는 대로 밖으로 나다니지 말고 조심하게. 요즈음 분위기가 좋지 않네."

김 판사도 조심하라는 말을 덧붙이는 것으로 보아, 무엇인지 모르지만, 정세가 좋지 않은 것만은 사실인 것 같았다. 김 판사에게 이력서를 건네고 밖으로 나오자 매서운 바람이 더욱 세차게 불었다. 자신처럼 두꺼운 옷을 입지 않은 사람은 찾아보기 힘들었다. 남녀 할 것 없이 모두가 솜이나 모피로 만든 두툼한 저고리나 외투를 입고 있었다. 조선처럼 흰옷은 드물었고 대부분 무늬가 들어간 비단이나 짙은 색 옷이었다. 하동에서 갑자기 떠나오느라 미처 두꺼운 옷을 준비하지 못했는데, 외투를 한 벌 사야겠다고 생각했다. 김 판사를 다시 만나려면 앞으로 열흘은 기다려야 했다.

3

"오늘 갑자기 날씨가 추워졌지만 앞으로 매일매일 더 추워질 거예요. 여기서 이런 차림으로는 견디기 힘들어요. 시장에 가서 중국 사람들이 입는, 두툼한 솜저고리나 두루마기를 사 입으세요."

추위에 떨며 시퍼렇게 되어 들어서는, 그를 본 여관 주인아주머니가 혀를 차며 한마디 했다. 그리고는 동생 동호를 부른다.

"이 손님 두꺼운 옷 사려고 하는데, 같이 시장 갔다 오너라."

현규는 동호를 따라 큰 길가의 중국인 옷가게에서 솜을 두툼하게 넣어 누빈, 짙은 고동색 윗도리를 한 벌 샀다. 위에서 아래까지 6개의 매듭단추가 달렸으며, 옷값은 상당히 비싼 편으로 10원이었다. 안감으로 토끼털이 들어 있는 저고리는 훨씬 더 비쌌다. 두꺼운 저고리를 입자, 동호는 "조선 사람인지 만주 사람인지 구별이 안 된다"며 농을 했다. 이곳에 살고 있는, 사람들의 민족을 구분하려면 옷차림으로밖에 할 수 없다. 하지만 겨울철에는 모두가 비슷비슷한 두꺼운 옷을 입고 있어, 구별이 쉽지 않다. 국민복 위에 두꺼운 저고리를 껴입자 추위가 한결 덜 느껴지는 듯했다.

주인아주머니의 동생 박동호는 현규보다 두 살 적은 스물한 살이었다. 체격이 건장하고 어려 보이지도 않아, 오히려 현규보다 형 같아 보였다. 금년에 해주고보를 졸업하고 계모와 같이 살기 싫어, 누나 집에 와 있다고 했다. 동호는 봉천에 온 지 1년이 채 못 되었지만, 이곳 사정을 잘 아는 것 같았다. 밝은 성격에 붙임성도 좋아 현규에게 곧바로 형이라고 불렀다. 둘이 동년배로 고향을 떠나, 친구가 없을뿐더러 타국이라 외로웠기 때문일 것이다.

"동호씨 조선에서 듣기로는 봉천에 일자리가 많다고 하던데, 직장 얻기가 왜 이렇게 힘들지요?"

"그렇지도 않아요. 일본이 만주국을 세우면서 대부분 중국 정부가 만들어 놓은 기관들을 그대로 접수했다고 보면 틀리지 않아요. 고위직이나 중요 보직에는 일본 사람들이, 하위직은 중국 사람들로 채워져 있어요. 일본 말도, 중국 말도 서툰 조선사람들이 끼어들기에는 한계가 있어요. 이곳에서는 만주국이 세운 건국대학을 나와야, 좋은 취직자리도 얻고 출세도 할 수 있다고 해요."

"그렇겠네요. 취직을 해야 하는데, 걱정입니다."

동호 말을 들으니, 미처 그 점을 생각하지 못했던 것 같았다. 만주국이 건국되면서 관공서와 각종 기관이 새로 생긴 것이 아니라 대부분 원래부터 있던 것을 일본이 접수하여, 고위직이나 중요 직책만 차지하고 있을 뿐이라는 것이었다. 현규는 동호와 술을 두어 번 같이 마신 후부터는 오래된 친구 사이처럼 서로 속내를 털어내 보이기도 했다. 학교 다닐 때 이야기, 고향 이야기뿐만 아니라 젊은이로서 조선의 현실에 대한 불만을 늘어놓기도 했다. 취직 문제는 그들 둘 다의 관심사일 수밖에 없었다.

"동호 씨 매형은 집에 계시지 않는 것 같네요?"

저녁 식사 후 현규 방에서 같이 백주(白酒)를 마시면서, 궁금한 점을 물었다. 그가 이 여관에 묵은 지 며칠이 지났지만 주인 남자를 한 번도 보지 못했다. 아주머니 혼자서 여관을 꾸려 나가는 것 같았다. 남자가 없지만, 손님들이 매일같이 꽉 차는 것도 아닐뿐더러 종업원과 동호까지 있어서인지 그리 힘들어하는 것 같지는 않았다. 잠시 머뭇거린 동호가 입을 열었다.

"매형은 멀리 가 있어요. 지금은 해삼위(블라디보스토크)에 있을지도 모르겠어요."

"해삼위라면 러시아가 아닌가요?"

"그래요. 소련 땅이어요. 몇 년 전까지만 해도 그쪽에서 활동하신다고 들었는데, 지금은 어디 계신지도 몰라요. 스탈린이 연해주에 거주하는 조선 백성들을 스파이로 몰아 중앙아시아로 강제로 이주시켰다는데, 매형도 그때 끌려갔는지 연락이 끊긴 지 오래되었어요. 돌아가셨는지도 모르고요. 누님이 많이 힘들어하고 있어요."

"활동이라면 혹시 독립운동?"

현규는 갑자기 긴장되면서, 바깥이 신경 쓰여 목소리를 낮추어 물었다.

"맞아요. 신흥무관학교 출신으로 의열단 단원으로 공산주의자이어요."

"혹시 대장이 밀양 사람 김원봉이라는 그 의열단?"

"예, 맞아요."

그는 놀라 할 말을 잊었다. 독립운동이라는 말을 듣기만 해도 가슴이 두근거렸다. 학교 졸업 후, 현규에게 독립이라는 말은 감히 입 밖에 꺼낼 수 없는 금기어였다. 하지만 이곳은 조선보다 일본이 더 멀리 떨어져 있기 때문인지, 동호는 예사롭게 말했다. 만주의 분위기는 조선과 사뭇 다른 것 같았다. 조선은 일본의 식민지가 된 지 이미 30년이 지났지만, 이곳은 아직 10년 정도밖에 되지 않았다. 근래까지 독립운동가들의 활동이 많았기 때문일까? 동호가 술을 좀 마시기는 했지만, 술김에 하는 말은 아닌 것 같았다. 현규를 믿고, 말해도 괜찮을 것으로 생각하는 듯했다. 어쩌면 동호가 매형이 독립운동을 한다는 사실을 자랑스럽게 생각하고 있는지도 몰랐다.

"매형은 고향에서 땅을 팔아 와, 이 여관을 열었어요. 이 여관은 한동안 의열단원들의 연락처가 되어, 비밀리에 많은 사람이 들락거렸지요. 그러다 밀정의 고자질로 밤중에 경찰들이 들이닥쳐 여관을 샅샅이 수색했어요. 마침 단원들이 없을 때여서 무사했지만 누님은 끌려가 고문까지 당했어요. 그리고는 영업을 못 하게 하여, 몇 년 동안 여관 문을 닫았지요. 2년 전에 봉천 부청(府廳) 관리에게 뇌물을 쓰고 다시 열었어요. 아직도 경찰의 요시찰 대상이 되어, 불시에 검문을 나오거나, 드나드는 사람들을 감시하고 있어, 조심해야 해요."

"그럼 나는 괜찮을까요?"

"형은 잘못한 거 없잖아요. 형이 무슨 독립운동했어요?"

동호의 말처럼 그가 독립군도 아닌데 걱정할 일은 없다. 그 말을 들으니 부끄럽기도 했지만, 한편으로 '모진 놈 옆에 있다가 벼락 맞는다.'는 말처럼 여기 있어도 괜찮을까 은근히 걱정되기도 했다. 어쭙잖은 일에라도 끌려가게 되면 독립운동과 관계가 있는 것처럼 오해를 받아 추궁당할 수도 있기 때문이다.

"동호 씨 여기 와서 느낀 점인데 조선 사람들은 독립운동하느라고 여태껏 싸우고 있는데, 이곳의 중국 사람들은 조용하네요. 조선은 큰 전쟁도 치르지도 않고 식민지가 되었지만, 중국은 아직도 일본과 전쟁 중이잖아요. 아무리 이 지역이 만주국이 되었다 해도 별다른 저항 운동이 없는 것 같기도 하고, 전쟁 당사국 백성들끼리 큰 마찰 없이 살아간다는 점이 이상해요."

"글쎄요. 중국은 조선과 다르게 여러 민족이 섞여 있는 국가라서 그런지 민족의식도 별로 없는 것 같고, 권력자에게 순종을 쉽게 하는 것 같아요. 혹시 몇 년 전에 일어난 남경대학살 이야기는 들어 보았어요?"

"아직 들어 보지 못했어요."

"이곳에서는 소문이 다 나 있는 일이어요. 나도 여기 와서 들은 이야기지만 일본군이 중국 민간인들 수십만 명을 죽였다고 해요. 구덩이를 파 놓고 총으로 쏘아 죽이거나 일본도(刀)로 목을 쳐 죽였다고 해요. 어떤 마을에서는 남자들은 모두 죽이고 여자들은 강간한 후 유방이나 성기에 칼을 꽂기도, 도려내기도 했다는군요. 만주국이 건국되기 전의 일이기는 하지만, 일본의 만행에 대한 국민적 원한도 쌓여 있을 것, 아니어요. 그런데도 만주국의 중국 사람들은 큰 저항도 하지 않고, 조용하다는 점이 이해되지 않아요. 물론 건국 초기에 저항이 전혀 없었던 것은 아니라지만, 조선과 달리, 그렇게 오래 가지도 않았고 쉽게 끝나 버린 모양이어요. 조선인들은 수십 년이 지났지만, 아직도 독립운동하고 있잖아요."

이곳에 와서 조선에서는 몰랐던 놀라운 사실들을 많이 알게 되었다. 현규도 일본의 끔찍한 만행에 치를 떨지 않을 수 없었다. 결국 일본이 천벌을 받고 말 것이라는 생각이 들었다. 확실히 이곳이 거친 대륙임을 실감할 수 있었다.

4

"형님이 만주 갔다 카데요."

"니 거기 무슨 소리고?"

"군수님이 그라데요. 형님 만주 갔을 끼라고."

"뭐인가 좀 이상타마는, 그놈이 장개가기 싫어서 딴 마음 묵고 있었네. 아이고 이일을 우짜면 좋노."

"보소 그래, 그렇키 하기 싫다는 거를 억지로 시킬라 카이 그래 되는 거 아잉기요. 그놈이 보통 고집 아닌 줄 몰랐능기요. 인자 우짤낀기요?"

"어데 못 가게 붙잡아 놓을 걸 그랬네. 철호한테는 뭐라고 얘기해야 되노?"

　아침부터 날씨가 쌀쌀해지고 우중충하더니, 하동 보내놓은 막내 인규가 다음 날 오후 늦게 마당으로 들어서면서 한다는 말이 억장 무너지는 소리였다. 덕섬댁은 덕섬 어른에게 싫다는 혼인을 억지로 시키려 했다며 역성이다. 군청에 처리할 일이 있다며 잠시 다녀오겠다면서 나간 놈이 아무래도 석연치 않아, 인규에게 형님을 데리고 오라며 하동으로 보냈다. 인규가 이틀 만에 현규가 만주에 갔다는 소식을 가지고 돌아왔다. 군청 직원들에게 "형님이 어디 있는지?" 물어보아도 모두가 모른다고 했지만, 마침 군수가 보고 "김 서기 만주 갔다." 하더라고 했다. 덕암에 있는 큰며느리 친척도 만주 간다고 하여, 며느리가 친정 다녀온 적도 있었다. 그 사람은 자기 논 한 뼘도 없이, 소작만 부쳐 먹다가 도저히 못 살겠다면서 갔다 했다.

　현규가 거기에서 농사지을 것도 아니면서 그 멀고 추운 만주에는 무엇 때문에 갔는지? 도적 떼까지 득실거린다는, 그곳에서 뭘 하려는지? 장가가기 싫다고 군청까지 그만두면 어떻게 하겠다는 말인가? 군청보다 더 좋은 직장이 어디 있다고 그렇게 쉽게 내어놓는지, 내 자식이지만 그 속을 알다가도 모를 일이었다. 철호에게는 뭐라고 말할 것인가? 난감하지 않을 수 없었다. 혼숫감이라고 사놓은 물건들이야 다음에 쓰면 되지만 철호 집이 문제였다. 딸자식 책임지라고 멱살 잡고 난리 칠 터인데, 아무리 생각해도 해결 방법이 없었다. 아비 입장을 이렇게 난처하게 만들어 놓고 혼자 훌쩍 가버리면 어떻게 하라는 말인가. 생각할수록 현규 놈이 괘씸했다.

　"만주가 어데 붙었는기요? 서울보다 더 먼기요?"

서울이 제일 먼 줄로 알고 있던 덕섬댁이 덕섬 어른에게 묻는다.

"서울이 다 뭐꼬. 서울보다 몇 배는 더 가야 할끼다. 지난번에 덕암 며느리 친정 아재 집이 갔다 카는 데 아이가. 엄청나게 춥다 카던데."

"그아가 그래 먼데꺼정 갔구나. 많이 춥다 카면 우리 현규 우짜노?"

"그놈이 춥어 뒤지든지, 말든지 지금 거기 문제가. 철호한테 뭐라고 해야 할지 대 걱정이구만."

"아이고 현규야."

옆에서 현규 아버지와 어머니가 하는 말을 듣고 있던 현규 할머니는 멀고 추운 데까지 갔다는 손자 걱정으로 벌써 눈물을 보이신다. 덕섬 어른은 철호 집에서 어떻게 나올지 걱정이 태산이었다. 금순이 어미, 망덕댁이 난리를 치며 몸져누울 것이 뻔했다. 금순이도 얼마나 마음이 상할지. 현규가 장가가기 싫다고 했을 때, 시작하지도 말아야 하는데, 후회가 되었다. 옛날부터 철호와 사돈 하자고 농담 삼아 한 말이 진담이 되어버려, 혼인을 시키기로 약속했다. 어릴 때부터 금순이가 색싯감이라고 늘 해오던 이야기라 현규도 응당 그렇게 알고 있겠거니 했다. 싫다고 해도 부끄러워 그러려니 하며, 예사로 들었지, 그놈이 다른 생각을 하고 있으리라고는 꿈에도 생각하지 못했다. 현규가 학교도 졸업하고 취직한 지도 이제 좀 되었으니, 혼인시킬 때가 되었다고 날까지 받았던 것이었다. 금순이가 어때서 싫다는 건지? 인물도 그만하면 어디에 가도 빠지지 않고, 보통학교라도 나와 제 이름 석 자는 쓸 줄 알고, 신체 건강하고 일 잘하면 됐지 뭘 더 바랄 것인가. 혼인이 뭐 별난 일이라고 직장까지 내던지며, 이 야단인지 이해할 수 없었다. 어릴 때부터 엄하게 키웠지만, 자식이 머리가 커지니 부모 마음대로 되지 않는다. 논 팔아 공부시켜 놓았더니, 오히려 부모 말을 고분고분 듣지 않는 자식이 된 것 같았다. 농업학교에 보내지 않았으면 이러지 않았을 것이다. 학교 졸업도 하기 전에 장가들이고 싶었지만, 현규가 말을 듣지 않았다. 그래서 졸업하고 취직할 때까지 기다려 주었는데, 결국 이 사단이 벌어지고 말았다. 세월이 많이 달라졌다고는 하지만 부모 시키는 대로, 심지어 얼굴도 보지 않고 혼인하는 자식들도 많이 있다. 덕섬 어른이 현규의 결혼을 서두는 이유는 빨리 손자를 보고 싶었기 때문이었다. 자신이 외동아들이라 유달리 아들 욕심이 심했다. 나이 50이 다 되어 가는데 아직 손자가 없다. 또래 친구들 가운데에서 손자 없는 사람은 자신밖에 없는 것 같았다. 어떤 친구는 손자가 벌써 보통학교에 다닌다. 손자 빨리 보려고 큰아들 병규를 열여덟 살에 장가들였는데, 며느리가 쓸모없는 딸만 둘을 낳아 여간 섭섭하지 않았다. 그렇다고 소박을 놓을 수도 없고. 동네에는 딸을 7~8명씩 연달아 낳은 여자도 여럿 있었다. 큰며느리도 계속 딸을 낳을 것 같은 징조가 보이는 듯하여 현규라도 빨리 장가들여 손자를 봐야겠다고 생각했다. 집안이 흥하려면 재물도 많이 들어와야 하지만, 무엇보다 자손이 많아야 한다. 자식을 10명이나 보았지만 어릴 때, 다 잃고 살아남은 자식은 다섯밖에 되지 않았다. 그중에 둘은 소용없는 딸이니, 아들은 셋밖에 건지지 못했다. 잘못하면 손자가 없어, 대가 끊어질지도 모른다는 불안감마저 들었다.

그나저나 금순이 아버지 철호에게 뭐라고 말해야 할지 난감하기만 했다. 그래도 철호한테 맞아 죽을 각오를 하고, 빨리 말해주는 수밖에 없었다. 덕섬댁과 현규 할머니는 혼사가 파기된 것보다, 그 멀고 추운 곳으로 간 현규가 걱정이었다. 더구나 요즈음같이 시끄러운 시국에 멀리 타국까지 갔다니까, 걱정이 되지 않을 수 없었다. 인규는 하동을 다녀온 다음 날 책갈피에 꽂힌 형님의 편지를 발견했지만, 어른들에게는 아무 말 하지 않았다. 말했다가는 야단만 맞을 것이 뻔했기 때문이었다.

5

현규는 김 판사와 약속한 날까지 기다리는 동안, 혼란스러운 정세 때문에 나다니기도 조심스러웠지만, 여관방에만 있기 갑갑하여 동호와 봉천 시내 구경을 나섰다. 거리에 나가자, 남녀, 민족 구별 없이, 어쩌다 보이는 러시아 사람들까지도 두툼한 화복 차림이다. 봉천역 부근 여기저기에 붉은 벽돌 건물의 만주국 관청들이 보였고, 역(驛) 건물도 경성역과 비슷했다. 봉천의 역사적 구경거리로는 청나라 시대의 고궁과 북릉이 있다고 했다. 그중 북릉은 언제부터인지 고향을 떠나온, 조선사람들이 단옷날이나 추석, 설 등 명절이면 저마다 깨끗한 옷을 입고 모이는 곳이라 한다. 오랜만에 고향 사람들을 만나, 준비해 온 음식과 술을 나누어 먹으며 아리랑, 도라지 등 노래와 춤으로 타국살이의 서러움을 날려 버린다 했다. 가깝기도 하거니와 딱히 목적한 곳이 없어, 북릉 쪽으로 가기로 하고, 인력거에 올랐다.

넓은 북릉 마당에는 세찬 바람과 낙엽만 굴러다녔고, 날씨 때문인지 사람들은 거의 보이지 않았다. 이곳에는 조선인들의 원수라 할 수 있는, 병자년에 조선을 침략한 청나라 태종 홍타이지의 묘가 있었다. 둥글고 거대한 봉분 위에는 기이하게 온갖 나무들이 자라고 있었다. 조선에도 왕릉이 있지만, 잔디 외에는 어떤 것도 자라지 못한다. 보통 사람들의 무덤에도 나무가 자라지 못하도록 어린싹이 보이면 잘라버리는데, 황제 능에 온갖 잡목들이 자라게 하다니, 이해할 수 없었다. 옛날부터 만주 사람들을 왜 오랑캐라고 불렀는지 그 이유를 알 수 있을 것 같았다. 예의범절을 모르는 사람들이라고 생각했기 때문일 것이다. 노인 몇몇이 양지바른 쪽에 앉아, 장기를 두고 있었다. 장기말이 주먹만큼 컸다. 동호는 중국 노인들이라 했다.

 북릉을 나와, 중국 사람들이 밀집해 사는 주택가를 지나갔다. 봉천에 온 지 며칠 되지 않았지만, 듣던 대로 중국 사람들은 불결했다. 마차가 다니면서, 곳곳에 퍼질러진 말똥과 쓰레기 등, 경성 거리와는 비교할 수 없을 만큼 지저분했다. 거리의 냄새도 조선과는 달랐다. 향신료 냄새인지 누리고 느끼한, 역겨운 냄새가 났다. 사람들이 입고 있는 두꺼운 옷도 기름때가 묻어 반질거렸다. 하수구가 없는지 집 안의 구정물 통을 들고나와 길거리에다 휙 뿌리는 사람도 보였다. 낡고 우중충한 회색 벽돌로 지어진 집, 대문에는 복(福) 자가 거꾸로 붙어 있기도, 입춘대길(立春大吉), 건양다경(建陽多慶) 등을 쓴 빨간 종이가 몇 년째 덧붙였는지, 덕지덕지 붙어 있었다. 미로처럼 얽혀 있는 골목길에도 한 발 건너 쓰레기가 쌓여 있었고 오물이 얼어 있었다. 대문을 열어 놓은 집의 안을 살짝 들여다보니, 사람이 사는 곳인지 가축우리인지 구별이 되지 않을 정도였다.

 "동호 씨, 중국 사람들이 원래 이렇게 지저분한가 봐요."

"말도 말아요. 세수도 고양이처럼 물수건으로 얼굴을 닦기만 한대요. 지난여름에 보니, 남자들은 거의 윗옷을 입지 않고 맨몸으로 길거리를 활보하고 다니데요."

"자네 하얼빈으로 가야 하는데, 갈 수 있겠나? 자네가 농업학교를 나와 일자리도 그 계통밖에 없어. 내가 만주국 총무청 인사에게 부탁했더니, 자네 같은 경우는 만주척식공사에서 일하는 것이 좋겠다고 하네. 농업학교를 나왔으면 할 수 있는 일이 많다고 하더군. 하는 일이야 동척이나 거기서 거기라고 하니, 업무가 어렵지는 않을 거야. 만주국으로 이주해오는 조선 농민들을 정착시키는 일이라고 하네. 조선 사람들을 상대하는 일이니, 도움도 줄 수 있을 것이야. 그런데 그게 말이야, 신경(新京)에 있는 본사나 봉천 지사에는 자리가 없고 하얼빈 지사로 보내 보라고 하네. 갈 수 있다면 거기로 가보게나. 고생이 되기야 하겠지만 어디라도 들어가 세월이 조용해질 때까지 숨죽이고 있는 것도 나쁘지 않을 것 같아. 아마 조금만 더 있으면 자네 같은 젊은 사람들은 길거리에 나다니기조차 힘들 걸세. 관청이나 정부 기관에 소속되어 있지 않다면 말이야. 그곳에 근무하게 되면 앞으로 소집면제도 될 수 있을 거야. 이 군수와 친하다니까 하는 말이지만 현 정세가 그렇게 좋지를 않네. 내 말이 무슨 뜻인지 알아듣겠지? 자기네들이 조치해 놓겠으니, 자네를 보내기만 하면 된다고 하네, 만척공사 하얼빈 지사는 롱장성 성청(省廳) 가까운, 문창거리에 있다고 해. 이곳에서 오래 지체하지 말고, 늦지 않게 가보게나. 이 군수 부탁인데 더 좋은 자리로 알아봐 주어야 하는데, 몇몇 군데 알아보아도 그게 그리 쉽지를 않았어. 멀리 보내게 되어 미안하게 됐네."

　김 판사는 멀기는 하지만, 가야 하지 않겠느냐는 듯, 그를 빤히 쳐다보았다. 자기로서도 최선을 다했다는 표정이었다. 지금은 어디라도 들어가서, 소나기를 피해야 한다는 말이었다. 현규는 어떻게 해야 할지 고민에 빠졌다. 하얼빈이라면 여기보다 훨씬 더 춥고 먼 곳이다. 북간도, 서간도도 아닌 북만주까지 가야 한다니? 이미 고향에서 수천 리를 떠나왔는데 다시 수천 리를 더 가야 하나? 이러다 고향에는 영영 돌아가지 못하는 것은 아닐까? 무엇보다 조금만 더 있으면, 젊은 사람들은 길거리에 다니지도 못할 것이라고 한다. 전쟁이 더욱 격렬해지면 병력이든, 물자든 많이 필요할 수밖에 없어, 징집을 피하기 어려울 것이라는 이야기이다. 아직은 지원병 제도지만, 더 다급해지면 강제 징집시킬 것이 뻔했다. 군청에 계속 근무했다면 면할 수도 있겠지만 이제 피할 수 없게 되었다. 하지만 만척에 근무하면 징집을 면할 수 있을 것이라 했다. 정세가 좋지 않다는 말은 일본이 불리하다는 뜻인가? 상대가 미국을 비롯한 연합군이라면, 일본이 불리할 것이라고 기차에서 만난 그 남자도 말했다. 김 판사 정도의 지위라면 우리가 모르는 비밀정보도 많이 알고 있을 것이다. 그렇다면 일본이 패망할 때까지 어디든지 피신해 세월을 보내야 한다. 아무리 추운 곳이라고 하나, 사람 살 수 없는 곳은 아닐 것이다. 하얼빈은 이름난 국제도시이다. 김 판사는 만척이 동척과 비슷한 일을 할 것이라고 말했다. 동척이 전문적인 농민을 육성하여, 조선의 진흥을 목표로 한다지만 실질적으로 경제적 착취와 자원을 수탈하는 역할을 하고 있다. 만척도 동척과 비슷하다면 이주 농민들을 착취하는 기관에 불과할 것이며, 말단 직원들은 농민을 직접 상대해야 할 수밖에 없다. 군청 일이 싫다고 나왔는데, 여기까지 와서 또 같은 일을 해야 하나? 하지만 만척이 금융조합 비슷한 일도 한다면 농자금의 출납과 회계업무에 관한 일도 분명 있을 것이다. 현규가 내키지 않아 해도, 현시점에서 별다른 방법이 없었다. 고향으로 도로 돌아갈 수도, 직장 없이 이곳에 눌러 있을 수도, 다른 일을 찾기도 난감했다. 생각보다 만주도 일자리 찾기가 쉽지 않다는 사실을 이곳에 와서야 알 수 있었다. 현실적으로 달리 선택의 여지가 없었다. 그의 방으로 놀러 온 동호에게 고민을 털어놓았더니, 그도 가는 게 낫지 않겠느냐고 한다.

"형, 고향에 돌아가기 싫다면 이곳에서 뭘 하겠어요. 여기에서 일자리 없이 어정거리다가는 군대에 끌려가기밖에 더 하겠어요? 만약 나에게 징집 영장이 나오면 그리로 피신 갈 테니, 잘 부탁해요."

평소 잘 피우지 않던, 담배까지 태우면서 꼬박 하루 동안 여관방에 틀어박혀 고민을 거듭했다. 그래도 현규는 선뜻 결론을 내리지 못하고 있었다.

6

현규는 동호에게 여러모로 신세를 많이 져, 하얼빈으로 떠나든, 떠나지 않든 밥이라도 한 끼 사주어야겠다고 생각했다. 조선인들이 많이 살고 있고, 모여들기도 한다는 서탑 거리에도 한번 가보고 싶었다. 그들이 탄 인력거는 금세 서탑에 도착했다. 거리 양편으로 조선인 상점들이 줄지어 있어, 이곳이 중국 땅이라는 사실을 잠시 잊게 했다. 조선 글과 한자(漢字)로 된 간판을 단, 식당들과 술집, 다방, 옷가게, 담뱃가게 등등, 조선 어느 도시의 거리를 옮겨다 놓은 듯했다. 행인들도 대부분 조선 사람이었다.

"만주 각처에 살고 있는 조선인들이 200만 명쯤 되며, 이곳 봉천에 제일 많이 살고 있다 해요. 서탑에는 조선에서 일자리를 찾아온 사람들뿐 아니라 죄를 짓고 피신 온, 수배자, 쓰리꾼, 건달들이 모여들어 경찰의 감시도 심해요. 이곳은 조선인들 거리로 유명하지만 가까이에는 십간방이라는 일본인 거리도 있어요. 일본인 거리에는 술집과 유곽, 깡패, 소매치기, 하북으로 밀려난 장학림의 퇴병 패거리들까지 설쳐대며 밤이면 무법천지가 된다고 해요. 봉천 환락가에서 한번 놀아봐야, 진정한 신식 한량이라고 할 수 있다는 말도 있어요."

서탑 거리에 어둠이 내리고 전깃불이 환하게 밝혀지면서 밥집, 술집마다 손님들이 모여들며, 흥청거리기 시작했다. 식당들이 줄지어 있는 곳으로 갔다.

"형 양고기 먹어봤어요?"

"아니, 못 먹어봤어. 조선에는 염소만 키우잖아."

"맛있어요. 오늘 한번 먹어 보세요."

탁자가 5개인 작은 조선 식당에 들어갔다. 누릿한, 양 냄새가 났다. 동호는 양고기구이를 시켰다. 그들이 들어갔을 구석 쪽 탁자에 손님 둘이 대화를 나누며 술을 마시고 있었다. 그들 중 한 명이 동호를 한참 동안 유심히 바라보는 듯했다. 그러던 그가 그들 쪽을 향해 말을 건네 왔다.

"이게 누구야, 동호 아니야?"

둘이 동시에 그 남자를 쳐다보았다. 중국옷을 입은 40대 초반쯤으로, 안경을 끼고 있었다. 콧수염을 기르고 도리우찌를 쓴 그 남자는 술을 마셨을 것임에도, 수려한 얼굴이 창백하여 지성적이고 나약해 보였다.

"아, 예, 선생님."

그 남자를 바라보던 동호는 그제야 생각이 난 듯, 대답과 동시에 일어섰다. 그러자 그 남자는 술잔을 놓고 우리 쪽으로 걸어왔다. 그 남자는 의외로 키가 컸다. 그는 현규를 향해 고개를 숙여 묵례하고 동호 옆에 섰다.

"실례하겠습니다. 동호에게 잠깐 물어볼 말이 있어서요. 잠시 앉아도 되겠습니까?"

"예, 그렇게 하십시오. 저는 괜찮습니다."

현규가 괜찮다고 하자 그 남자는 동호 옆자리에 앉았다. 그리고는 다정하게 동호의 손을 잡으며, 나지막한 목소리로 말했다.

"동호야, 오랜만이다. 그렇지 않아도 궁금했는데, 잘 만났구나. 매형이 어디서 어떻게 지내는지 소식은 들었나? 우리가 경성에서 헤어진 지 몇 해 지났는데, 통 소식을 알 수 없구나."

"아니요. 누님도 매형 소식을 모르고 있어요. 얼핏 해삼위에서 보았다는 소문을 듣기는 했지만, 그것도 한참 전의 이야기지요."

"그랬구나, 우리가 몇 년 전 뿔뿔이 흩어진 이후 서로 연락 못 하고 있어. 연추(추가노보)에 있다는 이야기를 들었지만. 확실한 소식통이 아니어서 말이야. 내가 작년에 봉천으로 온 이후 너희 누님 여관으로 한번 찾아가 보려고 해도, 그때 사건 이후로 폐가 될까 봐 가보지 못하고 있다. 누님은 잘 계시겠지?"

"예. 잘 지내고 있습니다."

"너도 이제 고보를 졸업했겠구나. 어디 취직이라도 했나?"

"아직 못했습니다. 누님 일을 돕고 있습니다."

"내가 어디 알아봐 줄 수도 없고."

"잘 놀다가 가게. 누님에게도 안부 꼭 전해 주게나."

"예, 알겠습니다. 선생님도 몸조심 하십시오."

특별한 볼일이 있는 것 같지는 않았으나, 동호 매형의 소식을 은밀히 알고 싶었던 것 같았다. 동호와 몇 마디 주고받은 후, 예의 바르게 현규에게 실례했다고 하고, 자기 자리로 돌아갔다. 현규는 그 남자가 무엇 하는 사람인지 짐작할 수 있었다. 그는 아마 동호 매형과 함께 독립운동을 하는, 사람으로 일본 경찰에 쫓기고 있음이 분명해 보였다. 그가 사전에 동호 매형에 대해 알지 못했다면 그들의 대화는 전혀 짐작할 수 없는 내용이었을 것이다. 동호는 작은 소리로 그 남자에 대해 이야기했다.

"저분은 우리와 같은 해주 출신으로 매형 친구인데, 원래 해주고보 교사였지요. 공산주의자 단체인 경성콤그룹 이관술, 김삼룡 등의 조직원이었다고 해요, 작년 일본 경찰과 헌병들의 대대적인 검거 때 이쪽으로 피신해온 모양이네요. 저 선생님 밀정들이 우글거린다는 이쪽으로 오시면 위험할 터인데."

백면서생처럼 나약해 보이는 저 남자가 독립운동가라니. 자신과 가족의 생명까지 담보해야 하는, 용기는 어디에서 나오는 것일까? 현규는 고보 시절 전설처럼 전해지는, 독립군들의 무용담과 신출귀몰한 행동에 놀라움과 설레기도 했다. 그들이 특별한 사람들은 아닐 것이라고 생각한 적은 있었지만 이렇게 평범한 사람일 줄이야. 더구나 이토록 나약해 보이는 사람이 독립운동을 할 수 있을까? 외모와 달리 가슴속에 강한 의지와 날카로운 칼을 품고 있는 모양이었다. 그렇지만 일본 경찰이 가장 악질적으로 본다는 공산주의 독립운동가가 이렇게 위험한 지역에서 태연하게 술을 마시다니. 담이 크다 못해 무모하다는 생각마저 들었다. 혹시 일본 경찰이 이곳을 노리고 있는 것은 아닐까? 그렇다면 셋이 앉아서 이야기하는 모습을 지켜보았을 수도 있을 것이다. 쫓기는 사람과 가까이 있다, 화를 당할 수도 있을 것 같아 두려워졌다. 빨리 이곳을 벗어나고 싶었다. 하지만 양고기까지 시켜 놓고, 이유 없이 일어설 수도 없는 일이었다. 아니면 그 남자가 빨리 식당에서 나가주기를 바랐지만 그는 태평스럽게 술을 마시며 대화를 나누고 있었다. 자신처럼 담력이 약한 사람은 독립운동을 하고 싶어도 할 수 없을 것 같았다. 그들의 탁자에 주문한, 숯불에 구운 양고기가 올려졌다. 누릇하게 구운 양고기가 먹음직스럽게 보였으나, 특유의 낯선 누린내에 거부감이 들었다. 생전 먹어 보지 못한 음식이라 주저할 수밖에 없었다.

"형, 들어 보세요. 맛이 괜찮을 거예요. 만주족들은 어떤 고기보다 양고기를 최고로 친다고 해요. 나도 여기 와서 몇 번 먹어봤더니 맛있던데요."

현규도 처음에는 양고기의 맛이 낯설었으나 몇 점 먹어 보니, 고소하고 괜찮은 것 같았다. 특히 독한 중국 백주 안주로는 제격이었다.

"선생님 양고기 좀 드셔 볼래요?"

"아냐. 괜찮아, 자네들이나 많이 먹게나."

동호가 큰 소리로 그 남자에게 양고기를 권하자, 그는 사양했다. 그 남자는 무슨 이야기가 그리 많은지 작은 소리로 계속 대화를 주고받았다. 현규는 시한폭탄이 째깍거리고 있는 듯, 불안하여 자꾸만 신경이 그쪽으로 쓰였다. 현규는 그 남자의 상대방도 비슷한 일을 하는 사람일 것이라고 짐작했다. 하지만 자신과 다르게 동호는 태연해 보였다. 동호는 매형 때문에 그동안 독립운동가들의 이야기를 많이 듣고, 보아서인지 아무렇지도 않은 듯했다. 이곳은 자신이 살았던 김해나 하동 지방과는 분위기가 확연히 달랐다. 그곳에서는 감히 상상도 할 수 없는 일이었다. 만주는 독립운동가들의 활동 거점이었고 곳곳에서 치열한 전투가 벌어졌던 현장이었기 때문인 것 같았다. 여기서는 '독립군', '독립운동'이란 말을 일상적으로 흔하게 들을 수 있었을 것이다.

"동호야, 이제 그만 일어나자. 내일 먼 길도 떠나야 할 것 같고."

"왜 그래요. 뭐가 그리 바빠요. 이거 마저 먹고 가요. 술이나 한잔 더 해요."

동호는 전혀 바쁘지 않았고 오히려 그에게 술을 권한다. 현규는 자신 외는 모두가 태연한데 자신만 두려워하고 있다는 사실이 부끄럽기도 했다. 그동안 다른 탁자에도 조선인 손님 3명이 들어왔다.

"변소가 어디에 있지?"

"저기 보이는 저 문을 밀고, 안으로 들어가세요."

동호는 내실 쪽으로 나가는, 키가 낮은 파란 쪽문을 가리켰다. 그는 변소에 갔다 오겠다며, 문을 밀고 들어갔다. 변소는 뒤쪽 별채에 있었다. 그가 소변을 아직 끝내지 못하고 있을 때였다. 식당 쪽에서 호루라기 소리와 함께 뭐라고 하는, 고함치는 소리가 들리는 듯했다. 그는 깜짝 놀라, 식당 쪽으로 귀를 기울였다.

"꼼짝 마라" 악을 쓰듯 날카로운 일본 말에 이어, 알아들을 수도 없는 말소리가 왁자지껄 들려왔다. 직감적으로, 식당에서 무슨 일이 벌어진 듯했다. 자신이 염려했던 대로 일본 경찰이 들이닥친 모양이었다. 그 남자가 이곳에 나타났다는 정보가 경찰로 들어간 것 같았다. 현규는 소변을 다 보았지만, 변소 문을 열지도 못한 채 그 자리에서 꼼짝할 수 없었다. 가슴은 북을 치듯 요란하게 쿵덕거렸고 다리가 후들거리며 움직여지지 않았다. 잠깐이라지만 독립운동가와 한 좌석에 같이 앉아 있었다는 사실만으로 무사하지는 못할 것이다. 더구나 조선에서 혼자 올라와, 요시찰 대상인 여관에 묵고 있다면 무조건 의심하려들 것이다. 여기서 잡혔다 하면, 혐의를 벗기까지 최소한 며칠은 고문당해야 한다. 혹독한 고문을 견디지 못해, 병신이 되거나 살아남을 수 없을지도 모른다. 하필 여기에서 그 남자를 만나는 바람에 이런 일이 벌어졌다. 그 남자가 잡힌 것은 분명한 것 같았고, 동호는 어떻게 되었을까? 동호도 매형이 독립운동가라는 사실이 밝혀지면, 쉽게 빠져나오기 힘들 것이다. 잠시 후 다시 한번 호각 소리와 고함치는 일본말이 들려왔고 '탕, 탕' 하는 총소리까지 들렸다. 누가 총에 맞은 것일까? 그냥 하얼빈으로 떠나 버릴 걸 괜한 짓을 했다는 후회가 몰려왔다.

그때 누군가가 다급하게 변소 문을 두드렸다. 그는 깜짝 놀라 머리

털이 뻣뻣하게 섰고, 그대로 얼어붙어 버렸다. 여자 목소리가 났다. 다행히 식당 주인아주머니였다.

"얼른 이쪽으로 나가세요."

뒷골목으로 통하는 샛문을 열어주며 빨리 도망가라고 했다. 그가 변소에 들어간 사실을 알고 있는, 주인 여자가 틈을 보아, 도망칠 수 있게 도와준 것이었다. 그는 엉겁결에 고맙다는 인사도 제대로 하지 못한 채 어두운 골목길로 뛰쳐나왔다. 골목길이 미로처럼 이어져, 어디가 어딘지 구별할 수 없었다. 그는 어느 방향인지도 모른 채, 순사가 따라오는 것 같아, 뛰기만 했다. 숨이 턱 밑까지 차올랐지만 죽어라 달렸다. 뒤에서 호각 소리가 들리는 듯했고, 꼬불꼬불한 골목길은 끝이 없었다.

7

"니 거기 무슨 말이고? 현규가 어데 갔다고?"
"만주 갔단다."
"현규가 만주 갔다고? 거기는 말라꼬 갔는데?"
"낸들 우째 아노? 뭐 할라꼬 갔는지."
"만주가 어데쯤에 붙었노? 먼 데가?"
"조선 땅이 아니라, 중국 만주 말이다."
"뭐라꼬, 대국, 만주라 캤나? 혼인날이 며칠이나 남았다고 그 먼 데까지 갔노. 잔치 전에는 갔다 올 수 있다 카더나?"

"그놈이 장개가기 싫다고 멀리꺼정 가뿌릿는데 그때까지 우째 오겠노. 내 자식 일이니 우쨌거나 미안하게 됐네. 자식 마음대로 안 된다 카더마는 정말로 그놈이 그럴 줄은 몰랐다 아이가."

"거기 무슨 말고? 장개가기 싫어서 갔다꼬?"

"그런 거 같아."

"무슨 말도 아인, 말을 하고 있노."

"현규가 장개 가기 싫다고 만주꺼정 가뿌리고 없다 카이, 집에 가서 금순이한테 얘기나 잘해주거라."

"아이고 난리 났네. 이 일을 우짜면 좋노. 니는 자식을 우째 키웠기에 애비 말도 안 듣고 그라노. 내가 문제가 아이라 금순이하고 저거 에미가 문젠기라. 내사 모르겠다. 니가 우리 집에 가서 말해 봐라."

"우쨌든 간에 미안하게 됐다. 그래도 니가 잘 말해야지 내가 우째 그라겠노."

덕섬 어른은 이왕 돌이킬 수도 없는 일, 친구 철호에게 한시라도 빨리 알려 주어야겠다고 생각했다. 그래야 그 집에서도 어떤 조치를 취할 것이다. 양 집 모두 하늘이 무너지듯, 예삿일이 아니었지만 혼인할 당사자가 만주에 가버리고 없으니 어떻게 할 도리가 없었다. 여기 없으니 두드려 팰 수도, 만주까지 가서 멱살을 잡고 끌고 올 수 없는 일이었다. 덕섬 어른이 파혼을 통보한 지, 채 반 시간도 못 되어 금순이 어머니 망덕댁이 죽을상을 하고 덕섬 어른 집으로 우르르 쫓아 왔다.

"뭐라카는 기요? 현규가 만주 가뿌릿다꼬. 이기 참말인기요?"

"그래 미안해서 우짜노. 부모가 자식새끼 코를 끼어 놓을 수도 없고. 다 큰 놈 지 마음대로 하는 거 우짤 도리가 있어야제."

"아이고 우리 금순이 불쌍해서 우짜노. 내가 문제가 아잉기라, 금순이가 문제지. 저거 아부지한테 그 말 듣고 울면서 이불 뒤집어 씨고 누워 버린기라. 이 일을 우짜면 좋노. 너거는 자식을 우째 키웠기에 그라노."

망덕댁은 마루를 치며 울고불고 한바탕 난리를 쳤다. 덕섬댁이 달래 보지만, 좀체 진정되지 않았다. 망덕댁으로서는 당장 눈앞이 캄캄할 수밖에 없을 것이다.

망덕댁은 군 서기가 된, 현규에게 시집 보내게 되어 금순이는 물론 온 식구들이 좋아했는데, 이 무슨 날벼락인가 싶었다. 없는 돈에 빚까지 내어가며 장만한 혼수는 어떻게 할 것인가? 현규와 혼인한다고 이미 동네방네 소문이 다 퍼져 있다. 소문은 오히려 망덕댁 자신이 더 퍼뜨리고 다니기는 했지만, 누가 이렇게 될 줄 알았을까?. 혼인하려고 날까지 받았다는, 사실만으로 금순이에게 흉이 된다. 더구나 신랑 쪽에서 싫다고 해서, 깨어졌다 하면 처녀가 문제가 있을 것으로 생각할 수 있다. 망덕댁은 다 키운 딸자식 하나 잃어버린 것이나 다름없다고 생각했다. 그놈이 우리 금순이가 어디가 어때서 혼인도 하기 전에 소박을 놓는지 알다가도 모를 일이었다. 앞으로 중신아비가 붙기나 할 것인가? 이제 누구에게 시집 보내야 할지?

누구보다도 금순이가 문제였다. 이불을 뒤집어쓰고 누워버려, 언제 털고 일어날지 알 수 없는 일이었다. 금순이가 암되어 말을 안 했어도 현규 각시 된다고 얼마나 좋아했는데, 다른 사람에게 시집가려고나 할지? 현규를 오빠라며 어릴 때부터 따라다닌 거 아이라, 다른 총각은 아예 눈에 들어오지도 않을 것이다. 하루빨리 털고 일어나야 할 터인데 걱정이 태산이었다.

"다 내 자식 불찰이다. 부디 금순이 마음 추스르게 하여, 하루빨리 좋은 신랑감 찾아 시집 보내야제."

덕섬댁은 망덕댁을 달래며 같이 눈물을 훔쳤다.

8

붉은 해가 지평선 천길만길 아래에서 이글거리며 솟아오르는 모습은 감탄을 자아내게 했다. 눈부신 해가 온 대지를 붉게 물들이더니, 어느새 자신의 자리를 찾아 하늘로 불쑥 올라 가버린다. 창밖으로 빠르게 스쳐 가는, 풍경이 놀랍도록 달라졌다. 압록강을 건너 봉천까지 오는 동안은 조선의 산천과 그래도 크게 다르지 않다고 느꼈다. 하지만 봉천을 벗어나고부터 진정한 만주의 본모습이 드러나는 듯했다. 조선에서 한두 번째 간다는 고향의 김해평야와는 비교할 수도 없다. 어느 쪽에도 야트막한 야산 하나 보이지 않았고 지평선의 끝은 하늘과 맞닿아 있었다. 완만한 구릉들이 이어지면서 그 끝이 어디쯤인지 짐작조차 할 수 없었다. 가끔 지나치는, 마을 근처에만 밭으로 개간되어 있었고 조금만 멀어지면 억세가 우거진 황무지였다. 밭이랑도 그 끝이 보이지 않아, 종일 일해도 한 이랑 끝내기 힘들겠다는 생각이 들었다. 봉천에서 '밭고랑 하나의 길이가 20리나 되어, 말(馬)이 오전 내내 쟁기질해야 한다'는 이야기를 들었을 때 과장이겠거니 했지만, 조금도 틀리지 않는, 말이라는 것을 알 수 있었다. 밭에는 옥수수를 수확하고 버려둔, 옥수숫대가 그대로 서 있기도 했다. 철령(鐵嶺)을 지나고부터 네모 반듯하게 나누어진 작은 논배미들과 벼를 수확한 그루터기들이 보였다. 추수를 끝낸, 볏짚이 논 가장자리에 차곡차곡 쌓여 있기도 했다. 현규는 논이 보이자, 고향 마을에 온 것처럼 반가웠다. 중국 사람들은 벼농사를 지을 줄 모른다고 했다. 이 논들은 이곳으로 이주한 조선 농민들이 개간했을 것이다. 온통 산으로 둘러싸인 좁은 땅에서 논 한 마지기 제대로 가져 보지 못한, 농민들이 이 벌판을 바라만 보아도 배가 부를 것 같았다.

간신히 여관을 찾아 들어왔을 때 벌써 소문이 다 퍼져, 주인아주머니가 알고 있었다. 현규가 들어서자 깜짝 놀란다.
"손님이라도 무사해서 정말 다행이네요. 동호 매형 친구, 박창구 씨 때문이었어요. 그 사람이 무엇 때문에 밀정들이 깔린 위험한 곳에 나타났는지 모르겠네요. 동호는 하필 손님을 그리로 데리고 가서 말썽을 피우는지."
"저는 마침 변소에 가느라고 그 자리에 없었어요. 동호는 어떻게 되었어요?"
"동호도 박창구 씨와 같이 잡혀갔다고 해요. 무사하기는 할는지? 박창구 씨의 친구는 도망가다 다리에 총을 맞았다고 하네요. 서탑이 발칵 뒤집혔나 봐요."
"그나저나 동호 때문에 걱정이네요. 동호는 괜찮을까요?"
"좀 두들겨 맞기야 하겠지만 그 애가 잘못한 일도 없으니 어떻게 될지 잘 모르겠네요. 매형이 누구라는 사실이 밝혀지면 더 힘들어지지 않을까 걱정입니다. 군대 끌려가지는 않을지. 제발 별일 없어야 할 터인데. 그나저나 헌병들이 언제 여관을 덮칠지도 모르니, 날이 새기 전에 바로 떠나세요."

현규는 하얼빈으로 가기 싫어도 이제 가지 않을 수 없는 상황이 되었다. 선뜻 내키지 않아 머뭇거리고 있던, 그에게 서탑 사건은 등을 떠밀린 결과가 되어 버렸다. 불안하여 잠시도 지체할 수가 없었다. 주섬주섬 짐을 챙겨 새벽이 오기도 전에 여관을 나섰다. 이른 새벽 하얼빈행 기차표를 끊었다. 봉천에서 하얼빈까지는 신경(新京)을 거쳐 꼬박 하루가 더 걸린다고 한다. 검표원이 표 검사를 하고, 이동경찰이 손님들을 일일이 훑으며 지나간다. 어제저녁 일 때문에 수배된 것은 아닐까? 경찰이 자신을 쳐다보는 것 같아, 창밖만 바라보고 있었다. 경찰이 자신을 직접 보지는 못했으니, 그렇지는 않을 것이다. 어제저녁 일은 생각만 해도 아찔했다. 변소에 가지 않았다면 자신도 꼼짝없이 잡혀갔을 것이다. 자신은 다행히 피해 나왔지만, 동호는 어떻게 될까? 군대에 끌려가지나 않을까? 괜히 밥을 사겠다고 데리고 나가, 이 난리가 벌어지고 말았다. 자신 때문에 동호가 곤란을 당하는 것 같아 마음이 편하지 않았다.

봉천에서 하얼빈까지는 2천 리 길로 고향 김해에서는 5천 리가 더 될 것이다. 고향과 점점 더 멀어져, 영영 돌아가지 못하는 것은 아닐까? 현규는 어른들 몰래 잘못을 저지른 아이처럼 알 수 없는 불안감마저 들었다. 실이 끊어져 하늘 높이 올라가는 연(鳶) 같은 신세가 되었다는, 두려움마저 느껴졌다.

사평역을 지나면서 짧은 해가 지평선 끝으로 떨어지려 하고 있었다. 종일 달리는 동안 바깥 풍경은 조금도 달라지지 않았다. 북쪽으로 갈수록 조선 사람이 많이 사는지 논이 자주 보였다. 낯설고 추운, 황량한 이 땅에 뿌리를 내리고 살아가는 조선 사람들이 정말 대단하다는 생각이 들었다. 그들로서는 생존을 위한 어쩔 수 없는 선택이었을 것이다. 기차가 공주령을 거쳐 신경 역에 닿았을 때는, 전깃불이 환하게 밝혀져 있었다. 두어 시간이 지체한, 기차는 어둠을 뚫고 다시 힘차게 북쪽을 향해 달렸다. 내일 아침이 되어야 하얼빈에 도착할 수 있다고 한다.

9

하얼빈역에 내리자 날은 밝아졌지만, 잿물을 풀어 놓은 것 같은, 회색빛 하늘에서 희끗희끗 눈발이 흩날리고 있었다. 날카로운 칼바람까지 두꺼운 겉옷을 뚫고 내의 속으로 파고들어, 몸이 으스스 떨려왔다. 거리에 보이는, 사람들 대부분 털모자와 두툼한 모피코트를 입고 있어, 이곳의 추위가 한눈에 읽혔다. 거리 양편으로 우람한 서양식 벽돌 건물들이 줄지어 서 있었다. 러시아 사람들과 러시아 상점들까지 많이 보여 서방의 어느 도시 같았다. 과연 하얼빈이 '동양의 파리'라는 소문도 틀리지 않은 듯, 이국적인 풍경이었다. 거리에 자동차와 마차, 사람들이 바쁘게 지나가고 있었지만, 혼란스럽고 지저분한 봉천보다 안정되고 한결 깨끗해 보였다. 역전을 벗어나 시내 쪽에 있는 여관을 찾아, 짐을 풀었다. 긴 여행에 지쳐, 꾀죄죄한 몰골로 만주척식공사에 첫선을 보일 수는 없었다. 여관을 나와 근처의 공중목욕탕에서 목욕을 하고, 이발소를 찾아 이발과 면도를 했다. 중국 여인인 듯, 조심스럽게 얼굴을 만지는 면도사의 손길이 부드러웠다. 현규로서는 생전 처음 누려보는 호사였다.

다음 날에도 여전히 진눈깨비가 흩날리고 있었다. 현규는 룽장성 성청(省廳) 부근, 3층 건물의 만주척식공사 하얼빈 지사를 어렵지 않게 찾아가, 총무과장에게 인사를 드렸다. 국민복을 말쑥하게 입고 둥근 금테 안경을 쓴, 금속처럼 차가워 보이는 30대 후반쯤의 일본인이 본부에서 연락받고 기다리고 있었다고 했다. 그는 공손히 서 있는, 현규에게 내던지는 듯, 건조한 말투로 전혀 예상하지 못한 이야기를 했다.

"가네야마 히데키요상, 삼강성(三江省)으로 가야겠어요."

"예, 삼강성요?"

현규는 깜짝 놀라며, 다시 물었다.

"그렇소, 삼강성 통하현(通河縣)에 있는 만척 지소(支所)로 가야겠소. 지소에 직원이 필요해요. 거기에 조선인 이주 농민들이 많이 살고 있소. 통하현까지는 150km가 좀 더 될 게요. 결혼은 했나요?"

"아직 안 했습니다."

"거기에 가면 사택이 있으니, 혼자 지내기에 불편하지는 않을 게요. 지소에는 소장과 다른 직원들도 여러 명 있소. 지소의 하야시 소장이 가네야마 상의 업무도 자세히 알려 줄 거요."

과장은 발령장을 건네주며, 통하현 만척 지소를 찾아가라고 했다. 벌써 만척 직원이 다 된 듯, 명령조인 태도에 기분이 좋지 않았지만,

그 자리에서는 어떤 질문도 할 수 없었다. 현규는 통하가 어디쯤 붙어 있는지 처음 들어 보는, 생소한 지명이었다. 통하에 가기 싫다면 가지 않으면 되겠지만, 그리 쉽게 판단할 문제가 아니었다. 일단 여관으로 돌아가, 좀 더 생각해 보아야 할 것 같았다. 무거운 발걸음으로 사무실을 나서자 진눈깨비는 계속 내리고 있었다. 눈은 자동차와 마차, 사람 등으로 복잡한 거리임에도, 차츰 쌓이기 시작했다. 통하까지 가야 한다기에, 몸과 마음이 한꺼번에 지쳐 버렸는지, 하얼빈 시내를 더 구경하고 싶은 생각도 없었다. 그는 여관방으로 돌아와 누워 버렸다. 자신의 의지와 상관없이 고향에서 5천 리도 더 떨어진 하얼빈까지 왔는데, 다시 400리 길인 삼강성까지, 그것도 추운 북쪽으로 가야 한다니 눈앞이 아득해지는 듯했다. 애초 만주의 농촌에 가려고, 집을 나선 것이 아니었다. 국제적인 대도시를 상상했지, 북쪽의 맨 끝 농촌까지 가야 할 것이라고는 꿈에도 상상하지 못했다. 어쩌다 떠밀리듯 여기까지 왔는데, 다시 더 멀리 가야 한다니. 조선 시대 귀양살이도 이렇게까지 멀리 가지는 않았을 것이다. 늪 속에 발이 빠져, 점점 더 깊이 들어가고 있다는 생각마저 들었다. 이제 어떻게 해야 하나? 이러다 정말 고향으로 돌아갈 수나 있을까? 이 생각 저 생각으로 머리가 아팠다. 하지만 아무리 통하에 가지 않으려고 이리저리 궁리해봐도 별다른 방법이 없었다. 왔던 길을 되돌아갈 수는 없는 일이었다. 여기까지 수천 리를 왔는데 그까짓 400리쯤 더 못 갈 이유도 없다는, 오기마저 들었다.

아침에 일어나니 눈은 그쳤고 붉은 태양이 도시를 데워주고 있었지만, 추위는 조금도 수그러들 기색을 보이지 않았다. 통하 쪽으로 가는 기차 노선은 없다고 한다. 통하는 가목사(佳木斯) 가는, 길 중간쯤에 있다고 했다. 가목사행 버스 정류소로 나왔다. 다행히 역과 별로 멀지는 않았다. 휑하니 넓은 광장에 트럭을 개조한 듯한 구식 버스 몇 대가 꼼짝도 하지 않고 앉아 있었다. 버스가 다니는 것 같지를 않았다. 그래서인지 광장에도 사람들이 보이지 않았다. 정류소와 조금 떨어진 양지바른 쪽에서 몇몇 사람이 볕을 쪼이며 서 있었다. 대부분 중국 사람들이라 말이 통하는 조선 사람이나 일본 사람을 찾아야만 했다. 모두가 두툼한 옷과 모자를 쓰고 있어, 입성으로는 어느 민족인지 구별할 수 없어, 민족 불문하고 조선말로 물어볼 수밖에 없었다. 조선 사람이 있다면 대답해 줄 것이다.

"버스가 다니지 않나요?"

용케도 누군가가 대답해 주는 사람이 있었다.

"공공버스는 작년부터 기름이 없어 운행하지 못하고 있소. 목탄차가 다녔는데, 그것도 잠깐 다니다가 없어졌소. 아마 마차는 다닐 게요. 저쪽으로 돌아가면 장거리 마차 역두(驛頭)가 있어요. 그곳으로 한번 가보시오. 비적들 때문에 다닐지 모르겠네?"

역두는 멀지 않았다. 하지만 넓은 역두에 마차는 보이지 않았다. 웅성거리며 서 있는 사람들에게 물어보았다.

"가목사 마차가 다니기는 하나요?"

"예, 마차가 있소. 장거리 마차가 다니지요."

두꺼운 옷으로 온몸을 감싸고 얼굴만 내어놓은, 나이 든 조선 사람이 친절하게 대답해 주었다. 그들 역시 마차를 타려던 사람들이었다.

"어디까지 가시는데요?"

"통하까지 가려고요."

"어제 파언(巴彦)과 목란(木蘭) 쪽에 눈이 많이 내려, 마차가 못 간다고 합니다. 내일 다시 나와 보랍니다."

"통하까지는 얼마나 걸립니까?"

"곧장 가도 하루종일 가야 할 게요. 중간중간 말이 쉬어야 하니, 더 걸리겠지요."

다음 날 아침 일찍 다시 역두로 나왔다. 말 두 마리가 끄는, 마차가 가목사까지 간다고 했다. 하얼빈에서 가목사까지 가는 기차가 작년에 개통되기는 했지만, 통하 쪽이 아닌 북쪽 수화(受化) 현을 거쳐 간다고 했다. 가목사까지 가려면 하루 만에 갈 수 없어, 통화 현에서 자고 가야 한다 했다.

손님 8명을 태우고 마차가 출발했다. 현규는 장거리 마차를 처음 타보았다. 복잡한 시내 길을 거쳐 하얼빈을 벗어나자, 더 넓은 들판에 눈이 하얗게 덮여 있었다. 마차는 희끗희끗한 눈길을 달리기 시작했다. 포장을 허술하게 친, 마차 안으로 찬바람이 제집 안방처럼 드나들었다. 무엇보다 엉덩이가 아파 견디기 힘들었다. 남자는 자신을 포함하여 모두 5명이었다. 그들은 털모자를 쓰고 솜을 누빈 두툼한 두루마기나 윗옷을 걸친, 중년을 넘긴 농부들같이 보였다. 여자는 나이 많은 할머니와 50대로 보이는 아주머니가 젊은 아가씨를 데리고 앉아 있었다. 남자들 가운데 2명은 중국 사람이라는 사실이 금방 밝혀졌다. 그들은 마차에 오르기 바쁘게 다른 사람들은 아랑곳하지 않고 큰소리로 중국 말을 주고받았다. 현규는 맞은 편에 앉은 아주머니의 일행인, 채 스무 살도 되어 보이지 않는 아가씨에게 자꾸만 눈길이 쏠렸다. 무심결에 한번 본 후, 잠시도 눈을 뗄 수 없었다. 그녀는 두툼한 솜을 누빈 비단 윗도리에 갈색 털목도리를 두르고 있었다. 목도리에 싸여 조그맣게 보이는 얼굴이 백옥같이 하얗다. 짧게 자른 머리에 크고 초롱한 눈매, 알맞게 솟은 코와 입 등 이목구비가 또렷했다. 앉은 몸피로 보아, 키는 아담한 듯했고 입을 다물고 조용히 앉아 있는 모습이 조신하게 보였다. 현규는 조선에서도 보기 드문, 빼어난 미인이라는 생각이 들었다. 김해도 하동도 아닌, 이 먼 곳까지 와서 이런 아가씨를 만나다니, 놀랍기만 했다. 현규는 그 아가씨에게서 특별한 설렘과 두근거림이 느껴졌다. 금순이에게도, 은혜에게도, 그동안 그 누구에게도 느껴보지 못한, 감정이었다. 아주머니도 예사 농촌 여인들과는 달리 깨끗해 보이는, 범접할 수 없는 기품이 엿보였다. 계속된 현규의 눈길에 아가씨가 거북해하는 듯 보였지만, 관심은 거두어지지 않고 오히려 더해져 갔다. 꼭 만나야 할 사람은 '아무리 먼 곳에 떨어져 있어도, 반드시 만나고야 만다'는 말처럼 이 아가씨를 만나기 위해 이 먼 곳까지 온 것은 아닐까? 시간이 지날수록 그녀가 자신의 운명일지도 모른다는 생각이 들었다. 운명이 분명할 것이라는 확신에까지 이르렀다. 그녀와 같은 공간에 있기에, 불편하고 긴 마차여행이 전혀 지루하게 느껴지지 않았다. 마차가 덜컹거릴 때마다 엉덩이가 아픈 것도 잊어버렸다. 오직 이 시간이 더 오래 지속되기를 바랐다. 이제 그녀가 누구인지 궁금해졌다. 그녀의 어머니와 옆자리의 할머니와의 대화에서 조금은 짐작할 수 있었다.

"의란까지 간다면 오늘 들어가지 못할 텐데요?"

"예, 통하의 애들 삼촌 집에서 자고 갈 겁니다."
"집이 의란에 있나요? 의란 어디예요?"
"예. 영란촌에 살아요."
"하얼빈에 볼일이 있었던 모양이지요?"
"하얼빈에서 아들이 공부하고 있어요."

현규는 둘의 대화를 관심 있게 엿들었다. 어느 곳에 사는 아가씨라는 정도는 알 수 있었다. 의외로 아주머니의 말씨에서 경상도 억양이 보였다. 고향 말씨를 듣게 되니, 반갑기도 하고, 더욱 친근감이 느껴졌다. 한나절이 걸려 파언(巴彦)현 역두에 닿을 때까지 낮은 야산 하나 보이지 않는, 황무지와 강냉이밭뿐이었다. 이곳에서 사람도, 말도 쉬면서 점심을 먹었다. 그는 다른 일행들과 같이 길거리 밥집에서 만두를 시켜 먹으며, 그 아가씨를 가만히 지켜보았다. 그녀는 작고 통통한 하얀 손을 드러내어, 긴 나무젓가락으로 만두를 집어 작은 입에 넣었지만, 몇 알 먹지 않는 것 같았다. 추위에 속이라도 든든해야 할 터인데, 신경이 쓰였다. 마차가 파언을 출발하여 한참을 달리자, 하얀 눈에 덮인 논이 보이기 시작했으며, 흙벽돌을 쌓아 올린 낮은 초가집들도 보였다. 조선 사람들의 마을이 분명한 것 같았다. 남자들의 대화에서도 이 지역이 논농사 짓기에 적합하여 조선 사람들이 많이 산다고 했다. 뒤이어 강을 만났다. 말만 들었던, 송화강을 처음 만난 것이었다. 넓은 강 가장자리에는 갈대밭과 하얀 얼음이 보였고 얼지 않은 가운데 쪽에는 잔잔한 물결이 일고 있었다. 멀리 북쪽으로 산이 보였다. 산과 가까워지자, 하늘을 향해 뻗어 올라간 침엽수림과 자작나무 숲이 울창했다. 남도 지방에서는 볼 수 없는, 색다른 풍경이었다. 마차는 송화강과 같이 가기도, 헤어지기도 하면서 끝 모르게 동(東)을 향해 달렸다. 그러다 강가에 바짝 붙어 앉은 목란(木蘭)현이라는 곳에 도착했다. 달리는 말(馬)이야 두말할 것도 없겠지만, 앉아 있는 사람들도 지친 듯했다. 말도 콧구멍에서 연신 하얀 김을 푹푹 쏟아내며, 힘들어하는 것 같았다. 목란에서 사람과 말이 잠시 쉬어 갔다. 가는 내내, 현규의 관심은 그 아가씨를 벗어나지를 못했다. 보면 볼수록 아가씨가 예뻤고, 궁금증은 더해 갔다. 짧은 해가 기울고 있었다. 통하까지는 아직도 100리 남짓 남아, 3시간은 더 가야 한다고 했다. 말이 지쳐 있어 어두워진 다음에야 도착할 수 있을 것이라 했다. 몇 시간을 더 달려, 해가 넘어가고 어둑어둑해진 다음에야 통하에 도착했다며 내리라고 한다. 현규는 아가씨와 헤어져야 하기에 아쉽기만 했다. 같이 타고 온, 승객들은 어둠 속으로 제각기 흩어졌다. 아주머니와 아가씨도 이곳이 익숙한 듯, 서둘러 어디론지 걸어갔다. 현규는 종종걸음을 걷는, 아가씨의 뒷모습을 닭 쫓던 개 지붕 쳐다보듯 바라보며 서운해했지만, 지금은 어쩔 수가 없는 일이었다. 그녀가 의란현 영란촌에 살고 있다 하니, 반드시 그녀를 찾겠다고 생각했다.

10

다음 날 아침, 현규는 지저분한 여관방에서 일어나 밖으로 나왔다. 마차를 오래 탔기 때문인지 온몸이 쑤시고 허리가 뻑적지근했다. 거리로 나서자 어제저녁에는 보이지 않던 새로운 풍경들이 나타났다.

서쪽으로 멀리 흐릿한 산이 보였고 옆으로는 하얀 물빛의 송화강과 끝이 보이지 않는, 눈 덮인 벌판이 펼쳐져 있었다. 갈대숲을 헤치고 나온, 강바람이 속옷을 파고들었다. 거리는 우중충한 회색빛으로 칙칙하고 스산했다. 일찍부터 짐을 실은 마차와 자전거가 바삐 지나가고 있었다. 시가지 양편으로 검고 작은 기와를 얹은, 낡은 상점 건물들이 줄지어 서 있었다. 나지막한 상점, 유리에는 바깥 풍경만 비쳤고 컴컴한 안은 보이지 않았다. 마른모 꼴의 판자에 검정 동그라미를 그려놓거나, 장대 끝에 식당 표시 등(燈)을 매달아 놓은 가게도 보였다. 추위 때문인지 가게 출입구에 두툼한 천을 엇갈리게 가려 놓아, 손님들이 헤치고 들어가도록 해 놓았다. 중심거리에는 현청, 경찰서, 우편소, 금융조합, 식당, 여관, 상점, 농기구 수리점 등이 보이는, 전형적인 농촌 소읍(小邑)이었다. 조선의 거리와는 분위기도, 냄새도 다른 듯했다. 특이하게도 붉은 벽돌로 지은, 작은 교회당도 보였다. 북간도에서는 교회가 독립운동의 거점이라고 탄압받았다던데, 이곳에서는 건재하고 있었다. 중심가가 넓지 않아, 그리 멀지 않은 곳에 있는, 붉은 벽돌 단층 건물인 만척 지소를 금세 찾을 수 있었다. 만척 옆으로 큰 창고와 정미소가 연이어 자리하고 있었다. 정문을 거쳐 사무실로 들어서자, 바로 보이는, 벽에는 청천백일기(旗)와 오족(五族)을 뜻하는, 청홍흑백황 오색이 그려진 만주국 기, 쇼와 천황의 사진이 걸려 있다. 성전(聖戰) 승리를 기원하는, '황군 만세, 무운장구' 등의 구호들과 증산을 독려하는 각종 도표가 벽면 곳곳에 붙어 있었다. 40대 초반쯤으로 보이는, 체격이 왜소하고 뾰족한 얼굴의 일본인 소장은 성격이 만만치 않아 보였다. 진회색 국민복 차림으로, 짙은 눈썹 아래

동그란 금테 안경이 코끝에 아슬아슬하게 걸려 있었다.

"나는 하야시 소장이요. 가네야마 상은 군청 서기를 했다고요? 얼마나 근무했소?"

"예, 3년 정도 근무했습니다."

"그렇다면 만척 업무가 어렵지 않을 거요. 오랫동안 회계가 없어, 기다리고 있었소. 앞으로 열심히 해주기 바라오."

소장은 직원들도 소개했다. 40대 후반, 중늙은이로 보이는 일본인 모리 주임과 30대 초반의 조선 사람 박상도 서기, 최영학 씨 등이었다. 그 외 나이가 들어 보이는, 중국인 등 여러 명이 들락거리고 있었다. 모리 주임은 사업 전반에 걸쳐 소장을 보좌한다고 하여, 부소장 격인 듯했다. 작은 키에 사람이 좋아 보이는, 모리 주임은 일찍부터 농사에 경험이 많다고 했다. 조선 사람인 박상도 서기는 현장 지도와 도정공장, 창고, 비료, 농약 등을 맡고 있다 했다. 최씨는 공장과 창고 등 각 분야에서 박상도 씨를 보조하고 있다고 했으며, 그 외에도 중국인과 조선 사람 고용원들이 더 있었다. 두 일본인의 전반적인 관리하에 사업 부문은 박 서기가, 회계 부문은 현규가 담당해야 하는 직제였다. 자리를 배정받아, 각종 사무용품과 장부, 크고 우람한 금고 등등을 인계받았다. 농민들의 토지 연부금 수금 장부, 각종 영농 자금 대출 장부, 사무실과 정미소 창고의 비용 장부뿐 아니라 영수증 꾸러미 뭉치 등이 한 아름도 더 되었다. 덥수룩한 박 서기는 사람이 좋아 보였으며 일본 말도 어느 정도 할 수 있는 듯했다. 모리 주임이 만척 사업의 주요 내용을 알려 주었다.

'만주척식공사는 작년 1941년 선만(鮮滿)척식과 합병하였으나, 사업은 변함없이 이어지고 있다. 우리의 주요 목적은 조선 농민들을 안정적으로 정착시켜, 안전 농가로 만들어 주는 일이다. 교통이 크게 불편하지 않고 경찰의 힘이 미쳐, 마적의 습격을 받지 않는 지역을 선정하여 농지(農地)를 제공해 주고 가옥 건축비, 영농 자금, 생활비를 대부해준다. 이곳의 기후 조건에 맞추어, 벼의 입식 시기와 수확 시기, 관리 방법 등, 농사 지도를 하고 있다. 농우(農牛)나 농약, 비료를 공급해 주기도 하고, 수확한 벼의 도정 사업도 겸하고 있다. 농지 대금 및 대부금은 본격적으로 수확이 시작되는 2~3년 뒤부터 10~15년 동안, 매년 분할해서 상환하도록 하고 있다. 상환이 끝나면 토지 소유권을 농민에게 넘겨주어 완전한 자작농으로 만들어 준다. 만척은 이주 농민들을 위해 삼강(三江) 지역에 논으로 개발할 수 있는 토지 수십만 정보도 확보해 놓았다. 만척 지소가 관리하는 농가가 2천여 가구에 이른다. 근래에는 신규 이주가 거의 없어, 이미 대여한 농지의 관리와 토지 연부금 및 대출금 회수 등을 주요 업무로 하고 있다.' 등이었다.

 현규의 숙소는 경내 한쪽에 있는 사택이었다. 비어 있던 사택을 현규 혼자 쓰게 되었다. 방 두 칸에 부엌이 하나인 사택은, 깨끗하게 정리되어 있었다. 박 서기가 밥과 빨래를 해줄 아주머니를 곧 구해 주겠다고 했다. 가족이 하얼빈에 있는 소장은, 현청 부근의 일본인 가정에서 하숙한다고 했다. 모리 주임은 아이들은 일본에 두고 아내와 둘이 이곳에 나와 있으나, 사택이 불편하다며 밖에 집을 얻어 생활하고 있다 했다.

 박 서기의 안내에 따라 정미소와 창고를 둘러보았다. 가을 추수가 끝난 지 얼마 지나지 않았기 때문인지, 현장 고용원들이 바쁘게 움직이고 있었다. 쉴 새 없이 돌아가는 정미소 규모로 보아, 이곳의 벼 생산량이 대단함을 짐작할 수 있었다. 창고에도 농민들에게서 거두어들인 벼가 가득 쌓여 있었다. 추수 후 연부금과 대출금 등을 현물로 납부하고 있기 때문이라 했다. 그가 둘러보고 있는 사이에도 농민들이 연달아 마차에 벼를 싣고 창고로 들어왔다. 들어온 벼는 직원이 무게를 달아, 입고 영수증을 끊어주고, 기장(記帳)한 다음, 창고에 쌓고 있었다. 이렇게 들어온 벼는 정미소에서 도정한 다음, 트럭에 실어 하얼빈으로 보낸다고 했다.

11

근무를 시작하고부터 사무실에 앉아, 잠시 일어날 시간이 없을 정도로 바빴다. 한 아름 안겨주는, 장부와 영수증 꾸러미 등의 회계 자료들이 오랫동안 정리가 되지 않은 상태였다. 완전하게 정리하려면 얼마나 걸릴지 알 수 없었다. 금고의 비밀번호도 다른 사람이 모르게 바꾸어 놓았다. 만에 하나 누군가가 금고를 건드려, 문제가 생긴다면 책임은 오롯이 자신에게 있기 때문이었다.

직원들과 하루빨리 서먹서먹한 분위기를 없애고 싶었다. 먼저 조선 사람끼리라도 가까워져야겠다고 생각했다. 자신보다 선임인 박 서기와 식사 자리를 만들기로 했다. 며칠 후, 현규는 박 서기를 저녁 식사에 초대했다. 둘은 사무실에서 가까운 중국 사람 식당에 마주 앉앉다.

"김현규 씨는 경상도 어느 지방에서 오셨어요?"

"김해에서 왔습니다."

"멀리서 오셨네. 여기도 경상도 사람들이 많이 살아요. 의란 쪽으로 가면 집단 마을도 여러 곳 있어요."

박 서기는 현규가 조선의 남쪽 끝, 김해에서 왔다는 사실에 놀라워 했다. 자신은 황해도 재령이 고향이라고 했다. 어렸을 때 부모님이 국자가(연길)로 이주하여 자신은 거기서 자랐다고 했다. 국자가 민족 중학교를 나와, 변변한 농토도 없을 뿐 아니라 농사짓기 싫어, 안도현 농사합작사에 잠깐 근무하다 이곳으로 들어왔다 했다. 1937년 만선(滿鮮)척식 시대에 들어온 이후 바로 통하로 발령받아, 여기에서 결혼, 아내와 세 살배기 아들과 같이 살고 있다 했다. 검은 얼굴에 투박하고 우직해 보였지만, 사람은 착하게 보였다. 현규보다 일곱 살 많아, 금년에 서른 살이라 했다. 현규는 이런저런 대화 중, 유달리 미수금이 많다는 사실이 생각나 물었다.

"장부를 정리하다 보니, 미수금이 너무 많은 것 같은데요?"

"김 서기도 곧 알게 되겠지만 우리 사업에 문제가 많아요. 농민들에게 농지를 준다고 하지만, 사실은 개간이 안 된 황무지를 그대로 주는 거예요. 개간해서 농사지어 먹으라는 거지요. 그런 황무지의 평가금이 너무 높다 보니, 해마다 내어야 하는 연부금도 과도하게 책정되어 있어요. 또한 집 건축비, 농자금 등으로 대부해준 돈도 연 3할에 가까운 이자를 붙여요, 그뿐만 아니어요. 연부금과 대부금을 현물로 회수하는데, 해마다 만척 본부에서 양곡 가격을 평가, 책정해요. 농민들은 그 평가금이 시세보다 싸다고 불만이 많아요. 농민들은 토지 부금과 농자금 이자까지 갚고 나면, 농사지어도 식량이 모자란다고 해요. 그러니 어떻게 약정한 대로 갚을 수가 있겠어요? 미수금이 쌓일 수밖에요. 그렇다고 일일이 경작권을 빼앗아 버릴 수만은 없지 않겠어요? 소장과 모리 주임도 골치 아플 거예요."

"이주 농민들을 자작농으로 만들어 준다고 하더니, 여기까지 와서도 밥을 못 먹을 정도라면, 조선에서의 소작농이나 다름없겠네요?"

"지주가 달라졌을 뿐이지 조금도 다를 바 없어요. 이주민들이 만척의 소작농이 된 셈이지요. 일반 소작농들은 그해 수확에 따라 일정 비율로 바치면 되지만 이곳 농민들은 농사가 잘되든 못되든, 매년 똑같이 갚아야 하니 문제가 되지요. 항상 풍년이 든다면 모르겠으나. 이곳이 농사짓기에 그리 좋은 환경도 아니고요. 이런 형편이다 보니, 농민들은 고향 떠나 온 것을 후회하고 있지만, 이제 와 돌아가지도 못하고 죽으려고 해요. 만척이 쌀 증산을 독려하는 이유가 무엇이겠어요? 농민들 좋으라고 하겠어요? 쌀을 더 많이 가져가려는, 목적 아니겠어요? 관동군 군량미 때문에 그래요. 재주는 곰이 넘고 돈은 되놈이 챙긴다더니. 중국 사람 땅을 반강제로 빼앗아, 조선 농민들에게 농사짓게 하고는 쌀만 챙겨가고 있어요. 만척이 이곳의 농토를 확보할 때, 관동군이 주관하는 '토지 징용위원회'를 만들어, 미(未)사용 농지라며 시세의 1/4 정도 가격에 강제 매수했다고 해요. 이러니 중국 사람들이 조선 사람을 좋아할 리가 있겠어요. 처음에는 중국 사람들도 그러지 않았어요. 조선에서 개척민이 오면 거처할 집도 제공하는 등, 편의를 봐주고 농사지을 땅도 내어주기도 했어요. 일본이 조선 사람과 중국 사람들 사이에 이간질만 시켜 놓은 셈이지요, 중국 사람들은 10여 년 전 만보산사건 이후 조선 사람을 더 좋지 않게 생각해요. 어떤 사람들은 일본의 앞잡이라고 하기도 해요. 조선 농민들 역시 만척 직원을 별로 좋아하지 않아요. 자꾸만 체납금 독촉하지, 경작권 빼앗겠다고 경고장 보내지, 누가 좋아하겠어요. 김 서기도 여기에 있으면 차차 알게 될 거예요."

"애초부터 농민들이 밥을 먹을 수 없도록 계획하지는 않았을 터인데요?"

"그야 자작농 만들어 밥을 먹을 수 있게 한다고 했지만, 근본적으로 연부금이나 이자율 등 농민들에게 불리하게 설계된 거예요. 농사가 당초 계획한 대로만 되나요? 가뭄이나, 장마로 흉년 들지요, 여기 땅은 가뭄보다 주로 홍수 피해를 많이 입어요. 물이 잘 안 빠지거든요. 병이 난다든지, 식구들은 많은데 배당받은 토지가 적은 경우도 있어요, 어쨌든 이런저런 이유로 제때 납부하지 못하는 농가들이 많이 생겨나고 있어요. 그래도 공사에서 봐주지 않아요."

"만주에 이주 농민들 마을이 많이 있나요?"

"만주국이 건국되고 처음 동아권업주식회사를 통해 철령, 하동, 영구, 수화, 삼원포에서 시작된 후, 근래까지 곳곳에 이주가 이어져 왔지요. 하지만 지금은 새롭게 오는 이주민은 거의 없어요."

"소장님이나 모리 주임은 어때요?"

"소장은 성질이 무던한데, 보기와 다르게 모리 주임이 무척 까다로워요. 일본에서 농사를 지어본 사람이라, 농사일도 잘 알고 있고요. 모리 주임은 조선 농민들이 수확량을 속이며, 엄살을 피운다고 생각하고 있어요. 어떤 일이든, 조금도 봐주는 법이 없어요. 앞으로 조심해야 할 거요. 며칠 동안이라도 보았겠지만, 앞으로 김 서기도 체납금 회수 실적 때문에 많이 시달릴 거예요."

"회계가 미수금까지 챙겨야 하나요?"

"여기는 직원들이 많지 않아, 담당 구역을 정해 놓고 누구라도 체납금을 독촉해야 해요. 모리 주임은 특히 정식 직원인, 나와 회계가 더 많은 실적을 올려야 한다고 다그치고 있어요. 골치 아파 죽겠어요."

현규는 기차에서 만난 남자의 말이 역시 틀리지 않는다고 생각했다. 군청이 싫어 여기까지 왔더니, 그보다 더 힘든 일을 해야 하는 것 아닌가, 싶었다. 박 서기는 기어이 자기 집으로 가서, 한 잔 더하자며 우긴다. 이미 술을 많이 마셨다며 사양해도 막무가내였다. 자신은 사택에 들어가도 아무도 없지만, 박 서기는 부인과 아이가 있다. 박 서기 부인에게 염치없는 사람이 되기 싫었지만, 어쩔 수 없이 끌려갔다. 집이 넓지는 않았으나, 중국 사람들과 다르게 깨끗하게 정리되어 있었다. 미인이라고는 할 수 없어도, 키가 훤칠한 그의 부인은 밤늦게 데리고 들어온, 술 취한 손님을 상냥한 표정으로 맞이했다. 박 서기와 같이 술을 진하게 마신 후부터는 동질감을 느끼며 한결 가까워지게 되었다.

12

현규는 술을 제법 마셨지만, 좀체 잠들지 못했다. 만주국 삼강성 통하현 만주척식공사 서기가 된 자신이 낯설고 실감 나지 않았다. 군청을 사직한 지 얼마 되지 않아 6천 리나 떨어진, 만주의 제일 북쪽 끝 삼강성까지 오게 된 것이었다. '사람 일은 한 치 앞을 알 수 없다'는 말이 틀리지 않는 것 같았다. 불과 한 달 전까지만 해도 이곳에서 창을 두드리는 바람 소리를 들으며, 누워 있으리라고는 상상하지 못했던 일이었다. 인계받은 장부를 보니, 의외로 일이 많았다. 회계업무를 오래 비워 두었던지, 기장이 되지 않은 입고증, 영수증 뭉치가 쌓여 있었다. 사무실 장부와 창고 장부, 각종 지출 영수증 등 일일이 대조해가며 정리하려면 몇 날 며칠 밤을 새워야 할 것 같았다. 가구마다 토지 대금 체납 연수, 농자금 대부 현황 및 회수 상황까지 여간 복잡하지 않았다. 그래도 자신이 주산(珠算)을 잘 놓을 수 있어 다행이었다. 아직 완전히 정리되지 않았지만, 삼강지역 일대에 얼마씩 체납하고 있는 농가만 1천여 가구가 넘어, 전체 가구 수의 절반이 넘었다. 체납액이 일정한 선을 넘으면 재차, 삼차, 몇 번의 경고장을 보내 독촉하다, 결국에는 경작권을 박탈한다고 했다. 농민들은 경작권을 뺏기는 것만으로 끝나지 않고 그동안 빌려 쓴 대부금도 전부 갚아야 하며, 갚지 못하면 경찰에 고발 조치가 된다고 한다. 체납자가 많다는 사실은, 이 사업이 너무 무리하게 설계되었다는 증거였다. 현규는 진정으로 안전 농가를 만들어 주려면 연부금 기한을 더 길게 연장해 주고, 토지의 평가금액과 영농 자금 이자를 과감하게 낮추어 주어야 할 것이라는, 생각이 들었다. 전쟁이 확대되면서 오히려 더 끌어내리고 혈안이 되어 있는 상황에서 자신 생각은 헛된 망상일 것이다. 이 일을 계속할 수 있을까? 벌써 갈등이 생기기 시작했다.

현규는 장기 체납 농가에 대한 모리 주임의 수금 독촉뿐만 아니라 이주 농민들이 살아가는 모습을 직접 보고 싶었다.

"금년에도 우리 지소에 배정된 할당량에 훨씬 못 미치고 있소. 사방포에 가면 밀린 체납금을 받아 오든지, 확실하게 경고하고 오세요. 경고장으로도 되지 않으면 경작권을 박탈하는 수밖에 없어요. 그래도 대부금을 갚지 못한다면 본보기라도 몇몇 집을 경찰에 고발조치 하세요."

출발하기 전 현규는 모리 주임의 당부와 경고장을 들고, 유난히 체납 가구가 많은, 의란현 사방포촌으로 향했다. 사방포까지는 100여 리로 3시간 남짓 걸린다고 했다. 박 서기는 "아직 이곳에 익숙하지 않으니 혼자 가지 말고 최씨를 데리고 가라"고 배려해 주었다. 역두에서 마차를 빌려 탔다. 날씨는 차가웠지만 몇 날 며칠을 사무실에만 박혀 있다, 탁 트인 벌판을 보니 속은 시원했다.

"최영학 씨는 만척에 언제 들어왔어요?"

"한 3년 되었네요."

"농사는 짓고 있나요?"

"아뇨, 나도 처음에는 만척 농사를 짓다가, 힘들어서 여기로 들어왔어요. 농지는 만척에 반납하고 밀린 돈은 월급 받아서 갚기로 했고요. 사람이 필요하다기에, 박 서기에게 부탁하였더니, 모리 주임에게 허락받아 임시직으로 주선해 주었지요."

40대로 검게 탄, 최씨의 얼굴에 주름이 깊어 보였다. 만척 농사지어서는 먹고살기 힘들어 농지를 반납한 모양이었다.

"혹시 영란촌이 어디에 있는지? 알고 있나요?"

"예, 알다마다요. 통하에서 150리쯤 떨어져 있어요. 마차로 5시간은 족히 걸릴 겁니다. 거기에 경상도 사람 집단 마을도 있어요."

현규는 마차에서 만난 아가씨를 한시도 잊지 못해, 물어보았다. 물론 영란촌이 어디쯤 있는지는 진즉에 물어, 알고 있었지만, 그 아가씨에 대해 조금이라도 새로운 사실을 알 수 있을까 해서였다. 아직 한겨울이 오지 않았으나, 기온은 영하로 떨어져 송화강 가장자리에는 얼음이 하얗게 얼었다. 하얗게 눈이 덮여 있는 들판 길을 두어 시간쯤 달리자 넓은 호수가 보였다. 넓이를 가늠할 수 없는, 반쯤 얼어 있는 호수에서 철새 떼들이 새까맣게 날아올랐다. 호수 부근에 논이 보였고 벼를 수확한 그루터기가 물에 잠겨 있었다. 한참을 더 달리자, 또 커다란 호수가 나타났다. 두 번째 호수를 지나자, 사방포 촌이 보였다. 멀리서 보아도 매서운 북풍을 막아줄, 그 무엇도 없는, 황량한 들판 한가운데에 서 있는 마을이었다. 30~40여 가구쯤 되어 보이는 초가집들이 남쪽을 향해, 해바라기 하며 몇 가구씩 옹기종기 모여 있었다. 그야말로 한겨울에 알몸으로 버티고 서 있는 것과 다름없는 모습이었다. 가까이 다가가자 울도 담도 없이, 흙벽돌을 쌓아 올린 벽체에 짚으로 지붕을 덮은, 나지막한 초가들이었다. 따개비처럼 따닥따닥 붙어 앉은, 2~3칸 정도의 집들은 뒷벽이 완전히 막혀 있었고 문과 창은 햇빛이 드는 남쪽으로만 나 있었다. 현규는 움막과 다를 바 없는 집들을 보면서 마음이 아팠다. 조선 이주민들이 이렇게 살고 있으리라고는 미처 생각하지 못했다. 이 춥고 먼 곳까지 와서도 이토록 힘들게 살아야 한다니. 그들이 결코 부자가 되기 위해 여기까지 온 것은 아닐 것이다. 오직 식구들과 배곯지 않기 위해, 수천 리 길도 멀다 않고 왔다. 누가 이들을 고향 땅에 살지 못하게 내몰았을까? 알 수 없는 분노까지 스멀스멀 치밀어 올랐다. 그는 마을 촌장 집을 찾았다. 촌장은 이곳의 추위를 이겨낼 수 있는, 두꺼운 의복도 갖추어 입지 못하고 조선에서처럼 솜을 누빈 바지저고리 차림이었다. 그을린 얼굴의 촌장은, 50대 초반쯤으로 보였다. 그들은 경기도 연천에서 왔으며 마을 사람들 대부분 일가친척 사이라고 했다.

"빚 때문에 나오신 모양이지요, 누가 찾아왔다기에 가슴이 덜컥했소. 우리가 4년 전에 이곳에 왔는데, 조선에서 약속했던 농토와 집은 어디에도 없었소. 속았다는 것을 알고 후회했지만, 때는 이미 늦었어요. 끼니는 만척에서 주는, 곰팡이 슨 좁쌀로 죽을 끓여 먹었소. 갈대로 지붕을 엮고 흙벽돌을 쌓아 집을 지었고, 피땀 흘려 갈대밭을 개간했소. 그 당시 무리하게 일하다 병을 얻어 죽은 사람도 있었소. 개간만 해 놓으면 가뭄 걱정은 하지 않고 농사는 잘되겠거니 했는데, 그게 아니었소. 오면서 보았겠지만, 이 부근에 하서(河西)라는 큰 호수가 있소. 여름철 비만 오면 물이 넘쳐, 이곳으로 넘어와, 빠져나가지를 않소. 이 일대가 전부 물바다가 되어버려요. 나락이 물에 오래 잠기면 알이 여물지를 않아요. 해마다 물난리를 겪으니, 농사를 어떻게 지어 먹겠소. 이곳은 당초 논을 만들 곳이 아니어요. 저쪽으로는 늪지대도 있어요. 사람이 들어가면, 빠져나오지도 못해요. 이런 데를 주고, 땅값과 좁쌀값까지 물어내라고 하니. 기가 막혀요. 빚은 고사하고 밥도 못 먹을 지경이오. 아무리 좀 늦추어 달라고 하소연해도 들은 척도 안 하네요, 차라리 이런 땅이라도 넓었으면 좁쌀을 먹더라도 모자라지는 않겠지요. 젊은 양반이 새로 오신 모양인데 높은 사람에게 잘 말씀드려, 우리 동네 좀 살려주어야겠소. 내년이라도 농사만 잘 되면 갚을 수 있소. 혹시 다니다가 중국 사람 땅 있으면 좀 소개해 주시오. 만척 땅만 부치다가는 밥 먹기 힘들겠소. 우리도 밤에 잠을 자지 못하고 있어요. 참, 이전에 근무했던 최 서기 소문을 듣고 놀랬소. 우리도 마음이 영 좋지 않았어요."

"딱한 사정은 충분히 알겠습니다만, 위에서 뭐라고 하니 저도 나와 보지 않을 수 없었습니다. 사정을 잘 알았으니, 들어가서 말씀 잘 드려 보겠습니다. 너무 걱정하지 마십시오. 열심히 살다 보면 다 살길이 생기겠지요."

현규가 촌장의 하소연을 듣고 있으니, 독촉은커녕 눈물이 날 지경이었다. 촌장은 거듭 잘 부탁한다고 말했다. 거지꼴을 한, 마을 사람들뿐 아니라 추위에도 아랑곳않고 놀고 있는 아이들의 모습을 보면서 이들의 형편이 어떤지 한눈에 읽혔다. 촌장 집만 하더라도 낡은 고리짝에 변변한 세간살이 하나 없이, 궁핍하게 사는 모습이 역력했다. 그런 가운데에도 항아리, 가마솥, 맷돌, 다듬잇돌 등이 눈에 뜨였다. 이 무거운 물건들을 어떻게 이 먼 곳까지 가지고 왔을까? 변변한 세간살이 하나 없는, 농민들은 그것도 중요한 재산이라고 생각했을 것이다. 이 불쌍한 사람들에게 무엇을, 어떻게 받아 낼 수 있단 말인가? 현규는 다른 집은 방문해 보지도 못하고, 경고장은 한 장도 건네지 못했다. 그로서는 독촉할 방법이 없었다. 너무 걱정하지 말라는 말만 남기고 물러 나오고 말았다. 체납금을 독촉하기보다 오히려 보태어 줘야 할 형편이었다. 가능하다면 납부를 연기해주거나 탕감해주고 싶었다. 돌아가서 모리 주임에게 무엇이라고 변명해야 할지 걱정이었다. 촌장이 자신의 전임자 이야기를 한 것 같았는데, 어떤 소문으로 놀랐다는 것인지 궁금했다. 출장에서 돌아와, 모리 주임에게는 물난리를 겪어 형편이 너무 어려운 것 같으니 조금 더 기다려 주어야겠다고 보고했다.

"가네야마 상, 그래서야 만척 일 계속할 수 있겠어요? 정신 똑바로 차려요."

모리 주임의 따가운 눈초리를 느꼈으나, 어쩔 수 없었다. 정말 그의 말처럼 오래 근무할 수 있을까? 회의가 들었다.

13

퇴근 후 관사에서 아주머니가 차려 준 저녁밥을 먹고 나면 할 일도, 갈 곳도 없었다. 옛날의 귀양살이가 이랬을까? 창을 두드리며 쌩쌩 부는 바람 소리를 들으며 혼자 지내는 북만주의 밤은 길고 적막하기만 했다. 마차에서 만났던 아가씨는 누구일까? 그동안 사무실 일이 바빴지만, 한시도 그 아가씨를 잊은 적이 없었다. 그녀가 산다는 영란촌은 언제쯤 찾아갈 기회가 생길까? 초저녁부터 잠자리에 들어도 이런저런 생각으로 쉽게 잠을 이루지 못하고 뒤척이는 날이 많았다. 일거리를 숙소에까지 들고 와 뒤적거려 보기도 하지만 곧 덮어 버리게 된다. 신의주에서 순사에게 빼앗겨 버린 단재 신채호 선생의 《조선사연구초》가 아쉽기만 했다.

박 서기가 퇴근 후 자기 집으로 오라고 하며, 저녁 식사나 같이하자고 했다. 박 서기는 지난번의 현규 초대에 부담감을 가지고 있었던 듯했다. 부인이 아이까지 데리고 식사 준비하느라 수고를 많이 할 것 같았다. 빈손으로 방문하기가 미안하여, 돌아보아도 마땅한 가게도, 살 만한 물건도 없었다. 할 수 없이 아이가 먹을 사탕 한 봉지와 중국 백주(白酒) 한 병을 샀다. 저녁을 먹으면서 현규가 가져간, 백주를 마셨다. 추위 때문인지 이곳의 술은 남쪽보다 도수가 훨씬 높았다.

"이번에 출장 간, 사방포 촌의 형편이 많이 어렵더군요. 매년 물난리를 겪는다고 해요. 그런 곳에서 체납금 납부하라는 말을 할 수가 없었어요. 모리 주임은 소작권 박탈과 경찰에 고발조치까지 이야기 했지만, 경고장도 건네지 못하고 그냥 나왔어요. 오히려 보태 주고 싶었어요."

"어디 그 마을뿐이겠어요. 이주 농민들 대부분 제대로 정착하지 못해, 형편이 좋지 않아요. 이 지역은 개간해도 수리 시설이 되어 있지 않아, 물이 빠지지 않아요. 삼강평원은 송화강, 흑룡강, 러시아 쪽에서 들어오는 우수리강까지 합쳐지며 물이 넘쳐나지만, 배수가 되지 않아요. 어떤 곳에는 들어온 물이 3년이 지나도록 빠지지 않는다고 해요. 이런 곳에 논을 만들어 놓았으니, 물난리를 겪을 수밖에. 땅은 한길을 파도 새까만 흙이 나오는, 좋은 땅이지만 수리 시설을 하지 않고는 농사짓기 힘들어요. 만척에서도 수리 시설을 해보려고 했지만, 그게 돈도 많이 들고, 보통 힘든 일이 아닌가 봐요. 근년에는 늦여름에 비가 많이 내렸어요. 한참 낟알이 생길 때 물에 잠겨 있으면 알곡이 야물지 못해요. 알이 들어도 좁쌀밖에 되지 않지요. 애초 땅 같지 않은 곳을 조선 농민들이 피땀 흘려 논으로 만들어 놓은 거예요. 그런 논을 옥답으로 평가하여, 비싼 땅값을 받아먹으니, 날강도가 따로 없지요."

취기가 약간 오른 박 서기도 현규의 말에 동조하며, 울분을 느끼는지 과격한 발언을 쏟아낸다.

"농민들은 그나마 농지가 적다고 해요. 좀 더 넓었으면 지금보다는 형편이 나을 것이라고 해요. 농사를 지을 수 있을 만큼 마음대로 쓰라고 하면 안 되나요? 모리 주임 이야기로는 땅은 얼마든지 널려 있다면서요."

"최대한 많은 농가를 수용시키려고 한 가구당 겨우 1~2 정보밖에 나누어 주지 않아서 그래요. 목란현 쪽에 있는 일본 이주민들은 달라요. 그들에게는 우리 농민들보다 10배나 많은 20~30정보씩 나누어 주고, 정착비 대부금 이자도 훨씬 싸다고 해요. 심지어 일본 이민단이 들어올 때 조선 농민들이 이미 개간해 놓은, 농토를 빼앗기도 했다고 해요. 일본 농민들은 받은 땅이 너무 넓어, 자기들이 다 짓지 못하고 중국인이나 조선 농민들에게 소작을 주고 있어요. 입으로는 내선일체를 외치면서 이렇게 차별이 심하니, 농민들 불만이 없을 수 있겠어요."

"사방포 촌장 이야기로 출장 다니다가 농사지을 만한, 땅 보이면 소개해 달라고 해요. 만척 땅은 어쩌고요 했더니, 만척 땅 부치다가는 밥 굶기 딱 좋다고 해요. 중국 사람들 땅을 이야기하는 모양이어요."

"좋은 땅 구하기가 쉽지도 않겠지만 그 사람들 만척 땅 내어놓지도 못해요. 그동안 비룟값이니 뭐니 빌려 간 농자금 어떻게 다 갚아요? 답답하니 해보는 소리겠지요. 촌장 말처럼 중국인 소유의 황무지를 값싼 임차료를 주고 몇십 년간 장기로 빌리는 사람들도 있어요. 수백 정보를 빌려, 사돈의 팔촌까지 모으거나 개척민들을 모집하여, 나누어 농사지어요. 중국인 지주 입장에도 쓰지도 못하던 땅을 논으로 개간해주고 해마다 임대료까지 받으니 얼마나 좋겠어요. 그래도 중국사람 땅을 빌릴 수 있는 사람은 그냥 농사꾼들이 아니어요. 출입께나 해본 사람들이나 그렇게 할 수 있지요. 독립운동했던 사람들도 많다고 해요. 이제는 독립운동도 못 하고 흩어지게 되니, 먹고살아야겠지요. 의란의 조선인 정착촌이 그런 경우지요."

"조선에서 듣기로는 만주에 가면 임자 없는 땅도 널려 있다고 했는데, 그렇지도 않은 모양이지요?"

"다 옛날이야기지요. 이주 초기에는 그런 땅도 있었다고 해요. 애초 주인 없는 황무지도 있었지만, 조선 사람들이 몰려오는 것을 보고, 중국 사람들이 마음대로 자기 땅이라고 말뚝을 박아 표시해 놓고는 조선 사람들에게 팔거나 세를 주었다고 해요."

"아참, 사방포 촌장이 이상한 말을 하던데, 우리 직원에게 무슨 일이 있었어요? 소문을 들었다며, 참 안됐다고 하던데요."

"그 이야기 들었군요. 김 서기가 오기 전, 전임 회계인 최 서기를 말하는 거예요. 삼강 평원 쪽으로 혼자 출장 갔다가 실종되었지요. 실종된 지 열흘쯤 후에 어떤 중국 사람이 갈대밭에서 발견했어요. 머리에 총을 맞고 옷이 홀랑 벗겨져, 알몸으로 죽어 있었다고 해요. 토비들의 습격을 받은 것 같아요. 여기서는 돈뿐 아니라 옷을 뺏으려고 사람을 죽이는 일도 허다해요. 죽일 때는 반드시 머리나 목에 총을 쏘지, 몸에는 쏘지 않는다고 해요. 옷에 구멍이 생긴다고 그런다나요.

삼강 평원에는 갈대와 잡초로 뒤덮여, 사람이 들어가기조차 힘들어요. 잘 못 들어가면 길을 잃어버릴 수도 있어요. 이곳에는 사람을 죽여 갈대숲에 버려도, 아무도 찾을 수 없어요. 통하 경찰서에도 책임자인 경부와 순사들이 있어요. 범인을 잡겠다고 했지만, 말만 그렇지 피해자가 일본 사람이라면 몰라도 조선 사람은 적극적으로 나서지도 않아요. 젊은 사람이 참 안되었어요. 최 서기는 조선 농민들에게 인심을 잃었어요. 체납자들에게 너무 심하게 했거든요. 내가 몇 번이나 너무 그럴 필요 없다고 충고했는데도 말을 듣지 않더니, 기어이 변을 당하고 말았지요. 물론 그것 때문만은 아니겠지만. 김 서기도 앞으로 출장 다닐 때, 조심해야 해요."

"하야시 소장이나 모리 주임의 성화 때문에 그랬겠지요?"

"물론 그렇지만 담당자로서 조선 사람 편에 서서 일해야 해요. 아무리 일본인에게 지시를 받고 있다 해도, 일본 사람처럼 하려고 하면 되겠어요? 김 서기야 그러지 않겠지만 앞으로 잘하셔야 할 게요. 우리가 하는 일이 자칫하면 농민들에게 욕을 얻어먹을 수밖에 없어요. 일본 사람과 조선 농민들 사이에서 이러지도 저러지도 못하고 입장이 곤란할 때가 많아요. 중간에서 적당히 처리해야 하겠지만 그게 힘들어요."

박 서기는 민족의식이 뚜렷했다. 만척에서 일하고 있지만, 그런 점에서 서로 공감하고 있어, 친밀감을 느낄 수 있었다. 소장의 훈시나 모리 주임의 체납 독촉은 매일 같은 일상이었다. 그들도 만척 본부로부터 닦달을 받고 있기 때문이었다. 모리 주임은 직원들이 좀 더 적극적으로 나서지 않는다며, 불만이 많았다. 어쩌다 모리 주임이 직접 체납 가구가 많은 마을에 찾아가 경고장을 뿌리며, 난리를 치고 오기도 했다. 박 서기도, 현규도 압박감을 느끼지 않을 수 없었지만, 농민들의 사정을 너무나 잘 알고 있기에 심하게 독촉할 수 없었다. 추수기 끝난 후라 일부 악성 체납금이 들어오고 있지만, 모리 주임은 만족해하지 않았다. 마차나 우마차로 현물이 창고로 계속 도착하고 있었고 정미소도 매일같이 밤낮으로 바쁘게 돌아갔다. 농민들은 토지 부금과 대부금을 현물로 납부하고 있지만, 일부는 만주중앙은행에서 발권한 만주 지폐와 일본 돈으로 내기도 했다. 수납된 현금과 현물은 농민들을 위한 대출준비금과 직원들의 월급, 사무실에 필요한 경비를 제외하고, 전부 도정하여 만척 본부로 보냈다. 현규가 관리하는 금고에도 얼마만큼의 현금이 항상 비축되어 있었다.

그즈음 비적들에 습격당했다는 마을이 있었다. 만주사변 이후 소규모 비적들이 곳곳에서 생겨나, 조선인 마을을 습격하는 일도 잦아졌다고 한다.
"마을이 비적에게 습격당했다면 양식까지 털려 버렸을 텐데. 우리가 도와주어야 하지 않을까요? 이런 경우 만척에서 도와주는 어떤 규정이라도 있나요?"
"마땅히 그래야 하는데, 그런 규정은 없어요. 소장의 허락을 얻어 납부금을 연기해주는 정도였어요. 그나마 허락받기도 쉽지 않을 거예요. 비적들도 겨울 식량을 준비하기 위해, 추수가 끝나 양식을 비축해 놓는 시기를 노려 마을을 습격해요."
"내가 듣기로는 만주사변 이후 마적들이 많이 없어졌다고 들었는데, 아직도 남아 있는 모양이지요?"

"맞아요. 큰 마적들은 거의 다 없어졌어요. 마적단이 해체되면서 조무래기 비적들은 오히려 늘어났어요. 지금 설치고 있는, 놈들은 단순한 도둑 떼에 불과한 토비(土匪)들이어요. 또 만주사변 때 하북으로 쫓겨 간, 장학량 군대의 퇴병들로 먹고 살길이 없어지자 토비가 된 것이지요. 만주족뿐 아니라 한족, 몽골족 등 여러 민족이 섞여 있다고 해요. 이들은 인원수도 얼마 되지 않아, 몇 명 정도가 어울려 다니고 있어요. 이런 토비들은 사람을 죽이기도 하고, 아무런 양심도 없는 놈들이지요. 진짜 큰 마적들은 나름대로 규칙이 있어, 불쌍한 사람들은 절대 건드리지 않고, 오히려 도와주기도 한대요. 인명도 함부로 살상하지 않는다고 해요. 그래서 재물은 빼앗겨도 사람이 상했다 소리는 잘 들리지 않지요. 저항하지 않으면 해치지 않고, 여자들은 건드리지 않아요. 빼앗은 금품이 충분하지 않으면 인질을 잡아가기도 해요. 인질은 반드시 남자만 잡아가고, 요구한 돈을 기일 내 보내지 않으면 인질의 귀나 손가락을 잘라 보낸다고 해요. 이전에는 정착촌에서도 마적의 습격에 대비하여 토성을 쌓고 자경단을 꾸리기도 했지만, 훈련받지 않은 농민들이라 제대로 대항하지 못했다고 하네요. 섣불리 저항했다가 오히려 사람만 상할 수 있으니까요. 하북(河北) 당산 출신 군벌, 마점산(馬占山)과 관동군에게 폭사 당했다는, 만주 군벌 장학량의 아버지 장작림도 원래 마적 출신이었다고 해요."

이곳에는 비적뿐만 아니라 항일운동을 하는, 중국공산당원들이 경찰서 등 관공서를 습격하기도 한다 했다. 수년 전부터 이어온 관동군의 대대적인 공산당 토벌 작전으로 지금은 대부분 잠잠해졌지만, 아직도 소수의 인원이 국경을 들락거리며 활동하고 있다 한다. 이곳이 러시아와 가까워, 습격 후 도주하기가 유리하기 때문이라고 했다. 이들 중에는 중국공산당에 더부살이하는 조선공산당원도 섞여 있다 했다. 문제는 이들이 경찰서뿐 아니라 만척 사무실도 표적으로 삼는다는 것이었다. 이들에게 털린 만척 사무실도 더러 있었다 한다. 비적들에게 습격당한 마을은 만척에서도 정상 참작을 하지 않을 수 없는 일이다. 이런 일을 겪은 마을은 납부금을 면제해 주든지, 연기해 줘야 하지만 소장은 쉽게 허락지 않는다, 했다.

"주임님, 비적들에게 습격당해 곡식을 몽땅 털리고 식량도 없는 농민들은 어떻게 구제해줄 방법이 없을까요?"

"가네야마 상 정신이 있는 거요, 없는 거요? 지금 어떤 때인데 그런 소리를 하는 게요. 여러 전선에서 성전(聖戰)을 치르고 있는, 천황 폐하의 군대가 식량이 모자란다는 소리를 듣지도 못하였소? 우리 만척에 소속된 농가만 2천여 가구가 넘어요. 비적뿐 아니라 가뭄에 홍수에 온갖 사정으로 곤란한 사람들이 많은 줄 알고 있소. 가구마다 사연 없는 집이 없을 거요. 그럴 때마다 면제해 주면 만척은 어떻게 되겠소."

현규는 면제나 납부 연기를 기대하며 모리 주임에게 건의했으나, 한마디로 거절하며 다음에는 그런 소리 하지 말라며 못을 박는다. 하야시 소장에게는 말을 붙여 보지도 못했다. 현규는 절망감을 느끼지 않을 수 없었다.

14

아침부터 구장이 찾아와 덕섬 어른을 귀찮게 했다. 내일 마을 창고 앞에서 열리는 요배(遙拜)식에 참석하라는 통지였다. 10여 년 전부터 아키히토 황태자의 탄생일(12. 29)에 동경을 향해 절하는 행사를 해왔다. 면사무소에서도 직원이 나오니, 한 집에 한 명씩 꼭 참석해야 한다고 했다. 기념일만 되면 구장이 집집마다 다니면서 모이라는 통지를 해준다. 무슨 기념일이 그리도 많은지? 요배식 외에도 히로히토 천황의 탄생일(4. 29)인 천장절, 일본 건국 기념일(2. 11)인 기원절, 지나(支那)사변 기념일, 한구(漢口) 함락 기념일, 육군 기념일, 해군 기념일 등등 수없이 많다. 기념일에는 식에 참석해라, 일본 국기를 달아라, 묵념해라, 기념식수를 해라 등의 요구사항도 한둘이 아니었다. 걸핏하면 위문금까지 내어놓으라고 한다. 나오라는데 나가지 않으면 벌금을 물리겠다고 하니, 식구 중 누구라도 내보내야 했다.

거의 매달 있다시피 하는, 우리 명절에도 농사일을 멈추고 머슴도 하루 쉬게 해준다. 우리 전통 명절은 설날과 대보름, 2월 한식, 3월 삼짇날, 4월 초파일, 5월 단오, 6월 유두, 7월 백중, 8월 추석, 11월 동지 등이다. 거기에다 일본 기념일까지 더해야 하니, 손으로 다 꼽을 수도 없을 정도이다.

어느 집이나 마찬가지지만, 덕섬 어른이 제일 귀찮아하는 일은 부역 나오라는 통지이다. 대부분 농한기에 부르기는 해도 때로는 농번기에도 부른다. 농한기라 할지라도 농촌에서는 그냥 놀지는 않는다. 새 짚으로 지붕도 갈아야 하고, 산에 가서 땔감도 해와야 하고, 새끼

꼬기와 가마니도 짜야 했다. 귀신 손도 빌려야 할 만큼 바쁜, 농번기에 나오라고 하면 여간 성가신 일이 아니다. 결석하면 어김없이 벌금이나 치도(治道) 사업비를 물어야 하기에 누구라도 내보내 시간을 메워야 했다. 농사일을 제쳐놓고 머슴이나 병규를 내보낼 수도 없고, 그렇다고 자신이 직접 나갈 수도 없어, 난감할 때가 한두 번이 아니었다. 부역은 주로 신작로를 닦거나 사방공사, 수해복구, 학교 운동장 닦기 등이었다. 삽이나 괭이를 들고 나가, 길게는 몇 달씩 다녀야 할 때도, 작업장이 멀어 가고 오는 시간만 해도 한나절씩 걸릴 때도 있었다. 어떤 때에는 한 집에 2명, 3명씩 나오라 하기도 했다. 바쁠 때는 오전, 오후로 나누어서 나가기도 하여, 반나절 단위로 구장의 장부에 일일이 기록되기에 빠질 수도 없었다.

신작로가 완성되면 해마다 군(郡)에서 품평회를 열었다. 마을이 부역한 구간의 신작로가 얼마나 잘 닦였는지 각 면끼리 경쟁시켜, 등수에 들면 상품을 받았다. 작년 읍내 왕릉공원에서 개최한 품평회에서 우리 면이 3등을 하기도 했다. 경남도에서 주최하여, 군별로 경쟁시키기도 한다. 면이나 군끼리 경쟁시켜 부역에 잘 나오게 하려는, 약은 수에 불과했다. 세금 거두어서 전쟁이니 뭐니, 쓸데없는 곳에 쓰고 비용 아끼려고 부역시키고 있다는 사실을 모두 알고 있었다. 동네 사람들도 부역 때문에 구장과 제일 많이 싸운다. 면에서 시키니 구장도 어쩔 수 없다는 것을 알고 있지만, 만만한 구장에게 불평할 수밖에 없었다. 언젠가 아랫동네 청년이 구장뿐 아니라 면 직원과도 대판 싸우고 주재소에 불려가 혼이 난 적도 있었다.

구장은 동네의 온갖 궂은일도 도맡아 해야 했다. 동네 사람들의 출생신고, 사망신고, 혼인신고, 토지, 가옥 등 각종 서류를 작성하는, 대서(代書)까지 반쯤은 면(面) 일을 대신하고 있었다. 구장도 못 할 일이지만, 그것도 무슨 벼슬이라도 되는 것처럼, 하고 싶어 하는 사람들이 있었다. 그렇다고 아무나 구장 할 수 있는 것은 아니었다. 어느 정도 글을 읽었고 덕망이 있어, 마을을 대표할 수 있어야 했다. 면이나 군청에 가서도 할 말을 제대로 할 수 있는, 사람이라야 했다.

구장 이야기로는 일본이 중국과 전쟁하고 있으면서 또 미국과도 전쟁을 일으켰다 한다. 조선과 만주를 삼키고도 성이 차지 않는지 미국까지 먹겠다니 제정신이 아닌 듯했다. 여러 곳에서 전쟁을 치르려면 많은 돈과 물자가 필요해, 세금과 공출이 부쩍 늘어난 것이라 했다. 그래서인지, 듣도 보도 못 한 세금을 자꾸 만들어, 내어놓으라고 하니, 농민들이 배겨 낼 수가 없다. 추수가 끝나기 바쁘게 날아 오는, 세금 고지서 때문에 농사지은 곡식의 몇 할은 바쳐야만 했다. 그것도 기한 내 내지 않으면 벌금을 매겨, 액수가 불어나기까지 한다. 금년에도 덕섬 어른은 나락을 저울에 달아 지세, 소득세, 가옥세, 도세, 임야세 등을 납부했다. 그뿐만 아니라 각종 잡세, 농회비, 위생조합비, 보국저금, 다리 건설비에다 위문금까지 열거할 수 없을 정도이다. 이래저래 떼이고 나면 식구들과 먹을 양식도 모자라는데, 공출까지 바치라고 한다. 공출량은 농토에 따라 집집마다 할당된다. 그것도 정당한 가격을 쳐주지도 않고 시세의 절반도 안 되는 가격에 내어놓으라고 하니, 기가 막힐 노릇이었다. 또한 구장은 가난한 사람들에게 빌려준다는, 비황저곡(備荒貯穀)까지 내라고 했다.

각종 명목으로 온갖 것들을 다 빼앗아 가는, 왜놈들이 하는 짓을 보면 죽일 만큼 싫지만 힘없는 백성들이 어떻게 할 방법이 없었다. 왜놈들이 밉다고, 불순한 생각을 했다가는 잡혀가거나 다치기만 한다. 아랫마을 최씨는 20여 년 전에 신문 장(場)에 갔다가 만세운동에 휩쓸려 순사 총에 맞아 죽었다. 살아 있다면 자신과 나이가 비슷할 것이다. 그 양반이 뭐를 알아서 만세운동에 참가한 것도 아니고 장날이 되어 장에 갔다가 무슨 소리가 들려, 그쪽으로 구경 갔다가 총을 맞았다. 어느 귀신이 잡아가는지도 모르던 사람이 참으로 억울하게 죽었다. 식구들도 어디 가서 하소연 한번 하지 못하고, 서둘러 장사지내고 말았다. 그날 만세운동을 했던 사람들 다 그랬다. 맨손으로 총 가진 사람들에게 덤벼들었으니 당연히 무사할 수 없었다. 결국 사람들만 상하고 아무것도 이루어 내지 못했다. 덕섬 어른은 일본이 욕심을 너무 부린다 싶었다. 무슨 일이든지 욕심을 너무 심하게 부리면 반드시 그 끝이 좋지 않다는 것은 세상 이치이다. 조선 사람들의 불평불만이 하늘에 닿으면 하늘님도 그냥 있지는 않을 것이다. 조용히 때를 기다리고 있으면 좋은 세상이 올 것이라고 믿고 있었다.

15

"그 마을에 가시거든 촌장인 고산(高山) 이상명 선생님을 찾아보세요. 독립운동하셨던 분인데, 경상도 이주민들을 이끌고 와서, 그곳에 정착하셨어요. 마을 자치를 조직하여, 상벌이 엄하고 질서가 잘

유지되는 모범적인 마을이지요. 덕망이 높으신 분이니, 꼭 찾아뵙고 인사드려요."

현규가 의란현 영란촌으로 출장 간다고 하자, 박 서기가 살짝 일러주었다. 소장이나 모리 주임 앞에서는 독립운동하신 분을 찾아뵈라고 할 수는 없는 일이었다. 영란촌의 몇 집이 초기 정착 자금과 이자로 체납액이 불어나 있었다. 체납 농가라지만, 출장을 가야 할 만큼 그리 악성은 아니었다. 영란촌에 가면, 꿈에서도 그리던 그 아가씨를 만날 수 있지 않을까 해서였다. 진즉부터 영란촌에 가보고 싶었지만, 좀처럼 기회가 나지 않았다. 모리 계장은 체납금 독촉을 위한 출장이라면 언제든지 허락했다. 문제는 다녀온 이후 성과가 있어야 했다. 영란촌에 가더라도 100여 가구가 사는 마을에서 이름도, 성도 모르는 아가씨를 찾기란 쉽지 않을 것이다. 만나지는 못한다 해도, 그 아가씨에 대한 어떤 정보라도 들을 수 있을 것이라고 기대했다. 영란촌까지는 마차로 5시간 남짓 걸린다고 했다. 11월 중순으로 접어들자, 완연한 겨울이었다. 싸늘히 식은 해가 떠올랐지만, 추위에 전혀 힘을 쓰지 못하고 있었다. 송화강은 얼음이 꽁꽁 얼어, 그 두께를 짐작할 수 없었다. 마차는 강을 따라 달렸다. 덜컹거리는 마차 안으로 바람길이 생겨, 차가운 바람이 쉴새 없이 들락거렸다. 그 아가씨를 만날 수 있을지도 모른다는, 기대감으로 가는 내내 가슴이 두근거렸다. 아침나절에 출발한 마차가 의란현에 들어서자 짧은 해가 중천을 넘어가고 있었다. 의란은 북동쪽으로 삼강(三江) 지역이 시작되는 지역으로, 끝도 없이 벌판이 하늘과 맞닿아 있었다. 역두(驛頭)의 중국 식당에서 만두 몇 알로 늦은 점심을 때우고 영란촌을 찾아 나섰다. 영란촌은 현

중심지에서 얼마만큼 떨어진, 송화강이 동남쪽에서 올라온 목단강과 합류하는 지점에 자리하고 있었다. 얼어붙은 강을 건너자 바로 영란촌이 나왔다. 지난번에 출장 갔던 사방포와는 한눈에 보아도 달랐다. 강가에 바짝 붙어 앉은 마을 뒤편에 그리 높지 않지만, 바람막이가 되어 줄 산(山)이 있었다. 마을 양편으로는 하얗게 눈이 덮인 끝없는 벌판이 펼쳐졌다. 비록 흙벽에 초가들이지만 집들은 규모가 있었고 마을 길도 반듯하게 닦여 있었다. 얼핏 보아도 100여 호가 되어 보이는, 제법 큰 마을인 듯했다. 중앙에 있는 50여 가구를 중심으로 조금씩 떨어져 몇몇 가구씩 모여 있었다. 먼저 체납 농가를 찾은 후, 박 주사가 일러 준 대로 촌장님께 인사드려야겠다고 생각했다. 누구보다 촌장님이 마을 사람들을 잘 알고 계실 것이기에 그 아가씨에 대해, 물어볼 수도 있을 것으로 기대했다. 대부금을 독촉하겠다고 찾아간, 집에서는 싫은 소리 한마디 못 하고 얼굴만 보여 주고 나왔다. 만척 직원이 찾아왔다는 사실만으로도 그들에게 압박이 되었을 것이다. 모리 주임에게 어떻게 말해야 하나 걱정이 되었지만 어쩔 수 없는 일이었다. 아무래도 만척 일은 자신이 할 수 있는 일은 아닌 것 같았다.

 마을 중심부에 있는 촌장 집을 찾아갔다. 역시 초가지만 식구들이 많은지 다른 집보다 규모가 더 커 보였다. 30대쯤으로 보이는 키가 큰 남자의 안내를 받아, 사랑방으로 들어갔다. 넓은 방 가운데 큰 교자상과 작은 장농 외 별다른 세간살이는 보이지 않았으나, 커다란 붓글씨 족자가 걸려 있는 방은 깨끗하게 정돈되어 있었다. 넓은 방에 혼자 앉아, 촌장님을 기다리면서 약간의 긴장감이 들었다.

 "젊은이가 만척에 새로 온 직원인가요? 이 먼 곳까지 오느라 고생이 많았소. 이상명이라 하오. 우리 마을에 체납 가구 때문에 왔지요?"

중키에 콧수염이 인상적인, 50대로 보이는 촌장은 얼굴이 희고 이목구비가 수려했으며 목소리에 힘이 들어가, 카랑카랑했다. 사랑방으로 들어오는 촌장의 다리가 이상해 보였다. 왼쪽 다리가 불편한지 약간 절룩거리는 듯했다.

"예, 몇몇 집이 체납된 지 좀 오래되어, 주임의 성화도 있고 해서, 오게 되었습니다. 마을에 온 김에 촌장님께 인사드리려고 찾아뵈었습니다."

"어느 집인지 내가 알고 있소. 그 집들은 농사를 제대로 짓지 못해서 그래요. 몸이 아파 형편이 좋지 못한 집도 있고, 늦게 들어온 사람들 가운데에 땅이 좋지 못해, 수확이 시원찮은 집도 있어요. 우리 마을 땅은 비옥한 편인데, 강 가까운 쪽으로 모래땅이 좀 있어요. 그런 땅은 가뭄을 많이 타요. 옆에서 조금씩 도와주고 있기는 하지만. 그것만으로는 부족한 게지요."

촌장은 처음 만난 그에게 각별하게 대해 주었다. 이름난 독립운동가라는 이야기를 들었기 때문인지 촌장에게 범상치 않은 분위기가 느껴지는 듯했다. 촌장과 이야기를 나누고 있을 때 어떤 젊은 사람이 찾아왔다. 촌장님이 "어시 오시게" 하면서 먼 타국까지 온, 같은 민족인데 서로 잘 지내라며 인사를 시켰다.

"예, 저는 김해에서 온 김현규라고 합니다. 잘 부탁드리겠습니다."

"최승일이라고 합니다."

촌장은 젊은 남자를 의란 민족소학교 교사라고 했다. 그리고는 현규를 만척 직원이라고 소개했다. 이곳에 조선 이주민들이 많아지자,

촌장님의 주도로 뜻있는 몇몇 사람들이 힘을 합쳐 소학교를 세웠다 했다. 세 사람의 대화가 이어졌다. 최 선생은 이 집에 자주 들르는 듯 했다. 최 선생은 얼굴이 검고 체격이 건장하여 운동선수 같았다. 처음 만났지만, 인상이 그리 좋아 보이지는 않았다. 촌장님이 잊고 있었다는 듯 문밖을 향해 "월아, 차 좀 내어오너라." 큰 소리로 말하자 곧 "예" 하는 여자 목소리가 들려왔다.

"만척에 근무하신다고요?"

"예."

"왜놈 밑에 일하기가 어때요? 일은 할 만한가요?"

자격지심인지 몰라도 최 선생의 말과 태도로 보아, 자신을 비아냥거리는 것 같은 느낌이 들어, 얼른 대답 못 하고 머뭇거렸다. 만척 직원이라고 하니, 왜놈 앞잡이쯤으로 생각하는 것은 아닌가 싶기도 했다.

"농민들이 뼈가 빠지도록 농사지어 놓으면 만척에서 다 빼앗아 간다는 말이 있어요. 만주까지 와서도 조선 농민들을 괴롭히고 있으니, 이거 너무한 것 아닙니까?"

현규가 체납금을 독촉하러 온 사실을 알고, 말하는 것 같았다. 독촉하러 온 것은 사실이지만, 자신을 추궁하는 듯한 말에 기분이 나빠지려고 했다.

"그러게요. 제가 뭐라고 할 말이 없네요."

"몇 달 전 만척 직원 피살 사건만 해도 조선 사람이 그랬을 거라는 소문이 있어요. 같은 민족에게 오죽 심하게 대했으면 그런 말이 나오겠어요?"

"설마 그렇기야 하겠어. 이제 그만하시게."

최 선생은 현규에게 조선 농민들에게 너무 심하게 굴면 전임자처럼 될 수 있다고 협박하는 듯했다. 처음 보는 사람 앞에서 과격한 발언을 쏟아내자 촌장이 제지시키기도 했다. 그가 조선인으로 만척에 대해 좋지 않은 감정을 표출시키는 것은 충분히 이해할 수 있는 일이다. 하지만 만척에 다닌다는 현규의 면전에서, 그것도 초면에, 그로서는 듣기 거북했다. 최 선생이 겉모습과 다르게 말을 함부로 하며, 경솔해 보이기까지 하여 첫인상이 더욱 좋지 않게 느껴졌다. 현규는 최 선생이 자신은 농사를 짓지도 않으면서, 입으로만 농민들을 위하는 척하는 것은 아닌가 생각했다. 독립운동을 몸소 실천하신 촌장님도 만척에 대해 이렇다저렇다 말씀이 없으실뿐더러 직원인 자신을 따뜻하게 대해 주시는데, 최 선생이 뭐라고? 화가 스멀스멀 나려고 했다. 그때 화복 윗도리를 걸친, 아가씨가 한 손에 차 판을 들고, 문을 열고 들어왔다. 현규는 아가씨를 보자, 그 자리에서 얼어붙은 듯 꼼짝할 수 없었다. 그녀는 현규가 애타게 찾고 있던 바로 그 아가씨였다. 그녀도 현규를 보자 짐짓 놀라는 듯했다.

다음 날 돌아오는 마차에서도 내내 그녀 생각밖에 없었다. 덜컹거리는 마차 길도, 저리도록 차가운 날씨도 그녀 생각을 멈추게 하지 못했다. 그녀를 다시 만난 이후, 모든 일이 꿈속에서 일어난 것 같았다. 다시 보아도 해맑은 그녀는 너무 예뻤다. 저녁상을 들고 들어온 그녀에게 "잘 먹겠습니다."라고 하자, 대답하지 않고 쌩긋 웃던 모습도, "많이 드세요"라는 말을 남기고 밖으로 나가던 뒷모습도 모두 꿈속이었다. 늦게 돌아오는 마차도 없을뿐더러, 의란진에 나가도 여관들이 시원치 않다며, 촌장님이 기어이 자고 가라고 하셨다. 촌장 집 사랑방에 누웠지만, 뒤숭숭하여 뜬 눈으로 지새다시피 했다. 그녀는 생각했던 것보다 앳돼 보였다. 아마 17~18세 정도나 되었을까? 저녁 밥상머리에서 촌장님이 그의 아우가 통하에 살고 있으며, 이상주 씨라고 하셨다. 그래서 그녀를 처음 만난 날, 그녀의 어머니가 통하 삼촌 집에서 자고 가면 된다고 말씀하셨던 것 같았다. 의란을 다녀온 이후, 출장 보고서에 곧 납부할 수 있을 것처럼 작성했다. 가시적인 실적이 없어, 모리 주임의 꾸지람을 듣기도 했지만, 한쪽 귀로 흘려들어야 했다. 무엇보다 그녀 때문에 일이 제대로 손에 잡히지 않았다. 그녀는 월이라는 이름처럼 송화강에 뜬 예쁜 달이었다. 북만주에 다소곳이 숨어 있는, 한 송이 달맞이꽃이었다. 이제 누구인지 알았기에 그녀에게 한 발자국 더 가까이 다가간 듯했다. 그녀가 태어나 살고 있기 때문인지 춥고 황량한 이곳이 정겹게 느껴지기까지 했다. 무슨 핑계를 대어서라도 다시 만나고 싶었다. 또 의란 쪽으로 출장 갈 일은 없을까? 장부를 뒤져 의란 쪽 체납 가구를 찾아보기도 했다. 통하에 살고 있다는 그녀의 삼촌이라도 만나, 그녀에 관해서 무엇이든 듣고 싶었다. 무슨 핑계로 그녀의 삼촌을 만날 수 있을까?

16

본격적인 겨울이 오려는지 밤새 서리가 내리는 날이 잦아졌다. 오후부터 하늘이 잔뜩 심술을 부린다. 덕섬댁은 날씨가 궂어지기 전에 마당에 말리던 빨간 고추를 거두어들여야 했다. 거두던 손을 채 놓기도 전에 밖으로 나갔다 밥때가 되어 들어온 인규가 이상한 이야기를 전한다.

"어무이, 누부가 알라 뱄다고 동네에 소문이 다 났다 카데요."

"거기 무슨 귀신 씻나락 까묵는 소리고? 어느 넘이 그런 소리 하더노?"

"내만 모르고 있었고 동무들은 다 알고 있다 카데요."

"누가 그런 배락 맞을 소리 하더노. 잡아다 주리를 틀어 놓을 넘. 남의 딸아이 신세 망칠 일이 있나?"

덕섬댁은 다 키운 딸자식 하나 잃어버리는 것과 다를 바 없는, 청천벽력 같은 소리를 들은 것이었다. 올해 열여덟 살인 큰딸 영숙이가 성격은 머슴아이처럼 털털해도 행실이 나쁜 아이는 아니다. 인물도 남에게 빠지지 않을 정도는 되었고 보통학교 4년을 마쳤다. 공부를 더 하고 싶어 했지만, 덕섬 어른이 계집애는 자기 이름 석 자만 쓸 줄 알면 된다고 하며, 더 시키지 않았다. 보통학교를 졸업하고 올케언니의 부엌일을 돕고 있었다. 이미 혼기가 찼기에 시집 보내려고 혼처를 알아보는 중이었다. 그렇지 않아도 온 마을이 뒤숭숭했다. 정신대 보낼 처녀를 모집한다며 이상한 놈들이 면사무소 직원과 같이 선전하고 다녔다. 하지만 딸자식 내돌렸다가는 못 쓰게 된다며 아무도 지원하려 들지 않았다. 그래도 월급을 농촌에서는 만져보기 힘든 20원씩 준다고 하니 형편이 어려운 집에서는 솔깃해한다고도 했다.

"어느 넘이 그런 소리를 하더노? 똑똑히 말해라. 내가 쌔 바닥을 둘러 빼 뿌릴기다."

"어무이, 며칠 전 밤에 누이가 철구 아재 막냇동생하고 뒷 방천 짚 삐까리에서 나오는 것을 영철이가 보았다고 하던데요. 그래서 나도 잘못 보고 그란다고 난리를 쳤는데. 지 눈으로 똑똑히 보았다고 우기데요."

"철구 막냇동생이면 폐병쟁이 말인 기가?"

폐병에 걸린, 철구 막냇동생 진구는 나이 30이 다 되어가도록 장가도 못 들고, 힘든 일을 못 해 방구석에만 처박혀 있다고 하는데, 무슨 똥딴지같은 소리인지 알 수가 없었다. 어쩌다 길에서 마주쳐도 얼굴이 해쓱해, 병든 꼴이 완연했다. 그것들이 언제 눈을 맞추었을까? 아무리 생각해도 그럴 기회가 있을 것 같지 않았다. 영숙이가 그럴 턱이 없다고, 사람을 잘못 보았을 거라면서도, 그냥 넘어갈 일은 아닌 듯했다. 좀 더 단속할걸 후회가 되었다. 영감한테 말을 해야 하나? 망설이지 않을 수 없었다. 말하지 않았다가 나중에 알게 되면 더 큰 난리가 날 것이고, 말하자니 당장에 큰 사단이 일어날 것 같아, 이러지도 저러지도 못할 지경이었다. 일단 인규에게 입단속을 시켰다. 그리고 영숙이를 유심히 살펴보았다. 그러고 보니 좀 이상한 것 같기도 했다. 얼굴도 안 좋아 보이고, 무슨 걱정이 있는지 풀이 죽어 말수도 줄어든 것 같았다. 배를 유심히 보아도 별다르게 보이지는 않았다. 영숙이가 기거하는 방은 아래채 문간방이라 밤중에 살짝 삽짝을 열고 나갔다 오면, 누구도 알 수 없다. 영숙이와 방을 같이 쓰고 있는 막내딸 혜숙이를 불렀다.

"니 애미 묻는 말에 바른 말 해야 된다. 알았제."

"무슨 일인데?"

"너거 언니 뭐 이상한 거 없더나?"

"와? 모르겠는데."

"잘 생각해 봐라. 밤에 나갔다 오는 일은 없었나?"

"한 번씩 마실 나갔다 올 때도 있지 뭐."

"단디 생각해 봐라. 니 잘 때 나갔을지도 모른다 아이가."

"그라고 보니 이상한 점도 있었네. 자다가 눈을 뜨면, 언니가 어데 나갔다 들어올 때도 있었제. 한 번은 등에 지푸라기가 붙어 있어 내가 떼어 준 일도 있었네. 엄마 언니가 와? 와 그라는데?"

"니 절대 이 말 입 밖에 내면 안 된다. 알았제."

덕섬댁은 그 소문이 틀린 것 같지 않았다. 아무래도 그냥 있어서는 안 되겠다 싶었다. 영감이 밖에서 다른 사람에게서 듣고 왔다가는 딸아이 간수 잘못했다고 자신이 경을 칠 것 같았다. 먼저 영숙이를 불러 확인하고 싶었다. 영숙이를 아랫방으로 불러 다그치고 앉았다.

"니 바른 말해라. 바른 말 안하면 아부지한테 일러 쫓아 낼 끼다. 니 참말로 폐병쟁이 진구하고 무슨 일 있었나?"

"그기 무슨 말이고? 아무 사이도 아이다."

"그 말 확실하나? 정말이제? 그라믄 소문이 와 그래났노?"

"와 그래 소문이 났는지 내가 우째 아노. 무슨 소문이 났는데?"

"니가 폐병쟁이 아를 뱄다고 소문이 났는 기라. 그기 아이제?"

"아이다, 아는 안 뱄다."

"그라믄 밤에 만나고 다닌 거는 맞제?"

물어도 영숙이가 확실한 대답은 하지 않고, 억울하다는 말인지, 정말 그렇다는 말인지 훌쩍거리기만 한다. 덕섬 어른이 계집아이들 밤

마실 못하게 하라고 그렇게 단속했는데, 어느 틈에 나가서 눈을 맞추었는지 답답해서 가슴이 터질 지경이었다. 덕섬댁은 아무래도 혼자서 조용히 처리할 수 있는 일이 아니라고 생각했다.

"딸아 간수를 우째 했길래 이 꼴이 되었노? 그라고도 니가 에미가."

"저년이 저랄 줄 낸들 우찌 알았겠는 기요."

덕섬댁은 덕섬 어른의 불같은 화를 먼저 받아내어야 했다. 덕섬 어른은 당장에 죽일 듯, 지게 작대기를 들었다. 영숙이를 불러다 놓고 집안 망신시킨다며, 나가 죽으라고 팼다. 영숙이는 울기만 하면서, 한마디 대꾸도 않고 꼼짝없이 매를 맞았다. 이러다가 아이 죽이겠다 싶어, 덕섬 댁과 할머니가 나서서 지게 작대기를 빼앗고서야 매질은 끝이 났다. 작대기를 빼앗긴 덕섬 어른은 가위를 가져오게 하여 영숙이의 길게 땋아 내린 머리를 싹둑 잘라 버렸다. 영숙이의 머리는 다시 땋을 수 없을 만큼 짧아져, 단발이 되었다. 그날부터 영숙이는 바깥출입을 못 하고 집안에 갇히고 말았다. 저녁에는 덕섬댁이 아래채로 내려가, 영숙이와 한방에 같이 잤다. 식구들이 모르는 사이에 소문은 온 동네에 걷잡을 수 없이 퍼져 있었다. 혜숙이도 언니 소문 때문에 동무들과 싸우고 왔다고 했다. 덕섬 어른도 현규 혼인 문제에 이어 영숙이까지, 동네 사람들 보기 창피하여 밖에 나다니기도 꺼림칙했다. 덕섬댁은 아무래도 마음이 놓이지 않고, 미심쩍어 영숙이에게 조용히 물었다.

"니 참말로 알라는 안 뺐제?"

"참말로 알라는 안 뺐다."

"그라면 천만다행인기라. 아이고 천지신명님 고맙습니더."

"니 언제부터 그놈하고 그리 됐노?"

"몇 달 전 저녁에 동무 집에 갔다 오다가 길에서 만나, 할 말이 좀 있다 캐서, 얘기 좀 하고 왔는데, 그때부터 우짜다가 한 번씩 만났다."

진구는 일을 하지 않아서인지, 병이 들어서인지 얼굴은 희고 멀쩡했다. 공부도 좀 해서 말도 잘해, 순진한 영숙이가 넘어가고 말았을 것이다. 덕섬댁은 영숙이의 배를 유심히 보면서, 달거리를 하는지 살폈다. 그러다 한방에 같이 잔 지 보름쯤 후에 달거리를 하는 것 같았다. 덕섬댁은 기저귀에 묻은 붉은 피를 확인하고야 마음을 놓았다. 영숙이가 아이는 배지 않았지만, 강하게 부정하지 않는 것으로 보아 몸을 허락한 것 같았다. 현규와 파혼한 금순이와는 천지 차이다. 금순이는 혼삿말이 있었다 뿐이지 몸을 버리지는 않았다. 하지만 영숙이는 달랐다. 온전한 처녀가 아니라고 온 동네 소문이 다 퍼져 있어 이미 몸을 버린, 과부나 다름없다. 생각 같아서는 영숙이를 꼬드긴, 폐병쟁이 진구를 당장 요절을 내고 싶었지만 제 딸 간수 못 해서 생긴 일, 동네 시끄럽게 할 수 없는 일이었다. 그랬다가는 벌집을 쑤셔 놓은 듯 다시 한번 시끄러울 것이다. 남의 말 하기 좋아하는 것들의 입방아에 얼마나 오르내리게 될지 불을 보듯 뻔했다. 시끄러워도 남자는 별것 아니지만 영숙이만 손해를 보게 된다. 소문이 빨리 가라앉도록 조용히 넘겨야 했다. 덕섬 어른과 덕섬댁은 어느 정도 화가 수그러들자, 이제 영숙이 시집 보내는 일이 큰 걱정거리였다. 동네방네 소문이 다 나 있어, 총각에게 시집 보내기는 어려운 처지가 되어버려, 시름이 깊어질 수밖에 없었다. 딸자식 곱게 키워 억울하기는 하지만 어쩔 수 없이, 어디 재취 자리라도 보내야 할 형편이었다. 어느 놈이라도 나타나면 빨리 주어버려야겠는데, 마땅한 자리가 나서지 않았다. 그렇다고 언제 죽을지도 모르는 폐병쟁이에게 줄 수는 없는 일이었다. 진구 형, 철구도 길에서 덕섬 어른을 만났을 때 "어르신 미안합니다."만 하고 별다른 말은 없었다. 자기들도 영숙이를 달라고 할 수가 없을 것이다. 집 안에만 갇혀 있는 영숙이는 쥐 죽은 듯이 숨만 쉬고 살고 있었다.

17

"박 서기님, 영란촌 이상명 선생님의 동생이 통하에 사신다는데 알고 계신가요?"
"강가 쪽에 사시는 이상주 씨 말인가요?"
"예, 지난번에 갔을 때, 동생이 통하에 산다고 하셨어요. 혹시 알고 계신가 해서요."
"그럼 알다마다요. 그분은 홍농합작사 회원이어서, 우리와는 거래가 별로 없을 텐데요. 왜 그러세요?"
"이상주 씨를 한번 만나 뵐 수 있을까 해서요."
"이상주 씨 요즈음은 바쁘지 않을 거예요. 추수 끝내고 편안히 쉬고 있을걸요. 만나겠다면 내가 한번 자리를 만들어 볼게요."
현규는 영란촌을 다녀온 이후 무시로 생각나는, 월이를 향한 마음을 걷잡을 수 없어, 박 서기에게 도움을 청했다. 월이에 대해 그 무엇이라도 알고 싶었기 때문이었다. 오전부터 하늘이 잔뜩 찌푸려 있더니, 오후 늦게부터는 눈이 내리기 시작했다. 박 서기의 주선으로 현청 부근의 식당에서 세 사람이 마주 앉았다. 40대 중반쯤으로 보이는 이상주 씨는 형님인 이상명 촌장님을 닮았으나 체격이 조금 더 크고, 농사를 지어서인지 얼굴이 검게 그을렸다. 초승달같이, 웃는 눈이 따뜻하고 인자한 이웃집 아저씨 같은 인상이었다. 그녀의 삼촌이어서인지 초면이지만 남다른 친근감이 느껴졌다. 이상주 씨는 만척 직원의 초대에 무슨 일 때문인지, 뭔가 좋지 않은 일은 아닌가 하며 의아해하는 표정이었다. 박 서기와는 오래전부터 알고 지냈지만, 현규와는 초면이라 낯설어하며, 말을 조심하는 듯했다.

"별다른 뜻은 없습니다. 조선 어르신이 가까운 곳에 계신다고 하기에 인사라도 드릴까 해서, 모시게 되었습니다."

현규도 갑작스러운 초대에 의아해하는 그에게 별일 아니라는 듯 말했다. 뒤이어 박 서기도 김 서기는 믿을 수 있는 사람이니 마음 놓고 말씀하셔도 된다고 말하며, 인사치레처럼 근황을 물었다.

"어르신, 금년 농사는 잘되었지요?"

"크게 잘되었다고는 말할 수 없지만, 그럭저럭 평년작은 되었어요."

"요즈음에도 합작사와 거래 잘하고 계십니까?"

"합작사 말입니까? 근년에 들어 합작사가 시끄러웠어요. 합작사에 공산주의자들이 침투하여 조직원들이 일제히 검거된 후, 많이 위축된 상태가 되었지요. 지금은 거래하는 둥 마는 둥 해요."

현규도 만주에 와서, 여기저기에서 홍농합작사 이야기를 많이 들어, 무엇을 하는 곳인지? 궁금하게 생각하고 있던 참이었다.

"저도 다니면서 방금 말씀하신 합작사 이야기를 많이 들었는데, 거기가 어떤 일을 하는 곳인가요, 우리와 하는 일이 비슷한가요?"

이상주 씨 대신 박 주사가 대답해 주었다.

"합작사요? 내가 만척에 들어오기 전에 안도현 농사합작사에 잠깐 근무한 적이 있어 좀 알고 있어요. 이전부터 만주 농촌은, 양잔(糧棧, 중개업자)에 의해 장악되었어요. 관료나 군벌의 손을 잡은, 지주, 상인(양잔), 고리대금업자들이 한통속이 되어, 농민들의 토지나, 자금, 농산물 유통까지 독점하며 착취해 왔지요. 만주국이 건국된 후 정부의 후원으로 먼저 금융합작사가 설립되었고. 몇 년 뒤에는 농사합작사가 설립되었어요, 그 후에 두 기관이 합쳐, 반관반민의 흥농합작사가 된 거지요. 소작농이나 빈농들의 계몽과 자립을 도와, 양잔제도를 근절시키려 했지요. 농민들에게 비료나 농자재, 농약, 생활필수품을 공동 구매시키고, 농산물의 등급을 결정하여 생산품을 공동 판매했어요. 또한 회원 출자금과 저축 운동을 일으켜, 그 자금으로 저리로 대출해주어, 농촌의 고질적인 고리 사채 문제를 해결하려 했지요. 만주 곳곳에 설립되어 있어, 조선 농민들도 많이 가입해 있어요."

"농민들의 자립을 돕는, 만척과 비슷한 기관 같네요."

"만척은 조선 이주 농민들을 대상으로 하고 있지만, 합작사는 민족 불문하고 전 농민들을 다 상대하지요."

"만척과 협조도 가능하겠네요?"

"그렇지 않아도 생필품 구매나 저축 운동 등, 합작사와 협조하는 지소가 있다는 이야기를 들었어요."

저녁 식사를 겸한 술잔이 채워졌다. 박 서기는 현규가 궁금한 점을 물을 수 있도록 물꼬를 터주었다.

"김 서기가 며칠 전에 영란촌에서 고산(高山) 어르신을 뵙고, 그 댁에서 하룻밤 묵고 왔다고 합니다."

"얼마 전에 이상명 어르신을 뵈었습니다. 그 댁에서 밥도 얻어먹고 잠까지 자고 왔습니다. 어르신께서는 일찍부터 독립운동을 하셨다고 들었습니다. 훌륭한 일을 하신 분이라 존경스러웠습니다. 주로 어느 지역에서 활동하셨습니까?"

이상주 씨는 그녀의 삼촌 앞이라 조심스러워하는, 현규에게 경계심을 풀고 이야기를 곧잘 풀어 놓았다.

"같은 조선 사람이니까 믿고 말해도 되겠지요. 뭐 다들 아시는 사실이기도 하고요. 형님은 서간도 지역에서 활동하셨지요. 우리 집안은 대대로 경상도 안동의 유림으로, 형님은 일찍부터 한학을 하셨어요, 형님은 한일병탄 다음 해, 독립운동을 위해 논밭을 정리하고 혼자되신 어머님과 형수님, 나, 여동생, 집안 일가 몇몇 분들과 같이 만주로 올라왔어요. 처음에는 독립운동의 거점이었던 유하현 삼원보에 정착했어요. 삼원보에서 형님은 이상룡, 여준, 이동녕 씨 등과 함께 경학사 설립에 참가했지요. 그곳에 정착한 후, 연이은 흉작과 유행병까지 돌아, 채 3년이 못 되어 모두 합니하로 옮겨 왔어요. 기지를 옮긴 후에는 경학사를 해체하고 조선인들의 생활 대책이나 자녀들 교육, 군사훈련 등의 사업을 하는, 부민단(扶民團)을 조직하여 형님은 통동(通東) 단총을 맡았지요. 고국에서 3.1 만세운동이 일어난 그해, 형님은 서로군정서 결성에도 참가했어요. 그 당시 나는 결혼하여 처가가 있던 오상(五常)으로 갔다가 그 뒤에 통하로 옮겨 오게 되었어요."

"고생도 많이 하셨겠어요. 통하 오신 지도 오래되셨겠네요."

"10년도 더 된 것 같네요. 그 뒤 형님은 서로군정서 이회영 씨가 설립한 신흥무관학교에서 지청천, 이범석 씨 등과 같이 교관을 했어요. 무관학교 졸업생들이 서간도와 압록강 유역에서 친일 단체와 관공서 파괴 등의 활약이 대단하였다오. 의열단 단장 김원봉도 무관학교 출신이지요. 봉오동 전투 이후, 일제의 대대적인 토벌 작전으로 부민단을 해산하고 일행들과 같이 러시아 자유시로 피난 갔어요. 형님은 자유시 참변이 일어나기 직전 무사히 돌아왔어요. 그 후에 조직된 정의부에 참여하여, 조직이 나누어졌을 때는 국민부에서 활동했고요. 형님 가족들은 일일이 꼽을 수 없을 정도로 이사를 많이 다녔지만, 그 당시에는 오상현에 와 있었지요. 내가 돌봐드린다고 해도, 당시에 난들 뭐가 있었겠어요."

그녀 삼촌의 이야기는 독립운동의 역사를 보는 듯 흥미로웠다. 삼촌은 잠시 숨을 돌리고, 술 한 잔을 들이켰다. 형님 이야기를 하는, 그녀 삼촌에게서 자랑과 자부심이 엿보이는 듯했다.

"듣기로는 어르신께서 옥고까지 치렀다고 하셨는데, 언제 그랬습니까?"

박 서기도 흥미롭게 들으며, 묻기도 했다.

"형님은 만주사변 전 오랜만에 가족들이 있는 오상에 다니러 오셨어요. 집에서 저녁을 먹고 있는데, 형님이 떴다는 정보를 입수한 순사들이 들이닥쳤지요. 형님은 뒷문으로 도망을 쳤지만, 왜놈들이 쏜 총에 복숭아뼈를 맞고 잡혀버렸지요. 붙잡혀 여순 감옥에서 3년간 옥살이를 했어요. 감옥에서 치료를 받는다고 받았지만, 결국 다리를 절룩거리게 되었어요. 단체는 만주사변을 거치면서 와해되어, 단원들은 뿔뿔이 흩어지고 말았어요. 지금 길림에 살고 있는, 누님은 조직원들

연통제의 연락책으로 통신원을 하다 붙잡혀 고문으로 척추를 다쳐, 꼽추처럼 되어버렸어요. 그래서 시집도 못 가고 혼자 살고 있어요."

"그러면 의란현에는 언제쯤 오시게 되었습니까?"

이번에도 박 서기가 물었다.

"형님은 독립운동을 할 때부터 만주족 고관과 교류하고 있었어요. 그분도 일본에 대한 감정이 좋지 않아 둘이 상당히 친하게 지내면서, 도움도 많이 받았어요. 지금 의란 땅도 그분 것이라고 해요. 감옥에 나온 이후 그분이 형님의 딱한 사정을 알고 개척할 수 있으면 땅을 주겠다고 했나 봐요. 300여 정보를 몇십 년간 거저 빌려주다시피 한 모양이어요. 서간도 지역에서 개척단을 모아, 의란으로 데리고 왔어요. 초기 개척 자금 때문에 어려움을 겪었는데, 당시 만선척식회사가 시작되어 자금을 빌릴 수 있었다고 해요. 그동안 식구들도 무척 고생을 많이 했는데 이제는 독립운동도 포기하고, 조용히 살고 있어요, 나는 형님 가족보다 먼저 통하 쪽으로 왔고요."

박 서기도 흥미로운 듯, 계속 술잔을 채웠다. 현규는 지금까지의 이야기보다 정말 궁금한 일을 물어보아야겠다고 생각했다. 먼저 월이부터 물어보고 싶지만, 왠지 속마음을 들키는 것 같아, 최 선생에 대해 물었다. 그날 현규는 최 선생이라는 사람이 거슬렸다. 현규에게 좋지 않은, 감정을 가진 듯 처음부터 현규를 무시하는 말과 태도였다. 그가 만척 직원이어서 일부러 그랬는지는 알 수 없으나, 무례한 사람이라고 생각되었다. 최 선생이 어떤 사람인지 알고 싶었다.

"며칠 전 촌장님 댁에서 민족소학교 최 선생님이라는 분을 만났습니다. 촌장님과 친분이 두터운 사람 같던데, 어떤 사람입니까?"

"아, 의란 민족소학교 최승일 선생, 그 사람 딴마음을 품고 형님 집에 들락거리는 거예요. 형님 딸 월이를 탐을 내는데, 글쎄요, 형님은 모르겠으나 월이도, 형수도 내켜 하지 않는 모양이어요. 월이가 워낙 예쁘다 보니, 탐을 내는 총각들이 한둘이 아니어요. 최 선생은 독립운동가 최일영 씨의 조카라고 해요, 남자가 무게가 없고, 입이 가벼워 경박하대요. 또 그 사람 공산주의자란 소문도 있어, 꺼림칙하게 생각하는 모양이어요. 월이가 아직 어려서 혼인시킬 때가 멀었다, 하고 있다고 해요. 그래도 막무가내로 찾아와 골치가 아픈 모양이어요. 그렇다고 영 발걸음을 못 하게 할 수도 없고. 잘은 모르겠지만 월이가 싫다고 하면 성사되겠어요?"

"아예, 선생님 따님이 월이군요. 얼마 전 하얼빈에서 통하로 올 때, 마차를 같이 타고 왔어요. 그날 처음 보았는데, 정말 예쁘던데요. 아주머니와 같이 오던데, 모친인 모양이지요?"

"월이와 같은 마차로 왔군요. 하얼빈에서 공부하는 막내에게 갔다 오는 길이었어요. 어릴 때부터 달덩이처럼 예쁘다고 월(月)이라고 부르지만, 본 이름은 '이정희(李貞姬)'예요. 걔가 어디에서 태어났나? 오상 민족소학교를 나와 길림에서 여학교를 다니다, 이사 다니느라 중퇴하고 말았지요. 3년쯤 다녔나 모르겠네. 형수님도 보통 분이 아니어요. 유학자로 독립운동가이신 월산 박형식 선생의 장녀로, 형님과 안동에서 혼인했어요. 여자라도 한학을 많이 하셔서 붓글씨도 잘 쓰시고, 손끝이 야물어 못 하는 일이 없어요. 그 애 언니와 사위도 지금 같이 살고 있어요. 사위도 경상도 의성 사람인데, 머슴 한 명 데리고 그 집 농사 다 짓고 있어요. 아무튼 형님이 다리야 그렇게 되었지만,

그래도 목숨을 부지했고, 지금은 편안하게 되었지요."

                                    18

 현규는 월이 삼촌을 만나고 난 이후에도 삼복더위에 갈증이 생기듯 월이에 대한 목마름이 더해만 갔다. 삼촌으로부터 월이에 대해 어느 정도 알게 되었지만, 월이를 보고 싶다는 생각을 잠재우지는 못했다. 무슨 핑계를 대더라도 다시 월이를 만나고 싶었다. 아무리 장부를 뒤적거려도 영란촌 농민들의 체납액은 그리 우려할 만한 상황은 아니었다. 궁리를 거듭하다 영란촌의 이웃 마을인 광생촌에서 체납 가구를 찾아내었다. 그 마을도 여러 가구가 연부금 및 대부금을 체납하고 있었다. 광생촌 농가에게는 미안한 일이지만, 어쩔 수 없는 일이었다. 영란촌 쪽으로 다시 갈 수 있는 유일한 핑곗거리가 되었기 때문이었다. 사무실을 나서기 전, 모리 주임은 반드시 체납금을 받아 오라고 했지만, 체납 농가들은 한결같이 어려웠다. 움막 같은 집에 들어서면, 아픈 사람이 있거나, 식구들이 많아 식량이 부족한 집 등, 집집마다 사연이 없는 집이 없었다. 그들은 하나같이 만척에서 제공한 땅만으로는 웬만큼 농사를 잘 지어도 연부금과 대부금, 이자, 각종 관리비 등을 갚고 나면 밥 먹기 힘들다고 했다. 쌀만으로 식량이 모자라 감자, 옥수수 등도 같이 심어야 하지만 땅도 부족할뿐더러 습지가 많아 밭농사도 적당치 않다고 했다. 양식을 늘려 먹기 위해 장마당에 나가 쌀을 팔아, 그 돈으로 값싼 강냉이나 감자를 사 온다고도 했다. 어느 집이랄 것도 없이 찢어질 듯 가난하여 독촉은커녕 보태어 주어야 할 형편이었다. 이들에게 체납금을 받아낼 자신이 없었다. 현규는 "지나치다 한번 들러봤다. 전혀 부담감 가지지 말라"는 이야기만 했다. 가지고 간, 경고장은 건네지도 못하고 그들의 하소연만 들어주고 온 셈이었다. 하지만 농가들은 현규가 찾아왔다는 사실만으로도 부담감이 컸을 것이다. 사무실에 돌아가면 모리 주임에게 무엇이라고 변명해야 할지 걱정이었다. 경고장을 주고 왔다고, 거짓 보고할 수밖에 없었다. 틀림없이 시말서(始末書)를 쓰라고 하든지, "그것밖에 못해, 그따위 실적으로 계속 근무할 수 있겠어? 빨간딱지(赤票, 소집영장)가 나오도록 해줄까?"라며 난리 칠 것이 뻔했다. 모리 주임은 조선 직원들에게 걸핏하면 성전(聖戰)에 참전할 수 있는, 기회를 주겠다며 빨간딱지를 흔들고 있었다. 헌병에게 귀띔만 하면 바로 군대에 끌려갈 수 있다는 것이었다. '늑대를 피해 왔더니 호랑이를 만난다'는 말처럼 군청 업무가 싫어 나왔는데, 더 힘든 일을 하게 된 것이다. 그만두고 싶다는, 생각이 꿀떡 같았다.

"자네 말투를 보니 고향이 경상도 쪽인 것 같은데, 어디인가?"
"경상도 김해입니다."
"올해 나이는 몇인가?"
"금년에 스물셋입니다."
"경신(庚申)생 잔나비 띠군."
"예."
"아직 미혼인가?"

"예, 장가 들지 않았습니다."
"고향에 부모님은 계신가? 다른 형제들은?"
"예, 부모님 모두 계시고, 형님과 남동생, 여동생 둘입니다."
"공부는 어디까지 했는가?"
"예 공립 김해농업학교를 나왔습니다."

촌장님께 이웃 마을에 온 김에 인사드리려고 왔다 했더니, 기다리고 있었다는 듯 반가워하며 들어오라고 하신다. 마치 심문이라도 하는 듯 현규의 신상에 대해 꼬치꼬치 캐물었다. 그때 월이의 모친이 문을 열고 들어왔다. 다시 보아도 깨끗한 자태에 젊어서는 보통 인물이 아니었겠다는 생각이 들었다. 그는 월이가 어머니를 닮아 예쁘구나 싶었다. 머리를 가지런히 빗어 비녀를 꽂은 모습이며, 잔잔한 미소를 머금은 얼굴은 고향에 계신 어머니와는 비교가 되지 않았다. 그의 어머니는 항상 일만 하느라 몸 가꿀 줄도 모르시는데, 월이 어머니의 자태는 양반집 마님 같은 모습이었다. 만주에 와서 독립운동가 집안을 이끄느라 온갖 풍상을 다 겪었을 것임에도 고생한 흔적도 보이지 않았으며, 품위도 잃지 않고 계셨다. 그는 자리에서 일어나, 정중히 인사를 드렸다. 월이 모친이 자신을 찬찬히 바라보고 있다고 생각되자 몸 둘 바를 몰랐다. 월이 부모님이 자신을 예사로 보지 않는 것 같다는 느낌을 받았다.

"지난번에 마차를 같이 타고 온 총각이네."
"네."
"자네 만척에는 어떻게 들어왔나?"
"예 학교를 졸업하고 상급학교 진학이 뜻대로 되지 않아, 하동군청에 들어갔습니다. 거기서 얼마 근무하지 못하고 만주로 오게 되었습니다. 하동에 같이 근무한 군수님의 소개로 여기까지 오게 되었고요."

"그래, 만척 일은 할 만한가?"

현규는 촌장님이 독립운동가이시라 만척을 좋아하실 리 없다고 생각했다. 모두가 만척이 조선인을 착취하기 위해 만들어졌다고 하고 있다. 그런 기관에 근무하고 있는 그 자신이 부끄럽기는 하지만 그로서는 어쩔 수 없는 일이었다. 그런 가운데에서도 이주 농민들을 최대한 도울 수 있는 길을 찾아야겠다고 생각하고 있었다. 그가 비록 민족주의자는 아니지만, 자신도 모르게 조선 농민들에게 마음이 자꾸 쓰이는 것은, 어쩔 수 없었다.

"예, 저는 잘 모르고 들어왔습니다만, 마음이 그리 편하지는 않습니다. 들어와서 만척의 상황을 알게 되었습니다. 농민들은 자발적으로 오거나, 속아서 온 사람, 반강제로 만주까지 온 사람들입니다. 일단 조선 땅을 벗어난 농민들은 도로 돌아가지도 못하고 난감해합니다. 어쩔 수 없이 정착한 다음에도, 분배받은 농토가 적다거나, 대부금 이자가 너무 비싸다든지 등으로 힘들어하고 있습니다. 저도 그런 사정을 잘 알고 있기에 나름대로 농민들을 도울 수 있는 방법을 찾고 있습니다만 저의 권한이 적어 생각만큼 힘이 되지는 못하고 있습니다."

"그래, 가능하다면 도와줄 수 있는 방법을 찾아보게. 너무 무리하게는 말고. 우리도 처음 합작사의 자금을 이용했지만, 결국 만선(滿鮮)의 도움으로 정착금을 해결했어. 이자가 비싸 몇 년 동안 대부금 갚느라고 고생하기는 했지만 그래도 그마저도 없었으면 어쩔 뻔했어. 당시 내가 사흘이 멀다 않고 만선에 들락거리며 다시는 독립운동에 관여하지 않겠다는, 각서까지 써줬어. 그래도 어쩌겠나. 내 식구들뿐 아니라 나를 믿고 여기까지 따라온 동네 사람들이 다 죽을 판이었는데."

"총각이 잘도 생겼네. 만척에 근무한다 해도 조선 사람들을 잘 배려해 준다면 되지 않겠어. 농사지을 줄 모르는 조선 청년들이 취직할 곳이 어디 있다고."

조용히 듣고만 있던, 월이 어머니가 한마디 하셨다. 사실 이곳에서는 농사를 지을 수 없는, 젊은 사람들이 마땅히 취직할 만한 곳이 없다. 민족의식은 제쳐 두더라도 만주국 말단 공무원직이라 해도 조선인이 들어가기는 쉽지 않았다. 월이의 어머니도 그가 만척 직원이라고 싫어하지는 않는 것 같았다.

"자네는 조선이 처한 현실에 대해서는 어떻게 생각하고 있나? 젊은 사람들의 생각은 어떤지 한번 들어 보고 싶었네."

"감히 제가 어떻게 알겠습니까마는 나름대로 생각하건대, 일본이 서방 기술 대국들을 상대로 전쟁을 치르는데 이기기는 힘들지 않겠습니까? 현재 상황이 얼마나 오래 갈까? 의문이 듭니다. 만선일보에서는 남방 전투뿐 아니라 태평양에서도 크게 승리하고 있다고 대서특필하고 있지만 믿어지지 않습니다. 오래지 않아 전쟁의 결판이 나면, 그때는 조선의 운명도 달라지지 않을까요?"

현규는 독립운동까지 하신 분 앞이라 만주에 온 이후, 자신이 생각하던 바를 아무 거리낌 없이 털어놓고 이야기할 수 있었다.

"자네 말이 옳네. 마침 고맙게도 일본이 대국들과 전쟁을 일으켜,

빨리 망하는 길로 접어들었어. 이제 얼마나 오래 가겠어. 지금은 일본이 다른 나라들에 의해 패망할 때까지 숨죽이며 기다려야 할 때이지. 그때까지 식구들과 목숨 부지하면서 조용히 살면 될 것이야. 자네도 만척에 근무하면서 조선 사람들에게 너무 모질게 하지만 말고 그 날까지 기다리게. 우리 동지들도 조용히 때를 기다리고 있다네. 우리가 경신참변이나 자유시 참변, 만주사변 이후 우리 힘만으로는 한계를 느꼈을 뿐 아니라 앞날도 캄캄했지. 그래서 단체가 해산되고 뿔뿔이 흩어지게 된 거야. 감옥살이를 끝내고 나와 보니, 동지들은 제각기 갈 길 가버리고 불쌍한 식구들만 굶다시피 하고 있는 거야. 나이가 들고 보니, 젊을 때처럼 객기만 가지고 일본과 맞설 수는 없다는 생각이 들었네. 우리 독립군 힘만으로는 작은 전투에서는 한두 번 이길 수 있겠지만 근본적으로 바꿀 수는 없어. 무력투쟁의 한계를 느끼지 않을 수 없었던 거지."

현규는 촌장님에게 신상과 사상 검증까지 받으며, 많은 대화를 나누었다. 촌장님에게서 독립투사 같은 모습은 어디에도 보이지 않았고 그저 인자한 선생님 같았다. 촌장님이 만주로 오시지 않고 고향 안동에 그대로 계셨더라면, 본인은 물론 식구들도 고생하지 않고 편안하게 사셨을 것이다. 촌장님에게 나라를 위한 일이란 자신과 식구들의 생명보다 더 중요한 일이었을 것이다. 자신은 감히 상상도 할 수 없는 일을 하신 분이었다. 촌장님은 존경할 만한 민족 지도자 중의 한 분이며, 지금의 처신도 현명하다고 생각되었다. 일본은 지금 약이 바짝 오른 고추처럼 신경이 최고조로 곤두서 있다. 이 시기에 아무런 힘도 없이, 소총 몇 자루 들고 독립운동한다고 고개를 쳐들면, 자신뿐 아니라 식구들 목숨까지 보장할 수 없는, 헛된 희생만 치러야 할 것이다. 그동안 촌장님이 만척 직원을 어떻게 생각하실까 걱정을 은근히 했는데, 현규는 잘못을 고백한 아이처럼, 큰 짐을 내려놓은 것처럼 마음이 후련했다. 이날도 월이와는 말 한마디 못 하고 차(茶)를 내어 올 때 잠깐 얼굴을 보았을 뿐이었다. 비록 짧은 시간이라 할지라도 월이 부모님과 친분을 쌓았을뿐더러 월이를 한번 보았다는 사실만으로도 만족스러웠다. 촌장님이 앞으로 아무 거리낌 없이 자주 들러달라는 말씀을 하셨다. 현규에게는 그 무엇보다도 반가운 말이었다.

19

겨울이 점점 깊어지면서 날씨는 모질게 추워져, 밖으로 나서면 콧속의 털이 뻣뻣해지고 머리가 띵하다. 밤이면 영하 30도를 웃돌아, 밤하늘에 총총히 떠 있는 별들마저 하얗게 얼려 버린다. 늦가을부터 내린 눈이 녹지 않고, 들판에 하얗게 덮여 있었다. 방 안에 놓아둔 자리끼가 밤새 얼어버리고 곳곳에서 사람과 소가 얼어 죽었다는 소문도 들려왔다. 이곳의 겨울은 10월부터 시작하여 이듬해 4월까지 일 년 중 여섯 달이 넘는다. 꽁꽁 얼어붙은 송화강은 짐승의 울부짖음처럼 쩡쩡 울었고, 한낮이면 아이들의 썰매가 등장했다. 마차에 곡식을 싣고 만척으로 오는, 농민의 얼어 있는 귀에서 진물이 흘러나오는 것을 보고 마음이 좋지 않았던 적도 있었다. 아무리 두꺼운 솜옷으로 둘러싼다 해도 자칫하면 귀와 손발이 동상에 걸리기 십상이었다.

그런 가운데 계미(癸未, 1943년) 설날이 되었다. 총독부가 음력설을 쇠지 못하게 30여 년 동안 계도했을뿐더러 떡방앗간 문을 닫게 하는 등 탄압도 했지만, 조선 사람들은 오로지 음력설만 진정한 설로 여겼다. 이곳 이주민들 역시 다르지 않았다. 현규는 멀리 타국에서 명절을 맞으려니, 고향에서 보냈던 설이 생각나며, 더욱 외롭고 쓸쓸했다. 고향 집에서는 아침 일찍 아버지와 형제들이 모여 제사를 모신 후 가까운 조부모님 산소에 다녀온다. 다음에는 마을 어른들을 찾아다니며 명절 인사를 드렸다. 이곳 이주 농민들도 비록 조상의 산소는 갈 수 없지만, 고향에서처럼 음식을 장만하여 제사를 지낸다. 중국 사람들 역시 다르지 않아, 섣달그믐날 저녁부터 폭죽을 터뜨리며, 요란하게 춘절(春節)을 보낸다. 하야시 소장은 설은 이미 지나갔다고, 정상 근무하라고 했지만, 그날은 일이 되지 않았다. 늦은 아침 아주머니가 자기 집에서 준비한 음식을 싸 들고 왔다. 저녁에는 명절에도 혼자 지내야 하는 현규가 안되어 보였던지, 박 서기가 집으로 초대하여 늦도록 함께 술을 마셨다. 집을 떠나온 지, 5개월이 넘었다. 긴 밤을 혼자 지내면서 온갖 생각으로 뒤척거리며 잠을 이루지 못할 때가 많았다. 이제 겨우 다섯 달밖에 되지 않았는데, 5년은 된 것처럼 많은 일을 겪었다. 부모님도 자신의 혼인 문제는 제쳐놓더라도 죽었는지, 살았는지, 군대라도 끌려가지 않았는지 먼 곳에 가 있는 자식 걱정을 더욱 하셨을 것이다. 자리 잡은 후 연락드린다며 늦어졌지만, 지금이라도 잘 지내고 있다는, 안부 편지를 올려야겠다고 생각했다. 봉천의 동호 소식도 궁금했다. 군대 끌려가지는 않았는지? 하동 이 군수에게도 안부 편지를 보내야 했다.

"아버님, 어머님 신체 강건하신지요? 명절은 잘 보내셨습니까? 특히 연로하신 할머니의 건강은 어떠하신지요? 형님과 동생들, 식구들 모두 별일 없겠지요. 이곳에 와서 자리를 잡은 후에 연락드린다고, 늦어졌습니다. 부모님의 말씀을 거역하고 집을 나온, 불효자식을 용서하여 주십시오. 소자는 지금 북만주 통하현에 있는 만주척식공사에 취직하여, 몸 건강히 잘 지내고 있습니다. 아버님의 바람을 충분히 알고 있습니다만 아무리 생각해도 금순이와 혼인할 수 없었습니다. 금순이는 내 짝이 아니라고 생각했기 때문입니다. 한 번 혼인하면 평생을 같이해야 하기에 신중하게 생각하지 않을 수 없었습니다. 아이까지 낳고, 살다가 헤어지면 혼인하지 않는 것보다 못하지 않겠습니까? 금순이도 나보다 더 좋은 사람 만나 행복하게 살 수 있을 것입니다. 소자 걱정은 조금도 하지 마십시오. 언젠가 반드시 고향에 돌아갈 것입니다. 할머니와 아버님, 어머님 엄동설한에 몸조심하십시오. 계미년 2월, 소자 현규 올림."

늦었지만 부모님에게 편지를 띄웠다. 봉천 동호에게도, 이 군수에게도 보냈다. 황망한 가운데 도망치듯 와서 동호의 소식도 궁금했다. 이 군수도 만주로 간 자신을 궁금하게 생각하고 있을 것이다. 지금쯤은 부모님도 화가 많이 가라앉지 않았을까? 자식 이기는 부모 없다고, 부모님도 어쩔 수 없으셨을 것이다. 편지를 보내고 나니, 마음의 짐을 조금은 내려 놓은 듯했다. 답장이 오면, 고향 소식을 알 수 있을 것이다.

편지를 보낸 지 20일쯤 후 동생 인규에게서 답장이 왔다.

"할머니와 부모님은 여전히 잘 계시고 있고, 금순이 집도 이제는 안정이 되어, 다른 사람에게 시집 보내려고 중매쟁이를 붙이고 있으니, 얼마 지나지 않아 혼인하게 될 것이다. 그동안 부모님이 걱정을 많이 하셨는데 형님의 편지를 받아보고, 이제야 걱정을 내려놓으신 것 같다. 추운 곳에서 몸조심하라고 당부하셨다."

동호의 답장도 도착했다. "경찰서에 끌려가 며칠 동안 실컷 얻어맞고 나왔다. 아직 그러고 있으며 형님한테 한 번 찾아가겠다." 동호가 용케도 군대 끌려가지 않았다. 그만하기 정말 다행이었다. 이 군수도 여전히 잘 계신다고 했다. 똑같은 시간이지만, 고향에 있었다면 금방 지나갔을 것이다. 하지만 이곳에서는 오랜 세월이 흐른 듯했다.

20

새해로 접어들어 일본의 전황이 좋지 않다는 조짐이 보였다. 만선일보에는 도조 수상이 동남아 전선을 방문하여 군인들의 사기를 높였다는 기사가 났다. 신문에서 승전 기사가 점점 보이지 않아, 일본이 불리해지는 것이 아닌지? 북호주, 뉴기니아 폭격, 앗투섬의 황군 용전(勇戰), 버마에서 영국, 인도군 괴멸 등, 연일 승리를 대서특필하던 것과는 다른 분위기가 느껴졌다. 만척 본부에서도 쌀을 빨리 보내라는 독촉 전화와 공문이 연달아 내려오며 사무실에도 긴장감이 감돌았다. 관동군이 밥을 굶어 전쟁을 치를 수 없다고 아우성치는 듯했다. 금년에도 우리 지소에서 보내야 할 목표량에 아직 미치지 못한다는 것이었다. 일방적으로 내려오는 목표량은 농촌 사정을 무시하고 해마다 많아졌다. 농민들의 생산 능력보다 전장의 필요에 따라 맞추어진 것 같았다. 목표량 때문에 소장의 뻔하고도 지루한 훈시가 잦아졌다.

"지금 성전이 막바지에 이르고 있소. 승리를 위한 후방 기지인 우리가 조금만 힘을 더 보태어 주면 폐하의 병사들이 반드시 좋은 소식을 전해 줄 것이오. 본부에서는 우리 실적이 다른 지소보다 좋지 못하다고 난리를 쳐요. 아직 날짜는 정해지지 않았지만, 곧 본부에서 관동군과 같이 실태조사를 나올 것이오. 그때를 대비하여 체납금을 철저히 받아내어야 해요."

소장의 다급함이 직원들에게도 고스란히 전해져, 체납금 납부를 더 강하게 독촉해야 했다. 자연히 지역별로 출장이 잦아졌으나, 실적은 별로 오르지 않았다. 가진 것이 없는 농민들을 쥐어짜봤자 더 나올 턱이 없었기 때문이다. 농민들은 가진 것은 물론 생명까지 착취당해야 결국 끝이 날 것 같았다.

요즈음 들어 '밭에서 일하던 처녀가 정신대에 잡혀갔다', '장마당에 나갔다가 군대에 끌려갔다'는 등 흉흉한 소문이 나돌고 있었다. 소문뿐 아니라 실지로 민족 불문하고 근로정신대에 보낼 젊은 처녀들을 모집한다고 했다. 정신대 나가면 먹여주고 재워주며 월급도 주니, 돈 벌어서 올 수 있다고 선전하고 있지만 그 말을 믿는 사람은 별로 없었다. 청년들을 상대로 지원병을 모집한다는 소식도 있었다. 지원병 모집이야 진작부터 있었지만, 이전과 다르게 한층 더 적극적으로, 반강제적이라는 것이었다. 각 주재소마다 모병(募兵)을 전담하는 헌병들이 별도로 배치되었다 했다. 전쟁이 다급해지면 군대든, 정신대든 언제 강제로 끌고 갈지 알 수 없어, 장성한 자식들이 있는 집에서는 불안해할 수밖에 없었다. 어느 집 할 것 없이, 미혼 딸자식을 둔 부모들은 결혼을 서두르고 있다고 했다. 현규는 정신대 때문에 월이 집에서도 급하게 사윗감을 구하고 있을 것으로 생각했다. 월이 언니는 이미 혼인했지만, 월이가 문제이다. 어쩌면 월이와 혼인할 수 있는 좋은 기회가 될 수 있을 것 같았다. 지난번 영란촌 촌장님이 자신의 신상에 대해 꼬치꼬치 캐물으신 이유는 무엇일까? 혹시 자신을 사윗감으로 생각하신 것은 아닐까? 월이는 자신을 어떻게 생각하고 있을까? 두어 번 보았지만, 싫어하는 것 같지는 않았다. 도시에서처럼 이야기해 볼 수 있는, 기회를 가질 수 없어 안타까웠다. 혼자서 속만 태우고 있을 것이 아니라, 용기를 내어봐야겠다고 생각했다. 이렇게 머뭇거리다 때를 놓칠 수도 있다. 월이를 탐내는 사람들이 많다고 한다. '용자(勇者)만이 미인을 차지할 수 있다'는 말도 있다. 하도 간절했기 때문인지 평소 자신의 성격과 다르게, 어디에서 왔던지 강한 용기가 생겨났다. 중신아비가 없다면, 청혼은 남자 쪽에서 먼저 하는 것이 순서이다. 월이 집에서 먼저 "우리 월이가 어떠냐?"고 물어보기도 난처할 것이다. 직접 청혼해 볼 수밖에 없다고 생각했다. 월이 집으로 찾아가 단도직입적으로 월이와 혼인하고 싶다고 말을 할까? 월이 삼촌에게 혼인하고 싶다는, 뜻을 전해 달라고 부탁해볼까? 아무래도 직접 말하기보다는 월이 삼촌을 통하는 편이 나을 것 같았다. 박 서기에게 부탁하여, 긴히 드릴 말씀이 있다며 만나자고 했다. 퇴근 후 조선 사람 식당에 마주 앉았다. 무슨 일 때문인지 궁금해하는 월이 삼촌에게 단도직입적으로 말씀드렸다.

"바로 말씀드리겠습니다. 월이와 혼인하고 싶습니다. 삼촌께서 촌장님께 말씀드려 주셨으면 좋겠습니다."

"월이가 좀 어리기는 하지만 혼인할 때가 되긴 되었지. 그렇지 않아도 일전에 형님을 만났더니, 정신대 때문에 걱정을 많이 하시더군. 아직 어려서 시집 보내기도 그렇다고 하시면서. 여러 곳에서 중매가 들어오지만, 썩 마음에 드는 자리가 없는가 봐. 최 선생도 월이를 달라고 자꾸 조르고 있다는데, 별로 탐탁하게 여기지 않는 모양이야. 학교에서도 평판이 좋지 않고. 사람이 경박하고 거칠다고 하더군. 한참 무장투쟁 할 때라면 쓰일 데가 있을지 모르지만. 김 서기라면 형님이나 형수님이 어떻게 생각할지? 나이도 서로 맞고, 잘 어울릴 것 같기는 한데."

"제가 아직 많이 부족합니다만 꼭 잘 말씀드려 주십시오."

"고향과 달리 여기서는 신랑감이 귀하기는 해. 그 애 언니도 내키지 않았지만 천 서방에게 보냈어. 천 서방이 배운 것은 없어도 사람이 좋고, 일을 잘하기는 하지. 잘 알겠으니 기다려 보게나."

월이 삼촌에게 부탁드리고 기다렸다. 최 선생뿐 아니라 다른 총각들도 촌장님 눈에 들지 않는 것은 분명한 것 같아, 마음이 놓였다. 일각이 여삼추라더니 월이 삼촌의 연락을 기다리고 있으려니 시간은 더디게만 가고, 일이 손에 잡히지 않았다. 삼촌이 당장이라도 영란촌으로 다녀와 주기를 바랐지만, 며칠이 지나도 소식이 없었다. 영란촌과는 150리도 넘게 떨어져 있어, 다른 볼일로 가는 편에 전하려는 것 같았다. 월이 삼촌에게는 자신처럼 화급을 다투는, 일이라 할 수 없을 것이다.

21

 화창한 날씨가 포근하기까지 했다. 높이 뜬 조각구름도 움직임이 없었고 송화강 갈대숲을 못살게 굴던 북풍도 쉬어 가는 듯했다. 월이 삼촌은 아직 가타부타 답을 주지 않고 있었다. 마음이 뒤숭숭하여 사무실에 앉아 있어도 일이 손에 잡히지 않았다. 자신의 청혼을 거절하는 것은 아닐까? 펼쳐 놓은 서류에서도 월이 얼굴이 보였다.
 "개척 시작한 지가 벌써 몇 년째인데 아직 연부금 납부가 시작도 되지 않고 있는 거요? 이제 3년쯤 되지 않았어? 가네야마 상이 당장 나가 알아보고 경고장도 주고 오도록 하시오."
 모리 주임이 마랑하촌에 무슨 문제가 있는지 알아보고 오라고 했다. 머리가 아파 바깥바람이라도 쏘여야겠다고 생각하고 있던 참이었다. 마랑하촌의 50여 가구가 개척을 시작한 지 3년이 지나, 올해부터 토지 연 부금과 개척자금의 분할납부를 시작해야 하지만 아직 들어오지 않고 있었다. 마랑하는 통하에서 북쪽으로 30리쯤 떨어진, 비교적 가까운 거리였다. 말 한 필이 끄는, 마차는 덜컹거리며 한 시간 남짓 달렸다. 마을은 넓은 들의 북쪽 끝자락에 자리하고 있었다. 마을 뒤편으로 키 큰 침엽수와 자작나무 숲이 울창한, 두 개의 높은 산(山)이 마주하고 있었다. 산과 산 사이에는 폭 2km 정도의 갈대숲과 초지(草地)가 펼쳐졌고, 초지 가운데로 송화강의 지류인, 차린강이 흐르고 있었다. 차린강의 물이 풍부하여, 이 지역에 논 농사가 가능했다. 마랑하는 이 초지를 개척하여, 들어선 마을이었다. 50여 가구가 비탈진 산자락에 붙어 옹기종기 모여 있었다.

"집집마다 아직 제대로 수확을 못 하고 있어요. 그놈의 듣도 보도 못한, 울로초인가 울로덩이라고 하는 맷방석만 한, 풀이 엉켜 죽을힘을 다해 뽑아내어도 완전하게 뽑히지를 않소. 그것들이 나무뿌리와 서로 엉켜, 뽑아내어도 다음 해 다시 돋아 나와요. 논인지 풀밭인지 모를 지경이니 제대로 수확이 되겠어요? 이런 형편이니 식량도 모자랄 지경이오. 대부금 납부를 한 해 더 연기해 주어야겠소."

도착해 보니 역시 문제가 많았다. 대다수의 가구들이 제대로 수확을 하지 못하고 있어, 납부 연기를 호소했다. 현규가 보아도 끼닛거리도 때우기 힘든 형편에 부금이나 이자는 생각도 할 수 없을 것 같았다. 이런 상황에서 체납금 독촉은, 입 밖에도 낼 수 없었다. "잘 알겠으니 너무 부담감 가지지 마십시오. 들어가서 상의해 보겠습니다"라는 말밖에 할 수 없었다. 어느 마을이랄 것도 없이 이주 농민들의 생활은 하나같이 궁핍했다. 고향을 떠나올 때의 기대와는 달리, 아직 가난을 벗어나지 못하고 있었다. 모리 주임에게는 뭐라고 말해야 할지 난감하기만 했다. 보나마나 또 그놈의 빨간딱지 이야기를 끄집어 낼 것이다. 머지않아 조선 청년들도 강제징집 대상이 될 것이 뻔했다. 이런 상황에서 모리 주임은 근무 실적이 좋으면 징집 면제 신청을 해줄 수 있다며 생색을 내고 있었다.

오후에 통화로 돌아가려고 마차에 올랐다. 마차가 겨우 지나갈 수 있을 정도의 좁은 길은 차린강을 따라가기도, 갈대 숲속으로 들어가기도 했다. 밭으로 개간된 곳도 있었지만, 대부분 사람 키보다 훨씬 큰 갈대와 잡풀이 무성했다. 대낮이지만 갈대숲을 지나갈 때는 시야

가 트이지 않아 두려웠다. 갑자기 풀숲에서 누군가가 불쑥 나타날 수도 있기 때문이었다. 이곳에서는 돈뿐 아니라 옷을 빼앗으려고 사람을 죽인다는 박 서기의 말이 생각났다. 호신용으로 총이라도 한 자루 지니고 다녔으면 좋겠다는 생각도 들었다. 나이가 많기는 하지만, 중국인 마부와 같이 가고 있어 좀은 안심이 되었다. 이제 반 시간 정도만 더 가면 될 것 같았다. 마부는 "추추"하며 여윈 말(馬)을 재촉했다. 저만치서 갈대 꼭대기가 흔들리고 있어, 누군가가 오고 있는 듯했다. 점점 가까워지며 경계심이 들었다. 다행히 차림새로 보아, 중국인 농부였다. 그 사람도 긴장한 듯, 조심스러운 눈빛을 교환하며 지나쳤다. 이런 곳에서 낯선 사람을 만나면 서로가 경계하게 된다. 한참을 더 가던 중, 마차 소리에 묻혔지만 분명 말발굽 소리가 들리는 듯했다. 말은 보이지 않고 소리만 먼저 들려왔다. 마차는 아닌 것 같았다. 말발굽 소리가 점점 가까워졌다. 비적들인가? 덜컥 겁이 났다. 이곳에는 말을 타고 다니는 중국 사람들도 더러 있기는 하다. 혼자라면 얼른 길 옆, 갈대숲으로 들어가 몸을 숨기겠지만 그럴 수도 없었다. 금세 저만치 갈대 위로, 말을 탄 사람들의 머리가 보였다. 어깨 위, 한 뼘 정도 올라온 장총도 눈에 띄었다. 행색으로 보아, 비적들이 분명한 것 같았다. 등골이 서늘해지면서 도망가려고 해도, 마차에서 내려 혼자 도망칠 수도 없었다. 마부도 당황하는 듯했다. 어느새 눈앞에 말 머리 여러 개가 나타나, 앞을 가로막고 섰다. 맨 처음 말발굽 소리가 들렸을 때 마차를 다른 쪽으로 돌렸어야 했다. 놈들이 총을 들고 있어, 고양이 앞에 쥐처럼 꼼짝할 수 없었다. 3명 모두가 털모자에 두꺼운 외투를 입고 있었고 수염도 덥수룩하여 누가 누구인지 분간조차 할 수 없었다. 이럴 때는 어떻게 해야 하는지? 소름이 돋으며 머릿속이 박 속처럼 하얗게 되어, 아무 생각도 나지 않았다. 그저 놈들의 처분만 기다리며 앉아 있을 수밖에 없었다. 그들 중 한 명이 말에서 내려, 죽은 듯 꼼짝 못 하고 있는, 현규에게 다가왔다. 그리고는 마차에서 내리라는 손짓을 했다. 내리고 싶지 않았지만 내리지 않을 수 없었다. 마부에게는 "快去(빨리 가)"라며, 혼자 가라고 했다. 현규의 눈치를 보며 잠시 머뭇거리던 마부는 금방 마차를 몰고 가버렸다.

"给予你所拥有的一切(가진 것 모두 내어놓아)."

현규는 그가 하는 중국말이 무슨 뜻인지 짐작했지만, 손이 움직이지 않아 멍하니 서 있기만 했다. 그의 말이 마치 저승사자의 소리처럼 들렸다. 현규가 말귀를 이해하지 못하고 있다고 생각한 듯, "돈, 돈" 조선말을 하며 손을 내밀었다. 그제야 현규는 호주머니에서 있는 돈을 몽땅 다 털어 주었다. 이럴 때 조금이라도 남겨 두었다가는 큰일 난다는 이야기를 들었다. 지갑을 전부 다 털어 봐야 20원이 채 못되었다. 놈이 씨부렁거리며 직접 호주머니를 털었지만, 더 나오는 것이 없자. 자기들끼리 뭐라고 뭐라고 중국말을 주고받았다. 놈이 말에 오르더니, 정신이 빠져나가 멍하니 서 있는, 현규의 팔을 끌어당겨 자신의 뒤에다 태웠다. 말 위에 오르기도 쉽지 않아, 힘들게 올랐다. 그리고는 왔던 길을 되돌아, 마랑하 마을 쪽으로 간다. 말 등의 움직임이 느껴지며 자리가 불편했다. 현규는 말로만 듣던 납치를 당했구나, 이제 정말 죽었다는 생각까지 들었다. 기대했던 만큼 돈이 나오지 않자, 인질로 잡아두고 가족들에게 요구하려는 것 같았다. 하지만 돈을 들고 자신을 찾으러 올 사람이 없다는, 사실을 알게 되면 어떻게 할까? 더욱 불안했다. 말이 통하지 않아 설득할 수도 없다. 설마 죽이기까지 하겠나 싶다가도, 사람 죽이기를 밥 먹듯 쉽게 하는 놈들일 수도 있다. 자신의 생명은 전적으로 사람 같지 않은, 짐승 같은 놈들의 손에 달려있다. 한편 마적들은 쉽게 인명을 해치지 않는다는, 이야기도 생각나 설마 죽이기야 할까? 운명에 맡기고 체념하는 것 외는 어떤 방법도 없지만, 그게 될 턱이 없었다. 어머니와 아버지, 월이 얼굴도 떠올랐다.

22

덕섬 어른이 안방에 앉아 화롯불에 손을 쪼이고 있지만, 문풍지 사이를 비집고 들어오는 찬바람은 어쩔 수 없었다. 설을 지났지만, 날씨는 여전히 풀릴 기미를 보이지 않았다. 뒷산에 나무하러 보낸 머슴은 점심때가 다 되었는데 아직 돌아오지 않고 있었다. 현규 할머니와 덕섬댁은 아직도 두문불출하고 있는 금순이 생각은 잊어버리고, "이놈이 그 춥은 데서 우째 지내는고?" 하며 오직 먼 타국에 가 있는 현규 걱정뿐이었다. 덕섬 어른도 화가 가라앉자, 현규가 은근히 걱정되었다. 그렇게 사라진 이후, 명절 때가 되어도 소식이 없었다. 세상이 어지러운데 멀고 추운, 타국에서 잘 지내고 있는지? 거기도 일본 세상이라는데, 군대에는 끌려가지 않았는지? 아이가 똑똑해서 제 한 몸은 충분히 간수하리라고 생각하지만, 시국이 시국이니만큼 걱정이 되지 않을 수가 없었다. 편지라도 한 장 보내주었으면 좋으련만.

금순이는 동네 사람들 보기 창피하다고 아직 밖으로 나다니지 않고 있었다. 동네 사람들을 스스럼없이 만나기에는 자존심이 허락하지 않는 모양이었다. 자리에서 일어나준 것만 해도 고마웠다. 금순이가 하루빨리 좋은 신랑 만나 시집갔으면 좋을 터인데, 죄를 지은 것처럼, 마음이 편하지 않았다. 아무리 자식 일이라지만 아비로서 책임이 없을 수가 없었다. 철호 집에서도 금순이 짝을 찾으려고 백방으로 중매쟁이를 붙이고 있다고 한다. 철호야 고추 친구 사이에 어쩔 수 없다지만, 망덕댁은 어쩌다 마을 길에 마주쳐도 눈길 한번 주지 않고 쌩하니 찬바람을 일으키며 지나간다. 금순이가 하루빨리 시집을 가야, 양 집 사이가 풀릴 것이다.

마당에서 워리 짖는 소리가 요란했다. 누가 왔나 싶어 방문을 열고 내다 보았더니, 우편배달부가 마루에 편지를 던지고 간다. 현규에게서 온 편지였다. 반가워서 얼른 열어 보았다. 다행히 북만주에서 잘 지내고 있으며, 금순이와 혼인하기 싫어서 갔다는 내용이었다. 덕섬 어른은 덕섬댁과 할머니에게 현규가 만주에서 취직하여 잘 지낸다고 하니, 이제 걱정하지 말라고 안심시켰다.

"아이고 그놈이 그래도 잘 있구나. 춥어서 우짠다 카더노?"

"춥우면 옷 많이 입고 있겠지예. 잘 있다 카잉게, 인자 너무 걱정 하지 마이소."

현규가 잘 지내고 있다니 다행이기는 하지만, 여기도 이렇게 추운데, 그곳에서 어떻게 견디는지? 혼자서 밥은 제대로 먹고 있는지? 그곳에 아는 사람도 없었을 터인데, 어떻게 그 먼 곳까지 올라갔을까? 그런데 만주척식공사라고 하는 데가 대체 뭣 하는 곳인지? 동척이라는 말은 들어보았지만, 만주척식이라는 말은 처음 듣는다. 덕섬 어른은 동척이 조선 사람들에게 욕을 많이 얻어먹는데, 거기도 그런 곳인가? 그렇다면 우리 현규도? 반가운 가운데에도 신경이 쓰였다.

                                    23

　한참을 가다 마랑하 마을 못 미쳐서, 산속으로 들어갔다. 산에는 키 큰 침엽수들과 껍질이 하얀 자작나무들이 울창하여 하늘이 보이지 않았다. 나무들 사이로 비스듬하게 오르며 눈이 희끗희끗한 산등성이 하나를 넘었다. 말도 힘든지 등에 땀을 흘리며 콧김을 푹푹 내쉬었다. 등성이를 넘자 또 다른 산등성이가 나타났다. 어디로 데리고 가는지? 정신을 차리며 보았지만, 도무지 어디가 어딘지 알 수 없었다. 경사가 급해지면서 모두 말에서 내려, 걸어 올라갔다. 놈들은 현규를 중간에 세웠다. 몸을 묶지는 않았지만 도망칠 생각은 조금도 할 수 없었다. 도망쳤다가는 곧바로 총을 쏘아버릴 것 같았다. 한참을 더 오르자, 산 중턱에 박혀 있는 큰 바위 아래, 통나무를 잘라 엮어 놓은 듯한 움막이 나타났다. 움막 앞에 이르자 안에서 스무 살 전후로 보이는 여자가 나왔다. 나이가 제일 많아 보이는 놈에게 "빠바"라고 부르는 것으로 보아, 놈의 딸인 모양이었다. 털옷으로 감싸고 있어, 어떻게 생겼는지 알 수 없었다. 여자는 늘 해오던 일인 것처럼 소 닭 쳐다보듯, 그를 힐긋 쳐다보고는 들어가 버렸다. 현규는 움막 옆 바위 아래, 동굴 같은 곳에 갇혔고 한쪽 발목에 쇠고랑이 채워졌다. 쇠줄이 길고 한쪽에만 채워져, 움직임은 비교적 자유스러웠다. 동굴은 깊이는 없지만, 제법 넓었으며 천장이 낮았다. 바닥은 가마니가 몇 겹, 두껍게 깔려 있었으며 입구도 가마니로 막아 놓았다. 한겨울 추위는 가셨다 해도, 컴컴한 굴속에 냉기가 가득했다. 모닥불을 피운 흔적이 있어, 얼어 죽게 하지는 않을 모양이었다. 어두워지려 하자, 여자가 좁쌀 주먹밥과 약간의 소금을 넣어주면서 "吃. 吃(먹어, 먹어)" 하며 먹으라는 손짓을 했다. 그리고 그를 한참 쳐다보고는 나가버렸다. 그리고는 나무를 한 아름 가져와, 불을 지펴 주었다. 바닥에서 냉기가 올라왔지만, 모닥불을 쏘이며 추위를 견딜 수 있었다. 현규는 웅크리고 앉아, 도대체 이게 무슨 일인가 싶었다. 생각할 수도 없는 일이 자신에게 벌어진 것이었다. 놈들이 도대체 자신을 어떻게 하려는 것일까? 붙잡아 놓고 누구에게 돈을 요구하려는지? 돈을 내어놓을 사람이 없다는 사실을 알게 된다면, 위험해지지 않을까? 월이에게 장가가야 하는데, 코를 잘리고, 귀가 잘리어 흉측한 꼴이 되는 것은 아닐까? 지난 일들을 생각하면 무엇에 홀린 것 같았다. 이러려고 만주까지 왔나 후회가 몰려오기도 했다. 어두워지자 나뭇가지에 부딪히는, 귀신 바람 소리와 산짐승 울음소리도 들려왔다. 서러움이 몰려와 꺼억꺼억 울었다. 그렇게 뜬눈으로 밤을 보내고 다음 날 늦은 아침, 놈들이 말을 타고 나가는 듯, 부산한 소리가 들렸다. 얼마 후 여자가 주먹밥을 가져왔다. 이번에는 자세히 얼굴을 볼 수 있었다. 머리에 철사를 구부려 만든, 틀을 올려놓고 그 위에 머리카락을 올려 사자머리처럼 크게 보이도록 했다. 만주족 여자들에게서 흔히 보았던 모습이었다. 얼굴은 일본 게이샤처럼 가루분을 하얗게 발랐다. 17~18세도 채 안 되어 보였으며, 눈, 코 등 떼어보면 바탕 인물은 그리 나쁜 것 같지는 않았다. 여자는 한참 동안 먹으라는 손짓을 했다. 현규는 어제저녁도, 아침도 먹을 수 없었다. 여자가 몇 번이고 "吃, 吃(먹어, 먹어)" 하며 먹으라는 손짓을 했다. 가만히 현규의 얼굴을 들여다보더니 "美人, 真正的美人(미남, 진짜 미남이네)"라는 혼잣말을 했다. 여자에게 소변이 마렵다는 시늉을 하자 동굴 한쪽 벽을 가리킨다. 구석에 작은 구덩이가 있었다. 쇠고랑이 채워진 채 거기에서 해결하라는 이야기였다. 점심에도 조밥을 가져와 돌아가지도 않고, 통하지도 않는 말을 자꾸만 시키며 앞에 앉아 있었다. 여자가 자신에게 각별한 관심을 가지는 듯했다. 이런 산속에서 이성(異姓)을 만날 기회가 없었을 것이다. 부모를 잘못 만나, 불쌍하다는 생각도 들었다. 딸을 산속에서 키워야 하는, 놈도 복잡한 사정이 있는 것 같았다. 저녁때쯤 떠들썩한 소리와 함께 놈들이 돌아온 것 같았다. 얼마 후, 한 놈이 가마니를 제치고 얼굴을 들이밀어, 한 번 쳐다보고는 말없이 가버렸다. 도대체 자신을 잡아다 놓고 어떻게 하겠다는 것인지? 잡아 왔으면 어디에 살며 무슨 일을 하느냐 물어보아야 가족에게 돈을 요구할 것이 아닌가. 말이 통하지 않아, 묻지 못하고 있는 것일까? 놈들의 속을 알 수 없어 답답하기만 했다. 그다음 날도 여자가 밥을 가지고 와서 먹으라는 손짓을 했다. 이틀을 굶자, 그도 어쩔 수 없이 좁쌀밥이라도 먹어 보려 했지만, 도저히 삼킬 수 없었다. 하얗게 분칠한 얼굴을 그의 코앞까지 들이대고는 자꾸만 먹으라며 손짓했다. 여자에게서 머리 냄새인지 싸구려 분 냄새인지 좋지 않은 냄새가 났다. 현규는 물을 달라며 마시는 시늉을 하자 여자가 바가지에 물을 떠다 주었다. 발을 풀어 달라며 손짓을 하자 여자가 고개를 살래살래 저었다. 현규가 애원하듯 풀어 달라고 하자 여자가 나가버렸다. 밥때가 되면 주먹밥을 가져와 쳐다보며 먹으라고 했지만 넘어가지를 않아 물만 마셨다. 동물 말린 것 같은, 육포를 가져와 입에 넣어주려 했으나 먹을 수 없어, 밀어내었다. 여자는 들어올 때마다 나무를 가져와 춥지 않게 모닥불을 지펴 주었다. 현규는 이제 며칠이 지났는지 가늠조차 할 수 없는 상태가 되었다. 정신도 희미해지는 듯했다.

'자신과 월이와 혼례식 날이었다. 월이 집 마당에 하얀 천막이 쳐지고 잘 모르는 사람들이 들끓었다. 천막 아래에는 커다란 대례 상이 차려져 있었다. 사모관대를 입은 자신과 대반으로 학교 친구 광호가 대례 상 앞에 섰다, 광호는 일본 학생들에게 맞아 죽었는데, 어떻게 여기에 왔지? 하는 생각을 했다. 월이가 나오기를 기다리고 있었지만 아무리 기다려도 나오지를 않았다. 그는 사람들에게 신부가 왜 이렇게 나오지 않느냐고 물었더니, 모두가 모른다고 머리만 흔들었다. 얼마나 기다렸던지 족두리를 쓰고, 울긋불긋한 옷을 입은 월이가 낯선 들러리 여자와 천천히 걸어 나왔다. 그와 월이는 대례 상을 마주하고 섰다. 월이가 두 번의 절을 했다. 자신은 절을 한 번만 했다. 들러리가 술을 부어 월이에게 먹인 다음 광호를 통해, 자신에게 전달했다. 술은 큰 대접에 가득했다. 광호는 현규에게 전부 다 마시라고 했다. 현규는 벌컥벌컥 전부 마셔 버렸다. 그리고는 어떻게 되었는지? 정신을 차려보니, 깨끗한 이부자리를 펴 놓은 방에 있었다. 조금 이따, 술상과 월이가 들어왔다. 월이가 따라주는 술을 한잔 받아 마셨다. 월이의 족두리를 벗겨 주고 저고리 고름을 풀려는데, 갑자기 방문이 활짝 열리며 어떤 남자가 들어와 월이를 번쩍 들어, 둘러메고 나가버렸다. 최승일 선생 같았다. 그는 월이를 부르며 쫓아가려 했지만, 너무 취했기 때문인지, 몸이 움직여지지 않았다. 그는 목이 터지게 월이를 불렀다.'
　느낌이 이상하여 눈이 뜨였다. 여자가 몸을 엎드려 자신의 입에다 입술을 붙이고 있었다. 여자의 숨소리가 거칠어지는 듯했다. 현규는 얼굴을 돌려 버렸다. 여자가 무안한 듯, 말없이 나가 버린다. 다음 날 아침에도 그가 밥을 먹지 않고 애벌레처럼 웅크리고 누워만 있자, 안타까운 듯 한참 동안 쳐다보다, 밖으로 나간다. 잠시 후 들어와, 무슨 생각을 했는지 열쇠로 발목의 쇠고랑을 풀어주었다. 현규는 억지로 몸을 일으키며 가겠다는 시늉을 하자, 여자가 가라는 손짓을 했다. 그는 휘청거리며 일어나 여자에게 "쎄쎄"를 번복하고 재빨리 산 아래를 향해 뛰었다. 일어서기도 힘들었는데, 어디에서 뛰어갈 힘이 솟았는지 알 수 없었다. 어느 쪽으로 가야 할지 방향은 알 수 없었지만 일단 산 아래로 내려가기만 하면 길을 찾을 수 있을 것 같았다. 놈들이 돌아오기 전에 도망쳐야 하기에 뛰기도, 구르기도 하면서 정신없이 내려왔다. 작은 봉우리들이 계속되며, 산은 쉽게 끝나지 않았다. 등성이를 올랐다 내리기를 반복했다. 키가 큰 나무들이라, 시야를 가려주지를 못해 더욱 불안했다. 말발굽 소리와 고함소리가 들리는 것 같았으며, 누군가가 자신의 뒷덜미를 잡아채는 듯했다. 현규가 간신히 산 아래까지 내려왔을 때 저쪽으로 마랑하 마을이 보였다. 그쪽을 향해 뛰었다. 뛰어가다 힘에 부쳤는지? 긴장이 풀어져서인지? 그대로 쓰러져 정신을 잃고 말았다. 눈을 떴을 때는 마랑하 마을 촌장 집이었다. 마을 사람이 쓰러져 있는 그를 발견하고, 만척 직원인 줄 알아보고는 업고 왔다 했다.

"김 서기님이 이레 전에 우리 동네에 왔었어요. 그렇지 않아도 김 서기님이 돌아오지 않는다면서 만척 직원이 다녀갔어요. 토비에게 끌려가고, 마차만 돌아왔다 하더군요. 우리도 걱정했어요. 그만하기 천만다행이어요. 그나저나 가까이에 토비 놈들이 있다고 하니, 당장 우리가 걱정이네요. 그놈들이 어떤 놈들인데요. 우리 사촌이 길림 영안현에 사는데, 그쪽에는 비적 패가 자주 나와, 이사 가는 집도 있다고 해요. 큰 마적들보다 몇 명씩 어울려 다니는 토비들이 더 무섭다네요. 사촌 이야기로 그놈들은 사람이 아니라 금수(禽獸)라고 해요. 예사로 사람을 죽이고, 집에 불 지르고, 재물 빼앗고, 초상집에서 여자를 겁탈하고, 결혼식장에서 물건 빼앗고 사람까지 죽이는, 세상에 나쁜 짓은 다 하고 다니는 인간 말종들이라 해요. 두목은 아편과 여자에 미쳐 있어, 스무 살도 안 된 처녀들을 납치해 데리고 살다가, 싫증나면 부하들에게 상으로 준다고 해요. 그래서 비적들 마누라는 주로 두목이 데리고 살던 여자라나요."

여자 덕분에 살아왔지만, 여자는 무사할까? 설마 딸을 어떻게 하지는 않았을 것이다. 생각해 보니, 여자가 놓아주자고 간청했는지도 모를 일이었다. 마을에서 만척 사무실에 기별하여, 박 서기가 마차를 가지고 그를 데리러 왔다.

"장학량 군대 퇴병들 같네요. 몇 명씩 짝을 지어 그러고 다닌다고 해요. 출장 갔다 돌아오지 않아, 그전 최 서기처럼 또 변을 당한 것은 아닐까? 하며 모두 걱정했어요. 뒤늦게 마부가 알려 주기는 했지만요. 며칠 지나도 돌아오지 않아 우리 직원을 마랑하에 보내 보기도 했어요. 소장님과 모리 주임도 걱정했어요. 소용없는 줄 알지만,

경찰서에 신고해 놓고 기다리는 방법밖에 없었어요. 그만하기 천만다행이어요."

                                24

  현규의 납치 후유증은 좀체 가시지 않았다. 혹시 놈들이 다시 찾으러 오지는 않을까? 집 밖으로 나가기가 두려웠다. 밤중에 헛소리까지 하며 깨어나기 일쑤였다. 현규가 몸을 추스르고 다시 출근을 시작하자 바로 월이 삼촌에게서 기별이 왔다. 불과 20일도 못 되었는데 일 년도 더 된 것 같았다. "조만간 시간을 내어, 영란촌에 한 번 다녀가라."고 했다. 현규는 그 말을 듣자마자 마음이 바빠지기 시작했다. 다음 날 당장 출장 핑계를 찾아, 달려갔다.
  "아우에게서 자네가 비적에게 납치되어 큰 고생을 했다는 소식을 들었네. 큰일 날 뻔했어. 많이 수척했군. 얼굴이 반쪽이야. 어디 몸은 상한 데 없고? 그래도 살아 돌아왔으니, 정말 다행이야. 이곳에서는 이런 일이 흔하게 일어나니, 각별히 조심해야 하네. 월이 어미도 걱정 많이 했어. 그래 며칠 만에 돌아왔는가?"
  "예, 걱정해 주셔서 감사합니다. 한 주일 만에 돌아왔습니다."
  "만주사변 이후, 조무래기 토비들이 더욱 기승을 부리고 있네. 장학량 군대가 하북으로 물러난 이후, 남아 있던 퇴병들이 갈 데가 없으니까 도둑 떼가 된 거지. 군대라 해도, 원래 마적 질 하던 놈들이 많이 섞여 있었어. 조선 사람들도 상한 사람이 여럿 있어. 마을마다 자경단이 있다고 하지만 총을 들고 있는 놈들을 당해 낼 수 있나. 앞으로 출장은 혼자 다니지 말게."

촌장님은 친자식처럼 현규를 걱정해 주셨다. 월이를 부르며 차를 내어오라고 하신다. 월이가 찻잔을 가지고 들어와 현규를 외면한 채 얼른 놓고 가버린다. 월이의 얼굴이 붉어져 있는 듯했다. 월이도 그가 왜 왔는지를 알고 있을 것이다. 조금 후, 정갈한 자태의 월이 어머니가 들어오셨다. 식구들이 그를 기다리고 있었음이 분명했다. 현규는 일어나서 월이 모친에게 인사를 드렸다.

"아이고, 큰일 날 뻔했다면서. 얼굴이 축이 많이 났네. 정말 그만하기 다행이야."

"걱정해 주셔서 감사합니다."

그는 촌장님이 무슨 말씀을 하실지 침을 삼키며 기다렸다. 차를 한 모금 들이켠 촌장님이 드디어 입을 열었다.

"자네 우리 월이와 혼인하고 싶다고 했나? 자네 말을 직접 듣고 싶어서 오라고 했네."

"예, 꼭 결혼하고 싶습니다."

현규는 단단히 결심한 듯, 분명하게 대답했다.

"왜 혼인하고 싶으냐고는 묻지 않겠네. 자네가 여기에서 결혼식을 하게 되면 자네 부모님은 어떻게 하실 생각인가?"

"예, 미리 편지를 올리기는 하겠지만 참석하시기는 힘드시지 않겠습니까."

"우리도 월이가 아직 나이도 어리고 하여, 좀 더 있다 시집 보내고 싶은데, 시국이 하도 시끄러워 혼인시킬 생각을 해보았네. 지난번에 우리 집에 왔을 때, 월이 어미와 함께 자네를 유심히 살펴보았어. 월이 어미도 그렇고 우리 월이도 자네가 싫지는 않은 모양이야."

이번에는 월이 어머니가 물었다.

"혼인하면 바로 고향 갈 생각은 아니겠지? 나는 혼인을 하더라도 당분간 여기에서 살았으면 좋겠네만."

"저도 금방 고향 내려갈 생각은 없습니다. 언젠가는 가야 하겠지만요."

"우리 월이가 나이가 어려 아직 아무것도 모르네. 일도 할 줄 모르고. 혼인하게 된다면 많이 가르쳐야 할 걸세."

"만척에는 언제까지 근무할 생각인가?"

"그리 오래야 가겠습니까만 당분간은 근무해야겠지요. 혹시 저의 만척 근무가 마음에 들지 않으시다면 당장 그만두어도 괜찮습니다."

촌장님은 독립운동을 하신 분이니 그의 사위가 된다면, 만척 근무를 못마땅하게 생각하실 수도 있겠다 싶어, 한 말이었다.

"아니야. 그런 뜻이 아니야. 내가 독립운동하느라고 가족들 고생을 하도 많이 시켜서 우리 월이는 고생하지 않았으면 좋겠어. 사위는 독립운동하는 사람 보지 않겠네. 만척이 비록 농민들의 기대에 미치지 못하기는 하지만 조선 사람들이 많이 근무해야 조선 농민들이 더욱 유리하지 않겠나. 나도 이전에 합작사를 찾아가기도, 만척 자금을 이용하기도 했지만, 그때마다 조선인 직원들의 도움을 많이 받았어. 그 사람들이 아니었다면 일이 성사되지도 않았을 거야. 자네도 가능하다면 조선 농민들을 도와줄 수 있는 방법을 찾아보게. 너무 무리하게는 말고."

"예, 잘 알겠습니다."

"내 생각에 얼마 가지 않아 세상이 크게 요동치며 많은 변화가 있을 것 같네. 그때까지 조용히 지내야 할 것이야. 내 말 명심하게. 앞으로 혼인을 언제, 어떻게 진행할 것인가 생각해 보기로 하세. 일간 다시 연락하겠네."

현규는 그날 그 집에서 묵고 다음 날 만척으로 돌아왔다. 몸까지 상해가며 독립운동하신 촌장님이 아량까지 넓어, 존경심이 생겼다. 월이는 차를 내어왔을 때 잠깐 보았지만 나올 때까지 말 한마디 하지 못했다. 고향에서 금순이를 마다하고 수천 리 떨어진 이곳까지 와서 결혼이라니, 생각지도 못한 일이었다. 월이를 만나지 않았다면, 아예 혼인 생각은 하지 않았을 것이다. 월이와 혼인하게 된다면 만주 정세와 환경도 한몫했을 것으로 생각했다. 마을이 멀리 떨어져 서로 교류가 힘들고 불편한 교통 때문에 섬처럼 갇혀 살고 있는, 농민들에게 자녀들의 짝을 찾기란 수월한 일이 아닐 것이다. 또한 정신대라는 일본의 정책이 촌장님을 조급하게 했기에, 쉽게 허락을 얻을 수 있었다. 그렇다 해도 일이 이렇게 빠르게 성사될 줄 몰랐다. 월이와 함께할 수 있다고 생각하니, 세상을 다 얻은 것 같았다. 그동안 월이 때문에 마음 태웠던 일들이 단번에 사라져 버렸다. 납치까지 당하며, 춥고 황량하기만 한 이곳이 정겹게 느껴지기 시작했다.

25

영란촌에 다녀온 지 며칠이 지났다. 최승일 선생이 굳은 얼굴로 만척 사무실에 불쑥 나타났다. 현규는 최 선생이 무엇 때문에 자신을 찾아왔는지, 바로 짐작할 수 있었다. 불과 며칠 사이에 자신이 다녀갔다는 사실을 어떻게 알았을까? 집안 사람 누군가가 곧바로 최 선생에게 일러바치지 않고는 이렇게 빨리 알 턱이 없다. 식구 중 누군가를 통해 월이 집안을 철저하게 감시하고 있었다는, 증거라 할 수 있다. 식구가 아니라면 가깝게 드나드는, 이웃일 수도 있을 것이다. 누구와 내통하고 있을까? 누구든 밀정을 심어 놓은 것은 분명해 보였다. 최 선생이 예사 위험한 인물이 아니라는 생각이 들었다. 최 선생은 현규에게 조용한 곳에서 이야기하자고 했다. 둘은 가까운 중국 식당에 마주 앉았다.

"김 서기, 정말 이럴 수가 있어요?"

"무슨 말씀인지요?"

현규는 최 선생이 무엇을 말하려고 하는지 충분히 알 수 있었지만, 짐짓 모르는 척 시치미를 떼었다.

"나는 월이가 아직 어리다 해서 기다리고 있었소. 그동안 촌장 영감의 허락을 받아 놓은 것이나 마찬가지였단 말이오. 그런데 당신이 갑자기 내 앞에 끼어들어 월이를 채 가려고 하다니."

"월이가 최 선생님과 정혼해 놓은 것도 아니지 않습니까? 월이가 싫다는데, 제가 억지로 촌장님 허락을 받은 것도 아니고요. 왜 나는 월이와 혼인하면 안 됩니까?"

현규는 최 선생을 염려하지 않았던 것은 아니었다. 최 선생이 그동안 월이에게 얼마나 공을 들이고 있었는지 알고 있었기 때문이었다. 하지만 어디까지나 최 선생의 일방적인 생각일 뿐이었다. 월이와 월이 부모님은 자신을 선택했다.

"당신도 나와 같은 입장이 되어 보시오. 쉽게 포기할 수 있겠는지."

최 선생은 연거푸 독한 중국 술을 들이켰다. 분하다는 듯, 화를 보이기도 했다. 한편 생각하면 최 선생이 조금은 안 되었다는 생각도 들었다. 입장을 바꾸어 보아도, 남자로서 쉽게 포기할 수 없을 것 같기도 했다. 하지만 무엇보다 당사자인 월이 생각이 가장 중요하다.

"촌장 영감이 내 삼촌을 보아서도 그렇게 하면 안 되지. 독립운동 하면서 서로 목숨을 구해 주기도 했다던데, 이제 와 모든 일이 소용없다 이거지. 어쨌든 당신이 나타나기 전까지는 아무 이상도 없었단 말이오."

"문제는 월이가 아니겠습니까? 월이가 누구를 선택하느냐가 제일 중요하지요."

"월이가 아니라 당신이 문제요. 당신이 조선으로 돌아가 주어야겠소. 당신만 없어지면 월이가 곧 마음을 바꿀 거요."

"내가 최 선생님 때문에 고향으로 돌아가는 일은 없을 것이오. 월이가 좋다는데, 내가 왜 그래야 해요. 생각은 최 선생이 바꾸어야겠어요."

현규는 최 선생이 고향으로 돌아가라, 마라 하는 말에 기분이 상했다. 자기가 뭔데 고향 가라니, 말라니 하나 싶었다. 설령 자신이 이곳에 오지 않았다 해도, 월이는 분명 최 선생 같은 사람을 선택하지 않았을 것이다. 술이 취하자 최 선생의 말이 점점 거칠어지기 시작했다.

"당신 고향으로 못 돌아가겠다 이거지. 내가 후회하도록 만들어 주겠어. 당신 같은 사람은 조선 인민의 적이오. 왜놈 앞잡이 주제에 감히 독립운동가 딸과 결혼하겠다고. 곱게 결혼할 수 있을지 두고 보자고."

　그날 최 선생과 분위기가 험악해져, 둘이서 몸싸움이라도 벌어질 것 같은 지경까지 갔다. 최 선생은 술에 취하자 이성을 잃었고, 모두 죽여 버리겠다는 말까지 뱉어내었다. 남자답지 못한 그의 행동에 현규는 다시 한번 실망감을 감추지 못했다. 현규는 더 이상 그와 상대하고 싶지 않아, 그 자리를 피해 나와 버렸다. 누구라도 사랑을 잃었다고 생각했을 때, 이성적으로 행동할 수만은 없을 것이다. 더구나 남에게 빼앗겼다고 생각하면 억울하기도 했을 것이다. 최 선생이 이해되고, 일말의 동정심이 없는 것도 아니었다. 하지만 "인민의 적"이니, "왜놈 앞잡이" 등의 말은 입에 담아서 안 되는, 악담이다. 그 말은 조선인들에게 지탄받아야 마땅한 사람이라는 이야기이다. 약간이라도 민족의식을 가진 조선 청년이라면 자존심이 크게 상할 수밖에 없는 말이었다.

　최 선생이 다녀간 지, 며칠 뒤였다. 영란촌에서 연락 오기를 기다리고 있던 차에 마침 연락이 왔다. 현규는 잔뜩 기대하며, 다음 날 모리 주임에게 외출을 허락받아 급하게 달려갔다. 두근거리는 가슴으로 집 안에 들어서자, 무엇 때문인지 전과 다르게 찬바람이 이는 듯, 싸한 느낌마저 들었다. 월이의 식구들이 어쩐지 자신을 대하는 태도가 달라진 것 같았다. 월이는 보이지도 않았다.
　"최 선생이 자네를 찾아왔던가?"
　"예."
　"행패를 부리지는 않던가?"

"예, 뭐 조금."

"그놈이 거기도 찾아갔었구나. 내가 언제 자기를 사위 삼기로 약속했다고 따지고 들어, 나 참 젊은 놈이 기가 막혀서. 그건 그렇고 누가 그러는데, 자네 혹시 고향에서 혼인한 적이 있었나? 들리는 이야기로는 세 살짜리 아이까지 있다고 하던데."

"아니 누가 그런 이야기를 했습니까? 전혀 사실이 아닙니다. 고향과 멀리 떨어져 있다고, 제가 감히 어떻게 속이겠습니까. 혹시 최 선생이 그러던가요? 최 선생이 그냥 보고만 있지 않겠다고 했는데, 최 선생이 그러셨습니까?"

현규는 생각지도 못한, 촌장님의 말에 갑자기 뒤통수를 얻어맞은 듯 놀라지 않을 수 없었다. 자신과 월이의 결혼을 방해하기 위해 누군가가 헛소문을 퍼뜨렸다고 생각했다. 그렇다면 최 선생? 맨 먼저 그의 얼굴이 떠올랐다.

"최 선생은 아니네. 우리 천 서방이 마을의 하씨에게 들었다고 하네. 하씨가 한 열흘 전에 평소 알고 지내던 사람과 같이 통하 현청 부근에서 자네를 보았다고 하네. 그때 그 사람이 '저 사람 김해 사람인데, 어떻게 여기까지 왔지? 식구들은 다 데리고 왔나?' 하더래, 그 사람 말로는 자네가 장가도 들었으며 세 살쯤 먹은 아들까지 있을 것이라고 했다나. 길림 쪽에서 온 사람인데, 고향이 김해라고 했대. 우리야 자네가 그럴 사람이 아니라고 믿고 있지만 월이가 울고불고 난리가 났어. 말 같지도 않다고 그냥 흘려 버리기에는 아무래도 기분이 찜찜해. 이제 자네가 그게 아니라고 증명해 보여야 할 것 같네."

"그 사람이 누구인지 저를 만나게 해 주십시오. 너무 억울한 소리입니다. 제가 그렇지 않다는 사실을 증명하겠습니다."

"그렇지 않아도 내가 하씨에게 그 사람을 좀 보자고 해 놓았네. 하씨가 조만간 우리 집으로 그 사람을 데리고 올 걸세."

"그럼 그때 저도 같이 참석하면 되지 않겠습니까?"

"날짜를 가늠할 수 없어, 근무하는 사람이라 힘들지 않겠나? 일단 내가 먼저 한번 만나 보고 알려 주겠네."

현규로서는 참으로 난감한 상황에 부딪혔다. 아무래도 최 선생의 농간 같았다. 사내가 하는 짓이 옹졸하고 못나 보였다. 최 선생이 사람 같지 않다는, 생각은 하고 있었지만, 결국 이런 놈이었나? 최 선생이 아니라면, 헛소문을 퍼뜨리고 다닐 사람이 없을 것이다. 또 다른 가능성은 하씨라는 사람이 자신을 다른 사람으로 착각했을 수도 있다. 이곳에서 아는 사람이라고는 아무도 없기에 자신의 미혼을 증명해줄 수 있는, 그 누구도 없다. 호주머니처럼 속을 뒤집어 보일 수도 없고 그야말로 난감한 상황이었다. 진실을 거짓으로 바꾸기는 쉬운 일이지만, 거짓을 바로 돌려놓기란 여간 힘든 일이 아니라는 생각도 들었다. 그는 아무리 생각해도, 자신을 믿지 못하는 사람에게 설득할 방법이 없었다. 이제 월이와 혼인이 다 성사되었다고 생각했는데, 이제 와 무슨 날벼락인지. 머리를 싸매고 걱정했지만 뾰족한 방법이 없어, 박 서기에게 하소연해 보았다. 박 서기는 이외로 손쉽게 방법을 찾아 주었다.

"김 서기 고향에서 민적(民籍)을 보내달라고 하면 될 것 아니오. 민적에는 장가를 갔는지, 아이가 있는지 다 나타날 것이 아니겠소."

하도 다급하여 미처 생각하지 못했구나 싶었다. 그렇다. 인규에게 면사무소에 가서 호적을 떼어서 우편으로 보내 달라고 하면, 확실하게 자신을 증명해 보일 수 있다. 그는 그제야 빛이 보이며 멎어 있던 심장이 다시 뛰는 듯했다. 어떤 놈이 촌장님 집에 나타나 현규를 안다면서, 헛소리를 쏟아낼 것이다. 최 선생의 사주를 받은 놈이 분명할 것이다. 생각 같아서는 촌장 집에서 그놈을 기다리고 있었으면 좋겠으나, 근무 때문에 그럴 수는 없었다. 하지만 그가 기다리고 있는 줄 알면 나타나지 않을 수도 있다. 나타난다 해도, 서로 대면해서는 "사람을 잘못 본 것 같다"고 말해 버리면 어쩔 수 없는 일이다. 이제는 그럴 필요가 없어졌다. 알지도 못하는 놈이 하는 헛소리와 면사무소에서 발행하는 문서가 어느 쪽이 더 신뢰성이 있을까? 급히 인규에게 편지를 써서 특급우편으로 부쳤다. 직장에서 급히 필요하다며 면사무소에서 호적을 떼어, 특급으로 보내달라고 했다. 그리고 답장을 기다리고 있었다. 미친놈이 월이 집으로 오기는 했을까? 놈이 거짓말을 그럴듯하게 늘어놓는다면 식구들의 마음이 얼마나 혼란스러울까? 특히 월이는 더욱 마음이 편하지 않을 것이다.

26

영숙이가 연애 사건을 일으키고 바깥출입을 금지당한 지 몇 달이 지나갔다. 영숙이 때문에 늘 걱정하고 있던 차에, 덕섬댁과 친하게 지내는 이웃 칠산댁이 조심스럽게 물어왔다. 재작년 아랫동네 덕실댁의 딸이 시집간 지 2년이 채 못되어 첫아이를 낳다 하혈을 심하게 하여 안타깝게도 죽었다. 울산에 살고 있는, 사위 박 서방이 사람이 착하고 인물도 좋아 너무 아깝다며, 다리를 한 번 놓아 볼까? 했다. 영숙이가 명색이 처녀인데 덕섬댁이나 덕섬 어른이 어떻게 생각할지 몰랐기에 칠산댁도 조심스러울 수밖에 없었다. 그때 낳은 딸은 고모가 키워주고 있다고 했다. 농토도 자기 먹을 만큼 있고 양(兩)부모 모두 돌아가셔서 홀가분하다며, 탐나는 자리라고 했다. 흠이라면 아이가 하나 딸렸다는 것이었다. 그것도 남자에게는 그리 큰 흉도 아니라 했다. 다른 조건이 다 좋지 않으냐고 하며, 내키지 않아 하는 덕섬댁을 설득했다. 덕섬댁도 언젠가 그 집 사위를 한번 본 적이 있었다. 동네 사람들 모두 그 집 사위 잘 보았다고 말했던 기억도 났다. 덕섬댁도 마음이 가지 않는 것은 아니었지만, 아이가 딸렸다는 사실이 머뭇거리게 했다. 멀쩡한 처녀를 재취로 보내야 한다는 것이 너무 억울했다. 영숙이가 털털한 성격에 인물도 그만하면 빠지지 않는다. 그런 일만 없었다면 감히 말을 붙여오지도 못했을 것이다. 덕섬 어른도 딱히 내키지는 않았지만, 이러다 영영 혼기를 놓치면 어떻게 될 것인가? 영숙이의 나이가 더 들면, 결국 아이 여럿 딸린 홀아비에게 보낼 수밖에 없게 된다. 그렇지 않아도 그 소문 이후, 중매하겠다는 말이 뚝 끊긴 지 오래되었다. 며칠 동안 생각 끝에, 이것저것 따질 처지가 아니라고 생각하여 혼사를 결정하기로 했다. 먼저 칠산댁이 덕실댁에게 사위를 영숙이에게 새 장가보내는 것이 어떻겠느냐고 타진했다. 혼자된 사위와 고모에게 맡긴 손녀가 불쌍하다며 재혼을 권하고 있던 덕실댁도 영숙이라면 좋다고 하며, 적극적으로 나서겠다 했다. 일은 일사천리로 진행되었다. 연락받은, 박 서방이 덕섬 어른 집을 몰래 다녀갔다. 박 서방은 고개를 들지도 못하고 앉아 있는 영숙이를 보고, 아이만 잘 키워 줄 수 있다면, 자신은 좋다고 했다. 하지만 본인인 영숙이의 생각은 조금도 고려되지 않았다. 영숙이가 내색을 하지 않아, 싫다는 말인지 좋다는 말인지 알 수 없었다. 덕섬 어른은 영숙이가 좋다, 싫다 자기의 뜻을 주장할 수 있는 처지가 아니라고 생각하고 무시해 버렸다. 읍내에 있는, 가야사 절에서 조용히 혼례를 치르기로 했다. 동네 사람들 아무에게도 알리지도 않았고, 덕섬 어른과 덕섬댁, 할머니, 큰아들 병규 그리고 신랑의 삼촌 내외, 신랑, 신부 이렇게만 8명만 참석했다. 불공을 곁들인 간단한 혼례식이 끝난 다음, 절에서 차린 음식을 함께 나누어 먹었다. 영숙이와 박 서방이 할머니와 덕섬 어른 부부에게 인사를 올린 후, 영숙이는 신랑을 따라 울산으로 출발했다. 천 년 전부터 가야사가 자리 잡았다는, 가야산에는 봄이 시작되어 진달래가 흐드러지게 피었고 선명한 초록이 온 산을 뒤덮었다. 영숙이의 사연을 알고 있다는 듯, 소쩍새가 꾹, 꾹 슬피 울었다. 보따리 하나 달랑 들고 훌쩍거리며, 엉거주춤 신랑을 따라가는 영숙이를 배웅하며 할머니와 덕섬댁은 눈물을 흘렸다. 그런 일만 없었다면 뒷 방천에 다 떨어진 짚신 내다 버리듯, 이렇게 아무렇게 혼인시키지는 않았을 것이다. 모든 일이 어쩔 수 없는, 제 년 팔자라고 생각했다.

"아이고, 우리 영숙이 불쌍해서 우짜노. 부디 잘 살아래이." 영숙이를 그렇게 보내놓고, 덕섬댁은 집에 돌아와서도 눈물을 그치지 못했다.

27

　현규는 열흘 만에 도착한 호적문서를 들고 영란촌을 다시 찾았다. 그가 마당에 발을 들여놓자 월이와 그의 언니가 방문을 열고 내다보았다. 월이가 마음고생을 얼마나 했는지, 한눈에 보기에도 침울한 얼굴에 수척해지기까지 했다. 현규를 보고도 인사말 한마디 없이 멍하니 쳐다보기만 한다. 그동안 그 미친놈이 다녀가 집안 분위기를 제대로 망쳐놓은 모양이었다. 놈이 현규에 대해 아는 것처럼 그럴듯하게 거짓말을 늘어놓았다면, 식구들은 긴가민가하면서도 걱정을 많이 했을 것이다. 특히 순진한 월이가 그 말을 그대로 믿지 않았을까? 그가 사랑방으로 들어가자 월이 모친도 따라 들어왔다. 촌장님께 인사를 드리자마자, 바로 호적문서를 내어놓았다.
　"이게 뭔가?"
　"예, 제 호적문서입니다. 이걸 보시면 아시게 될 것입니다."
　현규가 내미는 호적문서를 꼼꼼하게 살핀 촌장은 그제야 구름이 걷힌 듯 얼굴에 밝은 빛이 감돌았다.
　"고향에서 이걸 준비해 왔군. 그래 이게 제일 확실하지. 이제야 모든 의문이 사라졌네. 우리도 그놈 말을 믿지는 않았네, 꼬치꼬치 캐물었더니 어딘지 어색한 구석이 보였어. 자네에 대해 이것저것 물어보았더니, 반은 맞고, 반은 틀렸어. 모르는 사람을 안다고 하려니, 나름대로는 힘이 들었겠지. 나쁜 놈. 누가 시켜서 이런 짓을 했는지? 짐작은 간다만. 그동안 자네를 의심해서 미안하네."
　"우리도 그 사람의 말을 믿어야 할지 말아야 할지, 걱정 많이 했어.

믿지 않으려 해도 아이의 일생이 걸린 중대한 문제이니 무시할 수가 없었어. 이제야 속이 후련해졌네. 우리 월이도, 자네도 마음고생 많았어."

월이 모친도 그제야 마음을 놓은 듯 밝은 표정이 되어 그에게 한마디 했다. 그리고는 곧 바깥을 향해 "월아, 이리 들어와 봐라." 큰소리로 월이를 불렀다.

"그 망할 놈 때문에 아이가 얼마나 속상해했던지."

혼자 말을 했다. 월이가 들어와 현규는 쳐다보지도 않고 어머니 옆에 다소곳이 앉으며 아버지의 말씀을 기다리는 듯, 가만히 쳐다보기만 했다.

"김 서기 고향에서 문서가 왔는데, 호적이 아주 깨끗해. 그놈 말이 전부 거짓말이었어. 그러니 이제부터 걱정하지 않아도 되겠어."

촌장님은 월이를 바라보며 이제 안심해도 된다는 듯, 웃음까지 지어 보이셨다. 월이는 눈물을 글썽이며 앉아 있기가 힘들었던지 뛰쳐나가 버렸다. 현규는 그동안 월이가 얼마나 마음고생을 했으면 저럴까 싶었다.

"이상한 잡음도 들리고 하니, 이번 참에 아예 약혼이라도 해버리면 어떻겠나? 여기 당사자들이 다 모였으니, 의견을 말해 봐. 먼저 약혼부터 해 놓고, 결혼식은 돌아가는 상황 봐가면서 하면 되지 않겠나? 월이는 혼인할 때까지 엄마 옆에서 살림하는 법도 좀 더 배우고. 먼저 자네부터 대답하게."

그러면서 월이를 다시 불렀다. 월이가 들어와 다소곳이 어머니 옆에 앉았다. 이번에는 표정이 환하게 밝아 보였다.

"예, 그렇게 해주신다면, 저야 언제든지 좋습니다."

"당신과 월이 생각은 어떻소?"

"그렇게 하시는 것이 좋겠어요. 자꾸 엉뚱한 소리도 들리고, 정신대 소문도 좋지 않으니. 그렇지 않다면 아직 나이가 어려 좀 더 데리고 있어도 되는데. 월이도 싫지는 않을 것이오. 월아 그렇지?"

"우리가 약혼식 날을 한번 잡아 보겠네. 자네 부모님이 걸리기는 하지만, 여기서 허락을 구할 수도 없고. 약혼은 꼭 결혼하겠다는 약속이니, 자네는 그동안 부모님의 허락을 구하게."

약혼식 날은 송화강 변의 갈대가 아직은 갈색 옷을 완전히 벗지 못했지만, 대지에 숨어 있던 초록빛이 고개를 내미는, 4월 하순이었다. 거리에는 두꺼운 옷을 벗어버린 사람들의 발걸음도 한결 가벼워 보였다. 현규의 고향이라면 봄이 한참 무렵이다. 하지만 이곳에서는 아직 겨울이 미련을 버리지 못하고 서성대고 있었다.

약혼식 때까지도 월이와는 별다른 이야기를 나누어 보지도 못했다. 그동안 둘이 대화를 나눌 기회도 거의 없었을 뿐 아니라, 월이가 수줍어하여 몇 마디 주고받지 못했다. 현규로서는 하늘의 달을 따다 자신의 품속에 넣는 기분이었다.

그날 월이 집에서 음식을 준비하여 식구들끼리 약혼잔치를 했다. 특별하게 식을 치르지는 않았지만 앞으로 둘이 혼인할 것임을 부모님과 식구들 앞에서 약속하는 날이었다. 현규는 통하에 금을 파는 점포가 없어, 하얼빈으로 가는 인편을 통해 작은 금가락지를 준비해, 월이의 하얗고 통통한 손가락에 끼워 주었다. 월이는 반지를 낀 손을 펴

보이며 아이처럼 좋아했다. 그는 김해 집으로 월이와의 약혼을 알리는 편지를 보냈다. 인규의 답장에는, '부모님이 놀라시면서, 이제 형님 마음대로 하라며, 간섭하지 않겠다'고 말씀하셨다 했다. 흔쾌히 허락하시는 것도, 하지 않은 것도 아니지만, 부모님으로서는 얼굴 한번 보지 못한 며느리라, 그럴 수밖에 없을 것이다.

약혼 후, 최 선생도 가만히 있지는 않았다 했다. 술에 취해 월이 집으로 다시 찾아와, 소동을 부렸다고 한다. 울면서 매달리기까지 했지만, 촌장님은 물론 월이도, 이제 약혼했으니, 앞으로 다시는 그러지 말라고 분명하게 잘라 말했다 했다. 두고 보자며 악담을 남기고 갔기에, 그냥 넘어갈 것 같지 않다면서 어떤 행패를 부릴지 알 수 없으니 현규에게 조심하라고 당부했다.

이제 현규도 혼자가 아닌, 가족이 생긴 셈이었다. 약혼하기까지 현규는 월이의 속마음을 알지 못했다. 월이의 뜻도 부모님을 통하여 전해 들었을 뿐이었다. 자유연애가 유행하고 있는 신시대(新時代)에 둘의 만남은 너무 구식이었다. 도시에서 만났다면 소설 속처럼 자연스럽게 사랑을 키워나갔을 것이다. 그들은 약혼한 이후에야 비로소 서로의 사랑을 확인할 수 있었다. 날씨가 따뜻해지면서 둘은 의란 중심지에 나가 중국요리를 먹기도, 갈대숲과 하얀 모래사장이 펼쳐져 있는 송화강 변을 걷기도 했다. 강변에서 현규는 월이의 손을 처음 잡았다. 월이의 떨림이 고스란히 전해졌다. 현규는 세상을 다 얻은 듯 행복했다. 물안개가 아슴아슴 피어오르는 강변에 앉아, 둘은 같이 하게 될 미래에 대한 꿈을 꾸었다. 현규는 봄이 움트는, 송화강이 이렇게 아름다운 줄 새삼 알게 되었다.

"월이 씨는 정말 내가 좋기는 해요? 나는 월이 씨가 부모님이 시켜서 할 수 없이 약혼한 줄 알았지요."

"그런 걱정을 하였어요? 내가 싫은 사람과 약혼할 사람 같아 보여요?"

"그럼 여태껏 왜 나에게 말 한마디 안 했어요? 사실 나는 작년에 하얼빈에서 통화로 오는 날, 처음 보고 결혼하고 싶었어요. 결국 소원을 이루게 되었지만."

"나도 그날 여기 아저씨는 아닌데? 어디 사람이지? 했어요."

"나를 처음 보고 아무 생각도 없었어요?"

"누구인가 했어요. 인상이 나쁘지는 않았어요. 지난번 비적들에게 납치되었다는 소식을 듣고 정말 걱정 많이 했어요."

"월이 씨는 나의 고향이 궁금하지 않아요?"

"말만 듣던 조선 땅이 어떤지 가보고 싶기도 해요."

"여기보다 훨씬 따뜻하고, 좋은 곳이지요. 언젠가 같이 가야 해요."

이곳에서 태어난, 월이는 한 번도 가보지 못한 고국에 대한 막연한 그리움이 있을 것이다. 자신의 부모님이 나고 자란, 원 고향이라는 곳이 어떤지? 궁금할 것이다. 현규는 약혼한 이후에는 주말이면 150리 길도 멀다 않고, 풀 방구리 쥐 드나들듯 다녔다. 몇 시간씩 마차를 타야 하는 먼 길도, 그의 걸음을 멈추게 하지는 못했다. 식구들 누구도 둘을 간섭하지 않았고, 벌써 그 집의 사위가 다 된 듯했다.

28

추위가 한결 힘을 잃어가고 있기는 해도, 아직은 멀었다. 여섯 달 동안의 겨울 중, 이제 마지막 한 달이 남았다. 날카로운 바람은 여전하지만, 송화강은 얼음이 녹기 시작하여 가운데 부분에는 물이 잔잔하게 출렁거린다. 대지에 초록이 얼굴을 뾰족이 내보이며 햇살이 점점 두터워지고 있었다.

만선일보는 중일전쟁이 점점 격렬해지고 있다고 전하고 있지만, 승전 소식이 끊긴 지는 오래였다. 아시아와 태평양에서 동시에 전쟁을 수행하고 있는, 일본이 힘겨워하는 조짐을 보이는 듯했다. 싱가폴 공략 때와 같은, 축제 분위기는 사라졌다. 전쟁이 별다른 성과를 내지 못하고 전진과 후퇴를 반복하는 소강 상태로 접어든 것 같았다.

그런 가운데 농가들이 지난가을에 수확하여 납부해야 할, 연부금과 대출금, 이자 등이 이제 거의 다 들어왔다. 대부분의 농가는 가을에 수확하여, 이듬해 봄까지는 그해 납부를 끝내기 때문이었다. 아직 납부하지 못한 농가들은 체납된 채, 해를 넘길 수 있는 상황이었다. 본부로 보내야 할, 금년도 목표량도 달성하지 못했다. 본부로부터 독촉이 심해, 소장도, 모리 주임도 독이 바짝 올라 있었다. 농민들을 직접 상대해야 하는 조선인 직원들의 입장은 더욱 난처해질 수밖에 없었다. 현규도, 박 서기도 부지런히 출장을 다니며 농민들을 닦달하고 있지만, 기대할 만한 실적은 오르지 않고 있었다. 현규는 일본의 침략전쟁을 위해 애쓰고 있는, 자신이 한없이 부끄럽다는 생각이 들었지만 만척을 그만두지 않는 한, 어쩔 수 없는 일이었다. 모리 주임은 현규의 수금 능력을 매일 같이 문제 삼았다.

"가네야마 상, 이렇게 저조한 실적으로 천황폐하가 내리신 은혜에 보답할 수 있겠어? 좀 더 열심히 할 수 없어? 남방 전선에라도 보내줄까? 체납한 농가를 뒤져보면 분명 집안 어디에 숨겨 놓았을 거야. 그걸 찾아내란 말이야."

모리 주임의 말처럼 현규가 맡은 구역은 실적이 꼴찌로, 체납 농가들이 가장 많았다. 실적을 올리려면 농가를 샅샅이 뒤져 식구들의 생명줄인, 숨겨 놓은 식량까지 빼앗아 와야 하지만 그럴 수는 없는 일이었다. 어느 지소에서는 숨겨 놓은 벼를 찾아내기 위해 사냥개까지 동원한다는 이야기를 들은 적도 있었다. 보다 못한 모리 주임이 직접 나서, 체납 농가에 경고장을 돌리기도, 몇몇 농가는 경작권을 박탈하기도 했다. 경작권을 박탈한 후에는 고발조치가 뒤따랐다. 도주해 버리면, 그동안의 대출금과 이자 등은 떼일 수밖에 없기 때문이었다.

만척의 안전농가 사업은 이주 농민들에게 빚만 지우는 결과를 초래했다. 연부금 및 대출금 이자가 비싸, 제때 갚아나가지 못하면 자꾸만 불어나 감당할 수 있는 한계를 벗어나게 된다. 거기에다 흉년이라도 들었다 하면 곧바로 문제가 생기고 만다. 장기 체납자가 된, 농민들이 수차례 경고장을 받게 되면 심리적 압박감을 견디지 못한다. 더구나 경작권까지 박탈당하게 되면, 살길이 막막해진 이들은 여간 난감한 일이 아닐 것이다. 이들에게는 차라리 농사지어 수확량에 따라 소작료를 바치는 편이 훨씬 마음이 편할 수 있을 것이다. 자작농의 꿈이 헛되었다는 사실을 알고는 도망갈 기회를 엿보게 된다. 다른 지방에 친척이라도 있으면 그쪽에 소작 자리를 알아보아, 몰래 야반도주를 하고 만다. 붙잡히면 경찰에 넘겨져 구타당하고 감옥에도 갇힐 수도 있기에 멀리 꼭꼭 숨어 버린다. 도주할 곳이라도 있는 사람은 그래도 나은 편이다. 갈 곳이 없는 농민들은 낯선 이국땅에서 유랑민 신세가 될 수밖에 없다.

　대부분 이들이 떠나고 한참 후에서야 알려진다. 도주한 농가가 생길 때마다 모리 주임은 직원들을 닦달하며, 어디로 도망갔는지 알아보라고 한다. 어디로 갔는지 수소문해보려고 해도 누구도 가르쳐 주지 않는다. 모두가 동병상련을 앓고 있기에 이웃도 떠난 사실을 숨겨 주기 때문이었다. 모리 주임이 아무리 다그쳐도, 경찰에 고발해도 소용이 없었다. 앞으로도 얼마나 많은 가구가 사라져 버릴지 알 수 없는 일이었다. 이주해 오는 농민들을 제대로 정착시키려면, 만척이 정책을 바꾸어야 했다. 농민들에게 농사지을 수 있을 만큼 충분한 토지를 제공하고, 토지 부금이니 정착 자금의 상환 기한 연장뿐만 아니라 이자도 훨씬 싸야 했다.

　그런 중에 만척 상지 지소 직원과 이주 농민 간 다툼으로 칼부림이 나, 직원이 크게 다치고 농민은 붙들려 갔다는 소문이 들렸다. 무엇 때문에 다툼이 일어났는지 충분히 짐작할 수 있었다. 남의 일 같지 않은, 사건으로 현규나 박 서기를 더욱 우울하게 했다. 조선 직원들은 농민들을 최대한 위한다 해도, 그들은 만족해하지 못한다. 농민들의 요구사항은 대부분 담당자가 해결해 줄 수 없는 문제들이었다.

　세상이 어수선한 가운데에서도 농사철은 어김없이 돌아와, 조선인 농가들은 모심기 준비가 한창이었다. 농사일은 한 해도 거를 수 없는, 농민들의 본능적 생산 활동이라 할 수 있을 것이다. 인적이 끊겼던 겨울철과 달리, 들판에는 농우를 몰고 쟁기질하는 농민들의 모습이 곳곳에서 보였다. 중국인들이 옥수수 파종하는 시기이기도 하다.

모심기 때가 되면 새참이나 점심을 머리에 인, 아낙네의 모습이 보이고, 고향의 농요 소리도 들려온다. 농사짓는 모든 과정을 고스란히 담아 왔기에 고향과 조금도 다르지 않았다. 농민들이 농사를 짓고 있지만, 사실 북만주는 쌀농사에 그리 좋은 조건은 아니었다. 조선 농민들이 이주 해오면서부터 습지를 논으로 개간, 쌀농사를 시작하게 되었다. 일설에는 쌀농사는 북간도 통화(通化)에서 제일 먼저 시작했다고 한다. 그곳에서부터 점차 북쪽과 서쪽으로 진행되다 결국 북만주의 제일 끝, 삼강 지역까지 오게 된 것이었다. 조선 농민들은 모든 악조건을 극복하고 벼농사 한계선을 북만주 끝까지 끌어올렸다. 생존을 위한 투쟁의 결과라고 할 수 있을 것이다.

비록 북만주가 혹독하게 추운 곳이라 해도 여름이면 25도 이상 올라가는 더운 날이 150일 이상 되기에 쌀농사가 가능했다. 여름과 겨울, 낮과 밤의 기온 차가 현격히 커, 벼 병충해가 거의 없으며, 건조한 대륙이라 해도 습지가 많았다. 봄 모내기 철에 비가 많이 오지 않지만, 연중 강수량은 부족하지 않다. 생육기인 6월부터 8월까지는 비가 많이 내려도 수확기에는 비가 거의 내리지 않아, 충분한 건조를 할 수 있어 쌀의 변질도 막을 수 있다. 논에 따라 다르겠지만 마지기당 소출량도 조선과 비슷했다. 땅도 새까만 흑토로 비옥하여 쌀이 기름졌다. 벼 종자를 고국에서 가지고 왔기에, 쌀의 질(質)도 조선보다 떨어지지 않는다고 한다.

29

 약혼식을 치른 지 얼마 지나지 않은, 주말에 현규가 월이 집에 도착했을 때 초상집처럼 분위기가 침울해 있었다. 며칠 전 의란 경찰서에서 촌장님을 연행해 갔다고 했다. 무엇 때문인지 이유도 모른다고 했다. 경찰의 요시찰 대상이라 해도, 이곳에 정착한 이후에는 불려가거나 특별히 경고를 받은 적도 없었다 한다. 월이 삼촌도 아직 모르고 있었는지, 현규에게 아무런 소식도 전해 주지 않았다. 며칠 동안 마음고생을 얼마나 했는지 식구들 모두 제 얼굴이 아니었다. 눈이 퉁퉁 부은 월이가 현규를 보자, 다시 울음을 터트렸다.
 "경찰이 왜 아버지를 잡아갔는지, 짐작은 하고 있어요. 오빠 때문인 것 같아요. 오빠가 중경 임시정부에서 광복군 훈련을 받고 있다는 사실을 알아차린 모양이어요. 오빠뿐 아니라 아버지가 아직 임정 요인들과 연락을 주고받고 있다고 의심하고 있는 것 같아요. 아버지는 이제 독립운동 관련 일에서 손을 놓은 지가 오래되었지만 믿지 않는 모양이지요."
 "오빠가 광복군이라는 사실을 어떻게 알았을까?"
 월이 오빠가 광복군으로 훈련 중이라는 사실은 현규도 약혼식 후에 알았다. 그만큼 식구들 외는 누구도 모르고 있었다.
 "이 사실을 아는 사람이라고는 식구들과 가까운 친척 몇몇뿐이어요. 오빠는 열여덟 살에 상해 쪽으로 갔어요. 나보다는 일곱 살 위이고요. 임시정부가 일본군이 점령하지 못한, 중경에 가 있어 큰 걱정은 하지 않고 있었어요. 틀림없이 누군가가 경찰에게 오빠 정보를 일렀을 것이라고 해요."

"어느 놈이 밀고했을까? 짐작이 가는 사람이라도 있어? 연세 많으신 분이 고문은 당하지 않으시는지?"

"뭔가 잡히는 것은 있어요. 식구들 모두 최 선생을 의심하고 있어요. 최 선생이 앙심을 품고 해코질 할 것이라고, 걱정하고 있었던 참이어요. 아버지와 같이 독립운동한 최 선생 삼촌을 통해 알았을 것이라고 짐작하고 있어요. 최 선생 삼촌은 어릴 때부터 오빠를 보아왔기 때문에 우리 집 일을 어느 정도 알고 있을 거예요. 최 선생이 오빠가 있는 줄은 알았지만 보이지 않자, 무엇을 하는지, 어떻게 해서 알아내고는 경찰에게 귀띔해준 것 같아요."

"정말 최 선생 짓이라면 독립군 이름으로 처형이라도 해야 할 인간이네요."

현규도 화가 나, 과격한 말을 내뱉었다. 식구들은 아무래도 최 선생 짓이라고 생각하는 것 같았다. 최 선생이라면 충분히 그럴 수 있는 사람이다.

"누가 아버님에게 면회 가보았어요? 지금은 전시(戰時)라 저들의 신경이 더욱 날카로워져 있을 때인데, 고문은 당하지 않으셨는지?"

"어머니 혼자밖에 면회가 되지 않는다고 해요. 아직 조사할 일이 남아 있어, 보내주지 않는다고 하나 봐요. 몸이 그리 많이 상한 것 같지는 않지만, 식사를 통 못하신다고 해요. 경찰서 유치장에는 사식도 못 넣게 한대요. 어머니가 면회해도 순사가 옆을 지키고 있어, 자세히 물어볼 수도 없다고 해요. 잘못하면 아버지가 또 감옥살이 해야 할지도 모른다고 겁을 주고 있다 하네요. 아버지가 오빠 일을 바로 이야기할 리 만무하기 때문이지요. 돌아가실 만큼 고문당하더라도 말하지 않으실 거예요. 아들이 어릴 때 집을 나가 연락 끊어진 지 오래됐다고, 어디에 있는지 모른다고 하실 것 아니어요. 임시정부와의 연락도 부인할 거고요."

"아마 경찰에서도 나름대로 오빠의 행방을 조회하다, 찾지 못하면 결국 행방불명자로 처리하지 않을까? 그렇게 된다면 아버님은 풀려나지 않겠어?"

"그랬으면 얼마나 좋겠어요. 아버지가 의란 경찰서에서 하얼빈 경찰국으로 넘어가기 전에 풀려나야 하는데, 그쪽으로 가면 일이 커져, 나오기가 힘들다고 해요."

현규로서는 월이를 어떻게 위로해야 할지, 그가 할 수 있는 일이라고는 아무것도 없어, 그저 안쓰럽기만 했다.

근래 시국도 많이 달라졌다. 처음에는 필요한 경우, 정부 공장이나 사업장에만 노동자를 모집하여 일을 시킬 수 있다 했다. 하지만 작년부터는 민간 군수공장에도 보낼 수 있다고 하더니, 금년에는 국민의 의무로 바뀌었다 했다. 전쟁이 격해지자 군수 물자를 생산할 수 있는 노동력을 확보하기 위해, 강제 동원으로 바뀐 것이었다. 지금까지의 정신대는 알선이나 모집을 통한 자발적 지원이었으나, 이제 개인이나 학교, 단체를 통해 강제로 끌고 갈 수 있다고 했다. 곳곳에서 강제징집, 징용 소식도 들려오기 시작했고 장성한 자녀들이 있는, 가정마다 전전긍긍하고 있었다. 징용이나 정신대 등은 중국 사람들이라고 다르지 않았다. 9월에는 이탈리아의 항복 소식도 전해졌다. 일본은 이탈리아의 무솔리니, 독일의 히틀러와 함께 3국 군사동맹을 결성했는데 맨 먼저 이탈리아가 항복해 버린 것이었다. 하지만 하야시 소장은 "이탈리아 항복은 우리 일본과는 아무 상관없는 일이다. 제국 신민의 신념은 부동이며, 천황 폐하를 중심으로 모두 일심단결해야 한다"는 훈시를 내놓았다.

결국 촌장님이 하얼빈 감옥에 수감되셨다. 촌장님이 하얼빈 경찰국으로 송치된 이후, 큰아들의 신원을 조회하여 어디에 있는지 밝혀냈다고 한다. 중경 임시정부에서 광복군으로 활동하고 있다는 사실을 확인했지만, 일본군이 중경을 점령하지 못한 상태라 체포할 수 없어, 수배만 내려놓았다 했다. 촌장님이 임정과 어떤 연락을 주고받고 있는지 조사를 해봐도 아무것도 밝혀내지 못했지만, 연좌제에 걸려 6개월의 실형을 선고받고 하얼빈 감옥에 투옥되고 말았다. 그래도 가벼운 사건으로, 형이 적게 선고된 것이라 했다. 월이 모친이 하얼빈으로 따라가, 그곳에서 공부하고 있는 아들과 같이 기거하며 옥바라지를 해야 했다. 그의 꿈 같은 약혼 시절은 촌장님의 투옥으로 인해, 즐거움이 사라지고 말았다. 현규는 여전히 주말마다 영란촌으로 달려가, 걸핏하면 훌쩍거리는 월이를 위로해 주어야 했다. 월이 언니 내외가 집안일이며 농사를 짓고 있어, 집은 별문제 없지만, 현규와 월이의 결혼식이 문제였다. 응당 촌장님이 출감하실 때까지 미루어야 하지만 정신대 때문에 기다릴 수 없는 상황이었다. 부림촌, 사방포 등 곳곳에서 처녀들이 자발적임을 위장하기 위해 손도장을 찍고 잡혀갔다는 이야기도 들려왔다. 노임을 주는 근로정신대라고 하지만, 전선으로 보내져 군인들의 노리갯감이 되기도 한다는 소문도 돌았다. 현규와 월이의 결혼도 더는 더 미룰 수 없게 되었다. 언제 월이에게 정신대에 나오라는 통지가 날아올지 알 수 없어, 하루하루 마음을 졸여야 했다. 감옥에 계신 촌장님은 자신은 개의치 말고 월이의 결혼식을 서두르라고 하시면서, 어머니를 영란촌으로 돌려보내셨다.

30

촌장님의 투옥으로 결혼이 늦어졌지만, 이제는 하루도 지체할 수 없는 상황이 되었다. 월이 모친이 촌장님 옥바라지를 제쳐놓고 영란촌으로 돌아오신 지, 닷새 후 허겁지겁 결혼 날을 잡았다. 그래도 약혼 이후 결혼 준비를 조금씩 해 놓았기에 급하게 날을 잡을 수 있었다. 이제 본격적으로 겨울이 시작되려는 시기로, 송화강도 가을을 마감하려 하고 있었다. 현규는 부모님에게 혼인을 알리는 편지를 보냈다. 금순이와의 혼인을 마다하고 이곳으로 온 지도 벌써 한 해가 다 되었다. 자신을 낳고 길러주신 부모님이 같이할 수 없는, 현실이 안타까웠다. 이곳이 고향과 같은 하늘 아래 있다고 하지만 6천 리도 넘게 떨어져 있다. 월이도 아버지가 참석하지 못하는 결혼식을 해야 할 수밖에 없었다.

1943년(쇼와 18년), 10월 20일, 늦은 가을, 현규와 월이의 혼례식이 치러졌다. 현규는 경신(庚申)생, 스물네 살이었고 월이는 병인(丙寅)생, 열여덟 살로 둘은 여섯 살 차이가 났다. 이틀 전에 내린, 첫눈으로 들판과 마을 길에도 하얀 눈이 쌓였다. 결혼식 당일에는 날씨도 화창했고 온 세상이 눈으로 덮여 눈이 부셨다. 고향이라면 제대로 격식을 따라야 하지만 이곳에서는 모든 절차를 생략하고, 간편하게 치르기로 했다. 비록 신랑 부모님과 신부 아버지가 참석하지 못한 결혼식이지만 마당에 대례 상이 차려졌고, 신랑 신부의 맞절로 시작한, 예식은 그리 오래 걸리지 않았다. 촌장님의 투옥으로 분위기가 무거웠지만, 이날은 영란촌의 마을 잔치였다. 월이 어머님은 막내딸을 시집보내면서 섭섭함을 감추지 못하시고 눈시울을 붉히셨다. 촌장 어른이 감옥에 계시는데, 혼자 딸 결혼식을 치르려니 마음이 착잡하셨을 것이다. 신부인 월이도 내내 훌쩍거렸다. 현규도 촌장 어른과 부모님을 생각하며 마음이 아팠다. 부모님이 계셨으면 얼마나 좋았을까, 할머니도 예쁜 월이를 보았다면 한없이 좋아하셨을 것이다. 하객들 가운데에는 신랑을 처음 보는 사람들도 많았다. 아낙네들은 "저런 알밤 같은 총각이 어떻게 이 먼 곳까지 찾아왔을꼬? 제 인연은 다 따로 있는 모양이제."라며 먼 고국에서 온 신랑의 인물이 좋다며, 한마디씩 했다. 만척 직원들은 누구도 참석하지 않았다. 현규가 약혼한 이후, 처가댁이 독립운동하던 집안인 게 어떻게 알려졌던 모양이었다. 당연히 하야시 소장과 모리 주임은 참석하지 않았으며, 다른 직원들의 참석도 허락하지 않았다.

월이 모친은 하객들에게 촌장님 때문에 우울해하면 새 출발 하는 신랑 신부에게 좋지 않다고, 마음껏 먹고 마시며 즐기라고 당부하셨다. 돼지 한 마리를 잡아, 100여 명 가까이 모인 마을 사람들이 먹고 취하며, 타향살이의 서러움을 한껏 달랬다. 현규는 1년 전쯤 이곳으로 오는 마차에서 처음 만난 이후, 꿈속에서도 그리던 월이가 자신의 아내가 되었다는, 사실이 꿈만 같고 가슴이 벅찼다. 이제야 무엇 때문에 이 먼 곳까지 오게 되었는지, 그 의미가 분명해졌다. 양가의 부모님 중 오직 월이 모친밖에 참석하지 못했다. 월이 모친은 큰절을 드리는 현규에게 당부의 말씀을 하셨다.

"오늘같이 좋은 날 자네 부모님도, 월이 아버지도 참석하지 못해 섭섭하지만, 시국이 이러니 어쩔 수 없네. 우리 월이가 자라는 동안 고생을 많이 했어. 이사만 해도 몇십 번을 다녔는지, 기억도 나지 않아. 이리저리 옮겨 다니면서 공부도 제대로 하지 못했네. 자네와는 나이 차이가 많을 뿐 아니라 아직 철이 없으니, 잘 가르치면서 품어 주기를 부탁하네. 남남이 만나 같이 살아가려면 서로 뜻이 안 맞는 경우도 많을 것이다, 그럴 때도 자네가 토닥거려 주게."

월이에게도 한 말씀 하셨다.

"여필종부라고 남편을 하늘같이 받들고 따라야 한다. 앞으로 정세에 따라 너희들이 어디에서 살게 될지는 알 수 없지만, 결국에는 고향에 가게 될 터이니, 시부모님도 잘 섬겨야 한다."

그날 오후, 의란진 사진관에서 평생 살아가면서 영원히 간직하게 될 기념사진을 찍었다. 조명 화약이 뻔쩍하며 터지는 통에 깜짝 놀란, 월이가 눈을 깜빡 감았다 하여, 다시 찍기도 했다. 현규는 보타이에 곤색 양복을 입었고, 그의 팔짱을 낀 월이는 연옥색 치마저고리에 하얀 면사포를 썼다.

현규는 한 주일을 쉬고 바로 업무에 복귀해야 했다. 농민들의 수확이 거의 끝난 시기라, 각종 납부금이 지소로 들어오기 시작하는, 바쁜 시기였기 때문이다. 월이는 아버지가 출감하실 때까지 영란촌에 그대로 머물기로 했다. 현규는 약혼 때와 마찬가지로 주말이면 영란촌으로 와야 했다. 촌장님은 봄에 수감되어 여름을 거쳐, 겨울에 출감하셨다. 그동안 월이 어머니가 정성껏 옥바라지했지만, 촌장님은 더욱 수척해져 몸을 제대로 가누지 못하실 지경이었다.

촌장님이 출감하시자, 하루도 월이와 떨어져 있기 싫어, 통하에 신혼집을 마련했다. 중국 사람 집의 방 2칸짜리 아래채를 빌렸다. 월이가 새살림을 사는 데 불편함이 없도록 깨끗하게 수리했다. 간단한 세간살이를 준비하여 소꿉놀이 같은 신혼살림을 시작했다. 현규는 월이가 청소와 집안일을 끝낸 후, 종일 자신을 기다리고 있다고 생각하면, 일이 손에 잡히지 않았다. 당장이라도 월이에게 달려가 같이 있고 싶었다. 이렇게 행복해도 되나? 싶을 정도로 꿈만 같았다. 촌장님이 어느 정도 몸을 추스른 이후, 장모님은 150리 길도 멀다 않고 오셔서 밑반찬을 해주시기도, 월이에게 살림을 가르치기도 하셨다. 장모님은 글씨뿐 아니라 손재주까지 뛰어난 분으로 잠시도 손뜨개를 놓지 않으셨다. 전시(戰時)라 털실 구하기도 힘드셨을 터인데 어떻게 구하셨는지 현규의 두툼한 스웨터도 떠주셨다. 이곳도 고향과 마찬가지로 닷새마다 장이 섰다. 통하진 중심지에 주로 중국 사람들이 길거리에 좌판을 펴놓고 장사를 했다. 소나 돼지를 잡아 고깃덩어리를 쇠고리에 꽂아서 팔기도 하고 생필품도 팔았다. 강이 가까이 있어, 민물 생선도 많았다. 현규와 월이의 신혼 생활은 시끄러운 바깥세상과 상관없이 행복하기만 했다.

31

쇼와 19년(1944년) 2월 11일 일본 건국 기념일인 기원절(紀元節)을 지내고, 뒤이어 4월 29일 쇼와 천황의 생일인 천장절(天長節)을 지냈다. 이날은 공휴일이지만 사무실에서 전 직원들이 남쪽 도쿄 황궁을 향하여 절하고, 천황의 만수무강을 비는 "천황 폐하 만세"를 삼창하는 등 기념식을 거행했다. 이 기원절과 천장절 행사는 현규가 하동 군청에 근무할 때도 어김없이 치러졌다.

전쟁이 치열해지면서 병력이 부족해진, 일본 정부가 3월에는 조선 청년들에게도 징병제를 법률로 공포, 8월부터 시행에 들어간다는 기사가 보도되었다. 대학생들에게 징집을 유예하던 조치도 폐지되었다고 했다. 전쟁이 어지간히 다급했던지 18세에서 45세까지의 예비군 남자들도 소집한다고 했다. 조선인들도 일본, 조선, 만주 어디에 살든지 내선일체 정책으로 징집을 피할 수 없게 되었다. 만주국 내의 조선 교민들은 이중 국적자라 할 수 있지만, 실지로는 무국적자나 다름없는 취급을 받았다. 그렇다 해도 징집은 어김없이 시행되었다.

다급한 정세 때문인지 만척 본부로부터의 독촉도 더욱 심해졌다. 현규는 내키지 않지만 부림촌으로 출장을 나서야 했다. 출장은 언제나 마음이 무거웠다. 부림촌은 통하에서 50리쯤 떨어진 곳이었다. 이 마을은 영동 쪽에서 온 정착민들로 50여 가구가 분산되어 살고 있었다. 정착촌이 들어선 지 오래되지 않았지만, 농가들은 그런대로 자리를 잡아가고 있었다. 그런 가운데 악성 체납 농가가 몇 집 있어, 모리 주임의 성화로 출장을 가게 되었다. 그중 유독 한 집이 체납액이 많았다. 당장이라도 경작권을 박탈해야 할 집이었다. 찾아가자 40대 주인 남자가 야위어 뼈만 남은 모습으로 누워 있었다. 말하기조차 힘겨워 보였다.

"이렇게 몸이 아파 누워 있으니, 빚도 못 갚고 있어요. 내가 지금 농사는커녕 일어날 힘도 없어요. 몸져누운 지 벌써 3년이나 되었소."

"그럼 그동안 농사는 누가 지었어요?"

"마누라가 애들 데리고 짓는다고 하고 있지만 제대로 소출을 내지 못하고 있어요."

"대체 무슨 병인데 그래요?"

"병원에 가보지 않아서 모르겠어요."

병명도 모르면서 몇 년째 아프다고 한다. 돈이 없어 병원에 갈 엄두도 못 내고 이웃들이 좋다고 하는 조약을 이것저것 먹는다고 했다. 이유 없이 온몸에서 힘이 빠져, 이제는 일어나기조차 힘들다고 한다. 이런 곳에서 몸이 아프면 그야말로 속수무책이다. 현 중심지에 의사와 약국이 있기는 하지만 돈도 그렇고, 길도 멀다. 아이들 5명 중 제일 큰애가 열한 살 계집아이였다. 개간은 몸이 성할 때 해 놓았지만, 농사를 지을 수 없는, 딱한 지경이었다. 여자가 아이들을 데리고 농사를 짓는다고 하지만 제대로 수확을 내지 못하고 있다 한다. 수년째 이러고 있어, 밥도 제대로 먹지 못한다 했다. 세간살이며, 해 놓고 사는 모습이나 아이들의 입성을 보아, 찢어지게 가난하다는 사실이 한눈에 읽혔다. 이런 형편에 부금이며 대부금을 어떻게 갚을 수 있으며, 잘살아 보겠다고 먼 타국까지 와서 이게 무슨 꼴인지? 현규는 돈을 내라는 말도, 경작권을 박탈하겠다는 말도 할 수 없었다. 경작권 박탈은 식구들을 죽음으로 내모는 것과 다름없는 일이다. 이 집은 도망도 갈 수 없는, 막다른 골목에 내몰린 셈이었다. 오히려 병원비라도 내어놓고 나와야 할 형편이었다. 딱한 사정이 하야시 소장이나 모리 주임에게 먹힐 리가 없었다. 소장 입장으로는 이런 집이 한두 집이 아닐 것이다. 그는 아낙네에게 너무 걱정하지 말라면서 지갑을 꺼내 5원을 쥐여주며 병원에 한 번 데리고 가보라고 하고 나왔다. 아주머니는 은인이라도 만난 듯 굽신거리며 고맙다는 말을 열 번도 더했다. 세상은 참 고르지 않다는 생각이 들었다. 똑같은 날 이곳에 와서, 똑같은 넓이의 농지를 얻어 똑같이 시작했지만, 누구는 살 만해졌고 누구는 아직 밥도 못 먹을 지경이다. 제각기 다른 이유겠지만, 이래서 잘살고 못사는 사람들이 생기는가 보았다. 무거운 마음으로 돌아오면서, 이런 집을 어떻게 하든, 도와주고 싶었다. 멀고 먼 객지에서 경작권까지 박탈당하고, 울며 매달리는 아낙네가 눈에 선했다. 어떻게 하면 모리 주임이 모르게 도와줄 수 있을까? 생각다 못해, 장부를 조작하기로 했다. 대출금은 현금이 아닌, 주로 현물로 들어오기에 조금 모자란다 해도 알 수 없다. 창고에 수백 가마씩 쌓이는 벼가, 장부와 몇 가마 정도 차이가 난다 해도 세밀한 검사를 하지 않는 한 누구도 알 수 없을 것이다. 그는 돌아와서 50원이 현물로 입금된 것처럼 장부에 기록했다. 밀린 대출금이 더 많았지만 우선 그것만이라도 처리했다. 조금이라도 들어오기만 하면, 일단 경작권 박탈을 지체시킬 수 있기 때문이다. 모리 주임이 창고 장부와 일일이 대조하지 않는다면 얼마 동안은 넘어갈 수 있을 것이다. 발각된다면 자신의 돈으로 채워 넣든지, 징집 통보인, 빨간딱지도 각오해야 했다. 그렇지 않아도 월이와 결혼한 이후 모리 주임이 매사에 자신을 의심하는 듯, 꼬투리를 잡으려고 지켜보고 있을 것이다. 잘못된 일인 줄 알지만 어려운 농가를 도울 수 있는, 다른 방법이 없었다. 이런 집이 한두 집이 아닌데, 어떻게 해야 할지 그로서도 고민이었다. 만척을 그만두고 싶었지만, 결혼까지 한 몸이라, 이런 가볍게 처신할 수도 없었다. 이런 시기에 그만두면 당장 군대 영장이 나올 것이다.

32

  식구들이 저녁을 먹고 있을 때, 막내 혜숙이가 깜박 잊고 있었다면서 낮에 현규 오빠한테서 편지가 왔다며 내어놓았다. 약혼한다는 편지가 온 지 몇 달 된 듯한데, 이제 결혼한다는 편지였다. 금순이가 싫다고 떠난 지 채 일 년도 넘지 않았는데, 그새 다른 처녀와 혼인한다고 했다. 현규가 그렇게 먼 곳에서 금방 색시를 구해 혼인하는 것을 보면 하늘이 정해준 짝이 따로 있는 것 같았다. 제짝은 어디에 있어도 반드시 만나게 된다더니, 제 색시를 만나려고 그 먼 곳까지 간 모양이었다.

지난번 편지에 신부는 북만주에서 만난, 열여덟 살 처녀라고 한다. 경주 이씨로 안동의 유학자 집안으로 부친이 독립운동을 하느라, 식구들이 만주에 살고 있다 했다. 장인 될 사람은 이름난 독립운동가라고도 했다. 안동이라면 양반들이 많이 살기로 소문 난 곳이다. 이제는 세상이 바뀌어, 돈만 있으면 얼마든지 양반이 되는 세상에 그까짓 집안이 그리 대수인가 할 수도 있다. 하지만 집안이 좋다는 말은 며느리 될 처녀가 가정교육을 제대로 받았다는 이야기와 같다. 더구나 사돈 될 사람이 나라를 위해 큰일을 한, 사람이라고 한다. 독립운동가 사돈이라니, 어디 가서 자랑이라도 하고 싶은 심정이지만 대놓고 소문을 낼 수는 없는 일이다. 사돈이 독립운동가란 사실이 알려지면 무슨 일을 당하게 될지 알 수 없기 때문이다. 덕섬 어른이 보지는 못했지만 그런 며느리가 우리 집에 들어온다면 더없이 경사스러운 일이라고 생각했다.

자식의 결혼은 집안의 중대사인데 부모가 되어, 혼인 주관은커녕 먼 산에 불구경하듯 하고 있으려니 참으로 안타까웠다. 열 일을 제쳐 놓고 가야 하지만, 워낙 멀리 떨어져 있으니, 앉은뱅이 용쓰듯 애만 쓰일 뿐이었다. 할머니와 덕섬댁은 현규가 혼인한다고 하니, 무조건 좋아하셨다. 하지만 부모가 등잔불처럼 두 눈을 훤하게 뜨고 있는데, 혼자서 장가가는 자식이 안됐다며 몇 번씩이나 혀를 차며 눈물까지 보이셨다. 일가친척 하나 없이 결혼식을 치러야 하는 현규는 얼마나 섭섭할까? 잔치 준비는 누가 어떻게 할 것인가? 처가가 있다고 하지만 신랑집 할 일이 따로 있고 신붓집 할 일 따로 있다. 금순이와 혼인시키려고 준비해 놓은 혼숫감도 보내주었으면 좋으련만 보낼 길이 없다. 새 며느리가 보고 싶기도, 기대도 되었다. 식구들 모두 현규 색시가 궁금해 죽을 지경이었다. 작은며느리는 부디 첫아들을 낳아야 할 터인데, 큰며느리처럼 딸만 낳으면 큰일이다. 큰딸을 재취 자리에 보내놓고 마음이 좋지 않던 차에 현규가 좋은 집안 처녀와 결혼한다니 속이 좀 풀리는 듯했다.

　울산으로 시집보낸 영숙이는 몇 달이 지나도 소식이 없었다. 보따리 하나 달랑 들고 훌쩍거리며 남편을 따라간, 영숙이는 남이 낳은 아이를 키우며 잘살고 있는지? 영숙이가 성격이 털털해 이것저것 다 털어 버리고 잘 살 것으로 생각하고 있지만, 마음을 놓지 못하고 있었다. 덕섬댁은 아직도 그 딸을 생각하면 밥을 먹다가도 목이 메인다고 한다.

33

　"장마당에서 최승일 선생을 보았어요. 어떤 사람과 둘이서 이야기를 하면서 지나가고 있어, 마주치지는 않았어요. 이제 그 사람 보기만 해도 무서워요. 또 무슨 짓을 하려는지? 왠지 불길한 생각이 들어요. 조심해야겠어요."

　현규가 퇴근하여 집에 들어가자, 월이가 최 선생을 보았다는 이야기를 했다. 현규도 단번에 불길한 생각이 들었다. 여우처럼 교활한 놈이 또 무슨 일을 꾸밀지 알 수 없기 때문이었다. 하지만 불안해하는 월이를 안심시켜야 했다.

"최 선생이 학교도 그만두었다고 들었는데. 여기는 왜 나타났을까? 그냥 볼일 보러 왔겠지. 이미 결혼까지 했는데 더는 어쩌겠어."

말은 그렇게 했지만, 현규도 자꾸만 신경이 쓰였다. 한동안 잊고 있었는데 이곳에 왜 나타난 것일까? 또 무슨 해코지를 하려는 것은 아닐까? 자신이 고향에서 결혼했다는 헛소문을 퍼트리거나, 촌장님을 감옥 가게 한 일 등이 떠올랐다. 최 선생이 그랬다는 확실한 증거는 없지만, 그 사람밖에는 그런 일을 저지를 사람이 없다. 현규는 당분간 출장도 자제하며 조심해야겠다고 생각했다. 지난번 비적들에게 납치되어 돌아온 이후에는 모리 주임의 배려로 출장을 가더라도 고용원을 데리고 다녔다. 비적들이 자신을 찾아올 것만 같아 한동안 심각한 후유증을 겪었지만, 시간이 지나면서 지금은 경계심이 많이 풀어진 상태이다. 사실 이곳에서 나쁜 마음을 품고 누구를 해코지하려고 들면, 통하 중심지만 벗어나면 언제 어디에서나 가능한 일이다. 다음 날 퇴근 후 집으로 왔을 때 장모님이 와계셨다.

잠결에 얼핏 무슨 소리가 들리는 것 같아 눈이 뜨였다. '똑 똑 똑' 누군가가 방문을 두드리는 소리가 선명하게 들려왔다. 수군거리는 소리도 들리는 듯했다. 문을 두드리는 소리가 그리 크지 않아 옆에 있는 월이도 깨지 않았다. 안채의 주인집에서도 별다른 소리가 들리지 않았다. 옆방의 장모님도 주무시는지 조용했다. 이 밤중에 누굴까? 이 시간에 무슨 볼일이 있을까?

"누구시오?"

누구인지도 모르고 무턱대고 열 수가 없었다. 잔뜩 긴장하며 문을 열지 않고 먼저 누군지 물었다.

"조용히 문 열어."

"누구신데요?"

"열어 보면 알아."

어느 지방인지 몰라도 사투리를 쓰는 조선 사람 같았다. 소리를 들었던지 월이가 일어나면서, 놀라 눈이 동그래졌다.

"부수기 전에 조용히 문을 열어."

이제는 강압적인 소리가 들렸다. 열지 않으면 문을 부수고 들어올 기세였다. 그는 어쩔 수 없이 불을 켜고 겉옷을 주워 입었다. 그래도 문 열기가 두려워, 무기가 될 만한 물건을 찾으며, 어정거렸다.

"시끄럽게 하지 말고 빨리 열어."

호통치는 듯한 말투에 덧문까지 열 수밖에 없었다. 더 지체했다가는 문을 부술 기세였다. 문을 반쯤 열자, 차가운 밤바람과 함께 시커먼 복면을 한 남자가 단총을 그의 코앞까지 들이댄다. 캄캄한 가운데에서도 한 명이 더 보였다. 총을 보자 현규도 깜짝 놀라 숨이 목구멍에 턱 막혔고 등골이 오싹해졌다. 한밤중에 갑자기 이상한 사람들이 나타나 총을 들이대니, 공포감으로 정신이 하나도 없었다. 월이도 놀라 무심결에 '엄마야' 하는 비명을 지르자, 옆방에서 장모님이 후다닥 뛰쳐나와, 이 상황을 보고 어쩔 줄 몰라 하셨다.

"조용히 만척 사무실까지 안내해."

놈은 현규에게 만척 사무실에 같이 가자고 하면서, 바들바들 떨고 있는 월이와 장모님에게도 얼음장을 놓는다.

"조용히 하지 않으면 이 사람 죽여 버릴 거야, 그리고 절대로 따라

오지 마. 따라오면 죽을 줄 알아."

"不要发出声音(소리 내지 마)."

키가 껑충한 사람이 중국 말을 했다. 그들의 위협에 월이와 장모님이 숨소리도 크게 내지 못하고 엉거주춤 서 있기만 했다. 현규는 순간적으로 사무실에 있는 돈을 노린 비적들이라는 생각이 스쳤다.

"사무실에 갔다 오겠으니 월이 데리고 그냥 계세요."

사태를 파악한 그는, 모녀를 안심을 시켜야 했다. 놀란 장모님은 얼어붙은 듯 대답도 못 하셨다. 사무실 금고는 비밀번호를 모르면 누구도 열 수 없다. 열 수 있는 사람은 오직 자신밖에 없다. 다행히 오늘은 금고에 돈이 그다지 많지 않았다. 어저께 금융조합에 넣었기에 남아 있는 돈은 다 털어도 몇백 원을 넘지 않을 것이다. 많이 들어 있다고 해도 어쩔 수 없는 일이다

"걱정하지 말고 기다리세요. 갔다 올게요."

그가 재차 안심시켰다. 그제야 정신을 차린 장모님이 이것이라도 걸치고 가라며, 벽에 걸려 있던 외투를 건넸다. 그들은 그를 떠밀다시피 하며, 앞서게 했다. 대문 밖으로 나서자 또 한 놈이 더 있었다. 망을 보고 있었던 것 같았다.

새벽이 싸늘하게 내려앉은, 거리는 죽은 듯이 조용했고 어쩌다 불이 켜진 집도 있었다. 이놈들이 나를 어떻게 하려는 것일까? 결혼한 지 아직 얼마 되지도 않았는데, 이게 무슨 날벼락인지. 순순히 돈만 내어주면 사람은 해치지 않을 것 같았다. 하지만 자기들의 정체를 알았다고 생각하면 죽일지도 모른다는 등, 짧은 시간에도 온갖 생각들이 머리를 스쳤다. 가슴 두근거리는 소리가 자신의 귀에도 들리는 듯

했다. 사무실은 걸어서 5분이 채 걸리지 않았다. 정문에 숙직 경비가 있지만 누가 들어왔는지도 모르고 자고 있을 것이다. 그가 사무실 문을 열었다. 저쪽 구석으로 금고가 보였다.

"금고 문 열어."

금고 앞에 다가선 놈들이 손전등을 비춰주며 현규에게 금고를 열라고 했다. 그는 아무 말 없이, 번호를 돌렸다. 조용한 사무실에 '따르를', '따르를' 숫자 맞추는 소리가 들렸다. 그들은 숨죽이며 금고 속 돈의 액수를 궁금해하며 지켜보고 있었다. 마지막 숫자를 맞추자 금고 문이 무겁게 열렸다. 그들의 눈이 일제히 금고 안으로 쏠렸다. 현규는 마음대로 하라는 듯, 한 발짝 뒤로 물러섰다. 한 명이 금고 안 서랍을 열고 현금을 주섬주섬 끄집어내기 시작했다. 잔돈까지 전부 털어, 헤아려 보더니 전부 560원밖에 되지 않자, 실망에 찬 소리를 쏟아내었다. 그들 중 한 명이 조선말로 물었다.

"왜 이것밖에 없어?"

"어저께 금융조합에 다 보냈습니다. 매주 넣어야 합니다."

"다른 금고는 없어? 거짓말하면 죽여 버릴 거야."

"정말 없습니다."

그들은 소장실 안에도 다른 금고가 보이지 않자, 생각보다 돈이 너무 적어 실망하는 것 같았다.

"钱太少了崔同志说他有很多钱(왜 이렇게 적어, 최 동지가 돈이 많다고 했는데)."

키 큰 중국 사람도 생각했던 것보다 돈이 적은지, 투덜거린다. 그리고 말을 이었다.

"他们说崔同志是剥削人民的恶人,我们杀了这个家伙吧(최 동지가 이놈은 인민을 착취하는 악질분자라고 했어, 여기서 죽여버리고 가자)."

허리춤에서 단총을 뽑아 현규의 머리를 향해 겨누었다. 그러자 키가 작은 조선 사람이 얼른 손을 들어 제지시켰다.

"안 돼, 여기서 총소리를 내면 다음 사업은 어떻게 하려고 그래, 여기서 가까운 거리야 총소리가 나면 더 이상 다른 일을 할 수 없어. 총 치워."

"崔同志叫我杀了他(최 동지가 꼭 죽이라고 했어)."

"죽일 필요까지 뭐 있어? 조선 사람들이 이 사람은 나쁜 사람이 아니라고 했어."

다행히 조선 농민 누군가가 자신이 나쁜 사람이 아니라고, 이야기해준 모양이었다. 현규를 죽일지, 말지를 놓고 중국 사람과 조선 사람이 실랑이했다. 그들이 실랑이하는 동안 현규는 천국과 지옥을 몇 번씩 오가야 했다. 짧은 순간이었지만 머릿속이 박 속처럼 하얗게 되어 아무 생각도 할 수 없었다. 그들은 다행히 현규를 살려 주었다. 그래도 같은 민족인 조선 사람 덕분에 지옥 문턱까지 갔다가 되돌아온 것이었다. 놈들은 다급하게 돈을 챙기고는, 마당에 널려 있는 새끼줄로 사무실 앞, 나무에 현규를 엉성하게 묶어 놓고 나가 버렸다. 그들은 뭔가 바쁜 일이 있어 서두르는 것 같았다. 현규는 그제야 멈추었던 심장이 다시 뛰기 시작했으며, 후들거리던 다리에 힘이 빠져 주저앉아 버렸다. 꼼짝없이 죽었다고 생각했는데, 살아 있다는 사실에 감사했다. 새끼줄을 풀어 보려고 손목을 이리저리 움직여 봐도 잘 풀어지지 않았다. 중국 말을 정확하게 알아듣지는 못해도, 중국 사람은 최 동지가 시켰다며, 자신을 죽이자고 했고 조선 사람은 죽이지 말자고 했다. 최 동지라면 최승일 선생? 어저께 월이가 장마당에서 최 선생을 보았다는 소리를 들었다. 최 선생이 현규가 사는 곳을 놈들에게 가르쳐 주었을 수도 있을 것이다. 월이 삼촌이 최 선생이 공산주의자라는 소문을 들은 적이 있다고 했다. 그렇다면 놈들은 공산당원들이었고 최 선생은 공산당 세포조직이었을 가능성이 있다. 만척도 공산당의 습격대상에 포함되어 있다 했다. 틀림없이 최 선생이 공산당 당원들에게 습격을 사주했을 것이라는, 짐작이 갔다.

얼마 후 통하 중심지 쪽에서 '쿵' 하는 폭발음 소리가 들렸다. 그들이 어디선가 다른 일을 저지른 것이 분명해 보였다. 큰 소리에 놀란 경비가 깨어나 사무실로 달려왔다. 경비는 묶여 있는 현규를 보자 깜짝 놀라며 얼른 끈을 풀어주었다. 현규는 가쁜 숨을 몰아쉬며 혼이 빠져나간 사람처럼 멍해져, 집으로 돌아올 수 있었다. 폭발음까지 들으며 피를 말리면서 기다리고 있던 월이 모녀는 그가 무사히 돌아오자, 월이가 와락 안기며 눈물을 쏟아내었다.

그날 밤 통하가 발칵 뒤집혔다. 그들은 먼저 만척 사무실 금고를 턴 다음에 통하 경찰서 당직실에 폭탄을 던진 것이었다. 순사 한 명이 숨지고 2명이 크게 다쳤다 했다. 생존한 순사의 증언으로, 그들은 만주성 소속 중국공산당원이 분명하다고 했다. 그들은 2~3년 전 관동군의 토벌로 거의 궤멸된 상태가 되었지만, 용케 살아남은 사람들이 소련으로 도망쳤다 한다. 당시 살아남은 당원들이 계속하여 저항운동을 하고 있다 했다. 이곳은 소련과 국경이 가까워, 습격 후 도주가 용이해, 산을 타고 재빨리 국경을 넘었을 것이라고 했다. 통하현은 비상상태가 되었다. 현규는 저녁에 일어난 상황에 대해 경찰서에서 강도 높은 조사를 받았다. 하야시 소장은 경찰에 만척 경비를 요청했으나 경찰도 제 코가 석 자라 들은 척도 않았다.

"이번 일에도 아마 최 선생이 관련된 것 같습니다."
"최 선생과 관계있는 것 같다고?"
"예, 저도 중국말을 조금은 알아들을 수 있어, 그들의 대화에서 짐작할 수 있었습니다. 중국 사람이 '최 동지가 만척에 돈이 많다고 하며, 저를 죽여 버리라고 했다' 했습니다. 최 선생이 공산당원인 것 같았습니다."
"나쁜 놈. 끝까지 해코지하려고 했군. 나도 그놈이 공산당원이라는 소문을 진작부터 듣고 있기는 했네. 내 집에 들락거려도 내심 경계하고 있었어. 놈이 공산당원이라면 충분히 그럴 수 있어. 공산당 놈들과는 이야기가 통하지 않아, 이전부터 많이 싸웠지. 우리 민족진영과는 이념이 완전히 달랐어. 일본을 물리치자는 데까지는 의견이 일치했지만, 투쟁 방법과 노선이 달랐어. 근본적으로 그들은 지주 및 자본가들을 일본인과 다를 바 없는 약탈계급으로 보는 거야. 민족진영의 지도자들은 대부분 지주이거나 자본가들이지. 그러니까 사사건건 부딪쳤어. 우리도 손잡고 힘을 모으려고 무척 노력했지만 안되었어. 그들은 출신 성분 때문인지 사람들이 독해. 러시아 자유시에서도 민족진영이 그놈들에게 호되게 당하지 않았나. 아마 수백 명은 죽었을 것이야. 나는 운 좋게 참변 직전에 빠져나오기는 했지만 말이야. 그들의 강령에 '동척을 박살 내자'는 구호도 있었으니, 만척을 습격하는 것은 지극히 당연한 일이야. 지금은 조직이 거의 와해된 줄 알았더니, 아직도 그러고 있네. 지독한 놈들."

현규는 처갓집에 갔을 때, 그간의 경위와 더불어 월이를 데리고 고향으로 내려갔으면 한다고 말씀드렸다. 두어 차례 죽을 고비를 넘기면서 이곳에 정나미가 떨어졌을 뿐 아니라 목숨을 계속 지키기 힘들 것 같았다. 또 무슨 봉변을 당하게 될지 알 수 없었기 때문이었다.

"언젠가는 고향에 가야겠지만 지금은 좀 그렇지 않은가? 몇 번이나 죽을 고비를 넘겼으니 그런 생각도 들겠지. 하지만 지금은 어디도 안전하지 않을 것이네. 고향에 가더라도 징집을 피하기는 어려울 것이야. 그래도 만척에 근무하면 징집은 면할 수 있을 것 아닌가. 이제 자네는 홀몸이 아니네. 얼마 가지 않으면 무슨 결말이 나든, 세상이 바뀔 것이야. 그때까지 조심하면서 기다려 보아야 할 것이네. 적당한 핑계를 대어, 먼 길 출장도 자제하고."

"내 생각도 좀 더 기다려 보는 것이 좋을 것 같아. 지금은 어디를 가더라도 안전한 곳은 없을 것 같네. 고향이 안전하다면 바로 내려가라고 하겠지만. 우리도 이런 시국에 너희들을 보내놓고 마음을 놓을 수 없을 것 아닌가."

장모님도 반대하셨다. 현규도 곰곰이 생각해 보니, 고향에 가더라도 징집 영장이 기다리고 있을 것이 뻔했다. 고향이라고 자신을 그냥 두지는 않을 것이다. 병력 모집에 혈안이 된, 놈들의 눈에 뜨이기만 하면 바로 끌려가야 한다. 농촌에서는 숨을 곳도 마땅치 않다. 더구나 월이를 고향 집에 혼자 두고 끌려간다면 어떻게 될 것인가. 아무리 시집이라고 하지만 월이가 식구들과 정도 붙이지 못했을 뿐 아니라 낯설고, 물선 곳이다. 자신이 없다면 하루도 견디기 힘들 것이다. 군대에 끌려가더라도 차라리 장인 장모가 계시는 이곳에 두고 가는 편이 월이를 위해 훨씬 나을 것 같았다.

"험한 일을 몇 번씩이나 당하고 보니, 고향에 가면 어떨까 해서 드려 본 말씀입니다. 고향에도 징용에다 군대까지 그냥 두지는 않을 것 같습니다. 다시 한번 생각해 보겠습니다."

34

짧은 여름이 어느새 꼬리가 보이면서 들판의 벼들이 누렇게 익어가는 계절이 되었다. 금년에는 가뭄이 극심했다. 특히 5월에 비가 적게 내려, 모심기가 늦은 농가가 많았다. 아예 모를 꽂지도 못한 농가도 있었다. 논에 따라 다르기는 하지만, 늪지대인 삼강 평원을 제외하고 송화강이나 하천에서 수로를 파, 물길을 연결한 지역에서 가뭄 피해가 심했다. 강은 수위가 낮아졌으며 웬만한 하천은 말라버렸다. 논바닥이 쩍쩍 갈라진 곳도, 초록빛이어야 할 들판이 누렇게 변한 곳도 있었다. 특히 현규의 관할 구역인, 통하 현 북서쪽으로 산이 가까운, 여명촌, 태안촌, 신립촌 지역의 피해 농가가 수백 가구에 달했다. 그 외에도 선구촌, 우애촌, 청산촌, 유하촌 등지의 농가들도 적지 않은 피해를 입었다. 농민들은 추수가 끝나기 바쁘게 토지 연부금 및 대출금, 이자 등을 갚아야 한다. 뿐만 아니라 관리비, 연합회비, 조합

비 등 각종 공과금까지 납부해야 하지만 피해를 입은 농가들은 난감해했다. 이런 농가들은 만석에서도 대부금 회수를 유예해 주어야겠지만, 본부로부터 닦달당하고 있는 비상 상황에서 곤란할 수밖에 없었다. 모리 주임도 딱한 사정을 알지만 어쩔 수 없다며, 한마디로 거절했다. 체불을 감당할 수 없는, 농민들은 결국 도주 외는 다른 방법이 없을 것이다.

현규도 고민이 깊어졌다. 이전 부림촌에서 몸이 아픈 농가의 회계장부를 조작하여 구제해준 이래, 딱한 집이 한두 집이 아니어서 벌써 여러 집의 장부를 조작했다. 그만큼 장부와 현물의 차이가 나면서, 현물이 많이 부족한 상태가 되었다. 모리 주임이 자세하게 살핀다거나, 검사가 나와 창고 장부 및 재고를 비교한다면 그냥 넘어가지 못할 것이다. 언제 발각될지 몰라, 현규도 항상 마음이 편하지 않았다. 가뭄 피해를 입은 농가들까지 또 그런 방법으로 조작할 수는 없었다. 이들도 체납 액수와 기간이 길어지면 단계별로 경작권 박탈로 가는 수밖에 없다. 현규로서는 박탈을 통보해버리면 책임을 벗어날 수 있지만, 곤경에 처한 농민들을 외면할 수는 없었다. 이대로라면, 경작권을 박탈당할 농가가 무더기로 나올 것이다. 한 해만 봐달라고 애원하는, 농가의 딱한 사정을 외면할 수도, 마음대로 납부 연기(延期)도, 면제도 해줄 수 없는 상황이라 난처할 수밖에 없었다. 경작권을 박탈당한, 농민들의 한숨 소리와 아낙네의 울음소리가 귓전에서 맴돌며 마음이 혼란스러웠다. 막막해하는, 농민들을 살려줄 방법이 없을까? 아무리 생각해봐도 자신의 권한으로는 구제해줄 방법이 없었.

고민을 거듭하다 한 가지 방법을 떠올렸다. 농민들은 현물을 창고에 입고하고 영수증을 받아 간다. 자신은 창고로부터 납부자 명단과 납부액이 적힌 전표를 받아 장부에 기록한다. 그 과정에서 납부자의 명의를 체납자 명의로 바꾸어버리자는 생각이었다. 그렇게 하면 체납 농가는 최악의 상태는 면할 수 있고, 납부를 잘하던 농가는 한두 번쯤 체납해도 문제가 되지 않는다. 들어오는 현물의 양(量)도 달라지지 않는다. 들어오고 있는, 현물이 누구의 것인지 소장이나 주임은 알 수 없을 것이다.

평소 하야시 소장이나 모리 주임은 현규의 장부를 통해서 현황을 파악하기에 얼마 동안은 속일 수 있다. 궁극적으로 발각된다 해도 자신이 장부 정리를 잘못한 것이지, 횡령한 것은 아니다. 현규는 악성 체납 농가 수십 가구의 명부를 따로 작성하여, 다른 농가에서 들어온 현물을 이들의 명의로 바꾸어 기장했다. 그렇게 하면 창고 장부와 자신의 장부가 달라지지만, 악성 체납 농가들이 경작권 박탈은 우선 면할 수 있다. 모리 주임이 창고 장부와 일일이 대조하지 않는다면 당분간은 모를 것이다. 박 서기의 협조를 얻어 창고 장부와 자신의 장부를 맞추기만 하면, 이 사실은 상당 기간 발각되지 않을 것이다. 농가를 일일이 찾아다니면서 확인하지 않는 이상 모를 수밖에 없다. 그러다 체납 농가들이 농사가 잘되면 바로 원상회복 시키면 된다. 때를 보아서 박 서기에게 실토할 생각이었다. 박 서기에게 폭탄을 나누어 가지자는 말이 떨어지지 않아, 기회를 엿보고 있었다. 결국 조작은 두 가지 방법으로 이루어진 셈이었다. 그렇지 않아도 못 잡아먹어 안달인 모리 주임이 알았다면 자신을 어떻게 할지? 짐작이 가고도 남았다. 이 방법 저 방법 할 것 없이, 잘못은 언젠가 들통나게 되어 있다. 현규로서는 시한폭탄을 안게 된 셈이었다.

35

 온 산에 흐드러지게 피었던 진달래가 지고 하루가 다르게 푸른빛이 짙어진다. 양동에서도, 진례에서도 처녀들이 강제로 정신대에 잡혀갔다는, 소문 때문인지 동네가 어수선해지며 조짐들도 좋지 않았다. 마을에서도 열네 살이 넘는 미혼 처녀가 있는 집들은 전전긍긍했다. 덕섬 어른도 막내딸 혜숙이가 문제였다. 아직 보통학교에 다니고는 있지만 그래도 마음을 놓을 수 없었다. 그렇다고 갑자기 시집 보낼 수도 없는 일이었다. 그런 중 식구들에게는 무엇보다 반가운 소식이 들려왔다. 금순이가 진영 사는 총각과 혼인한다고 했다. 정신대 때문에 다급해하던 차에 선을 보였더니, 좋다고 하여 서둘러 혼례식을 치르기로 했다고 한다. 덕섬 어른으로서는 앓던 이가 빠진 것처럼 속이 후련했다. 그동안 금순이 때문에 신경 쓰여, 철호를 만나도 죄인처럼 고개를 들지 못했다. 덕섬댁도 그제야 한시름 놓았다. 망덕댁이 동네 사람들에게 현규 험담을 하고 다닌다는 이야기를 들어도, 참기만 하고 싫은 소리 한마디 하지 못했다. 뒤이어 온 동네가 발칵 뒤집혀질 일이 일어났다.
 젊은 사람들을 남양군도나 북해도에 징용 보낸다는, 소집영장이 전해진 것이었다. 정식이 등 동네 청년들 5명이었다. 그 가운데 덕섬 어른의 큰아들 병규도 끼어 있었다. 그중 용철이는 내일 모레 40을 바라보는 나이였다. 몇 년 전부터 징용 간다는 이야기가 있었다. 하지만 여태까지는 돈 벌려고 자원해 갔지만 작년 여름부터는 법이 바뀌어 징용도 국민의 의무가 되었다고 했다. 북해도 탄광이나 남양군도에서 비행장 닦는 일을 해야 한다고 했다. 이들의 출발 날짜는 보름도 남지 않았다. 다른 집도 다를 바 없겠지만 덕섬 어른 집에도 청천벽력 같은 일이었다. 이 소식을 들은 할머니는 마루에서, 덕섬댁은 안방에서, 며느리는 작은방에서 방바닥을 치며 통곡했다. 장남인 병규는 집안의 기둥으로 딸이 둘이나 있다. 노동한다고 하지만 남양군도는 바로 전쟁터이다. 읍내 높은 사람들의 자식들은 군청 노무계를 매수해 미꾸라지처럼 다 빠져나가고, 돈 없고 빽없는 농민들만 끌려간다는 소문도 나돌아, 억울하기도 했다. 병규가 난리통에 무사히 살아서 돌아올 수는 있을지? 장담할 수 없는 일이었다. 소집 통지를 받고 출발하는 동안 병규는 일손도 놓고 밖에서 술만 마시고 들어왔으며, 온 집안은 초상집이 되었다. 병규 처는 부엌에서도, 밭에서도 눈물을 달고 있었다. 며느리 못지않게 덕섬댁도 수시로 마루를 치며 "우리 병규를 보내놓고 우째 살끼고." 하며 통곡했다. 며칠째 식음을 전폐하다시피 하시던 할머니는 끝내 몸져눕고 말았다. 병규가 가는 날에도 할머니는 마을 앞까지 배웅하지 못했다. 떠나는 날 아침에는 이들을 싣고 가려고 마을 창고 앞 공터에 트럭이 기다리고 있었다. 이들을 배웅하는 가족들과 동네 사람들이 창고 앞으로 몰려 나와 울음바다가 되었다. 살아서 돌아올 수 있을지 기약 없는 길이었다. 병규까지 다섯 사람을 태운 트럭은 먼지를 일으키며 멀어져 갔다. 병규를 보내놓고 집으로 돌아온 덕섬댁과 며느리는 제각기 방으로 들어가 통곡을 이어갔다. 덕섬 어른도 세상이 어떻게 되려고 이러는지? 속이 상해 막 걸리라도 한잔 들이켜고 싶었지만, 담가놓은 농주를 밀주라며, 모두 빼앗아 가버리고 집에는 술 한 방울 없었다.

36

　요즈음 들어 전쟁터에서 일본이 점점 더 불리해지고 있다는 소문뿐 아니라 분위기도 심상치 않았다. 만선일보는 육군은 아시아에서 해군은 태평양에서 격렬한 전투를 치르고 있다고 했지만, 진주만을 공격하며 기세등등하던 모습은 사라지고, 괌 수비대의 전멸에 이어 사이판도 함락되었다는 소식이 전해졌다. 일본인들은 인정하기 싫겠지만, 패전의 조짐이 역력했다. 모리 주임은 물론 하야시 소장의 얼굴에도 걱정이 읽히며 짜증도 늘어났다. 일만일덕일심(日滿一德一心)이라는 구호 아래 만주는 전쟁 물자 보급 기지로 공급이 차질없이 이루어져야 하는 곳이다. 만척도 관동군의 군량미를 공급하며 전쟁을 뒷받침하고 있기에, 비상이 걸린 지 오래였다.
　현규가 고향 집으로 결혼 소식을 전한 이후, 인규로부터 답장이 왔다. 내용이 불손한 편지는 대개 검열 때문에 전달되지 않지만, 이번에는 용케도 도착했다. 고향마을이 쑥대밭이 된 모양이었다. 놀랍게도 병규 형님이 남양군도로 징용을 갔다는 소식이었다. 용철이와 정식이 등 동네 젊은 사람들 5명과 같이 갔다고 했다. 모두가 수백만 명의 전쟁 소모품 중 하나로 끌려간 것이었다. 병규 형의 징용으로 형수와 어머니, 할머니까지 식음을 전폐하다시피 하고 있다고 했다. 형님은 딸이 2명이나 있다. 아마 전쟁이 끝나야 돌아올 수 있을 것이다. 형님이 제발 무사하게 돌아와야 할 터인데 걱정이었다. 추신으로 할머니가 편찮으시다고 했다. 연로하셔서 쉽게 일어날 수 있을지, 걱정되었다. 이곳에서도 징집 영장을 받았다는 소문이 들려왔다. 통하에 살고 있는 월이의 사촌 경일이도 징집을 피해, 어디로 갔는지 보이지 않았다. 뒤에 들은 이야기지만, 경상도 안동의 고향으로 내려보냈다고 했다. 그곳 역시 안전을 보장받을 수는 없겠지만, 경일이가 만주에서 태어났기에 거기에는 민적(民籍)이 없어, 추적은 피할 수 있을 것으로 생각한 것이었다. 영란촌의 처녀 2명도 정신대에 끌려갔다. 열다섯 살과 열여섯 살로 너무 어려, 미처 시집을 보내지 못한 것이다. 정신대에 끌려간 처녀들이 공장이 아닌 이상한 곳으로 데리고 간다는 소문까지 돌아, 부모들의 걱정도 이만저만이 아니었다. 일반적으로 법령이 제정되면 조선은 내지와 똑같이 시행되지만, 만주국은 그나마 독립국 형식을 갖추고 있어 별도로 발령된다. 따라서 조선보다 한 발자국 늦은 것 아닌가? 했지만 역시 다르지 않았다.

37

병규와 마을 청년들이 징용을 끌려간 지 달포도 못되었다. 창고 앞 통곡 소리의 여운이 채 가시지 않았는데, 농사일에 바쁘던 5명의 청년에게 징병 영장이 나온 것이다. 전쟁이 다급해지자 평소 하대하던 조선인들까지 총알받이로 쓰려는 것이었다. 그들 중에는 덕섬 어른의 일가(一家) 두 명이 섞여 있었다. 사촌 간인 창호와 영호였다. 둘 다 지난해 결혼한 스물한 살 동갑내기였다. 그들의 새색시는 앞서거니 뒤서거니 첫아이를 임신한 상태였다. 그 외 스물한 살, 스물두 살 청년이 둘이었다. 인규보다는 한두 살 많은 나이였다. 이들은 황국 군인으로 전투에 직접 참가해야 하기에 무사 귀환을 더욱 장담할 수 없었다. 이들이 '황군 만세', '성전 완수', '기무운장구' 등이 적힌 어깨띠를 두르고 마을을 떠날 때, 동네 사람들 모두가 다시 한번 울어야 했다. 면(面)이나 군청에서는 황군으로 성전(聖戰)에 참가하는 것은, 가문의 영광이므로 가족들도 울지 말고 기쁜 마음으로 보내야 한다고 했지만 울지 않은 사람은 없었다. 두 젊은 새댁의 애끊는 울음소리는 마을 사람들의 가슴을 후벼팠다. 아직 마음을 추스르지 못한 덕섬댁과 며느리도 아들, 남편을 생각하며 다시 한번 울어야 했다. 징용과 군대까지 온 동네 젊은 사람들을 쓸어가다시피 하여, 마을 전체가 줄초상이 난 것이었다. 매일같이 이 집 저 집에서 울음소리가 그치질 않았다.

 그즈음 덕섬 어른댁에도 나쁜 소식이 전해졌다. 울산에 살고 있는, 영숙이 신랑, 박 서방이 징용을 나갔다는 것이었다. 내다 버리듯 시집 보낸, 불쌍한 영숙이가 잘 살아 주기만을 바랐는데. 박 서방도 징용을 피하지 못했다. 제발 살아서 돌아와 주어야, 영숙이가 청상(靑孀)을 면할 수 있다. 덕섬 어른과 덕섬댁의 시름은 시루떡처럼 겹겹이 쌓여만 갔다. 동네 사람들이 하나같이 눈물을 쏟아내고 있는 가운데, 면 직원과 구장은 집집마다 다니면서 놋그릇을 내어놓으라고 했다. 그것으로 총알 껍데기를 만든다는 것이었다. 그 소문을 듣고 덕섬댁은 제사 지낼 그릇은 보자기에 싸서 부엌 고래 깊숙이 감추어 두고, 대접 두어 개만 내어놓았다. 분명 어디에 숨겨 두었을 것으로 짐작한, 면 직원이 집안 곳곳을 뒤졌지만 찾지 못하고 그냥 갔다. 이번에는 소나무 관솔을 바치라고 하여 머슴과 인규도 며칠째 산에 올라가 관솔을 꺾느라고 헤매고 다녀야 했다. 그것뿐 아니었다. 어디에 쓰려는지 개 가죽을 바치라고 난리를 쳐, 키우던 '워리'를 잡지 않을 수 없었다. 머슴이 방천 둑에 데리고 가 몽둥이로 때려죽였다. 몇 년간 식구들과 정이 들었고 특히 인규를 잘 따랐다. 죽을 줄도 모르고 꼬리를 흔들며 따라가는 워리를 보며 인규는 속눈물을 흘려야 했다. 워리의 가죽을 벗겨 말려서 바치고, 고기는 국을 끓여 먹었다. 밤이면 고요를 깨트리며 이 집 저 집에서 들려오던 개 짖는 소리가 동네에서 사라져버렸다.

일본이 마지막 발악을 하는 것 같았다. 덕섬 어른도 일본의 천명이 거의 다 되어간다는 생각이 들었다. 하루빨리 일본이 망해, 병규와 박 서방이 무사히 돌아오기만을 바랄 뿐이었다. 병규가 어디로 갔는지? 목숨을 부지하는 데는 전장(戰場)인 남양군도보다 북해도 탄광이 나은 것 같지만, 어느 쪽으로 끌려갔는지 알 수 없었다. 덕섬댁과 며느리는 뒤란 장독대에서 매일 저녁 정화수를 떠 놓고 병규의 무사 귀환을 빌었다. 들려오는 소문에는 일본에 지진이 나서 수천, 수만 명이 죽었다 하기도 했다. 구장이나 보통학교 선생들을 통하여 바깥세상 소식이 간간이 전해졌다. 자고 일어나면 뒤숭숭한 새로운 소문들이 나돌았다. 사실인지 아닌지 알 수 없지만, 전에 없던 소문들이었다. 병규가 빠진 농사일은 인규와 덕섬 어른이 가름하고 있지만, 병규

역할을 다할 수는 없었다.

  덕섬 어른댁에게 다시 한번 충격적인 시련이 닥쳤다. 이번에는 소학교를 나와 집에서 일을 돕고 있던 막내 인규에게 징집 영장이 나온 것이었다. 인규는 금년에 갓 스무 살이었다. 그 소리를 들은 덕섬댁은 바로 혼절해 버렸다. 찬물을 떠먹이고 사지를 주물러 겨우 깨어나기는 했지만, 눈을 뜨자마자 대성통곡을 시작했다. 덕섬 어른도 인규마저 보내고 나면 정말 살 수 없을 것 같았다. 병중인 할머니는 이런 상황을 이해하시지 못했다. 덕섬 어른도 인규 걱정을 하지 않았던 것은 아니지만 아직 어리기에, 설마 했다. 진즉에 피신시켜야 하는 건데, 사실 피신시키기도 마땅치 않았다. 어느 집에 누가 살고 있는지 밥숟가락 숫자까지 훤하게 꿰고 있는, 농촌에서는 숨을 만한 곳도 없었다. 동네에서 인규 친구들 4명에게도 같이 나왔다. 전쟁이 다급해지니 징집 나이를 낮추어, 아직 어린데도 끌고 가려 했다. 전사자가 속출하여, 병력이 모자라기 때문일 것이다. 전쟁 막바지에 젊은 청년들을 총알받이로 밀어 넣고 있다는데, 지금 간다면 정말 살아 돌아오기 힘들 것이다. 덕섬 어른은 이러다 정말 대가 끊기겠다는 불안감마저 들었다. 그나마 현규는 만주에서 군대 안 가도 된다고 하니, 다행이라고 생각했다. 자식을 10명이나 낳아, 어릴 때 다 잃어버리고 겨우 다섯만 남았다. 어릴 때 죽은 아이들은 정도 붙이지 못했지만, 지금은 달랐다. 다 키운 자식들을 그렇게 내보내고 사위까지, 곁에는 달랑 막내딸 혜숙이 하나 남는다. 이제 집집마다 젊은이들이 끌려가지 않은 집이 없을 정도로 온 동네가 주머니 속처럼 탈탈 다 털렸다. 덕섬 어른은 덕섬댁의 통곡을 들으며 자신의 가슴도 찢어지는 것 같았다. 인규를 보내는 날에는 체면 불고하고 눈물을 보였다. 덕섬 어른은 왜놈들이 조선 사람들을 달달 볶아 죽이려 한다고 생각했다. 이럴 때 같으면 독립운동하려고 뛰어나갈 수도 있을 것 같았다. 당장 눈앞에 왜놈들이 보인다면 죽여 버리고 싶기도 했다. 몇 번씩 젊은이들을 쓸어 보낸, 동네는 이제 울음도 말라버린 지경이 되었다. 농사를 지을 수 있는 일꾼들을 모두 데려 가버렸다. 동네에 남은 일꾼들이라고는 50이 가까운 늙은 사람들뿐이었다.

할머니의 병환은 점점 더 깊어졌다. 팔십이 가까워 노환인 듯했다. 정신도 오락가락하셔서 앞으로 다시 일어나기는 힘들 것 같았다. 동네 한약국에서 탕약을 지어 드려 보아도 별다른 효과는 보이지 않았다. 인규를 보내고 채 한 달도 못 되어 더워지기 시작할 무렵, 할머니가 돌아가셨다. 덕섬 어른 혼자 어머니의 임종을 지켰다. 할머니는 일찍 혼자 되시어, 외아들과 딸 둘을 키우셨다. 당년, 78세셨다. 손자 셋이 모두 다른 곳으로 가고 없어, 상주라고는 달랑 덕섬 어른 혼자뿐이었다. 초상은 3일 장으로 앞산 선산에 묻어드렸다.

38

햇살이 두터워졌다. 이곳에서는 햇볕이 아무리 뜨거워도 그늘에만 들어가면 시원하다. 여름이 연중 가장 좋은 계절이지만 몇 달 되지 않는다. 9월이 되면 겨울 준비를 해야 한다. 막내 혜숙이에게

서 편지가 왔다. 인규가 군대 끌려갔다는 소식과 할머니가 돌아가셨다는 슬픈 소식도 함께 전했다. 지난번 인규 편지에 할머니가 편찮으시다는 말을 듣기는 했지만 설마 돌아가실 만큼 아픈 줄은 몰랐다. 어머니와 아버지가 어떻게 하고 계실지, 고향 집의 분위기가 짐작이 가고도 남았다. 인규가 지금 군대 갔다면 무사하게 돌아올 수 있을지 장담할 수 없는 일이었다. 할아버지는 일찍 돌아가셔서 얼굴도 보지 못했지만, 할머니는 현규를 끔찍이 사랑하셨다. 할머니가 돌아가시던, 그날에도 자신은 아무것도 모르고 월이와 히득거리고 있었을 것이다. 할머니는 어디에서 무슨 짓을 해도 무조건 현규 편이었다. 어렸을 때는 할머니의 치마폭에서 자랐다 해도 과언은 아니다. 할머니가 친정을 가실 때도, 굿 구경 가실 때도, 잔칫집, 초상집 할 것 없이 꽁무니를 따라다녔다. 학교 다닐 때는 공부를 잘하여 할머니의 자랑거리였다. 군청 서기가 되자, 할머니는 우리 현규가 높은 사람이 되었다며, 자랑하고 다니셨다. 취직하여 짐을 싸 들고 집을 나설 때도, 다니러 왔다가 돌아갈 때도 할머니는 섭섭하여 눈물을 보이셨다. 병석에 누워계시는 동안 자신을 얼마나 보고 싶어 하셨을까? 만리타국에서 어떻게 살고 있는지? 항상 궁금해하셨을 것이다. 이제 훨훨 날아 오셔서, 월이와 함께 사는 모습을 보신 후, 길을 가셔도 늦지 않을 것이다. 현규는 할머니를 부르며 아이처럼 훌쩍훌쩍 울었다. 할머니를 본 적도 없는, 월이도 현규를 따라 울었다.

겨울이 가면 새봄이 오듯, 죽음과 태어남도 끝없이 반복된다. 할머니가 돌아가신 후, 어김없이 새 생명이 태어날 준비를 하고 있었다. 잠자리에서 월이가 임신한 것 같다고 알려 주었다. 두 달째 달거리가 없다는 것이었다.

"그러면 아이는 언제 낳는 거야?"

"아마 내년 봄쯤 되겠지요."

"내년 봄이면 나도 아버지가 되겠네."

"아기를 기다렸어요?"

"뭐 꼭 그렇다기보다, 어쨌든 좋은 일이지. 축하해."

"나는 무서워요."

"걱정할 필요 없어, 세상 여자들이 다 아기 낳는 걸."

월이를 안심시켜 주었다. 현규는 좋은 것 같기는 하지만, 아버지가 된다는 사실이 실감 나지 않았다. 이렇게 금방 아버지가 될 것이라고는 미처 생각지 못했다. 처가 식구들이 "떡두꺼비 같은 아들 하나 낳아야지" 했지만, 응당 하는 소리로만 들었다. 월이가 좋아서 혼인했지만, 아이에 대해서는 별로 생각해 보지 않았다. 월이도 나이가 어려서인지 임신을 두려워했다. 가끔 아이를 낳다가 죽는 사람도 있을 뿐 아니라 이웃 아주머니들에게 출산의 고통을 들었기 때문일 것이다. 현규도 마냥 좋기만 한 것은 아니었다. 자식이란 낳기만 한다고 되는 일이 아니다. 양육에서 교육까지, 성인이 될 때까지 모든 책임을 져야 한다. 지금은 평화로운 시절도 아닐뿐더러, 이곳은 아이를 낳고 키우기에 좋은 환경도 아니다. 양육 환경이 좋은, 도시에서 아이를 낳아 키우고 싶지만, 그럴 형편도 아니다. 아이를 낳아 건강하게 키워야 하지만 해마다 홍역, 파라티푸스, 천연두 등 유행병이 돌아 아이들이 속수무책으로 죽어 나간다. 낳은 아이를 절반 가까이 잃어버린다고 보면 틀리지 않는다. 지난해만 해도, 영란촌에서는 아이들 여럿 죽어 나갔다. 대도시와 멀리 떨어져, 병원이나 약이 없을뿐더러 아이들이 충분한 영양분을 섭취하지 못해, 면역력이 부족했다. 병이 나면 기껏 해야 조약을 쓰거나 중국인 약방에서 탕약 한두 첩 지어 먹이는 정도 밖에 할 수 없었다. 이러다 보니, 어른들이 아이들 죽음을 예사로 보는 풍조마저 있었다. 아기가 태어나도 언제 죽을지 몰라 백일이나 첫 돌까지 이름을 짓지 않았다.

하지만 사람이 태어나고 죽는 일이란 인위적으로 되는 일이 아니다. 자식은 하늘에서 점지한다고 한다. 하늘의 선물이라 생각하고 감사하게 받을 수밖에 없다. 월이도 출산할 때까지 움직임 하나하나에 조심해야 했고, 될 수 있는 대로 마차 타는 것도 자제해야 했다.

39

월이가 임신한 이후 입덧을 심하게 하여, 신것만 찾고 밥은 잘 먹지 못했다. 고향 같으면 석류를 비롯한 신 과일들이 많이 있지만, 이곳은 추운 지방이라 제대로 된 과일이 없었다. 현규는 총각 때 자신의 밥을 해주던 아주머니를 다시 불러, 식사 준비와 집안일을 부탁했다. 몇 개월쯤 후부터는 차츰 안정을 되찾았다.

"애를 낳으면 이름을 뭐라고 하지?"

"아직 아들인지 딸인지 모르잖아요."

"그러면 이름 두 개를 지어 놓으면 되겠네. 생각해 보자고."

"아들이면 좋겠어요? 딸이면 좋겠어요?"

"뱃속에서 아이가 듣고 있는데, 나는 아무래도 다 좋아."

둘은 들뜬 마음으로 아들을 낳았을 경우 집안의 항렬에 따라 '용석'이라 하고, 딸일 때에는 '새별'이라는 예쁜 이름을 지어 놓았다. 새별이라면 월이(달)의 아기별이라는 뜻이었다. 어른들은 그게 무슨 이름이냐며 뭐라고 하겠지만, 딸이라도 숙자, 영자, 명자, 금자 등등 흔한 일본식 이름은 짓고 싶지 않았다. 해와 달, 별 등 순수한 조선말로 지은 이름이 좋았다. 그래서 월이도 '정희'라는 본명을 두고 계속 월이라고 부르고 있었다. 월이의 배가 점점 불러오면서 그해 겨울을 외출을 자제하고 방 안에서만 보냈다. 추위가 지나가고 봄이 얼굴을 내보이는 5월이 되자, 온 천지가 기지개를 켜며, 황량하던 들판에도 초록빛이 감돌고 송화강 얼음도 풀렸다. 산달이 임박하자, 월이를 장모님이 계시는 친정으로 데려다주었다. 영란촌에는 월이의 출산을 도울 산파 아주머니도 있다고 했다.

월이를 데려다준 지 보름쯤 지나, 다급한 연락을 받았다. 월이가 아직 어리고 초산이라 극심한 산통을 겪고 있다고 했다. 마차를 빌려, 급하게 달려갔다. 가는 내내 믿지도 않는, 하늘님께 월이의 순산을 빌었다. 제발 자신이 도착하기 전에 월이가 아기를 낳았으면 좋겠다고 생각했다. 하지만 도착할 때까지 몇 시간이 걸렸지만, 월이는 아직 분만하지 못하고 있었다. 긴 석양볕이 비집고 들어온, 방 안에는 불을 많이 지펴, 후끈한 열기로 가득했다. 월이는 산통을 시작하고부터, 밤을 꼬박 새워, 이제는 지쳐 힘을 쓰지 못하고 있었다. 시간이 지체되어도 아기가 나올 기미를 보이지 않자, 장모님과 산파도 당황해하며, 어쩔 줄 몰라 했다. 아무리 초산이라 해도 이렇게까지 늦을 수는 없다는 것이었다. 산파라지만 전문인이 아니라 아이를 몇 번 받아 본 경험이 있는, 이웃 아주머니일 뿐이었다. 도시라면 개복 수술이라도 할 수 있지만, 이곳에서는 그럴 수도 없는 일이었다. 이러다가 산모와 아이가 모두 위험해질 수 있는 상황이었다. 현규도 이럴 때 어떻게 처치해야 할지 알지 못해, 안절부절 속만 타들어 갔다. 현규는 땀을 흘리며 지쳐 눈도 뜨지 못하고 있는, 월이를 몇 번씩 부르자, 겨우 눈을 뜨며 힘없이 입을 떼었다.

"나 무서워요. 죽으려나 봐요."

"아니, 그게 무슨 말이야. 괜찮아, 죽지 않아. 왜 그런 소리를 하는 거야."

현규는 약한 소리를 한다며 월이를 나무랐다. 간간이 찡그리는 월이의 얼굴을 보아, 아직 주기적으로 산통이 오는 듯했으나 힘을 쓰지 못하고 있었다. 현규도 눈물을 삼키며, 월이의 손을 꼬옥 잡았다.

"할 수 있어. 힘을 내. 충분히 할 수 있어."

용기를 잃지 말라고 했다. 옆에서 산파와 장모님도 이제 신랑이 왔으니, 한 번만 더 힘을 써보라고 했다. 그러자 월이가 죽을힘을 다해 다시 힘을 쓰는 듯했다. 장모님은 현규에게 아기가 곧 나올 것 같으니, 밖에 나가 있으라고 했다. 문밖에서 초조해하며 서성거린 지 얼마 후, 드디어 월이의 비명과 동시에 '아앙' 하는 아기의 울음을 들을 수 있었다. 산통이 시작된 지, 하루 한나절만의 분만이었다. 딸이었다. 기력을 소진한 월이는 한동안 자리에서 일어나지 못했다.

　새별이는 1945년 5월 16일 오후, 힘들게 태어났다. 목욕을 시킨 후, 아기를 보는 순간 월이를 닮아서 예쁘다는 생각이 들었다. 머리카락이 새카맣고 얼굴이 희었으며 동그란 눈이 크고, 코는 오똑했다. 난산이었지만 산모와 아기 모두 건강했다. 어린 나이에 10달 동안의 힘든 시간을 이겨내고 출산한, 월이가 대견스러웠다. 월이의 해쓱한 얼굴이 예쁘고 사랑스러웠다. 월이 옆에 누운, 새별이가 새까만 눈으로 자신을 바라보는 듯했다. 세상에 태어나, 아버지를 처음 보는 순간일 것이다. 현규는 딸에게 "새별아" 하고 불러 보았다. 그가 새별이와 눈을 맞추었을 때, 말로 표현하기 어려운 감동이 밀려왔다. 새별이가 자신에게 "아버지"라고 부르면 기분이 어떨까? 이렇게 예쁜 새별이가 어떻게 우리에게 왔을까? 이제는 만주로 올 때처럼 홀몸이 아닌, 세 식구로 불어났다. 혼자서 이렇게 먼 곳까지 와서 월이를 만나고 새별이까지 낳게 되어, 기적 같은 일이었다. 오직 하늘의 뜻이 아니고는 이렇게 될 수가 없을 것이다.
　"아들이 아니라서 섭섭하지요?"
　"무슨 소리를 하는 거야. 조금도 섭섭하지 않아. 요렇게 예쁜 딸인데, 우리 새별이는 조선에서 제일가는 미인이 될 거야."
　"딸이라고 섭섭하게 생각할까 봐, 걱정했어요."
　평소 현규가 아들딸 상관없다고 말해 왔음에도 월이는 은근히 걱정되었던 모양이었다. 만약 고향 집 부모님이었다면 섭섭하게 생각하셨을 것이다. 형수님이 딸만 둘을 낳아, 부모님 눈치를 보며 힘들어하고 있다. 특히 아버지는 자신이 외동이라, 아들만이 대를 이을 수 있다는 이유로 유달리 아들 타령을 많이 하셨다. 어른들 생각은 다 그랬지만 현규 생각은 달랐다. 앞으로는 여성들도 차별받지 않는 사회가 올 것이다. 문명국인 서양에서는 여성이 남성보다 힘이 더 세다고 한다. 속담에도 '첫딸은 살림 밑천이다'라는 말도 있다. 월이와 자신은 아직 젊었으니, 아들은 다음에 또 낳으면 된다. 현규는 새별이의 표정과 몸짓을 들여다보며, 무한한 책임 의식이 느껴졌다. 이제부터 자신에게는 새별이를 건강하게 키워야 하는, 임무가 주어진 것이다. 아이를 잘 키우려면 환경이 중요하지만, 이곳은 날씨뿐 아니라 모든 조건이 좋지 않았다. 어지러운 시국에다 해마다 온갖 유행병까지 돌아, 아기들이 많이 희생되었다. 현규는 아이를 많이 낳아, 예사로 잃기도 하는, 여느 부모들처럼 되고 싶지 않았다. 새별이가 세상을 살아가는 데, 필요한 교육도 시켜야 한다. 시국이 안정되면 하루빨리 월이와 새별이를 데리고 고향으로 돌아가야겠다고 생각했다.

"새별이를 낳은, 기분은 어때?"

"이러다 정말 죽는 줄 알았어요. 창자가 끊어지는 것처럼 아팠지만 아이의 울음소리를 듣는 순간 이제 살았구나 싶었어요. 내 몸속에서 어떻게 이런 예쁜 아기가 나왔을까 싶어, 신기하기도 하고, 눈물이 나오려고 했어요. 딸이라고 당신이 뭐라고 하지 않을까 걱정도 되었고요."

"내가 딸 낳았다고 뭐라고 할 사람이야? 정말 수고 많았어."

월이가 새별이를 먹일 젖이 잘 나오지 않았다. 새별이가 젖을 빨아도 나오지 않자, 울고 보채는 것이었다. 원래부터 월이의 유방이 그리 크지는 않았지만, 이렇게 젖이 나오지 않을 줄은 몰랐다. 초유부터 새별이 배를 채우기에 턱없이 부족했다. 흰죽을 끓여 죽 물을 먹여 보았지만, 먹지 않고 보채기만 했다. 분유에 설탕이라도 넣어 먹이면 좋겠지만 분유도 설탕도 구하기 쉽지 않았다. 분유를 구해 보려고 백방으로 나서 보아도 의란에서는 구할 수 없었다. 일본 사람 집이라면 구할 수 있을지도 모르겠으나, 마땅히 부탁할 집도 없었다. 당장에 시급하지만, 늦게 도착한다 해도 구해 보려고 하였으나, 하얼빈 백화상점에서도 분유 떨어진 지 오래라고 했다. 죽 물에 설탕이라도 타면 새별이가 먹을 수 있겠지만, 설탕도 배급이 끊긴 지 오래였다. 요즈음에는 밀가루 구하기도 여간 힘들지 않다고 했다. 전쟁으로 물자가 부족해지자 2년 전부터 만주에도 생필품들이 배급제가 되었다. 오족협화를 외치고 있지만, 민족별로 지급되는 배급 통장이 달랐다. 일본인들은 빨간 통장, 중국인은 황색 통장, 조선인은 흰색 통장이었다. 통장 색깔에 따라 배급되는 물품 내용도 달랐다. 그래도 조선인은 일본인과 중국인 사이에서 중간쯤의 대우는 받았다. 그것 때문에 중국인들의 질투를 받기도 한다. 하지만 그것도 제때 공급되지 않았다. 다행히 새별이가 살길이 생겼다. 생각다 못한 장모님이 젖먹이가 있는 집을 찾아 나서, 젖이 잘 나오는 아주머니를 데려온 것이었다. 월이보다 먼저 출산한, 이 아주머니는 젖이 풍부했다. 아주머니의 아기인 순덕이가 먹고 남는 젖을 새별이에게 먹이기로 했다. 현규는 젖값으로 아주머니에게 섭섭지 않게 사례하겠다고 했다. 장모님도 젖이 많이 나오게 하려고 순덕 엄마에게 수시로 보양 음식을 해 먹였다. 아주머니가 하루에도 6~7번을 들락거려야 하는, 여간 귀찮은 일이 아니었지만 고맙게도 거르지 않았다. 새별이는 동냥젖을 얻어먹고도 방긋방긋 웃으며 잘 자랐다. 새별이의 방긋거리는 모습은 현규의 마음을 사로잡았다. 그가 새별이를 품에 안고 어르는 모습을 아버지가 보셨다면, 틀림없이 시답잖은 딸을 낳고도 좋아한다고 나무라셨을 것이다. 현규는 월이와 새별이 곁을 잠시도 떨어지고 싶지 않았지만 당분간 월이와 새별이를 통하에 데리고 올 수 없었다. 월이의 몸은 어느 정도 추슬렀다 해도 새별이의 젖을 먹여야 하기 때문이었다. 아이에게 하루 몇 번씩 젖을 먹이려면 유모와 멀리 떨어질 수 없었다. 현규는 하는 수 없이 당분간 혼자 지내야만 했다.

제3부
일소(日蘇) 전쟁

1

　금년(1945) 들어 일본의 전황이 더욱 불리하게 돌아가고 있는 듯 들려오는 소식들은 하나같이 심각하기만 했다. 사무실 분위기도 어수선해져 모두 제대로 일손을 잡지 못하고 있었다. 하야시 소장이나 모리 주임은 힘이 빠지고 얼굴에도 근심이 가득해, 보기에도 딱할 지경이었다. 모리 주임의 신경질이 더욱 늘어나기는 했지만, 장부 따위에는 관심을 가질 여유가 없을 것 같아, 다행이라는 생각도 들었다.
　작년 연말에 이어 금년 초에도 내지에 지진이 발생하여 또 수천 명이 죽었다고 했다. 신문이나 방송에는 한 줄도 비치지 않아도, 흉흉한 소문들은 어김없이 이 먼 곳까지 찾아왔다. 연초에는 영국군의 폭격으로 남방의 일본군 유류 시설이 거의 다 파괴되었다 했다. 장비를 움직이는 기름이 전쟁 수행의 필수품인데, 곤란하게 되었을 것이다. 지금도 기름이 모자라, 민수용 기름은 공급이 끊긴 지 오래여서 목탄차나 마차가 다니는데, 앞으로는 어떻게 될지? 태평양 전선에서도 오키나와를 빼앗기고 일본군 전원이 옥쇄했다는, 숨 가쁜 소문이 들려왔다. 오키나와는 일본 본토의 마지막 방어선이라고 했다. 3월에는 수도인, 도쿄가 미군의 폭격으로 십몇만 명이 죽었다는 소식도, 4월에는 히틀러가 자살하고 독일이 연합군 측에 항복했다는 이야기도 연이어 들려왔다. 독일군은 압도적인 기계화 병단(兵端)으로 모스크바 근교까지 침공했으며, 몇 주 내로 소련 전체를 점령할 것이라 했는데, 의외의 소식이었다. 모든 전선에서 힘겹게 버티고 있는 일본이 동맹의 항복으로 큰 충격을 받았을 것이다. 하늘에서는 가미카제 특공대라고 하는, 수많은 젊은이가 추풍낙엽처럼 떨어지고 있다는 소문도 들렸다. 이들은 천황을 찬양하는 '기미가요'와 '우미유카바(바다에 가면)'를 힘차게 부르고 비행기에 오른다고 했다. 하나같이, 멀지 않은 장래에 일본의 패망을 예고하고 있었다.

이런 전황에 징용과 군대에 끌려간 병규 형님과 인규는 무사할 수 있을까? 고향에 계신 부모님은 잘 계시는지? 더욱 걱정이 많아졌다. 근래에는 편지를 보내도 답장도 없다. 인규가 군대 징집되었기 때문인 것 같았다.

그런 가운데, 현규는 또 다른 불안감에 휩싸였다. 북쪽에서 소련이 쳐들어올 것이라는 소문 때문이었다. 이제 독일이 항복했으니, 소련이 병력을 일본 쪽으로 돌릴 수 있다는 것이었다. 소련이 독일과 일본, 동시에 전쟁을 수행할 능력이 없어, 일본과 협약을 맺었지만, 이제 그럴 필요가 없어진 것이었다. 스탈린이 불가침 협약을 파기하고 일본을 침략국으로 간주하여, 이미 극동으로 병력과 보급품을 대거 수송하고 있다고 했다. 그동안 전쟁은 이곳과는 무관하게, 먼 지역에서 벌어지는 일일 뿐이었다. 하지만 소련 군대가 쳐들어온다면 바로 이곳이 전쟁터가 된다. 의란현에서 소련 국경은 불과 500리 길이고 가목사에서는 200리 남짓이다. 불과 2~3일이면 소련군대가 의란까지 도착할 수 있다는 이야기이다. 관동군이 얼마나 저항할 수 있을지? 주력부대는 남방 전선으로 투입되고 북쪽은 사실상 비어 있다고 한다. 독일군을 물리치고 오는, 소련군이라면 지금의 관동군으로서는 막아내기 힘들 것이다. 소련군이 파죽지세로 밀고 와, 이곳이 전쟁터가 된다면 누구도 안전을 보장받을 수 없게 된다. 일본군이 중국 민간인들을 학살한 것처럼 소련 군대도 그렇게 하지 않을까? 그렇다면 자신과 가족은 무사할 수 있을까? 일본이 망하면 조선이 해방될 수도 있기에 좋아해야 할 일이다. 하지만 고향에서 해방을 맞는다면 한없이 기쁘겠지만, 이곳에서는 불안하기만 했다. 일본이 망하고 세상이 뒤집힌다면 어떤 일들이 일어나게 될지 전혀 예측할 수 없기 때문이었다. 이제는 혼자가 아니어서 홀가분하지도 않다. 이곳에서 난리가 난다면 월이와 새별이를 데리고 무사히 고향으로 내려갈 수는 있을까? 주말에 처가에 갔을 때 장인어른과 마주 앉았다.

"아버님, 금년 들어 들려오는 소문들이 심상치 않습니다. 소련군이 쳐들어올 것이라는 소문이 있어, 걱정입니다."

"그래, 나도 소문을 듣고 있네만 걱정이야. 지금까지는 전쟁이 났다고 해도 먼 곳에 이야기였지만 소련과 전쟁한다면 이야기가 달라지겠지. 여기가 소련하고 얼마나 된다고, 밀고 들어온다면 하얼빈을 점령하기 위해, 수화현 쪽이나 이쪽을 지나가지 않겠나 싶네. 일본이 망한다는데, 좋아할 일이지만 마음이 편하지를 않아. 소련 공산주의자들이 점령지 백성들을 어떻게 대할지…."

"지금도 일본이 굉장히 곤란한 지경에 처했다는데 북쪽에서 소련군까지 오면 감당할 수 있겠습니까."

"그러게, 말이야. 일본도 이제 막바지에 든 모양이네. 이미 미군이 일본 동경을 폭격하고 있다더군. 먼저 남쪽 전장에서 무너질 것 같아. 빨리 항복해 버려야 소련군이 만주로 들어올 명분이 없어질 터인데, 시간을 끌면 그사이에 소련군이 들어오게 될 거야. 소련도 이쪽 전선으로 참전하려고 서두르고 있겠지. 그래야 전쟁이 끝난 후, 승전국 권리를 주장하며 뭐라도 챙길 수 있을 테니까. 패할 것이 확실한 시점에 참전한다면 소련은 손 안 대고 코 푸는 격이지."

"들리는 이야기로는 가미카제 특공대라고, 젊은이들에게 간단한 비행 기술만 익혀주고, 날려 보낸다는군요. 미국 군함 굴뚝 안에서 폭발해 죽으라고, 돌아오는 기름은 넣어주지도 않는다고 하던데요. 육상 전투에서도 젊은 병사들의 허리에 폭탄을 매달아 주고 탱크 밑으로 뛰어들게 한다고 해요."

"나도 들었어. 젊은 사람들을 파리 목숨처럼 소모품 취급하고 있으니, 이런 자살 공격이 얼마나 효과가 있겠어? 애꿎은 젊은이들만 아깝게 죽어가지. 일본이 막바지에 미쳐 돌아가는 것 같애."

"이제 얼마나 오래 가겠습니까?"

"일본이 망하는 것은 시간문제인 것 같고, 문제는 일본이 망한 후, 조선은 독립이 되겠지만 이곳은 어떻게 되겠느냐는 것이지."

"저도 그게 걱정입니다. 일본이 망해, 만주에서 물러난 이후 그 공백을 어떤 세력이 메꿀 것인가가 문제 아니겠습니까?"

"그래서 생각해 보았는데, 소련군은 오래지 않아 철수할 것이야. 중국 역시 일본과 싸우던 참전국이니까 소련이 만주를 오래 점령하고 있을 수는 없겠지. 하지만 앞으로 만주를 서로 차지하려고 국민당 군대와 공산당 군대가 몰려와, 내전을 치르게 될 거야. 내 생각에는 소련 군대가 들어온다면 아무래도 코민테른 연합체 일원인 공산당 군이 좀 유리하지 않겠나 싶네."

"그러나저러나 다시 내전이 일어난다고 하면 고래 싸움에 새우 등 터진다고 백성들만 죽을 지경이 되겠지요."

"그럴 거야. 일본이 빠지면 본격적인 내전이 시작되겠지. 앞으로 우리가 걱정이네. 누가 이길지 결과를 지켜보는 수밖에."

"저도 앞으로 어떻게 해야 할지 모르겠습니다. 아직 젖을 먹는 아이를 데리고 움직이기도 그렇고."

"기다려 보자꾸나. 이럴 때는 꼼짝하지 않아야 하네. 아, 지금 이상한 소문이 돌아. 관동군이 남자들을 닥치는 대로 군대에 끌고 가고 있다는 소리가 들리네. 늙고 젊고 할 것 없이 가리지 않고, 보이는 대로 잡아간다고 해. 내지에서도 나이 많은 예비군까지 전쟁터에 동원된다는 소문도 있어. 아마 북쪽 소련군을 막을 병력을 보충시키려는 모양이야. 자네도 특별히 조심해야 하네. 될 수 있는 대로 출장도 자제하고."

"그런 소문이 들립니까? 그럴 수도 있을 것 같네요. 왜놈들이 급하면 무슨 짓을 못 하겠습니까. 일본이 항복한다면 우리 조선은 해방이 되겠지요?"

"조선은 독립할 수 있을 것이야. 조선뿐 아니라 대만도 해방되겠지."

"해방되면 조선으로 돌아가실 생각이십니까?"

"이제 움직이기도 쉽지 않아. 이곳의 정세가 어떻게 될지? 어느 세력이 만주를 차지할 것이며, 우리 같은 조선사람을 계속 살라고 할지?

조선으로 돌아가라고 할지도 모르겠고. 좀 더 지켜보아야 알 수 있을 것이야. 자네는 이제 홀몸도 아니니 각별히 조심해야 하네. 지금은 어디로든 움직일 때가 아니야. 사무실에서도 상황이 좋지 않으면 즉각 이리로 오게. 죽거나 살거나 같이 있어야지. 하얼빈에 있는, 막내한테도 돌아오라고 일러 놓았어."

"당분간 통하에서 지켜보겠습니다."

"특별히 젊은 자네가 조심해야 하네. 될 수 있는 대로 밖에는 나가지 말게."

2

 8월이 시작되면서 들려오는 소문은 여전히 시끄러웠지만, 여름은 어김없이 짙어지고 있었다. 햇볕이 하루가 다르게 강해지면서 벼는 짙푸르게 변해, 알이 조금씩 영글고 있었고, 옥수수는 훌쩍 자라 사람보다 키가 컸다. 태어난 지 2달을 넘긴, 새별이가 남의 젖을 얻어먹고도 살이 통통하게 올랐다. 이제 현규와 눈을 맞추면 곧잘 방긋방긋 웃는다. 젖과 함께 죽 물을 조금씩 먹여 보지만 아직 잘 먹지 않고 뱉어내기만 했다. 주말에 현규가 월이와 새별이를 보러 영란촌으로 왔다가, 다음 날 통하로 돌아가기 위해 작별 인사를 했다. 월이와 새별이를 떼어 놓고 갈 때마다, 섭섭하여 항상 발걸음이 떨어지지 않았지만, 아이가 젖을 뗄 때까지는 어쩔 수 없는 일이었다. 월이는 집을 나서는 현규에게 거듭 조심하라고 당부했다. 시국이 혼란스러운 만큼 잠시라도 떨어져 있으면 서로의 안부가 불안해질 수밖에 없었다. 현규도 늙고 젊고 간에 남자들만 보이면 무조건 군대에 끌고 간다는 등, 소문이 하도 흉흉하여 다니기도 조심스러웠다. 통하까지 가는 내내 긴장을 늦추지 못하였다.

다음 날 아침 현규가 출근했을 때 사무실은 평소와 다름없었다. 모리 주임은 언제나처럼 인사도 받는 둥 마는 둥 했다. 박 서기와는 가벼운 눈인사를 주고받았다. 자리에 앉자마자, 무슨 일인지 갈색 정복에 긴 칼을 찬 순사 한 명이 출입문으로 들어왔다. 그가 모리 주임과 눈을 맞추자 주임이 턱으로 현규를 지목했다. 순사는 다짜고짜로 현규에게 다가와 "야, 경찰서까지 같이 좀 가야겠어."라며, 일어서 앞장서라고 한다. 모리 주임은 이미 알고 있었다는 듯 고개를 돌리며 모른 척했고, 순사에게 시선을 보내고 있던 박 서기와 다른 직원들이 깜짝 놀란다.

"왜 그러시는데요?"

"가보면 알아."

순사는 그 한마디 외에 어떤 말도 하지 않았다. 무엇 때문인지 영문을 모르는, 현규로서는 놀랄 수밖에 없었다. 눈치를 보니, 순사는 모리 주임이 부른 듯했다. 자신이 출근하기를 기다리고 있었던 것 같았다. 사전에 아무런 귀띔도 없었다. 알았다면 도주해 버릴까 봐, 그랬을 것이다. 현규는 속절없이 경찰서로 끌려가면서, 떠오르는 생각이 있었다. 몇몇 농가들의 입금 조작이나 가뭄 피해 농가들의 납부금 바꿔치기 때문인 것 같았다. 자신이 잘못한 일이라고는 그것밖에 없다. 아직 박 서기의 창고 장부와 맞추어 놓질 못했다. 진즉에 했었어야 하지만, 그동안 바쁘기도 했거니와, 새별이까지 태어나 정신이 없었다.

뿐만 아니라 박 서기가 어떻게 생각할지, 창고 장부와 전표까지 일일이 고쳐야 하는, 보통 성가신 일이 아니기에 쉽게 말하지 못하고 차일피일했다. 그 일 때문이라면 모리 주임이 자신의 장부와 창고 장부를 비교해 가며, 세세하게 검사하지 못했을 터인데 어떻게 알았을까? 아니면 다른 이유 때문일까?

"이 새끼가 전선에서는 황군들이 옥쇄해가며 성전(聖戰)을 치르고 있는데, 감히 군대에 보낼 쌀을 횡령해. 너는 총살감이야."

경찰서에 도착하자 내던지듯 던지는, 말과 동시에 뺨을 두어 차례 때렸다.

"예, 횡령요? 그게 무슨 말입니까?"

현규는 그 대답도 듣지 못한 채, 바로 유치장에 갇혀야 했다. 다른 조사도 하지 않았다. 유치장에는 무슨 죄를 지었는지 중국인 젊은 사람 2명이 더 있었다. 이제 무엇 때문에 끌고 왔는지 그 이유를 대략 짐작할 수 있을 것 같기도 했다. 역시 염려하고 있었던 일 때문인 듯했다. 모리 주임이 어떻게 알았을까? 밤새 곰곰이 생각해봐도 도무지 알 수가 없었다. 작년에 가뭄 피해가 심했는데, 의외로 경작권 박탈해야 할 농가가 몇 집 되지 않아, 이상하게 생각했을 가능성이 있다. 연부금, 대출금 등이 많이 밀려 경고장을 몇 번씩이나 받았지만, 경작권 박탈 통지는 받지 않았다는 등 농민들의 소문을 들었을까? 모리 주임이 악성 체납자 명단을 가지고 있기는 했다. 여우 같은 모리 주임이 자신이 눈치채지 못하게, 비밀리에 조사해 봤는지도 모를 일이다. 평소에도 현규가 농민들을 다그치지 않아 체납자가 많이 늘어났다며, 눈 속에 가시처럼, 못마땅해하고 있었다. 아니면 자신이 모르는 무엇인가를 꼬투리 잡아, 횡령이라는 죄를 뒤집어씌워 고발했는지도 모를 일이었다.

　유치장에서 밤을 새우고 다음 날 아침, 그 중국인들과 함께 총을 멘 순사를 따라 경찰서를 나왔다. 어디로 데리고 가려는지? 하얼빈 경찰국으로 데리고 가는 것은 아닐까? 본국(本局)으로 넘겨진다면 감옥살이를 피할 수 없을 것이라는 생각이 들었다.
　경찰서를 나와 옆길로 꺾어 들자, 포장을 둘러친 군 트럭 한 대가 서 있었다. 트럭 앞에는 헌병이 지키고 있었다. 트럭으로 다가가, 순사는 일행 3명을 헌병에게 인계했다. 헌병은 그들을 차에 오르라고 했다. 트럭 안에는 어디에서 끌고 왔던지 이미 30명도 넘는 사람들이 타고 있었다. 트럭은 여기에 세워두고, 사람들이 모여드는 역두나 장터에서 잡아 온 것 같았다. 그는 순간적으로 군대에 끌고 가려 한다는 생각이 들었다. 감옥으로 간다면 언젠가 돌아올 수 있지만, 군대에 끌려가면 살아 돌아오기 힘들다. 그렇다면 트럭에 오르기 전 도망쳐야 한다. 하지만 놈들이 총을 가지고 있어, 주저 없이 쏘아버릴 것이다. 도망가는 사람에게 총을 쏘는 것은, 그들로서는 너무나 당연한 일이다. 지금은 전시이므로 어쩔 수 없다고 생각할 것이다. 설불리 움직일 수가 없었다. 계속하여 사람들이 잡혀 와, 트럭으로 올라왔다. 트럭 적재함 양쪽 긴 의자에는 먼저 잡혀 온 사람들이 앉았고, 뒤에 온 사람들은 바닥에 앉아야 했다. 현규와 일행은 뒷부분 바닥에 앉았다. 40여 명이 넘는 사람들이 잡혀 와, 이상 더 앉을 자리가 없자, 트럭은 출발했다. 헌병이 양쪽 맨 뒷자리에 한 명씩 앉아 도망이라도 갈까 봐 눈을 부라리고 있었다. 잡혀 온 사람들은 15~16세 정도의 아이부터 50이 넘어 보이는 늙은이도 보였다. 어떤 아이는 훌쩍훌쩍 울기도 했다. 놈들이 남자만 보이면 노소(老小)를 막론하고 무조건 잡아 온 것 같았다. 평소라면 교사나 공무원 등 국가 기관에 근무하면 징집되지 않는다. 죄를 지은 사람까지 전쟁터에 보내는 것으로 보아, 매우 다급해진 모양이었다. 현규는 보름쯤 전에 장인어른과 나눈 대화가 생각났다. 틀림없이 소련군에 대비하여 병력을 보충하려는 듯했다. 조선 사람이 무엇 때문에 망해 가는 일본을 위해 총알받이가 되어야 하나? 현규는 참으로 난감한 상황에 빠졌다고 생각하며, 눈앞이 캄캄해졌다. 이제 언제 돌아올 수 있을지? 살아서 돌아올 수 있을지? 장담할 수 없는 일이었다. 월이와 갓 태어난 새별이는 어떻게 하고? 이렇게 잡혀갈 수는 없는 일이다. 월이와 작별 인사도 나누지 못했다. 생각할수록 심장이 멈출 것 같았다. 자신이 군대 끌려갔다는 소리를 들었다면 월이가 까무러치지 않았을까? 사무실에서도 자신이 군대 끌려가리라고는 생각하지 못할 것이다. 비적에게 납치되었던 일이며, 공산당원에게 습격당했던 일을 생각하면 자신은 정말 운이 없는 것 같았다. 차에서 뛰어내려 도망이라도 쳐 볼까 생각했지만, 어김없이 등 뒤로 총알이 날아올 것이다. 옥수수밭으로 도망친다면? 도착하기도 전에 총알을 맞을 수 있다. 앞으로 도망칠 기회가 여러 번 있을 것이다.

두어 시간쯤 달려 포장 밖으로 목란현 거리가 보였고, 곧 시가지를 지나쳤다. 트럭이 하얼빈 방향으로 가고 있는 것 같았다. 트럭에 사람이 많이 탔고 바람이 통하지 않아 더웠다. 바닥이 딱딱하여 엉덩이도 아팠다. 멀미가 나, 토하고 싶다는 사람과 여기저기에서 오줌 마렵다는 소리가 들려왔다. 한 아이가 갑자기 '우웩' 하며 토했고 앞 사람은 벼락을 맞았다. 사람들의 요구를 모른 척하던, 헌병도 그제야 앞쪽 운전석에다 연속적으로 "멈춰"를 외치자 차가 멈추었다. 차가 멈추어 선 곳은 마을은 보이지 않고 키가 큰 포플러가 몇 그루 서 있는 송화강 백사장이었다. 내리라면서 "도망갈 생각하지 말라"고 했다. 모두가 우르르 내려, 횡대로 서서 바지를 헤집고 강을 향해 오줌을 누기 시작했다. 뒤편으로는 논도, 옥수수밭도 있었지만, 헌병 2명이 총을 겨누고 지키고 있었다. 현규도 차에서 내려, 오줌을 누면서 도망갈 방법을 생각해 보았다. 앞으로는 더없이 넓은 강이고 뒤쪽으로는 저만치 옥수수밭이 있었다. 앞으로 도망가면 강물에 빠져 죽을 것이고, 뒤편으로 도망간다면 옥수수밭에 도달하기도 전에 총에 맞을 것이다. 이곳에서 도망은 목숨을 재촉하는 어리석은 짓이다. 모두 도망가고 싶겠지만 아무도 행동을 개시하지 못하고 있었다. 그래서 헌병들도 강가에 풀어 놓은 것 같았다.

그 순간이었다. 누군가가 '풍덩' 하고 강물로 뛰어들었다. 그리고는 어디로 갔는지 보이지 않았다. 그러자 또 다른 한 사람이 뒤따라 강물로 뛰어 들어갔다. 수영에 자신이 있는 사람들인 것 같았다. 두 사람이 한꺼번에 강물로 뛰어들자, 당황한 헌병이 강을 향해 총을 쏘아대기 시작했다. 사람들이 웅성거렸다. 물 위로 머리가 보였다 하면 박살 날 지경이었다. 모두 다 숨죽이며 강물을 지켜 보고 있었다. 한참을 기다려도 사람이 나오지 않았다. 반대편으로 나온다면 도망칠 수 있지만, 그렇게 오랫동안 숨을 참을 수는 없을 것이다. 그때 누군가가 "저기다" 하고 소리쳤다. 당연히 못 본 척해야 하지만 그도 엉겁결에 나온 말일 것이다. 처음 들어간 곳에서 그다지 멀지 않은 곳에 한 사람의 머리가 보였다. 둘 중 어느 사람인지 알 수 없었다. 헌병들이 그쪽을 향하여 총을 쏘기 시작했다. 그러자 그 사람이 총에 맞았는지? 저만치에서 강물이 붉게 물들었다. 숨죽이며 보고 있던 사람들이 "아" 하는 탄식을 쏟아내었다. 누군가는 "맞았다."라는 말을 하기도 했다. 잠시 후 하얀 저고리를 입은, 등만 보이는 시신이 떠올라 천천히 하류 쪽으로 움직였다. 지켜보던, 모두가 망연자실했다. 온 세상이 미쳐 날뛰는, 혼란기에 사람의 목숨은 아무런 의미도 없는, 그야말로 파리 목숨이나 다름없었다. 이런 시국에 살아남으려면 위험을 요령껏 피하는 수밖에 다른 방법이 없을 것이다. 아직 한 사람은 보이지 않았다. 그러다 한참 하류 쪽에서 머리가 살짝 보이는 듯하더니 금방 또 사라져 버렸다. 헌병들은 그쪽을 향하여 총을 쏘아댔다. 그 후로는 아무리 지켜보아도 잠수해버린 물개처럼 이상 더 머리가 올라오지 않았다. 총을 계속 쏘던 헌병들은 찾기를 포기했는지, 총구를 반대쪽으로 들이대면서 모두 올라가라며 고함을 쳤다. 그 사람은 도망치기에 성공한 것 같았다. 반대편 무성한 갈대숲으로 숨어들었다면 성공했을 것이다. 얼핏 조선 사람 같았는데, 물에는 자신이 있었던 모양이었다. 하얀 저고리의 시신은 강 중간쯤에서 천천히 떠내려가고 있었다. 두 사람을 떨구고도 아무 일도 없었다는 듯, 트럭은 어디론지 달리기 시작했다. 현규는 월이와 새별이 생각이 잠시도 떠나지를 않았다. 지금쯤 어쩌고 있을까? 다시 볼 수는 있을까?

3

 어둠이 내리려 할 때, 어떤 부대에 도착했다. 긴 막사가 여러 동 보였고 넓은 연병장 주위에는 높은 철조망이 둘러쳐져 있었다. 누군가가 하얼빈에서 그리 멀지 않은 곳 같다고 하는, 말이 들렸다. 현규가 예상했던 것처럼 끌고 온 사람들을 훈련시켜, 전장으로 보내려는 것이 틀림없었다. 막사를 배정받았다. 막사 안에는 다른 지역에서 끌려온 사람들 100여 명 정도 더 있었다. 한쪽 구석에는 목총들이 수북이 쌓여 있었다. 이들은 방금 훈련을 끝내고 막사로 돌아온 모양이었다. 땀 냄새, 발 냄새 등이 진동을 했다. 사람들의 면면으로 보아, 보이는 대로 끌고 왔음이 분명했다. 노인처럼 보이는 사람도, 어린 티가 나는 소년도 보였다. 군복도 지급되지 않았는지 입은 옷 그대로였다. 일찍부터 오족협화(五族協和)를 외치더니, 오족들이 다 잡혀 왔는지 말도 제각각이었다. 조선 사람들도 많이 섞여 있는 듯했다. 한참 동안 앉아 있었더니, 취사 담당병들이 주먹밥을 가득 채운 커다란 밥통을 들고 와, 하나씩 나누어 주었다. 수수에 대두를 섞어 만든, 주먹밥이었다. 그것도 더 받으려는 사람들이 있어, 고성이 오가기도 했다. 젊은 사람의 배를 채우기에는 턱없이 부족해 보이는 크기였다. 현규도 하나를 받기는 했으나 도저히 먹을 수 없었다. 앞으로는 먹지 않을 수 없겠지만 아직은 넘어가지 않을 것 같았다. 옆에 있는 비슷한 또래로 보이는, 덩치가 큰 조선 청년에게 먹으라며 내밀었다.
 "왜? 못 먹겠어요? 주시면 먹지요. 점심을 못 먹어서."

"어디에 살아요?"

"의란현 단산자촌, 김영택이라고 합니더."

"단산자촌이면 나도 가본 적이 있어요. 만척에 근무하는 김현규요."

"아, 나도 어디서 많이 본 사람 같다 했더니, 그렇군요. 만척에 근무하면 군대 안 가도 괜찮지 않소?"

"지금은 그런 것 없는 모양이요. 보이는 대로 막 끌고 오는 것 같아요."

"나는 사야 할 것들이 있어, 장마당에 나왔다가 잡혀 왔는데, 이 사람들이 우리를 어디로 보내려고 하는 것 같소?"

"아마 소련 군대 막으려고, 국경 쪽으로 보내겠지요."

"아이구, 내 그럴 줄 알았다니까. 이 일을 어쩌면 좋노."

현규도, 영택이도 똑같이 집 생각을 했다. 여기에 끌려와 있는, 모두가 집 생각을 하고 있을 것이다. 마룻바닥에 다리도 펴지 못하고 굼벵이처럼 서로 엉킨 채, 웅크리고 밤을 새워야 했다. 피곤해서인지 여기저기에서 코 고는 소리가 들리며, 태평스럽게 자는 사람들도 있었다. 영택이라는 친구도 초저녁에는 뒤척거리더니, 잠이 들었는지 코를 골고 있었다. 아직은 월이가 모르고 있겠지만, 하루 이틀이면 금방 알게 될 것이다. 월이와 새별이를 생각하면 가슴이 터질 것만 같았다. 이제 어떻게 해야 할지 생각할수록 난감하기만 했다.

다음 날 아침 기상나팔 소리와 동시에 일어나야 했다. 아침 예의 주먹밥 한 덩이씩 받아먹고 연병장에 집합했다. 연병장에는 여러 막사에서 쏟아져 나온, 천여 명도 더 되어 보이는 사람들이 모여, 제대로 훈련이 될 것 같지도 않았다. 육군 오장(伍長) 한 사람이 100명도 넘는 중대원들에게 목이 쉬도록 고함을 쳐댔다. 훈련병들이 개미 떼처럼 깔려 있어, 무슨 말을 하는지 붕붕거리는 나팔 소리처럼 잘 들리지도 않았다. 차렷, 열중쉬어, 앞으로 가, 뒤로 돌아 등의 제식훈련도 사람들이 너무 많아 몇 발자국 나가지 못했다. 총검술과 사격 훈련은 목총으로 시늉만 해야 했다. 교관은 기합도 빠트리지 않았다. 군인 정신을 주입시킨다며, 중대 전체를 엎드리게 하여 빠따를 치거나, 땅바닥에 머리를 처박게 하기도, 목총을 거꾸로 들고 오리걸음을 걷게 하기도 했다. 땡볕에서 구르다 보니, 땀으로 흠뻑 젖어 옷을 짜야 할 지경이었다. 씻는 시설은 우물에 펌프를 설치한 곳이 두어 곳 있었으나, 많은 사람이 한꺼번에 몰리면서 물 한 방울 구경하기가 힘들었다. 판자로 얼기설기 막아 놓은 임시 변소가 있었지만, 모두가 철조망 가에 붙어서서 오줌을 누었다. 보급품이 있기는 한지 군복도 신발도 지급되지 않아, 바지저고리, 국민복, 셔츠, 화복 등 제각각 입고 있던 그대로였다. 며칠 뒤 군복과 신발이 도착했으나, 턱없이 부족해 훈련병의 일부에게만 지급되었다. 그나마 현규도 영택이도 받지 못했다. 훈련하는 동안 제대로 총 한번 쏘아볼 수 있을지 의문이었다. 아무리 다급해도, 이 같은 엉터리 군대로 어떻게 전쟁할 수 있을지? 이런 군대로 독일군을 물리치고 온, 소련군을 막겠다니, 천하의 관동군도 이제 옛날 말이라는 생각이 들었다. 매일같이 수백 명씩 새로운 사람들이 들어와, 일주일 정도 훈련받으면 어디론지 실려 나갔다. 월이는 현규가 어디로 끌려갔는지, 무엇을 하고 있는지 모른다. 알았다면 지옥이라도 찾아오려고 할 것이다. 현규는 그동안 월이와 보냈던 일상이 얼마나 행복한 시간이었는지 절실하게 느낄 수 있었다. 자신에게 그런 시간이 다시 올 수 있을지? 월이와 새별이가 기다리고 있는 집으로 돌아갈 때까지, 어떻게 하든 죽지 말아야 한다고 생각했다. 자신의 죽음은 혼자만의 죽음이 아니다. 이런 시국에 월이와 새별이를 두고 죽는다면, 둘 역시 죽은 목숨이나 다름없다. 목숨을 지켜내기 위해서는 어떤 시련도 이겨내어야 하기에, 먹기 힘들던 주먹밥도 곧잘 먹었다. 살아야 한다는 생각뿐 아니라 종일 땡볕에서 땀 흘리며 구르다 보니 배가 고파져, 따질 겨를도 없었다. 단산자촌의 영택이도 큰 덩치에 매일 같이 배가 고파 쩔쩔매었지만, 이곳에서 별다른 먹을거리가 있을 턱이 없었다.

"집에서 얼마나 걱정하고 있을지, 속이 타서 죽겠소."

영택이는 장마당에서 잡혀 왔기에 누군가가 자신을 보았다면 집에서도 알고 있을 것이라고 했다. 그는 아들이 둘이라고 하며, 강원도 홍천에서 이곳으로 이주해 온 지 몇 년 되었다고 했다.

"나도 그래요. 마누라가 얼마나 기다리겠어요. 아이도 태어난 지 두어 달밖에 되지 않는데. 젖은 잘 먹고 있는지."

"김형, 우리 훈련 마치면 기회를 보아서 같이 도망갑시다."

"당연히 그래야지요, 훈련이 끝나면 기회가 있을 게요. 자대(自隊)로 배치되면 비교적 자유로울 것이요. 그때까지 기다립시다."

영택이와 훈련만 마치면 기회를 보아 같이 도망가자고 약속했다. 그와 영택이는 같은 의란에서 붙잡혀 와, 돌아가도 같은 곳으로 가야 한다.

드디어 훈련 마지막 날이 되었다. 총이 모자라 두 사람 앞으로 낡은 소총 한 자루를 받았다. 실탄 십여 발을 받아 연병장 끝의 임시 사격

장에서 한 명이 5발씩, 동그란 표적 판을 향해 방아쇠를 당겼다. 하지만 총도 엉터리 같아, 한 발도 맞지 않았다. 어떤 사람들은 총 대신 일본 칼이나 낫을 받은 사람들도 있었다. 아무리 궁색하다 해도, 이 시대의 군대가 칼과 낫으로 적과 싸우려 하다니, 어이가 없었다. 소련 군대가 활과 칼, 창을 가지고 쳐들어오는 것도 아닐 것이다.

"김형, 둘이서 총 한 자루로 어떻게 싸우라는 거지요?"

"한 사람이 죽으면, 다른 사람이 사용하라고 그러는 것이겠지요."

"그러면 칼하고 낫을 받은 사람은 그것 가지고 뭐 하라고?"

"육박전 할 때 사용하라는 거겠지."

"왜 도끼는 안 주는지 모르겠네. 차라리 활을 주던가."

이런 상황에서도 하도 기가 막혀, 헛웃음이 나왔다. 현규는 어쨌든 훈련을 마쳐, 기분이 가벼웠다. 일단 훈련소 철조망을 벗어나면 탈출할 기회가 생길 수 있을 것이기 때문이다. 가능하면 전쟁터에 도착하기 전에 도망쳐야 했다. 전쟁터까지 갔다 하면 전투를 피할 수 없을뿐더러 소련군의 총을 맞을 수도 있다. 자신들이 모르고 있는지 알 수 없지만, 아직은 소련 군대가 쳐들어왔다는 이야기는 없었다. 소련군이 천천히 내려오면, 그만큼 탈출할 기회가 많아질 것이다.

훈련을 끝낸 날 저녁밥을 먹은 후 몇 대의 트럭에 나누어 태워져 어디론지 실려 갔다. 전쟁터로 가는 군인들의 꼴이란 참으로 가관이었다. 총을 가진 사람, 칼을 가진 사람, 민간인 복장을 한 사람, 군복을 입은 사람 등 제각각이었다. 총을 같이 사용해야 하는 현규와 영택이는 반드시 같이 움직여야 했다. 어둠 속으로 한 시간 남짓 달려, 아성역이라는 이정표가 서 있는 곳에서 하차시켰다. 역에는 대포 등의 무기를 실은 열차가 길게 서 있기도 했다. 일행은 멈추어 서 있는, 유개 화물차에 태워졌다.

  기차는 한밤중이 다 되어 움직이기 시작했다. 처음에는 서로 말을 주고받느라 시끄러웠으나, 밤이 깊어질수록 조용해졌다. 어디로 가고 있는지? 모두가 자신에게 닥쳐올 미래를 모른 채, 피곤했는지 새우처럼 웅크리고 코를 골고 있었다. 단지 앞으로 위험한 상황이 닥치리라는 것만은 짐작하고 있었다. 바로 옆의 영택이도 어느새 코를 골았다. 이 친구는 자신보다 태평스러워 현실 적응 능력이 빨랐다. 어차피 닥친 상황이라면 그 같은 성격이 편할지도 몰랐다. 현규는 피곤한 가운데에도 쉽게 잠을 이루지 못하고, 자다 깨기를 반복했다. 벌써 끌려 온 지 열흘이 넘었다. 월이는 지금 어떻게 지내고 있을까? 지금쯤은 정신을 차리고 차분히 자신을 기다리고 있을 것이다. 방긋방긋 웃는 새별이 모습이 눈앞에 나타나기도 했다. 말 못 하는, 새별이도 아빠를 기다리고 있을 것이다. 고향의 부모님, 징용 간 병규 형님과 인규 등, 온갖 생각들이 머리를 가득 채웠다. 차가 정차하여 눈이 뜨여, 내다보니 상지(尙志) 역이었다. 상지라면 하얼빈에서 동쪽으로 400리쯤 떨어진 곳이다. 그렇다면 동쪽 소련 국경으로 가고 있는 것이 확실했다. 기차가 덜커덩거리며 다시 정차해 밖을 보니 목단강 역이었다. 달리던 기차가 완전히 멈추었을 때, 밖은 환하게 밝아 있었다. 수분하(授芬河) 역이라는 곳에서 내렸다. 아성 역을 출발하고부터 10시간쯤 걸린 것 같았다.

4

　수분하 역에 내리자, 트럭에 실려 어디론지 가고 있는 포(砲)들과 완전군장을 하고 다급하게 움직이는 군인들의 모습도 보였다. 긴장감이 감돌며 전쟁터가 가까웠음을 실감할 수 있었다. 관동군 오장의 인솔로 행군을 시작했다. 긴 열을 따라 중간중간 병사들이 배치되었다. 수분하는 낮은 집들이 오밀조밀 모여 있는, 국경이 가까운 마을인 듯했다. 남북으로 높아 보이지 않는 산이 있었고 산 사이의 넓은, 평지 가운데로 내가 흐르고 있었다. 내를 사이에 두고 마을이 양쪽으로 나누어져 있었다. 마을을 지나 얼마 가지 않아, 긴 막사와 철조망이 보이는 군인 부대가 나타났다. 정문에는 제673부대라는 표시판이 붙어 있는, 그리 큰 부대는 아니었다. 이 부대에서도 다급하게 움직이고 있는 군인들 무리가 보였다. 곧 큰일이 벌어질 것 같은, 불안한 분위기가 감지되었다. 아침부터 햇빛이 강해 모두 땀을 삐질삐질 흘렸다. 연병장에서 아침밥을 먹은 다음 모포 한 장과 실탄 한 통, 몇 명 단위로 야전삽이나 야전 곡괭이 하나씩을 받았다. 이것으로 무엇을 하려는지 알 수 없었다. 먼저 지급 받은 낫과 칼에다 삽, 곡괭이까지 받아 농사지으러 가는 농군들 꼴이었다. 어디로 가는지도 모른 채, 고삐에 묶인 송아지처럼 길게 줄지어 갔다. 더운 날씨와 피곤한 상태라 행군의 속도가 붙지 않자, 인솔하는 군인들이 고함을 치기도 했다. 군인들은 무엇에 쫓기듯 다급해하고 있었다. 제대로 훈련되지 않은, 급조된 군인들이라 얼마 않아 모두가 강아지처럼 숨을 헐떡거렸다. 얼마 후부터는 끝을 알 수 없는, 억새와 잡풀이 무성한 황무지가 이어졌다. 황무지에 군데군데 물이 고인 작은 웅덩이들이 있었다. 갈수록 물웅덩이가 많아졌다. 삼강 지역에서도 본 적이 있는, 늪지대였다. 웅덩이를 피해 가며 행군해야 했다. 현규는 오는 내내 도망칠 기회를 노렸지만, 군인들이 실탄을 장전한 총을 가지고 있어, 엄두를 낼 수 없었다. 군인들도 이 엉터리 신병들이 틈만 나면 도망치려 한다는 사실을 잘 알고 있는 듯, 감시를 게을리하지 않았다. 행군을 시작한 지 1시간 정도 되었을 때 사람이 엎드리면 보이지 않을 정도의 잡풀이 무성한 건조지대에 멈추었다. 이곳에 군인들이 파놓은 참호가 보였다. 깊고 길게 연결된 참호에는 모래주머니와 띄엄띄엄 대포가 배치되어 있었고 거치대에 올려진 기관총도 보였다. 그런데 어떤 포는 이상했다. 나무에 칠을 한 가짜 대포였다. 왜 그래야 할까? 포가 모자라, 적에게 많은 것처럼 보이게 하려는, 위장 전술일 것일까? 얼마쯤 더 가다 군인들의 지시에 따라 두어 발씩의 간격으로 두 사람이 한 조가 되어, 횡대로 길게 늘어섰다. 줄은 이쪽 끝과 저쪽 끝이 보이지 않을 정도로 길게 이어졌다. 다음에는 서 있는 바로 그 자리에 참호를 파라고 했다. 그제야 그들이 야전삽과 곡괭이를 준 이유를 알 수 있었다. 앉으면 머리가 보이지 않을 만큼 깊이로, 두 사람이 들어가 앉을 수 있는 넓이로 파야 한다고 했다. 이곳에 정규 군인들의 참호에 앞서, 1차 방어선을 치려 한다는 사실을 알 수 있었다. 군인들보다 먼저 적들과 맞서게 하여, 총알받이로 삼겠다는 속셈인 듯했다. 여름철이라 땅이 녹아 있어 파기가 그리 어렵지 않았지만, 삽과 곡괭이가 충분하지 않아 시간이 오래 걸렸다. 두어 자(尺) 정도 파고 들어가자 이상 더 팔 수가 없었다. 추운 지방이라 땅속 깊은 곳은 녹지 않고 있었다. 지

치기도 했지만 변변찮은 도구로 언 땅을 파기란 여간 힘들지 않았다. 우리가 판 구덩이를 본, 상등병은 머리가 날아가지 않으려면 아직 더 파야 한다고 했다. 참호는 적의 총알을 피할 수도 있지만 잘못되면 자신의 무덤이 될 수 있다. 자기 손으로 자신의 무덤을 파야 한다? 전쟁이란 참으로 냉혹하다는 생각이 들었다. 현규는 힘을 쓸 줄 몰라, 거의 영택이 혼자 파다시피 했다. 저녁 무렵이 되자, 앉아서 고개를 숙이면 머리가 보이지 않을 만큼 팠지만, 아직 멀었다 했다. 그날 저녁부터는 풀밭에서 노숙해야 했다. 탈출 기회를 주지 않기 위해, 모두 한곳으로 모아, 밥을 먹이고 거기서 잠도 자라고 했다. 저녁밥 한 덩이씩을 얻어먹고는 지쳐 모포를 둘러싸고 풀밭에 쓰러졌다. 군인들이 곳곳에서 교대로 보초를 서며 지키고 있었다. 그래도 밤이면 탈출 기회가 생길 수 있을 것 같아, 자리에 누워 기회를 노렸으나, 피곤하여 자신도 모르게 잠들어 버렸다. 참호 파기는 다음 날에도 계속되었으며, 어떤 곳에서는 많은 사람이 합세하여 더 깊고 넓은 구덩이를 팠다. 남쪽과 북쪽 산에서 굵은 통나무들을 베어와, 길게 눕혀 놓기도 했다. 탱크가 빠지고, 진로를 방해하려는 것 같았다.

5

참호 파기가 끝이 났다. 둘이 앉아 다리를 펼 수 있을 만큼은 되었다. 끝난 후에는 휴식 시간이 주어졌고, 참호 속에서 전투태세로 대기하라는 명령이 떨어졌다. 소련군이 밀고 올 때까지 기다리고 있으라는 이야기였다. 전투가 시작되면 죽을지도 모른다는 생각이 들었다. 어떻게 하든 살아서 월이와 새별이 곁으로 돌아가야만 하기에 도망갈 틈만 엿보고 있었다, 몸을 숨길 수 있는 옥수수밭까지는 거리가 너무 멀었다. 뛰어가는 동안 군인들의 총을 맞을 것 같아, 움직일 수 없었다. 기회를 보며, 이틀 동안을 기다렸다. 그동안 비가 내려, 참호 안에 물이 고이기도 했다. 그다음 날에도 아침을 먹고 참호에서 대기하고 있었다. 아침부터 햇살이 강했다. 얼마 후, 먼 곳에서부터 쿵.... 쿵... 하는 대포 소리가 들려와, 바짝 긴장했다. 어디에서 탱크 소리도 들리는 듯했다. 영택이는 앞을 향해 총을 겨누고 있었고 현규도 앞을 주시하고 있었다. 하지만 한참을 기다려도 별다른 상황은 일어나지 않았다. 대포 소리도 이상 들리지 않았다. 긴장을 풀면서 영택이가 현규에게 총을 건네주었다.

"김형은 결혼은 여기서 했어요?"

"예, 여기 와서 했어요."

"그럼 처가는 어디예요?"

"영란촌 촌장님이 장인어른이어요."

"아 그 어른, 독립운동하신 분, 말이지요?"

"맞아요."

"의란에 사는 조선 사람들은 그 어른을 다 알고 있을 거요. 나는 의성에서 같이 온 동네 처녀와 혼인했어요."

이틀 동안 풀밭에서의 노숙으로 모기와 벌레 등 온갖 물것들에게 시달리느라 잠을 제대로 자지 못했다. 대화를 나누면서, 참호 안 차가운 흙벽에 등을 기대자 긴장이 스르르 풀리며 눈까풀이 무거워졌다.

'새별이 아버지…. 월이가 먼 곳에서 자신을 불렀다. 월이에게 달려 갔지만, 조금도 가까워지지 않았다. 계속하여 월이는 저만큼 떨어져 있었다. 이번에는 자신이 "월이야" 하고 불렀지만, 목소리가 나오지 않았다. 새별이도 잠깐 보였다가 보이지 않았다. 월이에게 가려고 허우적거려도 다리가 움직이지 않았다. 월이를 불러도 "어어" 하는 소리밖에 나오지 않았다. 어디에서 따따띠…. 하는 소리도 들려왔다.'

갑자기 콩 볶듯, 따…. 따…. 땅 하는, 큰 소리에 깜짝 놀라 눈이 퍼뜩 떨어졌다. 총을 들고 졸았던 모양이었다. 곧이어 번쩍하는 섬광과 함께 엄청난 폭발음이 들렸다. 이곳저곳에서 연속적으로 폭발 소리가 울리며, 하늘이 찢어질 듯 포효했다. 순간적으로 소련 군대가 쳐들어 오고 있다는 생각이 들었다. 영택이 역시 졸다, 놀라 깨어난 듯했다. 정신이 없는 가운데에도 불과 몇 미터도 되지 않은, 가까운 곳에서 참호 쪽으로 달려오고 있는 병사가 보였다. 분명 일본군이 아닌, 소련 병사 같았다. 그의 뒤에도 병사들이 몰려오고 있는 듯했다. 순간적으로 위험을 느낀 현규는 자신도 모르게, 무의식적으로 방아쇠를 당겼다. 소총의 사정거리에 들어왔던지, 다가오던 소련 병사가 나뭇단처럼 폭 꼬꾸라졌다. 깜짝 놀란 현규는 얼른 영택이에게 총을 건넸다. 의도하지 않게 소련 군인을 죽였다는 생각으로 가슴이 벌렁거리며, 정신이 하나도 없었다. 이 상황이 현실이 아닌 꿈속같이 느껴졌다. 이쪽저쪽에서 딱, 딱, 딱 하는 총소리가 계속하여 들려왔다. 여기저기에서 벼락이 떨어지는 듯, 불빛이 번쩍거렸다. 하늘에는 화약 연기와 흙먼지로 자욱해졌다. 부릉부릉하는 탱크 소리와 쿵 하는 둔탁한 폭발음도 들려왔다. 폭발음이 들릴 때마다 주위의 땅과 참호가 흔들리기도 했다. 현규는 몸을 낮추어 두 무릎 사이에 얼굴을 파묻고 폭탄이 자신의 참호 속으로 날아오지 않기를 빌었다. 영택이도 앞을 바라보며 총을 쏘아대기 시작했다. 현규는 앞을 보려 해도 머리를 내밀 수가 없었다. 머리를 들었다가는 단번에 박살 날 것 같았다. 영택이는 계속해서 총을 쏘아대고 있었다. 현규는 어느 쪽에 소련군이 있는지 알 수 없었다. 그때 영택이의 큰 몸이 자신 쪽으로 쏠려와 무게감이 느껴졌다. 현규는 왜 그런가 하며, 영택이를 쳐다보았다. 눈을 감은, 영택이의 이마에서 빨간 피가 주르르 흐르고 있었다.

"영택 씨, 영택 씨!"

현규는 깜짝 놀라, 연거푸 영택이를 불렀다. 영택이의 어깨를 잡고 흔들며 몇 번을 불러 보아도 대답도 없었다. 영택이는 눈을 뜨는 듯하다 이내 눈을 감아버렸다. 철모도 없이 참호 밖으로 머리를 내놓고 총을 쏘던, 영택이가 적군의 총에 머리를 맞은 것 같았다. 영택이가 말 한마디 하지 못하고 죽어 버렸다. 영택이의 죽음을 본, 현규는 순간적으로 머릿속이 백지장처럼 하얗게 비며, 이제 자신의 생(生)도 끝났다는 생각밖에 들지 않았다. 그 순간은 아무 생각도 나지 않았다. 환청처럼 "퇴각하라"는 소리도 들리는 듯했다. 엉엉 울음이 터져 나오며, 자신도 모르게 참호 밖으로 뛰쳐나왔다. 참호 밖은 위험하다는 사실도 생각하지 못한 채, 본능적으로 후방 쪽으로 뛰기만 했다. 하늘이 미친 듯이 울부짖고 있었다. 귀 옆으로 불빛이 번쩍였으며 발밑에서 흙이 튀고 총소리와 쿵쿵하는 소리가 들리는 것 같았지만, 물속에 귀를 담근 것처럼 '윙'하는 소음으로만 들렸다. 몸이 붕 뜨는 느낌이 들기도, 무엇에 걸려 넘어지기도, 구르기도 했다. 엎드려 있거나 누워 있는 사람들을 스치며 지나쳤다. 물웅덩이에 빠지기도 하면서 늪지대를 지나 풀숲을 헤치며 정신없이 한참 동안 뛰어가자, 포탄 소리와 총소리도 점차 멀어지는 듯했다. 이제 지옥에서 빠져나온 것일까? 하지만 '윙' 하는 전투기 소리와 동시에 콩을 볶는 듯, 하늘에서 총알이 비 오듯 쏟아졌다. 현규는 무의식적으로 땅에 엎드렸다. 한참을 엎드리고 있다 조용해지는 듯하여 다시 고개를 들었다. 자신이 아직 살아 있다는 사실이 믿어지지 않았다. 그제야 여기저기에서 사람들이 눈에 들어오기 시작했다. 그들도 자신처럼 도망치고 있다는 것을 알 수 있었다. 어디로 가야 할지 종잡을 수가 없었지만, 다른 사람이 가고 있는, 방향으로 따라 뛰었다. 쉬지 않고 달려와, 673부대까지 닿았지만, 군인들은 보이지 않았다. 부대를 지나 사람들을 따라 달리다 보니, 역(驛) 방향인 것 같았다. 시간이 얼마나 걸렸는지, 드디어 수분하 역에 도착하여 숨을 돌릴 수 있었다. 오른쪽 뺨에 땀인지? 무엇인가, 물 같은 것이 타고 내려온다고 느껴졌다. 뭔가 하여 손바닥으로 닦아 보니, 빨간 피였다. 귓바퀴 가장자리에 상처가 났는지, 만져 보니 아팠다. 총알이 아슬아슬하게 스친 것 같았다. 언제 그랬는지도 전혀 알 수 없었다. 자칫 잘못되었으면 머리가 날아갈 뻔했다. 상처는 크지 않은 것 같았으며, 살았다는 데에 감사해야 했다. 여기까지 어떻게 살아왔는지 기적같이 느껴졌다. 역에 도착하자 길게 서 있는 기차가 보였다. 하얼빈으로 가는 마지막 기차라고 했다. 언제 왔는지? 도망친 군인들과 일본 민간인들까지 뒤섞여 새까맣게 모여 있었다. 그런 중에도 소련 전투기 소리가 들리면 전부 흩어졌다, 금방 다시 모여들었다. 일본이 완전히 항복했는지는 알 수 없지만, 이 지역 전투에서 크게 패한 것은 분명한 듯했다. 모두가 같은 처지인지 전장을 이탈한 자신에게 이제 아무도 관심을 두지 않았다. 전사하지도 않고, 옥쇄도 하지 않은 군인들은 모두 탈영병이라 할 수 있다. 이곳에 보이는 군인들은 모두가 탈영병들인 셈이었다. 객차 입구마다 총을 든 군인이 먼저 오르려고 아귀다툼하는 사람들을 통제하고 있었다. 군인들은 공중을 향해 공포탄을 발사하며 질서를 잡으려 했다. 그래도 통제되지 않자, 설쳐대는 민간인 남자를 쏘아 죽이기까지 했다. 피를 흘리며 바닥에 쓰러진 사람을 보고서야 군중들이 엉거주춤해졌다.

 그런 다음 맨 먼저 관동군 장교들, 다음은 군조(하사관)들, 그다음은 일반병들 차례로 태웠다. 그리고는 군인 가족들을 태웠다. 전장을 이탈하여, 군법회의에 넘겨야 마땅할 탈영병들이 가장 먼저 탈출하려 하고 있었다. 끝까지 자국민을 보호해야 할 군인이, 먼저 도망가려고 자국민들에게 총까지 쏘는, 씁쓸한 모습이었다. 일본군에게 포로란 있을 수 없기 때문일까? 일찍이 육군 대신 도죠 히데키는 "살아서 포로가 되는 치욕을 당하지 말고 죽어서 죄과의 오명을 남기는 짓을 하지 말라"는 훈령을 내렸다고 한다. 포로가 된다는 것은, 대일본제국 황군의 수치이며 대역죄인이 된다는 말이다. 그들은 훈령에 따라, 비록 옥쇄는 하지 못했을지라도 대역죄인은 되지는 않으려고 먼저 도망치려 한 것일까? 그들도 가족이 있는, 인간인지라 죽기 싫어서 빨리 도망치려는 것일 뿐이다. 위급한 상황에서는 인간의 도리도, 훈령도, 군법(軍法)도 아무 소용이 없었다. 군인들과 그 가족들이 탄 다음에 민간인들을 태웠지만 얼마 타지 못했다. 사람들이 기차 지붕에까지 올랐으나 많은 사람이 남겨졌다. 훈련소에서 군복을 지급받지 못한 현규도 기차에 오르지 못했다. 국민복을 입은 그가 군인으로 보이지 않았기 때문이었다. 소련군에게 쫓기고 있는, 마지막 하얼빈행 기차는 개미처럼 엉겨 붙은, 사람들을 떨어뜨리기도 하면서 서둘러 출발하고 말았다.

6

 더위가 더욱 기승을 부렸다. 세상이야 어떻게 돌아가든 한여름의 햇볕을 한껏 먹은 나락은 충실해져가고 있었다. 집집마다 농사지을 젊은 사람들을 다 끌고 가버려, 모를 거꾸로 심을 지경이었지만 그래도 품앗이를 해가며 억지로 꽂아놓았다. 덕섬 어른은 마루에 걸터앉아 늦은 점심 중이었다. 자식들 모두 사지(死地)에 보내놓고 입맛이 떨어져, 찬물에 말아 억지로 한 숟가락 뜨고 있었다. 덕섬댁 역시 자식들 걱정으로 아침이면 눈을 뜨기 싫을 정도로 살아도 사는 것이 아니었다. 그때 마당으로 구장이 들어선다. 이제 구장만 보면 또 무엇을 내어놓으라고 하려는지 겁부터 났다.
 "어르신, 해방이 됐다 캅니더."
 "뭐라꼬? 해방이라 캤나?"
 "예, 우리 조선이 해방이 됐다 카네요. 일본 천황이 항복했다 카데요. 이 좋은 소식을 다들 모르고 있어, 내가 다니면서 일러주고 있습니더."
 "미국한테 항복했다 말이가?"
 "미국한테 항복했으면, 우리도 확실히 해방이 된다 카데요. 조금 있다가 창고 앞으로 한번 나와 보이소."

구장이 아무것도 모르고 있는, 사람들에게 해방을 알려 주고 다녔다. 그저께 라디오로 방송을 했다고 하는데, 라디오가 없는 동네 사람들은 알 턱이 없었다. 덕섬 어른은 해방이 되었다면 무엇보다 먼저, 먼 곳으로 떠난 아들들이 돌아올 수 있을 것이라는 생각이 들었다. 그 외에는 무엇이 어떻게 되는지? 아무 생각도 떠오르지 않았다.

"방금 구장이 해방됐다 카는 기요?"

"해방이 됐다 카네. 인자 왜놈들이 물러간단다."

"그라면 우리 아이들은 우째 되는기요?"

"나도 모르겠는데 안 오겠나."

덕섬댁도 오직 자식들 생각뿐이다. 덕섬 어른은 말은 그렇게 해도, 어느 아이가 살아 돌아올 수 있을지 알 수 없는 일이었다. 어쩌면 돌아올 수 없을지도 모른다는 생각을 애써 부정하고 있었다. 해방이라는 말을 들은, 덕섬 어른은 이유도 모르게 마음이 들떠, 좀체 진정시킬 수 없었다. 아이들이 돌아올 것이라는 기대뿐 아니라 오랫동안 가슴 속에 응어리져 있던 체증이 내려가는 것 같기도 했다. 이렇게 울렁거리는, 감정이 기쁨인지, 슬픔인지, 무엇인지 알 수 없지만, 아이들이 돌아오지도 않았는데, 기쁨이란 있을 수 없는 일이다. 모두 멀쩡하게 돌아와 자신의 눈앞에 나타나야 정말 해방이 되었다고 생각할 수 있을 것 같았다. 덕섬 어른과 덕섬댁은 들뜬 마음에 잠시도 머뭇거리지 못하고 마을 창고 앞으로 나갔다. 창고 앞에는 벌써 마을 사람들이 모여 웅성거리고 있었다. 서로 묻고 있었지만, 누구 하나 이 상황을 정확히 이해하고 있는 사람은 없었다. 잘 모르기는 해도 모두 들떠 있었고 이제 자식들이 돌아올 수 있을 것인지 궁금해하고 있었다. 구장을 따라 나온, 진영 댁 집에서 하숙하고 있는 보통학교 서 선생의 말에 모두가 귀를 기울였다.

"그저께 일본이 항복했으니, 우리나라는 이제 해방이 되었습니다. 징용이나 군대에 나갔던 자식들이 돌아올 것입니다. 오늘 아침에는 지서와 면사무소에 사람들이 몰려가 다 부수고 난장판이 벌어졌다고 합니다. 왜놈 순사들은 다 도망갔다고 합니다. 태극기가 있는 사람은 태극기를 가지고 나오세요. 만세를 불러야 합니다."

서 선생이 태극기를 가지고 오라고 했지만 아무도 그것이 어떻게 생겼는지도 몰랐다. 나이 많은 사람들은 그나마 희미하게 기억하고 있었지만 젊은 사람들은 조선에 국기가 있다는 사실조차도 몰랐다. 기억하는 사람들도 태극기가 복잡해 바로 알고 있는 사람은 한 사람도 없었다. 서 선생은 커다란 태극기를 내보이며, 가지고 있는 일본기의 붉은 원에, 반은 검은 칠을 하고 네 귀퉁이에 검은 작대기를 그려 넣으면 된다 했다. 일장기는 집집마다 있으니까 아이들을 시켜, 고치라고 했다. 다음 날 다시 모여 조선 독립 만세를 부르자 했다. 해방되었다는 날보다 사흘 지난 18일 아침 일장기를 개조한 태극기를 손에 든 동네 사람들이 창고 앞으로 모여들었다. 남녀노소 할 것 없이 모두가 마음을 진정시키지 못해, 집에 가만히 있지를 못했다. 그리고 서 선생의 선창(先唱)으로 대한 독립 만세를 힘차게 불렀다.

그날 들리는 이야기로 읍내 경찰서와 지서에 근무하던 일본 순사들이 자살하거나 도망쳤다고 했다. 일본인 지주들도 다 도망쳤다고 했다. 곳곳에서 그동안 못되게 굴던, 친일파들을 잡아다 조리돌림 하거나 병신을 만들어 놓았다고도 했다. 실지로 죽이기까지 했다는 이야기가 돌았다. 모두가 목이 터지게 만세를 불렀지만, 어느 누구도 시원하게 생각하지 않았다. 그동안 억눌렸던 울분이 해소되지 않아, 누구에게든 속 시원한 분풀이를 해야 했다. 모두가 다른 마을에서도 친일파를 그냥 두지 않았다는데, 우리도 그냥 있을 수 없다고 생각했다. 이 마을에도 왜놈 밑에서 면장을 살아 먹은, 친일파 지주가 살고 있었기 때문이었다. 누구랄 것도 없이, 면장 집에 응어리진 사람들이 많았다. 누군가가 "면장 집에 가자"라는 말과 동시에 면장 집으로 우르르 몰려갔다. 어느새 손에 몽둥이나 연장을 든 사람들도 있었다. 그 집은 문간채 대문, 사랑채 대문, 안채 대문 등 3개의 대문을 통과해야, 안채가 나왔다. 남자들은 다 피신해 버리고 일하는 여자들만 한둘 남아 있었다. 대문 안으로 들어서자, 닥치는 대로 물건들을 부수기 시작했다. 장독에서 간장이 쏟아지고 부엌에서 그릇들이 박살이 났다. 안방에 장롱 속에 있던 옷가지들이 뜯기어졌다. 여자의 자지러지는 비명도 들렸다. 구들장까지 파헤쳐진 다음에는 누군가 굵은 밧줄을 가져와 안채 기둥에다 걸었다. 수십 명이 달라붙어 당기기 시작했다. 기둥이 움직이기 시작하더니 보가 내려앉으면서 집 한쪽이 맥없이 주저앉아 버리자, 기와가 와르르 쏟아지고 묵은 먼지가 물씬 피어올랐다. 다음은 사랑채 기둥에 밧줄을 걸었다. 사랑채를 무너트린 다음에도 이것저것 보이는 대로 부순 후에야 물러났다. 일부 소작인들은 부치고 있는, 논이 자기 것이 되는 줄 알고 좋아하기도 했다.

7

　기차를 타지 못한 현규는 낙심하고만 있을 수 없었다. 여기에서 어정거리기에는 너무 위험한 상황이었다. 언제 소련군이 들이닥칠지 알 수 없었기 때문이다. 남겨진 일본 사람들도 이제 더 기차가 없다는 사실을 알고 제각기 살길을 찾아 삼삼오오 흩어졌다. 이 사람들의 운명은 어떻게 될까? 아무래도 무사하지 못할 것 같았다. 자신도 그들과 조금도 다름없는 처지가 되고 말았다. 그나저나 일본 민간인들까지 도망치려는 것을 보면 일본이 항복한 것 아닐까? 하기야 군인들이 도망치는데 민간인들이 남아 있을 수 없을 것이다. 어쨌든 정세가 급박하게 돌아가고 있는 것만은 분명한 것 같았다. 일본 군대가 도망가 버리면, 그동안 천대받았던 중국 사람들도 일본인을 그냥 둘 리가 없다. 곧바로 중국 사람들의 습격이 시작될 것이다. 친일한 중국 사람들도, 조선인들도 무사하지 못할 것이다. 실제 조선인들도 피해자지만 중국 사람들은 그렇게 생각하지 않고, 일본 사람과 같은 패거리로 생각한다. 중국 촌민들이 국민복을 입은 자신을 군인으로는 보지는 않겠지만, 일본 사람으로 오해할 수 있을 것이다. 일본 군대로부터는 자유의 몸이 되었지만, 소련군이나 중국인들의 표적이 되어 버린 것이었다. 어디로 어떻게 가든, 그들의 눈에 뜨이지 않게, 유령처럼 움직여야 살아서 돌아갈 수 있을 것이다. 이제 한 걸음이라도 빨리 월이가 있는, 의란 쪽으로 가야 했다. 먼저 어느 방향으로 가야 할지 결정해야 한다. 그때 좋은 생각이 떠올랐다. 모르는 길을 찾아 헤매기보다, 기찻길이 가장 빠른 지름길이다. 기찻길을 따라가면 하얼빈이 나오는 것이 확실하다. 하지만 하얼빈까지 갈 필요 없이, 중간쯤에 있는 상지만 가면 의란으로 가는 길이 있다. 먼저 상지까지는 가야 했다. 길을 잃지 않으려고 기찻길을 보면서 걸었다. 이제야 영택이가 생각났다. 영택이를 두고 혼자 도망쳐 미안한 마음도 들었지만, 어쩔 수 없는 일이었다. 둘이서 판 참호가 영택이의 무덤이 되어 버린 것이다. 만난 지 얼마 되지 않았지만, 서로 큰 의지가 되었다. 영택이는 아직 젊었고 어린 아들이 둘이라고 했는데, 억울하게 죽었다. 자신이 쏜, 소련 병사도 죽이겠다는 생각은 전혀 없었다. 엉겁결에 방아쇠를 당겼을 뿐이었다. 하지만 방아쇠를 당기지 않았다면 자신이 죽었을 수도 있었다. 소련 병사의 죽음은 자신의 탓이 아니라 전쟁 때문이라는 생각을 하기로 했다. 자신도 본의 아니게, 끌려간 전장이었다. 걷다 길이 끊어지면 철로 위를 걷거나, 밭을 가로지르기도 했다. 마을 앞으로 지나가지 않아야 했다. 철길이 지나가는 역마을은 멀찍이 외곽으로 돌아, 다시 기찻길을 찾아 걸었다. 수분하 역이 멀어지면서 울창한 삼림이 나타났다. 기찻길은 숲속으로 지나가고 있었다. 깊이 들어가자 하늘을 찌를 듯한 침엽수들이 빽빽이 들어서, 동서남북도 구별할 수 없을 정도였다. 기차가 영 멈추어버렸는지 기차가 오는 기척이 없었다. 숲속은 볕을 막아주고 몸을 숨길 수 있어, 좋았다. 산짐승이 덤벼들까 봐 막대기를 주워 들었다. 걷다 다리가 아프면 잠시 쉬어 갔고 목이 마르면 쫄쫄 흐르는 개울물을 찾아 마셨다. 밤이 늦어, 피곤하면 나무 밑, 빈터에 웅크리고 잠을 잤다. 밤새 모기인지? 각다귀들인지? 덤벼들어 잠을 설쳐야 했다. 눈이 뜨이자, 다시 걸었다. 이제 겨우 이틀 정도 걸었는데, 벌써 무릎이 덜덜 떨려왔다. 산속의 기찻길은 구부러지거나 오르막 내리막이 번갈아 있었다. 산이 거의 끝나갈 무렵 들이 보이기 시작하면서 곧 강냉이밭이 나타났다. 이틀을 굶어 허리가 접혔는데, 생강냉이로 배를 채울 수 있었다. 기찻길은 다시 들판으로 이어졌다. 키가 큰 포플러나무에서 매미 소리가 시원하게 들려왔다. 사람들이 보이면 멀리 돌아갔다. 100여 m 남짓 떨어진 곳에서 옥수수를 수확하는 사람들이 보였다. 멀찍이 떨어져 지나갔지만, 누군가 자신을 본 것 같았다. 자기들끼리 뭐라고 뭐라고 하더니, 젊은 사람 둘이 낫을 들고 쫓아왔다. 서투른 중국 말로 일본 사람이 아니라고 해도 곧이듣지 않을 것이다. 잡혔다 하면 날카로운 낫을 피하기 힘들 것이다. 죽을힘을 다해, 옥수수밭 속으로 도망쳤다. 한참을 달리자 다행히 끝까지 쫓아오지는 않는 것 같았다. 낯선 동네에서 쫓기는 개 같은 신세가 되었지만, 반드시 월이가 기다리고 있는 집으로 가야 한다는, 생각뿐이었다. 자신이 도착했을 때, 월이가 얼마나 기뻐할까? 어쩌면 강 나루터까지 마중 나와 있을지도 모를 일이다. 새별이를 업고 서성대고 있는, 월이 모습이 눈앞에 선했다.

 이제 나흘을 걸어왔다. 긴 여름 해가 한풀 꺾인, 오후에 접어들어 멀리 큰 도시가 보였다. 이곳에서 보이는, 큰 도시라면 목단강 시일 것이다. 시를 거쳐 반대편으로 나오는 기찻길을 찾으려면 가능한 시내 가까이 가야 했다. 시 외곽 지역에 한 가구씩 떨어져 있는, 외딴집들이 있었다. 강냉이밭으로 조심스럽게 숨어들면서 철길과 가까운 한두 집을 지나쳤다. 얼마 지나지 않아, 또 울타리도 없는 외딴집이 나타났다. 늙은 중국인 부부가 집 앞의 밭에서 강냉이 수확을 하고 있었다. 그 집 마당에 우물이 보였다. 더위에 지친 상태라 목이 말랐다. 할머니는 허리가 많이 구부러져 있었고 구부정한 할아버지도 나이가 많이 들어 보였다. 설마 나이 많아, 꼬부라진 사람들이 자신을 어쩌랴 싶었다. 이웃과는 어느 정도 떨어져 있었으며, 노부부가 자신을 어떻게 하지는 못할 것이라는 생각이 들었다.

"一杯水(물 한잔)"

하면서 물 마시는 시늉을 했다.

"想喝多少就喝多少 (마음껏 마셔요)."

손으로 우물을 가리키며 마시라고 한다.

그가 두레박으로 물을 퍼서, 벌컥벌컥 들이켜자, 자기네들끼리 뭐라고 중국 말로 소근소근하더니, 할머니가 집 안으로 들어가 찐 강냉이 세 개를 가져와 그에게 먹으라며 내밀었다.

"吃吃(먹어, 먹어)."

그리고는 앉아서 먹고 가라며, 나무 그늘 밑을 가리켰다.

"谢谢(감사합니다)."

그는 중국 사람들이라 해도, 모두가 일본인을 해치려 하지는 않는구나, 생각했다. 노인들에게 감사하다는 말을 몇 번씩 하고는 마당에 서 있는, 나무 그늘에 앉아 강냉이를 먹기 시작했다. 며칠 동안 생강냉이만 먹다가 찐 것을 먹으니 맛이 그렇게 좋을 수가 없었다. 시원한 물을 마시고 배까지 부르자 슬슬 졸리기 시작했다. 잠시 쉬어 가자며, 베어놓은 수숫대 위에 몸을 비스듬히 뉘었다. 아팠던 다리가 편안해지면서 피곤이 몰려와 자신도 모르게 잠이 들어 버렸다. 얼마쯤 지났을까?

누군가가 툭툭 건드리는 듯하여 눈을 떴을 때, 해는 벌써 넘어갔고 자신의 앞에 소련 병사 두 명이 서 있었다. 현규는 전쟁터에서도 본 적이 없는, 소련군을 처음 만났다. 그들은 둘 다 키가 훌쩍 컸고 아직 어려 보였다. 깜짝 놀라 일어서면서 자신도 모르게 두 손을 번쩍 들었다. 그 소련 군인은 그에게 앞으로 가라는 손짓을 했다.

"похож на японского солдата (일본 군인이지?)"

"Я уверен, что японцы, Он сказал, что он японский солдат. Он (일본 사람이 맞는 것 같아, 저 사람들이 일본 군인이라고 했어.)"

현규는 그들이 자신을 일본 사람으로 생각하는 것 같았지만 설명할 방법이 없었다. 하기야 이런 젊은 병사들은 일본인과 조선인을 구별하기 힘들뿐더러 하려고 하지도 않을 것이다. 짧은 기간이었지만, 일본 군인이었던 사실은 틀리지 않는다. 더구나 소련 군인을 죽이기까지 했다. 늙은이들이 중국 말을 할 줄 모르는, 자신을 일본인으로 알고, 신고한 것이 틀림없었다. 그렇게 친절을 베푼 이유가 신고하기 위해서였다니, 교활한 늙은이들이었다. 그들은 일본인들에게 당한 수모를 자신에게 복수하고 있는 듯했다. 시(市) 반대편으로 나오는 기찻길을 쉽게 찾으려고 가까이 가다, 이 지경이 되었다. 며칠 동안 힘들게 걸어왔는데, 헛수고가 되고 말았다. 이제 자신의 운명은 어떻게 될까? 이러다 정말 월이 곁으로 돌아갈 수는 있을까? 눈앞이 캄캄해졌다. 현규가 등을 떠밀리면서 뒤를 돌아보자, 늙은이들이 물끄러미 쳐다보고 서 있었다.

8

　목단강 시내 곳곳에는 부서진 건물들과 깨어진 유리창, 불에 그을린 흔적들이 있어, 이곳에서도 치열한 전투를 치른 듯했다. 소련 병사들은 현규를 시내 중심쯤의 경찰서로 데리고 들어갔다. 소련군이 일본인을 몰아내고 경찰서 건물을 차지하고 있었다. 그들은 현규를 유치장으로 밀어 넣었다. 넓은 유치장에는 먼저 잡혀 온 사람들 수십 명이 더 있었다. 일본 군인들뿐 아니라 복장으로 보아, 같이 훈련받은 조선 사람들도 있는 것 같았다. 이들은 이곳까지 잡혀 오는 동안 지친 듯, 넝마처럼 아무렇게나 널브러져 있었다. 훈련소에서는 중국 사람들도 많이 있었는데, 이곳에서는 보이지 않았다. 중국 사람들은 도망쳐서 민가에 섞여 버리면 그만일 것이다. 오히려 이제는 일본인들을 잡으러 다니고 있을지도 모를 일이다. 먼저 들어온 사람 중 누군가가 아는 척을 했다. 현규는 알지 못하는 사람이었다. 같이 훈련받은 사람인가 했다.
　"김 서기님, 나는 사방포에 사는 사람입니더."
　30대로 보이는 조선 사람이었다. 얼굴은 검게 그을렸고 턱이 길어 보였으며 키는 자신보다 작았다. 그는 현규와 다르게, 군복을 입고 있었다. 현규가 사방포에 출장을 다니기도 했다. 현규는 그를 잘 모르지만, 그 사람은 자신을 보았던 모양이었다. 같은 의란현에서 잡혀 온, 조선 사람을 만나 반가웠다.
　"그래요? 댁도 하얼빈에서 훈련받았나요?"
　"그래요. 작년에 김 서기님이 사방포에 오셨을 때 보았십니더."

"그랬어요. 여기는 언제 들어왔어요?"

"한 주일쯤 전에 들어왔지예. 목단강 시내에서 전투하다가 바로 잡혀 왔어요. 여기 있는 사람들 다 그래요. 이 근처에서도 싸움이 크게 벌어졌지예. 중대 전체가 항복해 버렸소. 일부만 여기로 오고 다른 곳으로도 많이 갔어예. 그 사람들은 무슨 공장인지? 일 시키러 보낸다 카던데요."

이 사람도 자신과 같은 날짜는 아니라 해도, 하얼빈에서 훈련받고 이 근처의 전투에 투입되었다가 항복한 모양이었다. 현규는 조선 사람을 만나게 되어 다행이라는 생각이 들었다. 어려운 상황에서 동지가 있다면 심적으로 서로 의지가 된다.

"혹시 우리를 어떻게 하겠다고 하던가요? 들은 이야기라도 있어요?"

"어떤 사람은 우리를 시베리아라 카는데 보낸다고 하기도 하고, 또 어떤 사람은 일본으로 바로 보내줄 기라 카기도 하데요. 어데로 보낼지 잘 모르고 있는가 봐요. 그런데 시베리아 수용소에 가면 굶어 죽거나, 얼어 죽거나, 일이 힘들어 죽는다 카네요. 살아 돌아오기는 힘들다 카는데, 우째야 할지 모르겠십니더."

"나도 겨우 여기까지 왔는데, 이 꼴이 되어 버렸네요. 혹시 일본이 항복했다고 하던가요? 아무래도 항복한 것 같은데."

"그거는 나도 잘 모르겠습니더. 그래서 일본 군인들이 손을 들어 뿌렸나?"

동부 지역 전투에서 잡힌 포로들이 속속 모여들었다. 소련 군인들은 관동군처럼 포로들을 구타하지는 않았지만 사람 취급은 하지 않았다. 소련 병사들은 포로들이 가지고 있는 개인 소지품들, 시계, 만년필 등등을 보이는 대로 빼앗았다. 음식도 형편없었다. 말라빠진 빵 한 조각과 멀건 국이 전부였다. 성이 최씨라는 조선 사람과 취침 시간에 작은 소리로 둘이 탈출을 계획했다.

"내 생각에 소련 놈들이 일본에 곱게 보내줄 턱은 없고, 틀림없이 추운 시베리아로 데려가서 노동시킬 거예요. 여기서 얼마 가지 않아, 국경을 넘으면 소련 땅이어요. 소련에 넘어갔다 하면 우리는 끝이오. 소련 놈들이 포로를 어떻게 취급할지 뻔하지 않아요. 이마 그곳에서 죽고 말 거요. 수분하 역까지 가기 전에 도망쳐야 해요. 수분하 못 미쳐 산이 가파르고 구부러진 지역이 많아 거기에서는 기차가 빨리 달릴 수가 없어요. 출발해서 두어 시간 가면 험한 산이 나올 것이오. 문 입구 쪽에 앉아 있다가 눈치를 보아가며 뛰어내립시다. 이번 기회를 놓치면 우리는 영영 끝이오."

"맞습니더. 밤중에 뛰어내려 숲속에 숨어뿌리면 찾지 못할 끼요. 우리 잡으려고 기차를 세우지도 몬할 끼고. 참, 누가 그러는데, 몸을 꾸부리고 기차가 가는 쪽을 보면서 뛰어내려야 한다 카데요."

다음 날, 포로들을 모아 유개화차에 태워, 해거름에 출발했다. 칸마다 소련 병사가 총을 들고 입구 쪽에 앉았다. 아직 어려 보이는 호송병이 "Не думай о побеге. Стреляйте и убивайте.(도망하면 쏘아버린다)라며 총으로 뚜르르 쏘는 시늉을 했다. 말은 알아들을 수 없었지만 무엇을 뜻하는지는 알 수 있었다. 호송병은 창문이 없는 화물칸이 더워서인지, 출발할 때 닫혔던 문을 반쯤 열어 놓고 앞에 앉아 있었다. 현규와 최씨는 문 가까이 앉으려 했으나, 밀치고 들어오는 포로들 때문에 어쩔 수 없이 안쪽으로 밀려들어 가 버렸다. 기차가 움직이고 얼마 후부터 제각기 좁은 자리를 비집고 바닥에 앉아 다리를 펴기도, 웅크리고 눕기도 했다. 둘은 뛰어내려야 할 지점에 도착하기 전, 호송병이 눈치 못 차리게 이들을 제치고 문 앞까지 나와야 했다. 출발하고 2시간쯤 지나자 기차의 거친 숨소리로 보아, 산이 나타나기 시작한 것 같았다. 현규와 최씨는 잔뜩 긴장하며 캄캄한 밖을 주시하고 있었다. 어디쯤이 좋을지? 뛰어내릴 장소를 기다리고 있었다. 기회를 놓치는 것은 아닌지, 마음이 초조해지기 시작했다. 기차가 오르막을 오르느라 힘겹게 헉헉거렸다. 뒤이어 모퉁이를 도느라 속도를 더욱 늦추었다. 그때 총을 들고 문에 기대앉아 꾸벅꾸벅 졸고 있던 호송병이 기차가 느려지자 정신을 차리고 경계하기 시작했다. 반쯤 열려 있던 문을 사람이 통과하지 못할 정도의 좁은 틈만 남겨 두고 닫아 버렸다. 기차가 느려졌을 때, 탈출을 시도하는 사람이 있었기 때문인 듯했다. 탈출하려던 현규와 최씨는 절망하지 않을 수 없었다. 기차는 이미 고갯길을 넘어가고 있었다. 그리고는 속도를 다시 올리기 시작했다. 둘은 탈출 계획을 미룰 수밖에 없었다. 다시 기회를 보아, 탈출하자고 의견을 모았다. 한밤중에 수분하 역에 도착했다. 그곳에서도 많은 일본군 포로들이 올라왔다. 이번에는 안으로 밀려 들어가지 않으려고 문 가까이, 벽에 붙어 버티었다. 기차는 수분하 역을 지나, 동쪽으로 달렸다. 밖은 아마 늪지와 초지일 것이다. 얼마를 더 달리자 나무들이 보이기 시작했다. 이제 소련 국경을 통과했는지도 알 수 없었다. 밖에는 한동안 숲이 계속되다 이번에도 고갯길로 접어든 것 같았다. 숲은 보이지 않았고 기찻길이 구부러져 있어, 속도가 현저히 느려졌다. 현규는 최씨에게 준비하라는 신호를 보냈다. 그때, 앉아 있던 호송병이 총을 내려놓고 비틀비틀 일어섰다. 현규는 이번에도 또 틀린 것 아닌가? 절망감으로 지켜보고 있었다. 일어선 병사는 한쪽 손으로 기차 문을 붙들고, 엉거주춤 바지춤을 내려 차 밖으로 오줌을 싸기 시작했다. 현규는 순간적으로 바로 이때다, 싶었다. 싸던 오줌을 금방 그치기도 힘들뿐더러 내려놓았던 총을 바로 집을 수 없을 것이기 때문이었다.

먼저 현규가 눈 깜빡할 사이에 캄캄한 문밖으로 뛰어내렸다. 뒤따라 최씨도 뛰었다. 현규는 경사진 둑을 굴러 내려, 옥수숫대를 쓰러트리고 바닥에 닿았다. 기차 밖으로 숲이 보이지 않아, 밭일 것이라고 짐작했지만, 무엇이 있는지는 알지 못했다. 분명 총소리를 들은 것 같기도 했다. 총소리가 두어 번 더 들렸다. 고개를 들어보니 시커먼 기차가 저만큼 가고 있었다. 가까운 곳에서 옥수숫대를 헤치고 최씨가 비틀비틀 걸어 나왔다. 철둑에 억새풀이 무성했으며 옥수숫대가 몸을 받쳐 주었기 때문에 무사할 수 있었다. 뛰어내리면서 어깨를 어디에 부딪쳤는지, 현규의 오른쪽 어깨가 아프고 뻐지근했다. 다리가 아프지 않아서 다행이었다. 둘 다 크게 다친 곳은 없는 것 같았다. 의란 역두에서 끌려 올 때부터 줄곧 탈출을 꿈꾸다 드디어 탈출에 성공한 것이었다. 이제 월이에게 한 발자국 더 가까워졌다. 철로가 소련 국경을 넘어갔는지는 알 수 없었다. 여기가 어디쯤인지 모르지만, 지금까지 온 철길을 되돌아가기만 하면 된다. 어느 쪽에도 불빛은 보이지 않아, 민가와 떨어진 곳임은 분명했다. 하지만 밭이 있는 것으로 보아 민가가 그리 많이 멀지는 않을 것 같았다. 이제부터 조심해서 가야만 한다. 다시 잡히면 영영 끝이다.

"최형, 하얼빈까지 갈 필요는 없고 상지까지만 가면 의란으로 가는 지름길이 있는데, 그쪽으로 가야 하지 않을까요?"

"내 생각에는 목단강시 동쪽에 보이는 강이 목단강인 모양이던데요. 목단강은 의란에서 송화강과 합쳐지지 않습니꺼. 그러니 목단강을 따라가면 결국 의란까지 갈 수 있을 거 아입니꺼. 강이 구불구불해서 멀기는 하겠지만 그래도 그 길이 제일 확실할 것 같은데요."

"아, 그렇겠네요. 목단강이 의란에서 송화강과 합치기는 하지요. 배를 타고 갈 수 있으면 좋을 터인데."

"그라믄 그 길을 찾아가 보입시더."

하지만 목단강까지 가려면 얼마나 걸어야 할지 누구도 알지 못했다.

9

둘은 철길을 따라 걷기 시작했다. 어두워 주위에 인가도 보이지 않았으며, 숲이나 습지라 해도 별다른 위험은 없었다. 날이 새자 멀리 인가가 보이기 시작했지만, 소련 마을은 아닌 것 같았다. 다행히 국경을 넘기 전에 탈출한 것이었다. 국경을 넘었다면 되돌아오는 데 문제가 많았을 것이다. 넓은 들이 보이고 반듯하게 닦여진 길이 보여, 인가가 멀지 않은 듯했다. 여기서부터는 사람들을 만날 수도 있기에 조심해야만 했다. 현규는 국민복 윗도리를, 최씨도 군복 윗도리를 벗어버렸다. 하지만 최씨가 당꼬바지를 입고 있어, 단번에 일본 군인이라고 생각할 수 있을 것이다. 평범한 중국 사람으로 보여야만 했다. 가다가 널어놓은 빨래에 바지가 보이면 훔치기로 했다. 기찻길이 마을 근처를 지날 때는 옥수수밭에 숨어서 조심스럽게 가야 했다. 밤에는 인적(人跡)을 피할 수 있어, 늦은 밤까지 걸었다. 마을 외곽 지역을 걸으며 하루를 더 걸어가자, 이전 전쟁터였던 곳이 나타났다.

번쩍거리던 섬광과 폭발음, 딱 딱 딱 콩을 볶는 듯한 총소리, 부상병의 울부짖음 등 잔혹한 광기는 사라지고 섬찟한 적막만이 감돌고 있었다. 참혹한 잔해들이 아직 뚜렷이 남아 처참했던, 그날을 증언하고 있었다. 곳곳에 시커멓게 그을린 대지와 포를 맞아 움푹 파인 구덩이, 무너져 내린 참호들, 발에 밟히는 탄피들. 군복을 입은 채 백골이 되어가고 있는, 널브러진 시신들이 보였다. 햇볕에 하얗게 바래고 있는, 시신들은 고물거리는 구더기와 새까맣게 달라붙은 똥파리 떼에게 자신의 몸을 속절없이 내어주고 있었다. 참호 속에 거꾸로 처박힌, 시신의 발에 신겨져 밑바닥이 하늘을 향하고 있는 찌까다비(군화), 주인을 잃은 군모가 뒹굴고 있었다. 일본군이 다급하게 후퇴하면서 전사한 동료들을 미처 수습하지 못한 듯했다. 억울하게 젊음을 마감한 병사들의 원귀가 아직 이곳을 떠나지 못하고, 맴돌고 있을 것이다. 원귀들의 웅성거림과 억울한 죽음을 서러워하는, 통곡 소리가 귓전에 울리는 듯 정신이 혼란스러웠다. 지옥이 있다면 바로 이런 곳일 것이다. 얼마 전 자신이 참가했던 곳도, 이 부근 어디쯤일까? 멀지 않은 곳에 영택이도 누워 있을 것이다. 한시바삐 이곳을 벗어나고 싶었다.

전쟁터를 지나, 수분하가 보이는 곳까지 왔다. 이상 더 기찻길을 따라갈 수 없었다. 기찻길이 마을 깊숙이, 역(驛)으로 들어가고 있었기 때문이었다. 마을과 멀찍이 떨어져 걸으며, 역을 거쳐 외곽으로 나오는 기찻길을 다시 찾아야 한다. 길잡이도 없어, 사람들을 피해 이쪽, 저쪽으로 가다 보면 자칫 엉뚱한 방향으로 갈 수도 있어 조심해야 했다. 멀리 수분하를 바라보며 해가 지는, 쪽으로 따라갔다. 걸은 지 한나절쯤 후, 역을 빠져나오는 기찻길을 다시 만날 수 있었다. 여기서부터는 얼마 전, 자신이 혼자 걸어갔던 길이었다. 그나마 한 번 지나갔던 길이라 익숙했다. 그렇게 울창한 숲속 길을 나흘 더 걸어와, 목단강이 보이는 곳까지 왔다.

다행히 강은 시(市) 못 미처 흐르고 있어, 시내를 거치지 않아도 되었다. 이번에는 기찻길이 아닌, 강을 따라 북쪽으로 걸었다. 강에는 돛을 단 배들이 미끄러지듯 가고 있었다. 고기를 잡고 있는 작은 배들도 보였다. 최씨가 바지를 바꾸어 입어야 하지만, 그동안 인가가 드물어 기회가 없었다. 강을 따라 하루를 갔을 때 외딴집이 보였고 마당에 빨래가 널려 있었다. 옥수숫대 사이로 가만히 훔쳐보니, 널려 있는 빨래 중 까만 바지가 보였다. 바지를 걷어 오려고 최씨가 가까이 다가가자, 어디에서 나타났던지 시커먼 개 한 마리가 불쑥 뛰어나오며 죽어라고 짖어댔다. 바지 훔치기는 성공하지 못하고 도망쳐야 했다. 마을 부근을 지나갈 때는 특히 개를 조심해야 했다. 조선 사람들은 개를 식용으로 하지만 만주 사람들은 개를 먹지 않는다. 마을마다 송아지만 한, 늙은 개들이 어슬렁거리며 다니고 있어 여간 조심스럽지 않았다.

강가에는 키 큰 포플러와 매미 소리도 들려왔다. 강을 따라 걸으니, 시원한 바람이 불어 더위가 한결 덜했다. 닷새쯤 더 걸었을 때 강가에 바짝 붙어 앉은 제법 큰 마을이 나타났다. 마을을 피하려면 강과 멀리 떨어져 걸어야 했다. 강을 멀찍이 바라보며, 마을의 외곽 길을 걸었다. 들에는 옥수수를 수확하느라 남녀 할 것 없이 많은 사람이 일하고 있었다. 마을을 거의 지나갈 무렵, 어떤 중년 중국 여인과 마주쳤다. 눈치를 보며 조심스럽게 걷기는 했지만, 몸싸움을 한다 해도 이길 자신이 있기에 크게 신경 쓰지 않았다. 여인과 지나친 지 얼마지 않아, 왁자지껄 소리가 들려 뒤를 돌아보았다. 몇 명인지 알 수 없는 남자들이 우르르 몰려오고 있었다. 그들은 손에 옥수수를 베는 낫이 들려 있었고, "(他是日本军人。抓住他。 일본 군인이다. 잡아라.)"라고 소리치고 있었다. 얼핏 보아 그들 중, 팔에 붉은 완장을 차고 있는 사람도 보여, 공산당원인 것 같았다. 벌써 숨어 있던 공산당들이 설치고 있는 모양이었다. 위험을 직감한 둘은 무의식적으로 옥수수밭으로 뛰어 들어갔다. 그리고는 강 쪽을 향해 정신없이 뛰었다. 옥수숫대에 걸려 넘어지기도 하며, 앞만 보고 달렸다. 옥수수밭은 계속되어 또 다른 밭으로 연결되어 있었다. 한참을 정신없이 달리다 보니, 옥수수밭이 끝나고 언덕 아래로 흐르는 강물이 눈앞에 나타났다. 현규는 헤엄에 자신이 없었으나, 생각할 겨를이 없었다. 언덕이 제법 높았지만, 주저 없이 뛰어내렸다. 물속에 몸을 감추고 한껏 멀리 헤엄쳤다. 더 이상 숨을 참을 수 없어 강물 위로 머리를 내밀었을 때, 저만치 강언덕에 웅성거리는 사람들이 보였다. 다행히 헤엄을 오래 칠 필요가 없었다. 멀지 않은 하류 쪽, 강의 가장자리에 무성한 갈대숲이 펼쳐져 있었다. 둘은 단숨에 갈대숲으로 숨어들었다. 갈대숲 가운데쯤의 수로(水路)에 머리만 내어놓고 몸을 숨겼다. 그리고는 숨죽이며 기다리고 있었다. 사람들의 말소리가 들릴 정도로 멀지 않은 곳이었다. 하지만 그들이 물속으로 뛰어드는 소리는 들리지 않았다. 설마 그들이 일본 사람 잡으려고 강물 속까지 들어 오지는 않을 것이다. 개인적인 원수가 아닌 다음에야 그렇게까지는 하지 않을 것이다. 아무리 일본 사람을 죽이고 싶다 해도, 그들의 공적(公敵)일 뿐이다. 여름이라고 하지만 차가운 물속에 오래 있으니 몸이 덜덜 떨려와 이빨이 부딪칠 지경이었다. 물속에서 나와, 갈대숲에 웅크리고 엎드려 있었다. 사람들의 말소리는 들리지 않았지만, 섣불리 강 밖으로 나올 수도 없었다. 물속에서 꼼짝할 수 없는 자신의 처지에 기가 막혔지만, 오직 살아서 돌아가야 한다는 일념밖에 없었다. 해가 지고 어두워진 다음에야 조심스럽게 물 밖으로 나올 수 있었다.

10

그렇게 또 며칠을 더 걸어가자 산이 나타나기 시작했다. 강물은 산과 산 사이를 빠져나가면서 길은 산 위로 나 있었다. 울창한 숲이 있는 산길은 인적은 드물었지만 산짐승을 만날 수도, 비적을 만날 수도 있어 긴장하면서 걸음을 재촉했다. 비적을 만난다 해도 빼앗길 것이야 아무것도 없지만, 그들도 일본인이라면 해코지하려 들 것이다. 어쩌다 지나친 중국 사람이 힐끗힐끗 쳐다보며 의심의 눈초리를 보내기도 했지만, 별다른 시비는 걸지 않았다. 그도 인적이 드문 곳에서 두 사람을 감당할 자신이 없었을 것이다. 습한 숲길을 따라가다 보니 군화 자국들이 어지럽게 찍혀 있었고 부근에 풀이 납작하게 누워 있는 곳이 나타났다. 모닥불을 피운 흔적이 있어, 누군가가 이곳에서 숙영(宿營)한 것 같았다. 떠난 지 얼마 되지 않았는지 아직도 연기가 가늘게 피어오르고 있었다. 위험을 직감하며, 주위를 둘러보아도 사람들은 보이지 않았다. 일본군 패잔병들이 쉬어 갔을 것이라 짐작했다. 숲속 어디에선가 자신들을 지켜보고 있을지도 모른다는 생각이 들었다. 관동군이 전사하거나 포로가 되지 않았다면 본국으로 송환될 수 있는, 어딘가를 찾아가려고 산속을 헤매고 있었을 것이다. 이들을 만난다고 해도 적대감을 가지지는 않겠지만 그들이 우리를 어떻게 생각할지 알 수 없는 일이었다. 극도의 경계심으로 예민해진 그들이 조선인들도 자신들을 공격할 것이라고, 생각하지는 않을까? 산길이 마을과 가까워졌다. 나무들 사이로 아래쪽의 마을이 훤하게 내려다보였다. 마을에 무슨 일이 일어난 듯, 넓은 마당에 사람들이 많이 모여 있었다. 사람들 가운데 붉은 완장을 차고 총을 멘, 남자들도 보였다. 그들 중 누군가가 담벼락에 붙여 세워놓은 어떤 남자에게 뭐라고 큰 소리로 외치고 있었다. 뒤이어 '탕, 탕' 하는 총소리가 들려왔다. 공산당원들이 친일한 사람들을 색출하여 인민재판을 하는 듯했다. 빨리 그 마을을 벗어나야만 했다. 하루쯤 더 가니 강폭이 넓은 곳이 나타났다. 강물이 오목하게 고여, 넓은 호수를 이루고 있었다. 강 주변의 풍경이 너무나 수려했다. 건너편으로 기묘하게 생긴 바위들과 나무들, 깎아지른 절벽이 병풍처럼 펼쳐져 있었다. 잠시 쉬어 가려고 앉아서 바라본, 호수 풍경은 집으로 가고 있다는 사실조차 잊어버리게 할 정도로 선경이었다. 이전 하동군청에 근무할 때 보아왔던 섬진강

풍경이 생각나기도 했다. 하동을 떠올리자 이 군수가 생각났다. 일본이 망했다면 이 군수는 무사할까? 친일 분자로 몰려 목숨을 잃거나, 곤욕을 치르지는 않았을까? 강 언덕 바위에 '連花湖(연화호)'라는 글자가 새겨져 있었다.

"최형은 사방포로 돌아가면 고향으로 가실 생각입니까?"

"경상도 상주가 고향인데, 가도 변변한 땅이 읍스이 우째야 할낀지? 사방포에 가서 의논해 봐야 알겠십니더."

"나는 반드시 가야 하는데, 아직 젖먹이가 있어서, 어떻게 될지 모르겠습니다."

"그러나저러나, 일본이 망하면 만척 땅은 이제 온전한 우리 땅이 되겠지예? 해마다 바치는 것만 없어도 살 만할 낀데."

그렇다. 일본이 망했다면 만척에 소속된 농민들도 매년 내어야 하는 토지 연부금도, 대출금도 모두 사라지게 된다. 농민들은 소작에서 벗어나, 완전한 자작농이 될 수 있을 것이다. 하지만 어디까지나 중국 정부가 그 권리를 인정해야만 가능한 문제이다. 현규는 돌아가면 통화 사무실 금고 속에 들어 있는, 농민들의 부채 장부를 반드시 없애버려야겠다고 생각했다. 그 장부가 앞으로 농민들에게 화근이 될 수도 있기 때문이었다. 하지만 금고는 무사할까? 모리 주임이 어떻게 하지 않았을까? 자신이 바꾸어 놓은 비밀번호를 모리 주임은 알지 못한다.

"주인이 없어졌는데 당연히 그리되는 것 아니겠습니까. 그런데 새로 들어서는 중국 정부가 조선 사람에게 땅 소유권과 경작권을 인정할지 그게 문제가 되겠지요."

"아, 생각지도 못했는데, 그런 문제가 또 있었구나."

"앞으로 좀 더 두고 보아야 알 수 있을 겁니다."

최씨에게 말은 그렇게 했지만, 중국 정부가 일본이 벌여놓은 일을 인정하려고 들까? 외국인들에게 소유권과 경작권을 인정해 주느냐 마느냐는 전적으로 새로 들어설 중국 정부가 판단할 문제이다. 이 문제는 조선 사람들이 고향으로 돌아가야 할지, 그대로 눌러앉아야 할지 선택하는 데 가장 큰 요소가 될 것 같았다.

없는 길을 헤쳐가며, 몇 날 며칠을 강을 따라 걸었다. 새벽부터 비가 내렸다. 추적추적 비를 맞으며 걷고 또 걸었다. 비 오는 날은 인적이 드물어, 오히려 나쁘지 않았다. 강물 위로 자욱한 물안개가 아름아름 피어오르고 있었다. 비는 내리다 그치기를 반복했다. 비에 젖은 최씨의 옷에서 하얀 김이 모락모락 올랐다. 밤중까지 비가 오면 노숙을 할 수가 없다. 다행히 비는 그쳤지만 늦은 밤 축축한 수숫대 위에서 잠을 청해야 했다. 연화호에서 이틀을 더 걸었을 때 들판에 초록이 선명한 벼가 자라고 있는, 논이 보였다. 주위에 논이 제법 있었다. 현규도, 최씨도 오랜만에 논을 보니 반가웠다. 논이 있는 곳에는 분명 조선 사람이 있기 때문이었다. 조심스럽게 주위를 살피며 민가에 다가갔다. 이렇게 어지러운 시절에도 평화롭게 보이는 작은 마을이었다. 언제 난리가 있었냐는 듯, 지금까지 보아왔던 세상과는 다른, 별천지 같았다. 논에서 풀을 매고 있는 남자가 보였다. 바지저고리를 입고 있는, 분명 조선 사람이었다. 인기척을 느낀 그 농부는 하던 일을 멈추며 허리를 펴고 그들을 쳐다보았다. 30대 중반쯤으로 얼굴이 각지고 키가 훌쩍 컸다.

"조선 사람입니까?"

"그렇소만 누구시지요?"

"우리도 조선 사람입니다. 논이 있는 걸 보니 조선 사람이 사는 것 같아, 반갑기도 하고요. 지나가는 사람인데 물이나 한잔 얻어 마실까 해서요."

"그러려면 집으로 가셔야겠습니다. 마침 나도 들어가려던 참이에요. 우리 집이 바로 저기입니다. 집에 들어가 잠시 쉬어 가시지요."

"그래 주시면 고맙겠습니다."

"두 분은 어디로 가시는 길입니까?"

"우리는 의란현으로 가는 길인데 수분하에서부터 걸어오는 길이지요. 의란까지는 얼마나 남았나요?"

"여기가 신청촌인데, 의란까지는 아직 한 200여 리 남았으니, 이틀은 더 가셔야 할 거요. 무슨 일 때문에 거기에서 걸어오시는 것입니까?"

"우리는 일본군에 끌려가 소련 군대하고 전쟁하다 도망쳐 오는 길입니다. 둘 다 의란현에 살고 있어요."

"그렇군요, 큰 고생하셨습니다."

농부는 논 물꼬에서 흙이 묻은 발을 씻었다. 둘은 농부를 따라 그의 집으로 따라 들어갔다. 집으로 들어서자 조선의 여느 농가처럼 넓은 마당이 깨끗하게 정돈되어 있었고, 누런 강아지가 꼬리를 흔들며 다가왔다. 마당에는 몇 마리의 닭들이 모이를 쫓는, 평화로워 보이는 모습이었다. 부엌 앞에 서 있던 젊은 여인이 낯선 그들을 보고, 놀라는 듯했다. 엄마 치맛자락을 붙들고 있던 어린 사내아이도 호기심이 가득해 그들을 쳐다보고 있었다. 농부는 아내인 듯한 아낙네에게 물을 떠다 달라고 시켰다. 시원한 물을 한 대접씩 들이켠, 그들은 숨을 돌리며 주인 농부에게 감사하다는 말을 건네고는, 궁금했던 근래에 일어난 세상일에 대하여, 물어보았다.

"지금 일본이 확실하게 항복했답니까?"

"예, 여기는 하도 외딴 동네라 잘은 몰라도, 일본이 망했다고 하기는 합디다."

"그런데 이 동네는 조용한 것 같네요? 중국 사람들이 뭐라고 하지 않나요?"

"예, 이 동네는 가구 수도 얼마 되지 않고, 조선 사람도 다섯 가구밖에 되지 않아 이웃끼리 잘 지내고 있습니다. 다른 동네는 다들 시끄럽다고 하던데 여기는 아무렇지도 않아요. 중국 사람들의 땅을 우리가 개간하여 농사지어, 매년 소작료를 바치고 있으니 오히려 자기들이 고향 가지 말라며 말리고 있어요. '조선은 옛날부터 우리하고 형제국이었으니, 앞으로도 여전히 잘 지냅시다. 쌀농사 때문에도 여기 살아야 한다'고 해요. 중국 사람들은 논농사를 잘 지을 줄 모르거든요. 여기 사람들은 우리가 처음 들어 왔을 때도 나중에 농사지어 갚으라며 지낼 집과 먹을 곡식까지 내어주었소."

중국 사람들이 조선 사람을 왜놈의 앞잡이라고 싫어한다지만 다 그런 것은 아닌 것 같았다. 이곳의 조선 사람처럼 중국 사람의 쓸모없는 습지를 개간하여 논을 만들고 농사를 지어, 꼬박꼬박 소작료를 바치고 있으니 싫어할 이유가 없다. 오히려 고향 가지 못하게, 말리는 것이 당연하다고 생각되었다.

"이제 해방도 되었는데, 형씨는 고향에는 안 가실 작정입니까?"

"나는 고향이 경기도 가평인데 거기는 산뿐이고 들이 없어요. 가봐야 지어먹을 농토도 없고요. 그래도 여기서 중국 사람 땅이라도 붙여서, 겨우 밥 먹고 사는데, 다시 빈손으로 고향 가서 어떻게 살겠어요. 고향 가도 남의 땅 소작밖에 더하겠어요. 그럴 바에야 가지 않을 생각입니다."

이곳에서 배불리 밥을 먹을 수 있는 사람들은 해방이 되었다고 다시 고향에 가고 싶지는 않을 것 같았다. 고향에 돌아가 다시 소작인이 되고 싶지 않을 것이다. 애초 독립운동이나 다른 목적으로 온 것이 아니라 살기 어려워 온 사람들은 고향으로 돌아간다 해도 힘들기는 마찬가지이다. 고향에서 농사지을 땅을 내어놓고 기다리는 사람도 없을 것이다. 하지만 미래가 불투명하기는, 이곳 역시 고향이나 마찬가지이다.

둘은 신청촌에서 점심을 얻어먹고 다시 길을 재촉했다. 어수선한 정국에도 강변 풍경은 한가롭기만 했다. 강은 넓어졌다가 시냇물처럼 좁아지기도, 산을 만나 구부러지기도, 들을 만나 백사장을 만들기도 하면서 한결같이 흐르고 있었다. 하루를 더 걸어오고부터는 조선 사람 마을이 더러 보이기 시작했다. 마음이 놓이면서 이제는 살았다는 생각으로 숨이 바로 쉬어졌다. 근래 마을마다 무슨 일들이 일어났는지 알 수 없지만, 겉으로는 이전과 조금도 다름없이 평화롭게만 보였다. 따가운 햇볕에 벼가 영글고 옥수수는 수확이 끝나가고 있었다. 짧은 시간 동안 천지가 개벽하듯 세상이 변했고, 자신의 모습도 처참해져 사람 꼴이 아닐 것이다. 수많은 산하(山河)를 걸어오면서 옷은 해지고 몸은 마른 장작처럼 야위었다. 상처투성이 몸에다 눈도 움푹해져, 사람보다는 귀신에 가까운 몰골일 것이다. 그동안 오직 목숨을 부지하겠다는 집념 하나로 숱한 난관을 헤치며 여기까지 왔다. 그나마 배를 채울 강냉이가 있는, 여름철이었기 망정이지 추운 겨울철이었다면 추위와 굶주림으로 진즉에 죽고 말았을 것이다. 둘은 의란까지 80여 리를 남겨 놓은, 풍남촌의 마른 수숫대 위에 잠을 청했다. 조선 사람 마을로 들어가 도움을 청해도 되겠지만, 흉흉한 시절에 거지꼴로 남의 신세를 지고 싶지 않았다. 영란촌에 가까워질수록 마음은 더욱 바빠지고 두근거리기까지 했다. 이제 내일이면 사랑하는 월이와 새별이를 만날 수 있다. 지금은 뭘 하고 있을까? 월이와 새별이를 만날 생각으로 잠을 이룰 수 없었다. 다음 날 눈이 뜨이자 바로 걷기 시작해, 아침나절 어느 마을 앞을 지나야 했다. 마을 어귀에 중국 여인들 몇몇이 서 있었다. 의란과 가까웠고 여자들뿐이라 마음 놓고 지나가는데, 누군가가 "有一个日本人路过 (저기 일본 사람 지나간다.)"며 소리치자 모두가 돌을 주워 던졌다. 개까지 덩달아 짖어대었다. 여기까지 와서 이런 꼴을 당하니, 기가 막혔지만 어쩔 수 없이 도망쳐야 했다. 해거름이 다 되어서야 의란진 외곽의 강가에 도착하여, 강 건너편에 석양을 받으며 고즈넉하게 앉아 있는, 영란촌을 바라볼 수 있었다. 정확한 날수는 기억할 수 없지만, 의란 역두에서 끌려간 지 한 달도 훨씬 넘었을 것이다. 수분하 전쟁터에서 출발한 지도 한 달 가까이 걸린 듯했다. 이 난리통에도 영란촌은 어디에도 가지 않고 자신을 기다리고 있었다. 사방포의 최씨와는 다음을 기약하고 헤어져야 했다.

11

"당신이 돌아와 정말 꿈만 같아요. 당신이 군대 끌려간 줄 알고 있었어요. 통하 삼촌에게서 연락받았어요. 당신이 돌아오게 해달라고 하루에도 몇 번씩 하늘님께 기도드렸어요. 당신이 반드시 살아 돌아올 줄 알았어요. 마을 사람 한 명도 의란 장마당에서 잡혀갔어요. 그 사람은 아직 돌아오지 못하고 있어요. 그 집 아주머니가 당신이 돌아왔다는 소식을 듣고, 매일같이 우리 집으로 찾아와요. 오늘도 올 거예요."

월이의 목소리가 어렴풋이 꿈속에서 들리는 듯했다. 온몸이 성한 데가 없이, 거지 행색으로 돌아온 현규는 월이와 새별이를 쳐다본 후, 곧바로 쓰러지고 말았다.

"악, 영택이가... 영택이가... 총을 맞았어."

"새별이 아버지 왜 그래요?"

"소련 군인이 죽었어. 영택이가 이마에 피를 흘리고 있어."

그는 며칠 동안 헛소리를 지껄이며 비몽사몽간을 헤매다, 며칠 만에 겨우 자리에서 일어나 식구들에게 그간의 경위를 이야기할 수 있었다. 일곱 살 때 만주사변을 겪은, 월이도 전쟁의 참상을 똑똑히 기억하고 있기에, 잠시도 눈물을 멈추지 못했다. 당시 월이 가족이 오상에 살 때였다 했다. 아버지는 어디에 계시는지 알지 못했다 한다. 콩 볶는 듯한, 총소리를 들으며 숨소리까지 죽이면서 방 안에 꼼짝 못 하고 갇혀 있었던 기억. 며칠 만에 집 밖으로 나갔을 때, 불에 타고 무너진 집들과 곳곳에 죽어 있는 군인들의 시신, 새까맣게 붙어 있던 파리 떼까지. 충격적인 기억들이 아직 생생하게 각인되어 있었던 것이었다.

"새별이 젖은?"

"지금도 순덕이 엄마가 하루 몇 번씩 오고 있어요. 내가 새별이를 업고 찾아가기도 하고요. 이제 순덕이가 밥을 먹기 시작해 젖은 조금밖에 빨지 않는 모양이어요. 덕분에 우리 새별이가 배부르게 먹고 있어요."

그동안 월이도 푸석푸석한 얼굴이 반쪽이 되었으며, 자주 울어서인지 피부도 거칠어져 있었다. 죽을 고비를 넘기며 돌아온 자신 못지않게 월이도 피를 말리며 하루하루 기다리고 있었을 것이다. 새별이를 둘러업고 매일같이 강가로 나가 현규를 기다리다, 들어오곤 했다고 한다. 장모님이 뼈만 붙어 돌아온, 현규를 위해 닭이나 장어를 고아 먹이는 등 정성을 들여 몸을 추스르게 해주었다.

"내가 소련 군인을 죽였어. 가까이 다가와, 쏘지 않을 수 없었어."

"당신이 죽이지 않았다면, 그 소련 군인이 당신을 죽였겠지요. 마음에 담지 말아요. 전쟁이잖아요."

현규가 자책감에서 헤어나지 못하자, 월이가 위로해 주었다. 소련 군인을 쏘지 않았다면 자신은 여기까지 올 수도, 월이와 새별이를 만날 수 없었을 것이다. 지금쯤은 백골이 되어, 다른 전사자들처럼 수분한 풀숲에 누워 있을 것이다. 전장에서는 적을 죽이지 않으면 자신이 죽어야 한다. 억지로 끌려간 전장이라 할지라도 죽이고 죽는, 상황은 다르지 않을 것이다. 자신이 살아서 돌아올 수 있었던 것은 오직 월이와 새별이를 두고 죽을 수 없다는 일념 때문이었다. 모녀는 자신의 존재 이유였다. 밤중에도 잠이 깨이면 혹시 이런 현실이 꿈은 아닌지, 곁에 누운 월이를 만져보는 등 다시 한번 확인한 다음 잠들곤 했다. 눈을 맞추면 방긋방긋 웃는 새별이를 바라보며, 살아 돌아오게 해준 하늘에 감사드렸다.

"당신이 횡령했기 때문에 군대에 끌려갔다고 통하 삼촌이 말해주었어요. 만척 직원에게 들었다고 하데요, 정확하게는 모르지만, 쌀을 빼돌렸다나요. 뭐가 잘못되었을 거라고, 당신은 그럴 사람이 아니라고 했지요."

"내가 체납 농가들의 경작권 박탈을 막아주려고 몰래 장부를 조작했어. 그게 횡령이 되어 버린 것 같아. 그걸 어떻게 알았을까? 박 서기도 모르고 있었는데."

자신이 군대 끌려가기 전부터 모리 주임이 장부 조작을 알아차린 것일까? 평소에는 회계 장부를 들여다보면서 자신의 설명을 듣고 결재한다. 결재하면서 체납자 현황을 메모하기도 했다. 자신의 메모와 창고 장부를 맞추어 보다, 발견했을 가능성도 있다. 모리 주임은 자신의 메모와 차이 나는 만큼 현규가 횡령했다고 말한 모양이었다. 틀린 액수만큼 체납 농가 쪽에 더해져 있다는 사실은 생각하지 못했을 것이다. 진즉에 박 서기의 협조를 받아, 창고 장부도 고쳐 놓았으면 괜찮았을 것이다. 그게 아니라면 평소 못마땅하게 생각하다, 무엇인가 꼬투리를 잡아 군대에 보내버리려고 한 것 아닐까? 어려운 농민들을 도와주려다 벌어진 일이지만 이제는 그 무엇도, 끝난 상황이다. 현규는 장인에게도 소상히 말씀드렸다.

"좋은 일 하려다 그렇게 되었군. 그래도 돌아왔으니, 정말 다행이네. 식구들이 얼마나 걱정을 많이 했는지."

이웃 아주머니가 찾아왔다. 그 사람이 어떻게 되었을 것이라는, 사실은 짐작하지만 훌쩍거리는 여인 앞에서 전부 말할 수 없었다. 그도 틀림없이 수분하 부근의 전투에 참전했을 것이다. 그가 이미 전사했거나, 전사하지 않았다면 포로가 되어 시베리아에 끌려갔을 가능성이 크다. 시베리아행 기차를 탔다 해도 추위와 굶주림 등 가혹한 시련을 이겨내고 살아남는다면 언젠가는 돌아올 수 있을 것이다. 자신처럼 전투 중 도망쳤다면 더 기다려 보아야 한다. 여기까지 오는 길도 다를 수도 있고, 오면서 중국인들에게 어떤 봉변을 당했을 수도 있다. 가족들에게 희망의 끈을 놓게 해서는 안 된다는 생각으로 더 기다려 보라고만 할 수밖에 없었다.

"아버님, 일본이 항복하고 조선이 해방된 것은 확실하겠지요? 조선이 해방되었는지 아직 확신이 서지 않아요."

"조선이 해방된 것은 사실이네. 일본이 8월 6일과 8일, 이틀에 걸쳐 히로시마와 나가사키에 미군의 원자폭탄을 맞고 수십만 명이 죽었다고 하네. 15일에는 일본 천황이 라디오로 항복을 선언하면서, 모든 전선의 일본군에게 전투 중지 명령을 내렸다고 하네. 하지만 일부 관동군은 항복을 거부하고 한동안 항전했다는 이야기도 있어. 심지어 통신이 두절되어, 전투 중지 명령을 전달하는 전령을 쏘아 죽이기까지 했다는군. 소련이 8월 9일 선전포고를 하고는, 만주와 조선, 사할린으로 동시에 쳐들어와, 조선의 38도 선까지 내려갔다고 해. 조선을 미국과 소련, 두 나라가 나누어 점령하게 된 셈이야. 점령국들이 조선을 어떻게 처리할지 두고 보아야 알 수 있겠지."

일본이 항복하고 조선이 해방되었다면 징용 간 형님도, 인규도 돌아올 것이다. 생각하기조차 싫지만, 잘못되면 돌아오지 못할 수도 있다.

"지금 동네마다 시끄럽다고 하던데, 이곳은 괜찮았습니까?"

"본래 중국 사람들과 사이가 좋지 않았던 마을에는 싸움이 일어나는 모양이야. 왜놈들의 앞잡이라고, 조선 사람들을 쫓아내려고 하는 것 같아. 이번 기회에 조선 사람이 개간한 농토를 자기들이 차지하겠다는 속셈이겠지. 헐값에 빼앗겼던 토지를 되찾으려는 중국 사람들도 있어. 조선 사람들이 많이 상하고 있는 모양이야. 우리 마을은 괜찮네. 원래 우리가 만든 마을이라 중국 사람들이 살지 않았기에 서로 다툴 일도 없었지. 그래도 못된 중국 사람들과 토비(土匪)들이 행패를 부릴까 봐, 마을 자경단이 대기하고 있어. 농지 문제도 걱정할 것 없다네. 중국인 추대인(秋大人)과 장기계약하여, 기간이 아직 40년도 더 남았어. 그분은 중국 사람이라도 진정한 대인(大人)이야. 아무런 간섭이 없어. 어떤 중국인 지주들은 매년 바치는 토지세 이외에 굴뚝세, 문지방세, 인두세 등 별별 세를 다 요구하기도 하고, 불러서 온갖 잡일을 다 시킨다고 해. 머리를 중국식으로 깎아라, 중국옷을 입어라, 심지어 딸을 내어놓으라고 하는, 못된 지주도 있다고 하더군."

"일본 사람들은 무사하지 못했지요?"

"여기 의란현 관공서나 경찰서에 근무하던 일본인들과 가족들이 자결하거나, 중국 사람들에게 맞아 죽은 사람, 도망간 사람, 난리도 아니었다네. 그동안 너무 지독하게 하였으니 인과응보가 아니겠나. 무엇보다 소련 군인들도 행패가 심했어. 일본인들이 빠져나간 관공서를 차지하고 앉아, 미처 피하지 못한 일본인은 말할 것도 없고 중국 사람들까지 건드린다고 해. 상점의 물건을 약탈하고, 여자들이 보이는 대로 겁탈하기에, 여자들은 아예 밖으로 나가지도 못하고 있어. 그뿐 아니라 숨어 있던 공산당까지 나와, 설치고 있다네. 친일한 사람이나 원래 자기들과 사이가 좋지 않았던 사람들을 잡아다 인민재판 한다면서, 공개적으로 총살하고 있다 하네. 지금 이곳은 완전한 무법천지야. 당분간 조용히 지내면서 어떻게 될지 지켜보아야겠어."

12

10월로 접어들면서 아침저녁 품속으로 냉기가 스며들었다. 수확 철이 된, 벼 이삭도 고개를 숙이며 식은 햇살에 영글고 있었다. 보름 가까이 몸을 추스른, 현규는 만척 사무실에서 해야 할 일이 있어, 통하에 다녀와야만 했다. 그가 길을 나서려고 하자 월이와 장인, 장모님 모두 말렸다. 치안 상태가 조금은 나아졌다 해도 아직 위험한 시기이니, 집 밖을 나갈 수 없다고 했다. 더구나 현규는 몸도 제대로 회복하지 못한 상태였다. 월이는 죽을 고비를 넘기고 와서, 또 나가려 한다며 눈물까지 보이며 말렸다. 현규가 끝까지 고집을 꺾지 않자, 그렇다면 만주 옷을 입고 갔다 오라고 했다. 현규는 장모님이 내어주는 만주옷, 다지샨을 입고 집을 나섰다.

그가 통하에 가야 하는 이유는 사무실 금고가 걱정되었기 때문이었다. 금고에는 중요한 장부와 금융조합에 입금하려다 하지 못한 얼마간의 현금이 들어 있었다. 창고에 쌓여 있던 벼 가마니는 토비들에게 모두 털렸겠지만, 금고는 무사할 것이다. 일본에서 만든, 금고는 불이 나도, 함마로 내리쳐도, 총을 쏘아도 부서지지 않는다. 조무래기 토비들의 힘만으로는 열기 힘들다. 비밀번호를 알고 있는, 자신 외에는 누구도 열 수 없다. 번호를 바꿔버려, 모리 주임도 어쩌지 못했을 것이다. 하지만 만에 하나 열렸다 하면 이주 농민들에게 난감한 일이 일어날 수도 있을 것이다. 금고 속에는 농민들의 부채 내용이 적혀 있는, 각종 장부가 들어 있다. 장부에는 매 가구 토지 연부금과 영농 자금 대출 현황 및 각종 미수금 등이 적혀 있다. 장부가 만약 소련군이나 국민당, 공산당 손에 들어간다면, 일본의 권리를 승계받았다고 주장하며 농민들에게 상환을 요구할 수 있다. 그것을 빌미로 조선 농민들을 내쫓으려 할 수도 있을 것이다. 금고 속의 장부를 끄집어내어, 반드시 불태워버려야 한다. 당시 금융조합에 넣지 못했던 현금은 얼마나 들어 있는지 정확히 기억나지 않지만. 박 서기와 나누고, 자신의 몫은 월이와 고향으로 가는 여비로 쓸 생각이었다. 고향까지 가려면 며칠이나 걸릴지 알 수 없을뿐더러 교통비와 여관비, 식비까지 수월찮은 돈이 들 것이다. 아무리 고향에 가고 싶어도 여비가 없으면 꼼짝도 할 수 없는 일이다. 농민들은 한 해 농사지어 몽땅 다 팔아야, 출발할 엄두를 낼 수 있다고 한다. 의란 중심가의 상점들은 성한 곳이 없는 듯했다. 상점의 문짝과 유리창 등이 부서진 채로 수리되지 않고 있었다. 이곳에서 무슨 일들이 일어났는지 짐작할 수 있었다. 의란 역두에는 소련 군인들과 공산당원들이 설치고 다녔다. 벌써 일가족을 이끌고 고향으로 가는 조선 사람이 보이기도 했다. 다행히 만주 사람처럼 다지샨을 입고 가는 자신에게 누구도 관심을 가지지 않았다. 이 난리통에도 부서지지 않은 상점들은 문을 열었고 역두에는 여전히 마차가 손님을 기다리고 있었다. 이제 서서히 안정을 되찾아가는 것 같기도 했다.

"아니 이게 누구야? 군대에서 좋지 못한 일이 있었던 것은 아닌지? 걱정했어요. 무사히 돌아와 정말 다행입니다."

현규가 박 서기를 찾아가자, 죽은 사람이 살아 돌아오기라도 한 것처럼 깜짝 놀라며 반가워했다.

"김 서기가 끌려가고 난 뒤에도 난리가 아니었어요. 김 서기가 쌀을 횡령했다면서 모리 주임이 직원들을 농가에 보내 일일이 확인했어요. 자기가 알고 있던, 상황과 뭐가 달랐던 모양이어요. 많은 농가가 납부를 했지만, 미납으로 되어 있다고 하던데요. 그만큼 김 서기가 빼돌린 것이라고 해요. 어떻게 된 거예요? 설마 김 서기가 횡령할 사람은 아니잖아요."

"진즉에 박 서기님과 의논을 드리고 협조를 받았으면 괜찮았을 터인데, 말씀을 드리려다가 미처 하지 못하였어요."

"그렇지 않아도 모리 주임이 평소에도 김 서기가 불령선인의 사위일뿐더러 실적이 좋지 않다고 못마땅하게 생각하고 있었지요. 죽은 최 서기와 달리, 김 서기가 농민들을 너무 후하게 대하여, 체납금이 많이 불어났다고 자주 불만을 드러내기도 했고요. 그나저나 군대에서 고생 많았지요?"

"군대 이야기는 천천히 하기로 하고요. 이 문제는 작년 가뭄에 흉년 들어, 체납한 농가 수십 가구의 경작권을 박탈당하지 않게 하려다 그렇게 된 거예요. 악성 체납자들을 구제해 주려다가 그렇게 된 거지요. 체납이 없는, 농가의 납부금을 체납 농가의 명의로 바꾸어 기장했어요. 경작권을 박탈당할 농가에 보태어 준 셈이지요. 그렇게 하면 납부를 잘하던 농가는 한 번쯤 체납해도 괜찮을 터이고, 악성 체납 농가는 당분간 구제받을 수 있지 않겠어요. 그다음 해에 농사가 잘되면 되돌려 놓으면 되지요. 박 서기님과 의논하여 창고 장부와 맞추어 놓았으면 괜찮았을 터인데요."

"그랬군요. 무슨 말인지 이해가 가네요. 좋은 일 하려다 그렇게 되었군요. 나는 김 서기가 분명 그럴 사람이 아닌데 무슨 일인가 했어요."

"그것보다 하야시 소장과 모리 주임은 어떻게 되었나요?"

"하야시 소장은 일본이 항복하기 이틀 전에 사라져 버렸어요. 정보를 미리 알았던 것 같아요. 그래도 여기 있다가 봉변당하지 않은 것만으로도 다행한 일이지요. 모리는 부인과 통하 경찰서로 다급하게 피신한 줄 아는데, 그 뒤에 어떻게 되었는지 잘 모르겠어요. 경찰들이 대부분 자살했다던데 모리 부부도 자살하지 않았을까요?"

"그랬군요. 그래도 같이 지냈는데, 그 사람들 안되었네요."

"그러게요. 나도 마음이 좋지 않았어요."

"박 서기님, 사무실에 같이 가야 할 일이 있습니다."

"무슨 일인데 그러세요? 사무실도 도둑들이 엉망으로 해 놓았어요."

"가보시면 알게 될 것입니다. 금고는 무사할까요?"

"그렇지 않아도 모리 주임이 김 서기의 장부를 조사하겠다면서 금고를 열어 보려고 해도 자기가 적어 놓았던 번호와 달라, 열지를 못했어요. 김 서기가 번호를 바꾸어버렸다나요. 그래서 하얼빈 금고 전문가에게 연락하여, 조만간 사무실에 오기로 되어 있었는데, 그만 세상이 이렇게 되고 말았지요."

민척 사무실 문은 잠겨 있었다. 박 주사가 문을 열었을 때 한바탕 분탕을 쳤던지 집기, 서류 등이 어지럽게 늘려있었고 금고도 옆으로 쓰러져 있었다. 다행히 금고 문은 굳게 닫힌, 그대로였다. 토비들이 금고를 열어 보려고 얼마나 애를 썼던지 곳곳에 총알 자국과 찍힌 자국으로 번호판이 잘 돌아가지도 않았다, 현규는 힘들게 번호를 돌려 금고 문을 열었다. 금고 속에서 현금과 장부를 전부 끄집어내어, 박 서기 집으로 가지고 갔다. 박 서기 집의 아궁이에다 장부 6권을 한참 걸려 깨끗하게 태워 버렸다. 현금은 3,600원으로, 정확하게 1,800원씩 박 서기와 나누어 가졌다. 생각지도 못한 큰돈이 생긴, 박 서기도 고마워했다.

"박 서기님, 장부를 없애버려야 앞으로 공산당이든, 국민당이든, 소련군이든 일본의 권리 승계를 주장하며 조선 농민들에게 토지 대금이나 대출금 내어놓으라고 하지 못할 것 아닙니까. 이제 농민들의 부채가 완전하게 사라지게 되는 거지요."

"생각지 못했는데 듣고 보니 그렇네요. 잘하셨습니다."

그날 너무 늦어, 돌아가는 마차가 떨어져 박 서기 집에서 하룻밤 묵기로 했다. 저녁을 먹고 박 서기와 고량주 한 병을 놓고 그간의 이야기로 밤새는 줄 몰랐다.

"내 이야기는 이제 그만하고 통하는 어땠습니까?"

"김 서기도 죽을 고비를 수없이 넘겼군요. 말도 마십시오. 여기도 난리가 났지요. 통하의 일본 경찰들은 거의 다 총으로 자살했어요. 경찰들이 가족들을 먼저 쏘아 죽이고 자결했다는군요. 일본이 항복한 후, 관동군이 일본인들에게 총과 칼을 주며 모두 자살하라고 지시했다 해요. 일본 정부도 그들을 본국으로 송환할 여유가 없었겠지요. 도망가지 못한 일본 사람들은 중국인 소작인들이나 소련군대의 습격을 고스란히 받아야 했어요. 남자들은 자살하거나 맞아 죽고, 여자들은 강간당해 죽거나, 실성하여 산과 들을 헤매고 있다고도 해요. 약탈당해 굶어 죽기도, 병으로 죽은 사람들도 많았다고 해요. 오상(五常)에서는 살아남은 일본인들이 일본 경찰과 합세하여 격렬하게 저항하는 바람에 중국 사람들도 많이 다치고 죽기도 했다네요. 소련 군인들은 더해요. 일본 사람뿐 아니라 중국 상점까지 닥치는 대로 약탈하고 부녀자를 강간하는 등 한바탕 난리를 쳤어요. 중국 팔로군과 토비들까지 설치면서 완전 무법천지였지요. 우리 창고도 토비들에게 털렸어요. 우리 만척에 소속된 마을도 피해를 입었다네요. 원래 중국인 지주들이 몰려와, 땅 내어놓으라면서 싸움이 붙어, 다친 사람도 많다고 해요. 고향으로 갈 사람들이야 모르지만 여기 눌러앉으려는 사람들은 그동안 연부금을 꼬박꼬박 물어왔는데, 억울하지 않겠어요. 그래도 지금은 나아진 편이어요. 이제 소련 군대가 질서를 잡는다고 하더라고요."

"그나저나 박 서기님은 고향 가시지 않을 생각입니까?"

"나는 어릴 때 올라와 고향에 아는 사람도, 땅도 없는데 간들 뭣하겠어요. 조용해지면 이곳에서 논이나 구해 농사나 지어볼까 해요. 많은 사람이 이번 추수를 마치면 고향 간다고 하더라고요. 벌써 가는 사람들도 있어요. 김 서기도 고향 가야지요?"

"나도 가야 하는데 젖먹이가 있어서, 젖이나 떼어야 움직일 수 있겠어요. 간다고 해도 애까지 데리고 어려움이 많겠지요. 언젠가는 고향에 꼭 갈 것입니다."

                                    13

이튿날 현규가 의란 역두에 도착하자, 사람들이 웅성웅성 모여 있었다. 무슨 일인가 하며 무심코 쳐다보니 붉은 완장을 찬, 군복 차림의 공산당원들 몇 명이 남자 3명을 묶어 담벼락에 붙여 세워놓았다. 이곳에서 인민재판이 벌어지고 있었다. 묶인 사람들 가운데 얼핏 낯이 익은 사람이 보였다. 최승일 선생이었다.

"동무들, 이 반동 놈들은 일본 경찰에 붙어서, 수많은 우리 당원들을 해친 반역자, 친일파예요. 이 반동 놈들을 어떻게 하면 좋겠습니까?"

(同志们, 这个韩国反动混蛋是一个投靠日本警察的汉奸, 害了我们很多党员。他们那里是亲日派。对于这个反动混蛋我该怎么办?)

"죽이시오. 반동은 죽어야 합니다. 죽이시오. 죽어야 합니다."

(杀了它 反冲必须死 杀了我 一定死)

역시 군복을 입고 완장을 찬, 여자가 외쳤다. 그리고 모여있는 사람들을 한 번 획 둘러보자, 머뭇거리며 구경하고 있던 사람들이 마지못한 듯 일제히 외쳤다.

"죽여요. 죽여요. 반동 새끼는 죽여야 합니다."

(杀了我 杀了我 反应迟钝的混蛋必须死)

중국인 구경꾼들 때문인지, 조선말과 중국 말을 번갈아 가며 했다. 곧 세 사람의 눈에 띠가 가려지고 탕탕탕 하는, 총성이 울렸다. 모두 짚단처럼 아래로 푹 꼬꾸라졌다. 현규를 왜놈의 앞잡이라고, 인민의 적이라며 몰아세우던, 애국자 최 선생이 무엇 때문에 동지들의 배신자가 되었나? 독립투사의 조카가 어쩌다 저 지경까지 되었을까? 공산당과 일본 경찰 사이에서 줄타기했을 가능성이 있다. 흔히 말하는 밀정 짓을 한 것이 분명한 것 같았다. 교활한 최 선생이라면 충분히, 그럴 수 있을 것이다. 그동안 최 선생이 어떻게 살아왔는지 짐작이 갔다. 혼란기에 나름대로 살아남으려다 그렇게 되었을 것이다. 어쩌면 이 시대가 최 선생 같은 괴물을 만들었을지도 몰랐다. 월이를 그런 놈에게 시집 보냈으면 어쩔 뻔했을까? 생각만 해도 모골이 송연했다. 인민재판을 벌인 이들은 공산당 팔로군에 소속된, 조선의용군으로 어딘가에 숨어 암약하다 일본이 패망하자 다시 모습을 드러내고 있었다. 이들은 이곳 조선 사람들의 생명과 재산을 보호한다는 명분으로 설치고 다닌다고 했다.

"그렇게 못되게 굴더니. 결국 그렇게 되었네요. 또 무슨 일을 저지를지 늘 편하지 않았는데, 큰 걱정거리 하나가 사라졌어요. 못된 사람 벌하는 것, 보면 하늘님이 계시는 모양이어요."

최 선생 이야기를 들은 월이가 깜짝 놀라면서 말했다. 현규는 새별이가 젖을 떼면 고향으로 내려갈 것이라고, 생각하고 있었다. 새별이가 밥을 조금씩 먹기 시작했다. 장인어른의 생각은 어떤지 물어보았다.

"아버님, 고향 가셔야 하지 않겠습니까?"

"나도 많이 생각해 보았네. 가고 싶기야 하지만, 식구도 많고 이제는 이곳에 자리를 잡았는데, 떠나기가 쉽지는 않을 것 같네. 나나 월이 어미도 나이가 너무 많아, 그 멀고 험한 길을 갈 수 있겠나 싶네. 가산을 정리하고 올라와 고향에 가도 살 집도, 땅도 없다네. 아무래도 이곳에 주저앉아야 하지 않을까 싶어. 중경에 가 있던, 창희도 광복군이 해체되어, 북경에 와 있다는 소문을 듣기는 했지만, 거기에서 뭐 하고 있는지도 모르겠고. 기다려 봐야 할 것 같아."

"내려가셔서 해방된 조국에서 큰일을 하셔야 하지 않겠습니까?"

"그렇지 않아도 옛날 동지들에게서 연락이 오기도 하네. 하지만 우리 같은 늙은이가 이제 뭘 하겠어. 신학문을 공부한 젊은이들이 새 조국을 이끌어나가야 해. 시대에 따라 필요한 인재가 있는 법이네. 우리 시대는 이미 지나갔어. 우리가 다시 나선다면 늙은이들의 노욕밖에 되지 않아."

"중국 정부가 추방한다고 하면 곤란하지 않을까요?"

"그러게, 그게 문제인데, 그래도 이곳은 송화강 북쪽이 아닌가. 공산당을 좋아하지는 않지만, 공산당 쪽에서는 괜찮다고 하니까. 아직은 아무것도 알 수가 없네. 결국 양편 중, 이기는 쪽이 남쪽도, 북쪽도 전체를 다 차지하겠지. 누가 이기던 조선 사람이라고 모두 내보내기 힘들 것이야. 좀 더 지켜봄세."

"아버님은 어느 쪽이 유리한 것 같습니까?"

"잘 모르겠지만 코민테른 연합체인 공산당 군이 유리하지 않겠나 싶네. 그리고 일본군이 어느 쪽으로 많이 항복했는지도 내전에 큰 영향을 줄 것이야. 패잔병들의 무기를 많이 노획한 쪽이 유리해질 테니까."

"우리야 그렇지만 자네는 어떻게 할 것인가."

"가야겠는데, 아직 아이가 젖을 떼지 못해, 움직이기 힘들 것 같습니다."

"월이는 가겠다고 하던가?"

"아직 구체적인 의논은 하지 않았습니다만 가야 한다는 말은 던져 놓았습니다."

말은 그렇게 해도, 현규의 마음은 바빴다. 영란촌만 하더라도 한두 집씩 떠나고 있어 더욱 그를 초조하게 했다. 새별이는 6개월을 넘기면서 죽을 조금씩 먹기 시작했지만, 아직 젖 뗄 때는 멀었다. 날씨도 점점 추워지며 송화강이 다시 하얗게 얼어붙기 시작했다. 그도 혼자 몸이라면 언제라도 뜰 수 있겠지만 추위에 월이와 아이까지 데리고 먼 길을 떠날 수 없었다.

14

해방된 지도 몇 달이 지나갔다. 덕섬 어른은 힘겹게 가을 추수를 끝냈다. 금년 추수는 많이 늦어졌다. 머슴과 둘이라 해도 일손이 턱없이 모자랐다. 사람 구하기도 힘들어 이웃과 품앗이해가며 겨우 마칠 수 있었다. 구장 이야기로는 김해 지역에 인민위원회가 구성되어 군, 읍, 면을 임시로 접수했다고 했다. 이들이 업무를 맡는다고 하지만 모든 일이 시원치 않다고 했다. 얼마 후면 미국 군인들이 군이나 면을 실질적으로 관장할 것이라고도 했다.

  덕섬 어른 내외는 징용 가고, 군대 나간 자식들 기다리느라 눈이 빠질 지경이었다. 해방되고도 한참 지났는데 아이들은 돌아올 기미를 보이지 않고 있었다. 자식들이 돌아오지 않는 해방은 진정한 해방이라 할 수 없다고 생각했다. 혹시 전쟁터에서 잘못된 것은 아닐까? 온갖 불길한 생각이 다 들었다. 해방되기 이전보다 오히려 더 불안하고 초조했다. 덕섬 어른 내외는 밥도 넘어가지 않고 속이 타들어 갔다. 덕섬댁은 매일같이 가슴을 치며 눈물 마를 날이 없었다. 며느리도 내색않고 있지만, 남편을 초조하게 기다리는 모습이 불쌍해 볼 수 없을 지경이었다. 매일 밤 혼자 운다는, 사실도 알고 있었다. 그 속도 부모 못지않게 썩어 문드러졌을 것이다. 울산에 사는, 영숙이도 박 서방이 아직 돌아오지 않고 있다 했다. 남이 낳은 아이를 키우면서 혼자 농사짓고 있다는, 이야기가 전해져 왔다. 그 딸도 덕섬 어른 내외의 아린, 손가락이었다. 만주에 있는 현규라도 돌아왔으면 좋으련만, 아직 소식이 없었다. 아이들이 밤중에 돌아올지도 몰라, 마루 끝에 등불을 매달아 놓고 밤새도록 끄지 못하고 있었다. 동네 다른 청년들도 아직 소식이 없었다. 그러다 마을에서 제일 먼저 징용 간 용철이가 돌아왔다. 덕섬 어른도, 다른 사람들도 자식 소식을 들을까 해서 용철이에게 달려갔다. 하지만 자기는 북해도로 갔지만, 다른 친구들은 각기 다른 곳으로 배치받아, 어디로 갔는지 알지 못한다 했다. 겨울이 오려는지 무서리가 내리기 시작했으며 날씨도 제법 추워졌다. 이제 한두 명씩 돌아오고 있기는 하지만, 징용과 군대 간 동네 청년들이 어림잡아도 열몇 명인데, 돌아온 아이들은 아직 몇 되지 않았다. 동네 사람들은 자식들 기다리다 지쳐갔다.

덕섬 어른 내외는, 이놈들이 죽었나? 살았나? 온갖 생각이 다 들면서 초저녁에 잠깐 자고 나면 저절로 눈이 뜨여, 잠도 제대로 자지 못하고 있었다. 이른 아침부터 우물가에 있는 감나무 가지 끝에서 까치가 까악까악 하고 울었다. 덕섬 어른은 오늘은 어느 놈이라도 오려나 하며 은근히 기다렸다. 짧은 해가 지고 일찍 저녁을 먹고 잠자리에 들 때까지 아무런 소식이 없어, 오늘도 역시 하고 잠을 청하려고 하던 참이었다. 그때 밖에서 "어무이요" 하는 소리가 들렸다. 덕섬 어른과 덕섬댁이 무의식적으로 와락 문을 열고 마루에 뛰쳐 나가자 동시에 옆방의 며느리도 뛰쳐나왔다. 축담 아래에 거지꼴을 한, 큰아들 병규가 서 있었다.

15

외갓집 식구들의 사랑을 듬뿍 받으며 기어 다니면서 까르르 웃기도 하던, 새별이가 젖을 잘 먹지 않고 열이 나기 시작했다. 며칠 동안 열이 올라 칭얼거리더니, 몸의 상반신부터 발진이 일어나 온몸으로 번졌다. 그도, 월이도 힘들어하는 새별이를 지켜보며, 뜬눈으로 밤을 새워야 했다. 아이를 키워 본 경험이 없는 월이는 안절부절못할 수밖에 없었다. 의란현 중심지에 일본인 의원이나 약국이 있었지만, 난리통에 모두 문을 닫아 버렸다. 중국 약방에서 탕약을 지어 달여 먹여봐도 뱉어내기만 하고 먹지 않는다. 아이들에게 수시로 유행병이 도는지라 어떤 병인지도 알 수 없었다. 이웃 아주머니들은 홍역 같다면서 부추 뿌리를 삶아 먹여라, 무와 우엉을 넣고 찹쌀죽을 끓여 먹여라 했지만, 겨울철이라 어느 것도 구할 수 없었다. 아이를 키우기도, 잃어보기도 하신 장모님은 홍역과는 증상이 좀 다른 것 같다고도 하셨다. 열이 나도 해열제 한 알 먹이지 못하고 기껏해야 옷을 벗겨 몸을 식혀 주거나 찬물을 떠먹일 수밖에 없었다. 제대로 된 치료도 옳은 약 한 첩 써보지 못해 안타깝기만 했다. 힘들어하는 아이를 속수무책으로 지켜볼 수밖에 없어, 그와 월이의 가슴은 아궁이 속의 마른 장작처럼 바짝바짝 타들어 갔다. 아프기 시작한 지 두어 주일쯤 지난 아침, 새별이가 원기를 찾아 눈을 바로 뜨는 듯하여, 이제 회복하는 모양이라며 좋아했다. 그리고는 그날 오후 기어이 하늘나라로 가고 말았다. 실낱같이 남은 힘으로 엄마 아빠를 보고 떠나려고 잠깐 눈을 떴던 것 같았다. 새별이는 겨우 1년도 못 되게 이 세상에 머물다 밤하늘의 별똥별처럼 떨어지고 말았다. 혼란스러운 시절에 태어나, 너무나 짧은 생을 마감했다. 아직 엄마, 아빠를 불러 보지도 못하고 서둘러 가버렸다. 불안한 정세 가운데에서 새별이는 현규와 월이에게 유일하게 행복을 주는 존재였다. 현규가 난리통에서도 살아서 돌아올 수 있었던 것도 월이와 새별이 때문이었다. 그렇게도 빨리 거두어가는 하늘이 원망스러웠다. 그럴 바에야 당초 점지해 주시지나 말지. 현규와 월이는 하늘이 무너지는 듯 오열했다. 땅이 꽁꽁 얼어붙어 팔 수가 없어, 봄이 오면 좋은 곳을 찾아 주기로 하고, 마당 모퉁이에 자리를 잡았다. 마음의 준비가 안 되어, 멀리 보내고 싶지 않은 그와 월이의 안타까움도 작용했다. 불을 피워 땅을 녹인 후에야 겨우 팔 수 있었다. 새별이가 평소에 덮던 포대기에 곱게 싸서 묻어 주었다. 현규와 월이는 꽁꽁 언 땅에 새별이를 묻어 놓고, 무덤 앞을 떠나지를 못했다. 새별이를 보낸 후 몸도 시원치 않은 월이는 매일같이 무덤 앞에 서서 온몸이 싸늘하게 식을 때까지 움직이지를 않아, 현규가 달래어 데리고 들어오곤 했다. 그즈음 영란촌에서 아기들 몇 명이 앞서거니 뒤서거니 하며 하늘나라로 갔다. 새별이와 젖을 나누어 먹던, 아주머니의 아기 순덕이 역시 하늘나라로 가고 말았다.

제4부
귀향

1

　새별이가 하늘나라로 간 지 달포가 못되어, 설(46. 2. 2)을 맞았다. 온 대지는 하얗게 눈이 덮여 있었고 날씨는 모질게도 추워, 밖에서 소변을 보면 땅에 닿기도 전에 얼어버릴 정도였다. 추위에 익숙하지 않은, 조선인들에게 겨울은 가장 견디기 힘든 계절이었다. 햇살이 두터워지는 한낮이 되어서야 사람들이 움직이기 시작했다.
　만주에 소련군이 아직 철수하지 않았다. 소련군은 국민당 정부와 중소우호조약을 맺어, 마땅히 철수해야 하지만, 무슨 이유인지 미적거리고 있었다. 소련군이 만주를 점령하자 곧바로 공산당 군이 들어왔고 뒤이어 국민당 군이 들어와, 곳곳에서 마찰을 일으켰다. 두 세력 간에 자연스럽게 구역이 나누어져, 송화강 북쪽은 공산당, 남쪽은 국민당이 관할한다 했다. 강 옆에 붙은, 영란촌은 경계 지점으로 양편 군인들이 번갈아 가며 들락거렸다. 그들의 정책은 극명하게 엇갈렸다. 공산당은 조선 사람들에게 거주나 소유권, 경작권을 보장해 준다며 걱정하지 말라고 했지만, 국민당은 한교(韓僑)들은 이곳에 살 수 없다면서, 고향으로 떠나야 한다고 했다. 이들의 정책은 조선 농민들의 생존권이 달린 중대한 문제였다. 그들의 승패에 따라 이대로 살 수 있을지, 쫓겨나야 할지 알 수 있기 때문이었다. 더구나 영란촌은 만주인 지주(地主)까지 관계되어 있어, 앞으로 어떻게 될 것인지 모든 일이 불투명했다. 들어설 정부에 따라 이들의 운명이 달라질 수밖에 없었다.

영란촌도 설을 맞아, 이전과 다름없이 떡을 하고 술을 빚어 차례를 지냈지만 술렁거리는 분위기는 어쩔 수 없었다. 마을 남자들이 촌장 집으로 새해 인사차 오면, 단연 화젯거리는 고향을 가느냐, 마느냐였다. 이 마을 사람들은 비교적 성공적으로 정착된 편이라, "몇십 년을 떠돌았으니, 고향 가서 뭣하고 살 끼고? 거기 가도 비빌 언덕이 없으니, 아무 데서나 잘 살면 그만이다. 이제 왜놈들 성화는 받지 않을 것 아니냐."라며 대부분 떠나기 싫어했다. 하지만 또 다른 사람들은 조선이 해방되었기에 조국에서 살길이 있을 것이라고 기대하며, 추위가 풀리면 움직이려 하고 있었다. 추수를 끝내자마자 바로 고향으로 떠난 사람도 있었다. 아직 어떻게 해야 할지 갈피를 잡지 못하고 있는 사람들도 많았다. 떠나려는 집이나 남으려는 집들 할 것 없이 뒤숭숭하기는 마찬가지였다. 사람들은 공산당 정부가 들어서면 경작권을 보장해 준다고 하니, 당연히 공산당 말에 더 솔깃할 수밖에 없었다. 식구들의 생존이 걸린 문제에 사상(思想)은 그다지 고려 사항이 될 수 없었다. 심지어 송화강 남쪽 사람이 고향 가려는 북쪽 사람들의 농지를 싼값에 사들여, 북쪽으로 이사 오려는 사람들도 있었다. 남으려는 사람들도 두 세력 간의 전쟁 결과를 태평스럽게 기다리고 있을 만큼 마음의 여유가 없어, 초조해했다.

현규도 설을 맞아, 고향 생각이 더욱 간절했다. 더구나 새별이까지 하늘나라로 가버려 더는 이곳에 머물고 싶지 않았다. 형님은 징용에서 돌아왔는지? 인규는 무사했는지? 모든 일이 궁금했으며 떠나온 지 몇 년이 지나, 집이 그리워졌다. 고향의 산천(山川)도 눈에 선했다. 어릴 적 물놀이했던 마을 앞 시냇물과 학교에 다니던 먼지투성이 신작로길, 집 뒤쪽의 고샅길 등 어쭙잖은 것들까지도 그리움의 대상이 되었다. 부모님도 자신이 돌아오기를 기다리고 계실 것이다. 이렇게 하루하루 미적거리고 있다가 영영 고향을 가지 못하는 것은 아닐까? 먼저 떠나는 집들을 보면서 더욱 초조하고 조급해지기 시작했다. 그렇지 않아도 이미 조선에 38도 선이 막혔다는 소문도 떠돌고 있었다. 어느 쪽이 이기게 될지 알 수 없으나, 미국의 지원을 받는 국민당 정부가 들어선다면 교류가 가능할 것이다. 하지만 공산당 정부가 들어서면 미국 점령지인 남쪽과는 영영 국경이 닫히게 될지 알 수 없는 일이었다. 그나마 왕래가 완전히 끊어지지 않았을 때, 하루빨리 나서야겠다고 생각했다. 하지만 새별이를 하늘나라로 보낸 이후, 월이의 건강이 좋지 않았다. 월이는 새별이 죽음의 충격으로 한동안 자리에서 일어나지 못했다. 얼마 뒤 일어나기는 했지만, 건강이 예전 같지 않았다. 특별한 병이 있는 것 같지는 않았지만, 많이 쇠약해져 있었다. 식사를 제대로 하지 못했으며 무엇보다 밤이면 잠을 이루지 못해, 힘들어했다. 현규가 아무리 고향에 가고 싶어도 월이가 건강을 완전히 회복해야 길을 나설 수 있다. 월이는 괜찮다고 하지만, 가는 길이 멀고 힘할뿐더러 유행병까지 돌고 있어, 가는 도중 건강이 다시 나빠질 수도 있다. 귀환 길에 아이뿐 아니라 어른들도 많이 죽는다는 소문도 돌고 있었다.

설을 지낸 지 한 달이 지났지만, 추위는 여전히 수그러들 줄 몰랐다. 현규는 조바심을 숨기고 월이의 건강 상태를 지켜보고 있었다. 그 후 얼마쯤 지나자 월이가 식사도 어느 정도 정상적으로 하고 잠도 잘 자는 것 같았다. 아직 월이의 건강을 안심할 수 있는 상태는 아니지만, 마음이 조급하여 조심스럽게 입을 떼었다.

"이제 고향으로 떠났으면 하는데."

월이도 현규가 반드시 길을 나설 것이라는, 사실을 알고 있었기에 언제쯤 그 말을 끄집어낼 것인지 기다렸을 것이다.

"당신 생각대로 하세요. 가고 싶으면, 떠나도록 해요."

"몸은 괜찮겠어?"

"이제 괜찮아졌어요."

월이도 이미 각오하고 있었다는 듯 순순히 동의했다. 월이가 부모님과 영영 이별해야 한다고는 생각하지 못하는지, 고맙게도 같이 가겠다고 했다. 월이가 현규를 따라 멀고 먼 김해까지 간다면, 마지막 길이 될지도 모른다. 앞으로 이곳의 정세가 어떻게 변할지 알 수 없을뿐 아니라 조선과 국경이 닫혀버릴 수도 있기 때문이다. 아직 정식으로 새별이의 무덤도 만들어주지 못해 발걸음이 떨어지지 않지만, 장인어른에게 부탁드리고 떠나기로 했다.

"이제 고향으로 내려갈까 합니다."

"자네가 언젠가는 그 말을 할 줄 알았네만 아직 월이 몸도 시원치 않고 날씨도 풀리지도 않았네. 월이 몸이 좀 더 좋아지고 따뜻해지면 가는 것이 어떻겠나? 더구나 지금 하얼빈 쪽에는 귀환민들이 밀려들어 차편 잡기도 힘들다는 소문이 들리네. 너무 복잡하면 어떤 고생을 해야 할지도 몰라. 좀 더 있다 출발해도 늦지 않을 것이네."

"고생이야 각오해야 하지 않겠습니까. 월이도 이제 몸이 괜찮다고 하니, 며칠 준비해서 떠날까 합니다."

"월이는 괜찮다고 하지만 아직 몸도 성치 않고, 새별이 때문에 마음도 추스르지 못하고 있네. 이 추운 날씨에 어떻게 그 먼 곳까지 가겠나. 월이 몸이 좋아지고 날씨가 풀릴 때까지 좀 더 기다려 보는 게 좋을 것 같아."

장모님도 걱정이 많으셨다. 건강도 시원치 않고 아직 가슴속에서 새별이를 떨쳐내지 못하고 수시로 훌쩍거리는, 월이를 보내기가 섭섭하셨을 것이다. 현규도 무리라는 생각이 들지 않은 것은 아니지만, 조급한 마음에 반대를 무릅쓰고 출발하기로 했다. 가는 길도 수월치 않아, 준비를 단단히 해야 했다. 악귀처럼 출몰하는, 토비들과 소련군 등, 도처에 위험이 도사리고 있을 것이다. 어떤 일들이 일어날지 알 수 없기에, 무엇보다 여비가 충분해야 했다. 여비가 있다 해도, 토비들에게 빼앗기지 않아야 한다. 토비를 피해 보려고 월이와 현규의 속옷에 안주머니 두 개씩을 달아, 돈을 여러 곳에 분산시켰다. 곳곳에서 설치고 다니는 소련 군인들도 여자만 보면 욕보이려 든다고 한다. 월이를 본다면, 분명히 굶주린 늑대처럼 덤벼들 것이다. 월이의 머리를 남자처럼 짧게 깎였고 젖가슴도 납작하게 보이도록 치마 말을 뜯어내어, 꽁꽁 묶었다. 남자 바지를 입히니 체구가 작은, 소년 같아 보였다. 얼굴에 검정 숯까지 칠해 지저분하게 보이도록 했다. 값나가는 옷을 입고 있으면 토비들의 습격 대상이 될 수 있다. 허름한 옷을 여러 벌 껴입고 가는 편이 추위에도 견디기 나을 것이다. 비상식량으로 미숫가루, 누룽지 등도 준비했다. 먼 길에 짐이 너무 많으면 거추장스럽다. 꼭 필요한 물건들만으로 무겁지 않게, 가방 두 개를 꾸렸다. 땅속의 새별이와도 만날 기약 없는, 눈물의 이별을 했다. 현규는 한 몸처럼 엉켜 눈물바다가 된, 처가 식구들 가운데에서 월이를 힘들게 떼어내어 데리고 나왔다. 이별 시간이 길어져, 출발 시간이 많이 늦어졌다.

2

의란 역두에서 통하로 가는 마차를 탔다. 현 중심지에는 사람들이 많이 보였고 부서진 집들은 수리하고 있는 등, 차츰 활기를 되찾는 듯했다. 그저께 내린 눈이 들판을 하얗게 뒤덮어, 마차 길도 희끗희끗 얼룩져 있었다. 얼어붙은 길을 달려, 통하에 도착하자 짧은 해가 이미 기울어, 곧 어두워질 것 같았다. 불안한 치안뿐 아니라 밤중에 말이 달릴 수 없어, 통하에서 묵고 내일 아침 일찍 출발해야 했다. 작별 인사 겸, 박 서기 집에서 하룻밤 신세를 지기로 했다. 이곳에 남으려는 박 서기도 떠나는 현규처럼 심란하기는 마찬가지인 듯했다.

"김 서기는 고향 가면 좋겠지만 나는 여기 남아 앞으로 어떻게 될지? 마음이 편하지를 않아요. 농사지으려고도 생각해 보았지만, 여태 해보지도 않은 농사일도 그렇고. 그렇다고 어디에 취직할 수도 없지 않겠소. 앞으로 공산당이든 국민당이건 중국 사람 세상이 될 터인데 우리 같은 조선 사람이 무엇을 하겠어요. 중국 관리가 되겠어요? 아무리 생각해봐도 농사일밖에는 없는데, 그것도 추방한다는 이 야기가 있으니, 밤에 잠이 안 와요. 차라리 김 서기처럼 돌아갈 고향이라도 있었으면 좋겠소. 고향에 대한 기억이 없으니 고향이라 할 수도 없지요."

이곳에 남아 자신의 운명을 좌지우지할 수 있는, 정세가 어떻게 돌아갈지 지켜보고 있는 것도 마음 편한 일은 아닐 것이다. 현규는 반드시 가야 하기에 생각해 보지 않았지만, 박 서기처럼 농민이 아닌 사람이 이곳에 남으려 해도 문제가 많을 것 같았다. 농사도, 직장 얻기도 힘든 어정잡이가 이곳에 살려면 장사를 할 수밖에 없다. 하지만 남의 나라에서 장사도 쉽게 할 수 있는 일이 아니다. 자신은 돌아갈 고향이 있어, 그나마 다행이라는 생각이 들었다.

"박 서기님은 사람이 좋고 성실해서 앞으로 무슨 일을 하시든 괜찮을 겁니다. 이곳도 얼마 후에는 무슨 결말이 나겠지요. 그때까지 조용히 기다렸다가, 어떤 일을 해야 할지 찾아보셔야겠어요."

아침 일찍 목란현으로 가는 마차를 탔다. 일찍 출발하여 하얼빈은 몰라도 파언까지는 갈 수 있을 것 같았다. 마부도 부지런히 가면 파언현까지는 문제없을 것이라고 했다. 두 마리의 말은 김을 푹푹 품어내며 고르지 않은 길을 쉬지 않고 달렸다. 꽁꽁 언 송하강과 계속하여 같이 갔다. 마차에는 그들처럼 고향으로 가는 승객 4명 등, 6명이 타고 있었다. 짐이 단출한 현규와 달리 다른 일행들은 이불 보통이까지 짐이 많았다. 마차에 포장이 쳐졌지만, 찬 바람이 들락거렸고 계속 흔들려, 엉덩이가 아파 견디기 힘들었다. 현규는 월이가 신경 쓰여 몇 번씩이나 괜찮은지 물었으나 괜찮다고만 했다. 오는 도중 길가의 조그마한 식당에서 만두 몇 알씩 먹었다. 이빨 빠진 접시 등 중국 식당이 너무 지저분하여 넘어가지를 않았지만, 억지로 몇 개씩 삼켰다. 이제부터 찬밥 더운밥 가릴 형편이 아니어서, 무엇이라도 먹어야 했다. 일찍 출발한 마차는 오후 늦게야 목란현에 도착했다. 길이 군데군데 얼어 있어 말이 마음 놓고 달리지 못해 도착 시간이 많이 늦어졌다. 너무 늦어 파언으로 출발하지 못하고 목란에서 묵어가기로 했다. 목란 역시 한바탕 폭풍우가 지나간 듯 여기저기에 수리하는 집들이 보이기는 했지만, 여전히 거리 곳곳에 깨어진 유리문과 시커멓게 그을린 집 등 상처 자국들이 남겨져 있었다. 현규는 역두 가까운 여관에서 짐을 풀었다. 저녁을 먹으려고 월이와 여관에서 나와 가까운 중국 식당으로 들어갔다.

 음식을 기다리던 중 누더기를 걸친, 거지 행색의 젊은 여자가 문을 열고 들어선다. 헝클어진 머리는 까치가 집이라도 지을 것 같았으며 오랫동안 물 구경을 못 했는지 얼굴은 새까맣게 얼룩져 있었다. 그 여자는 일본 말로 뭐라고 뭐라고 횡설수설하고 있었다. 실성한 일본 여자인 듯했다. 여자는 자신의 배를 가리키며 배가 고프다는 시늉을 하면서 "밥 줘"라고 먹을 것을 달라고 했다. 저러고 다니면서 여태 얼어 죽지 않고 살아 있다는 사실이 놀라웠다. 그래도 누군가 동정을 베푸는 사람들이 있었기에 이 추위에도 목숨을 부지하고 있을 것이다. 주인이 고함을 치며 내쫓으려 했지만, 여자는 여간해서 나가지 않고 계속하여 먹을 것을 요구했다. 주인이 때리려는 듯 팔을 치켜들자 화들짝 놀라며 금세 뛰쳐 나가 버렸다. 주인은 손쉽게 내쫓는 방법을 알고 있는 것 같았다. 여자가 폭행에 대해 지나치게 예민한 반응을 보여, 폭력 때문에 큰 아픔을 겪은 듯했다. 다른 탁자에 앉아 밥을 먹던 중국 손님이 주인에게 물었다.

"那个女人怎么了(저 여자 왜 그래요)?"

"她是一名日本妇女, 但她的男人和孩子被苏联士兵枪杀, 她自己也被强奸 疯狂的.(일본 여자인데, 남자와 아이는 소련 군인에게 총살당하고 자신은 강간당해, 실성하여 그러고 다니고 있어요.)"

중국 사람들이 무슨 말을 하는지 그 뜻을 대강 짐작할 수 있었다. 엄청난 충격으로 실성한, 일본 여인이 저런 꼴로 돌아다니고 있었다.

"아무리 일본 여자라 해도 불쌍해요."

"그러게 말이야, 여자와 아이들이 무슨 죄가 있겠어. 남자들이 워낙 독하게 하는 바람에, 죄 없는 여자들과 아이들이 벌을 받고 있으니."

모진 추위와 굶주림에도 얼어 죽지 않고 살아 있다는, 사실이 의아했다. 차라리 식구들과 같이 죽었으면 좋았을 터인데. 실성하지 않았다면 분명 자살이라도 했을 것이다. 일본인들이 소련 군인들뿐 아니라 한이 맺혀 있는 중국인들에게도 호되게 당하고 있었다. 여자를 보자, 문득 지난 일이 생각났다. 수분하 역에서 마지막 기차를 타지 못하고 남겨진 일본 사람들은 어떻게 되었을까? 일본인들만 수용하는 난민 수용소가 따로 있어, 일본으로 보내준다는 이야기를 들었다. 하지만 수용소까지 찾아가기도 쉽지 않을 것 같았다. 가는 도중, 중국 사람들이 그냥 두지 않았을 것이기 때문이다. 수용소에 가지 못한 사람들 대부분은 저 여자와 비슷한 처지가 되지 않았을까?

목란 현에는 일본인 집단 농장이 여러 곳 있어, 내지(內地) 사람들이 많이 살고 있었다. 이곳의 일본 농민들과 조선 농민들이 곧잘 비교되곤 했다. 일본 정부가 내지의 농민들을 이주시키면서 조선 농민들과는 달리 수십 정보씩의 땅을 주어, 조선 사람이나 중국인들에게 다시 소작을 주도록 했다. 소작료도 6~7할까지 받았을 정도로 착취했다고 한다. 그들은 거주지 안에 자신들만을 위한 간장 공장, 양조장, 병원, 학교, 공중목욕탕 등 편의 시설들을 갖추고 둘레에 철조망을 쳐, 중국인들의 출입을 금지했다. 일본인은 중국 사람들을 더럽고, 게으르고, 산만한 민족이라며 노예 취급하며 엄청나게 멸시하고 탄압했다 한다.

이튿날 역두에 나오자, 짐 보통이를 짊어지고 머리에 인, 고향 가려는 조선 사람들이 더러 보였다. 아이를 업었거나 손을 잡고 가는 사람들도 있었다. 이곳에서도 붉은 완장을 두른 의용대원들이 귀향하려는 사람들을 안내하고 있었다. 마차를 태워 주기도, 길을 가르쳐 주기도 했다. 소련 군인들이 지나가며 모여 있는 사람들을 기웃거렸다. 현규는 그들이 여자들을 유심히 보는 듯하여 불안했으며 월이 역시 무서워했다. 현규는 자신이 쏘아죽였던 소련 군인과 영택이가 생각났다. 영택이 식구들은 지금쯤 어떻게 하고 있을까? 영택이가 죽은 줄도 모르고 아직도 기다리고 있을 것이다. 영택이의 죽음을 통지해 줄 사람이 아무도 없었을 것이기 때문이었다.

어제 타고 왔던 마차는 어디로 갔는지 보이지 않았다. 마음이 바빠 기다리고 있을 수가 없었다. 하얼빈 손님을 기다리고 있는, 다른 마차를 어렵지 않게 탈 수 있었다. 말 두 마리가 콧김을 내뿜으며 힘차게 달렸다. 마차는 송화강과 가까워지기도, 멀어지기도 하며 서너 시간쯤 달리자 오랜만에 산길로 접어들었다. 그리 가파르지 않은 고갯길을 거의 다 올라왔을 무렵, 갑자기 마부가 손님들을 향해 소리쳤다.

"緊緊抓住任何事物 (아무거나 꽉 잡아요.)"

마부가 채찍으로 말의 엉덩이를 사정없이 내리치면서 "추추추"라고 연거푸 소리 질렀다. 마차가 달리기 시작했다. 무슨 일인가? 하며 앞을 보았다. 고갯마루에 길을 막고 서 있는 남자 3명이 보였다. 얼핏 보아도 수상해 보여, 일반 촌민들은 아닌 것 같았다. 말은 길 가운데를 막고 서 있던 사람들을 아랑곳않고 처박을 듯 내달렸다. 마차를 세우려 했던, 그들도 다치지 않으려면 비켜서지 않을 수 없는 상황이었다. 마차는 내리막길을 미친 듯 내달렸다. 마차가 곧 뒤집혀질 듯 기우뚱거리며 달리자, 현규에게 몸을 맡기고 있던 월이도 하얗게 질렸고, 귀환민의 아이는 울음을 터뜨렸다. 자칫하면 뒤집힐 수도 있는, 아슬아슬한 상황은 한참 동안 계속되었다. 뒤에서 총소리가 두어 번 난 듯했고 마차는 계속 달렸다. 얼마를 달렸을까? 그제야 마부가 고삐를 당기며, 마차는 안정을 되찾았다.

"비적 놈들이 귀환민을 털려고 하여, 마부가 잘 피한 것 같아요. 고향 가는 사람들의 노잣돈을 노리는 거지요. 그 고개에서 섰다면 다 털렸을 것입니다. 고향길이 아직 천리만리나 남았는데 몽땅 빼앗겼으면, 어쩔 뻔했어요. 마부가 잘 처리해 주었네요. 아마 경험이 많았는가 봅니다."

목란에서 같이 탄 늙수그레한 조선 사람이 말했다. 비적들이 승객을 실은 마차를 습격하는 사건은, 만주 곳곳에서 흔하게 일어난다.

먼 길을 가는, 장거리 승객들은 대부분 얼마씩이라도 여비를 가지고 있기 때문이었다. 심지어 마부와 짜고 습격하기도 한다는 소문도 돌고 있었다. 더구나 일본이 패망하고 무법천지가 되자, 비적들이 만주 곳곳에서 여름밤의 모기떼처럼 극성을 부리고 있었다. 여비를 한껏 준비하여 귀향길에 오른 조선인들은 그들에게 좋은 먹잇감일 것이다. 현규도 출발하자마자 이런 일이 벌어져 앞으로 가는 길이 순탄치만은 않겠다고 생각했다. 그래도 놈들이 따라오다 포기했으니 망정이지 끝까지 따라왔으면 어쩔 뻔했을까 싶었다. 그래도 그만하기 천만다행이라는 생각이 들었다.

"그 고개에서 비적들이 자주 나타난다고 소문이 나 있어요. 이 부근에서 비적들이 몸을 숨길 수 있는 산이라고는 거기뿐이기 때문인 것 같아요. 재빨리 피하는 것을 보면 마부도 알고 있었던 모양이어요. 놈들은 빠르게 도망가면 무리하게 쫓아오지는 않는다고 해요. 쫓기는 말을 따라잡기도 힘들뿐더러 너무 심하게 달리다, 자기들의 말이 다칠까 봐 그런다네요."

목란현에 살았다는, 귀환민이 이곳의 사정을 잘 알고 있었던 것 같았다. 파언 현에서 점심을 먹고, 말을 쉬게 한 다음, 오후에 다시 출발하여 해가 넘어가서야 하얼빈역 앞에 도착할 수 있었다.

3

현규는 월이와 여관에서 아침을 먹은 후, 하얼빈역으로 나왔다. 칼바람이 세차게 부는, 모진 추위였지만 짐 보퉁이를 이거나 짊어진 귀환민들로 역사(驛舍) 안에도, 밖에도 발 디딜 틈이 없었다. 바닥에 앉은 사람들과 한쪽으로 이불을 깔고 누운 사람들도 보였다. 북만주 각지에 흩어져 있던 조선 사람들이 남쪽으로 가는 기차를 타기 위해, 모두 하얼빈으로 모여들었기 때문인 것 같았다. 현규는 역사 내 벽에 높다랗게 붙어 있는, 기차 시간표를 보고 놀라지 않을 수 없었다. 하얼빈에서 신경으로 가는 경빈선을 제외하더라도 북만주 곳곳에서 하얼빈으로 들어오는 철도 노선이 한둘이 아니었다. 북쪽 만주리에서 오는 빈주선, 북안에서 오는 빈북선, 수분하에서 오는 빈수선, 남법에서 오는 남빈선 등 지선(支線)들이 여럿 있었다. 일본이 만주를 대대손손 지배하려는 생각으로 북만주 구석구석까지 철로를 깔아 놓은 듯했다. 이곳에서도 조선의용대원들이 귀환민들을 안내하거나 질서를 잡고 있었다. 현규는 그들 가운데 키가 작고 어려 보이는 한 젊은이를 붙들고 물었다.

"사람들이 왜 떠나지 못하고 이렇게 많이 모여 있는 거요?"

"일본의 남만주철도회사를 소련 군대가 접수하여 관리하면서, 석탄이 부족하여 기차 운행 횟수가 많이 줄기도 했을 뿐 아니라 자기들의 무기며, 군대를 수송한다고 일반 귀환민들은 태우지 않고 있기 때문이오."

"이 많은 사람이 언제까지 이렇게 기다려야 해요?"

"언제 기차를 탈 수 있을지는 아무도 몰라요. 소련 사령부나 알 수 있을까. 기차를 기다리는 사람들이 여기뿐만 아니오. 역 바로 뒤 귀환민 수용소인, 공회당에 가면 거기에도 많이 있어요."

"기차가 다니기는 하나요?"

"다녀요. 다니기는 하는데, 있다, 없다 해요. 이번에 끊긴 지는 며칠 되었어요."

언제 기차를 탈 수 있을지, 기약할 수 없었다. 추위에도 무리하게 길을 나선, 자신이 일찍 출발한다고 생각했는데, 많은 사람이 먼저 와서 기다리고 있었다. 이 사람들이 타고 가려면 먼저 온 사람들과 나중에 온 사람들이 순서대로 타고 가야 할 터인데, 질서가 잘 지켜질 것 같지 않았다.

"기차에 오르는 순서가 있는가요?"

"그런 것 없어요. 저쪽으로 돌아가면 소련군 사령부에 등록하는 데가 있어요. 거기에 가서 등록하고 기차표를 사서, 기다려야 해요."

그는 의용대원이 일러준, 사령부 쪽으로 갔다. 거기에도 많은 사람이 모여 있었다. 의용대원들이 줄을 세우고, 차례차례 등록하게 했다. 줄은 끝없이 이어져 있었다. 중간중간 의용대원들이 지키고 있었지만 끼어드는 사람들 때문에 싸우는 소리도 들렸다. 현규도 긴 줄 뒤에 서서 기다렸다가, 몇 시간 만에야 등록할 수 있었다. 등록 업무를 맡은, 조선 사람이 목적지, 인원수, 출발지 등을 묻고, 기재한 다음 등록표를 교부하고 있었다. 등록표는 앞으로 긴히 쓰일 데가 있을 터이니 잘 보관하라고 했다. 그런 다음에야 사람들을 비집고 힘들게 봉천행 기차표를 살 수 있었다. 봉천에서 다시 안봉선을 타고 안동으로 가야 한다고 했다. 등록표를 받고 기차표 사는 데 하루가 더 걸렸다. 이제 남쪽으로 가는 기차가 있을 때까지 무작정 기다려야 했다. 기차가 언제 다시 운행을 개시할지? 운행을 시작한다 해도 몇 번째쯤 탈 수 있을지 알 수 없는 일이었다. 기차에 사람들을 많이 태울 수 있으니, 자주 있기만 하면 그렇게 오래 걸릴 것 같지는 않았다. 새로운 귀환민들이 계속하여 밀려들고 있어, 이들을 모두 수송하려면 얼마나 걸리게 될지?

"역 근처에 토비들이 많이 있소. 비적들이 단총을 가지고 있으니 각별히 조심해야 하오. 따로 있지 말고 모여 있으시오."

의용대원이 역 부근에 토비들이 우글거리고 있어, 무리와 떨어져 따로 있는 귀환민들을 노린다며 큰 소리로 주의 주고 있었다. 그의 말처럼 한곳에 모여 있으면 비적들이 감히 덤비지 못할 것이다. 하지만 한둘씩 떨어져 있으면 맹수가 먹이를 사냥하듯 금방 습격할 것이다. 그렇지 않아도 벌써 여비를 털리고 구걸하러 다니는 사람들도 한둘이 아니었다. 출발부터 구걸하면, 고향까지는 어떻게 가려는지 참으로 딱해 보였다. 부모를 잃어버렸는지 울며 돌아다니는 아이도 있었다. 마음은 조급했지만, 이곳에서 발이 묶여, 기다리는 것 외에는 아무런 할 일이 없었다. 역사(驛舍)에서 밤을 새울 수 없어, 여관에서 묵고 일찍 역으로 나와 종일 어정거려야 했다. 손님들이 몰려들어, 여관비도 평소의 몇 배나 비쌌다. 그래도 역 근처에는 방 구하기 힘들어, 이집 저집 기웃거리다 겨우 구할 수 있었다.

현규는 수용소는 어떤가 하여, 찾아가 보았다. 역 뒤편에 있는, 수용소는 일본인이 사용하던 큰 공회당 건물 같았다. 건물 앞으로 마당도 꽤 넓었다. 출입구 문을 밀고 들어서자, 훈기가 느껴지며 넓은 바닥에 놀랄 정도로 많은 사람이 꽉 차 있었다. 대부분 자기들이 가져온 이불을 깔고 앉아 있거나 누워 있었다. 난방이 없어도 사람들의 체온으로 추위를 견디고 있는 듯했다. 음식물 냄새인지 알 수 없는 퀴

퀴한 냄새로 머리가 아플 지경이었다. 사람들의 이야기 소리와 아이들의 울음소리까지 높은 공회당이 웅성웅성 울리고 있었다. 이곳에서도 의용대원들이 새로 들어오는 귀환민을 안내하고 있었다. 귀환민 수용소는 이곳뿐 아니라 만주 곳곳, 기차역 부근에 있다고 했다. 추운 날씨에 여비가 부족한 사람들이 노숙은 피할 수 있도록, 특별히 배려한 듯했다. 마당에 냄비를 걸어 놓고 밥을 해 먹는 사람들도 있었다. 마당 한쪽으로 볼록볼록한 작은 흙더미들이 총총히 보였다. 어떤 흙더미에는 하얀 종이꽃을 올려놓기도 했다. 그게 무엇인지 이상해 보여 보안대원에게 물어보았다.

"저 흙무더기는 무엇인가요?"

"아기들 무덤입니다. 이곳에서 홍역이나 파라티푸스 같은 유행병이 돌아 매일같이 아이들이 죽어 나갑니다. 어른들도 더러 죽어요."

이런 환경에서 유행병이 돌지 않는다면 오히려 이상하다. 귀환길에 아이를 데리고 나서는 사람들이 많아, 도중에 아이가 병에 걸리면 속수무책이다. 아이뿐 아니라 어른들도, 특히 여자들이 많이 죽는다고 했다. 어른이든, 아이든 죽으면 이곳에서 장례를 치를 수 없으니, 저렇게라도 묻어 줄 수밖에 없었을 것이다.

매일같이 여관에서 나와 역에서 기차를 기다리는 일이 하루의 일과처럼 되었다. 기차가 언제 떠날지 기약할 수 없어, 마음 놓고 여관 잠을 잘 수가 없었다. 밤중에라도 기차가 출발할지 알 수 없었기 때문이었다. 그렇다고 역에서 밤을 새울 수는 없는 일이었다. 역과 멀리 떨어져 있으면 불안하여, 웃돈을 주고 더 가까운 여관으로 바꾸었다.

역 주위에는 귀환민들을 상대로 각종 먹거리를 파는 장사치들이 많았다. 현규와 월이도 길거리 음식으로 끼니를 해결했다. 만두, 떡, 밀떡, 만두, 꼬치구이, 콩물 등 불결하기 짝이 없었지만 어쩔 수 없었다. 무슨 음식이든 평소보다 몇 배씩은 더 받았다. 메뚜기 한 철이라더니 제철 만난 중국인들이 음식 같지 않은 음식으로 재미를 톡톡히 보고 있었다. 역사 안에서는 때때로 소동이 벌어지기도 했다.

"여기 일본 사람이 있소. 잡아가시오."

귀환민들 중에 일본 사람들이 섞여드는 경우가 있었다. 거지꼴을 한 행색만 보아도, 그동안 어떤 고초를 겪었는지, 짐작할 수 있었다. 죽을 고비를 수없이 넘기며 하얼빈역까지 찾아왔지만, 조선인들이 그들을 그냥 두지 않았다. 원수라도 찾아낸 것처럼, 큰 소리로 의용대원에게 일러바쳤다. 의용대원들이 뛰어와, 가지 않으려고 발버둥 치는 사람을 끌고 갔다. 주로 남자들로 미처 일본인 수용소를 찾아가지 못한 사람들 같았다. 그들은 기차를 타고 부산까지만 가면 일본으로 돌아갈 수 있다고 생각했을 것이다. 하지만 기차를 타기 직전 발각되어 버린 것이었다. 일본이 패망하지 않았다면 편안하게 특급열차를 타고 한 걸음으로 부산까지 갔을 사람들이다. 일본인들도 자신들의 처지가 이렇게까지 될 줄은 꿈에도 생각하지 못했을 것이다. 두툼한 중국옷을 입고 있어, 보기에는 조선 사람과 조금도 다름없는데, 일본 사람임을 어떻게 알았을까? 의심스러워 말을 시켜보았는지도 모를 일이었다. 이들을 어디로 데려가서, 어떻게 처리하는지는 알 수 없었다. 아마 보안대로 끌고 가서, 소련군에 넘기지 않을까? 소련군은 이들이 군인인지, 민간인인지 조사하여 일본인 수용소에 보내거나, 시베리아 노역장으로 보내지 않을까? 새벽같이 역으로 나와, 종일 서성대며 기다리다 저녁을 먹고 여관으로 들어가는 중이었다. 역 앞 대로에서 옆길로 꺾어 들자마자, 털모자를 눌러쓴 남자 두 명이 불쑥 단총을 들이대었다.

"돈 내놔" 깜짝 놀라, 제자리에 섰다. 서툰 조선말이었다. 강도질하려고 조선말까지 배운 듯했다. 귀환민 무리에서 떨어져 나오는 사람들을 기다렸던 것 같았다. 둘 다 키가 작았으며 얼굴은 알아볼 수 없었다. 여관이 바로 코앞에 보이는, 가까운 곳이었다. 현규는 엉거주춤 서서, 주머니의 돈을 털어내 주었다. 놈은 주머니마다 검사하기 시작했다. 월이는 한쪽 팔이 붙들린 채 아무 소리도 내지 못하고 새파랗게 질려 있었다. 온몸을 다 뒤진 그들은 그제야 가라는 손짓을 했다. 다행히 속옷까지는 뒤지지 않았다. 의용대원들이 설치고 있었고, 아직 사람들의 통행이 끊기지 않은, 시간이라 그들도 마음이 바빴던 모양이었다. 속옷에 넣어둔 돈을 제외하고, 겉주머니에 넣고 쓰던 몇십 원을 빼앗겼다.

4

하얼빈에서 장장 열흘 넘게 지체하고서야 기차에 오를 수 있었다. 기차는 하루에 한 번 있을 때도, 두 번 있을 때도, 며칠 동안 없을 때도 있어 도무지 가늠할 수 없었다. 태우기 시작하고부터도 표에 지정된, 기차를 기다리느라 며칠이 더 걸렸다. 현규가 기다리는 동안에도 북만주 각처에서 귀향민들이 밀려들어, 그 수를 헤아릴 수 없을 정도였다. 기차가 도착하자, 검표를 끝낸 귀환민들이 먼저 오르려고 한꺼번에 몰려들며 전쟁터를 방불하게 했다. 의용대원들이 질서를 잡는다고는 하지만, 제대로 통제되지 않았다. 객차뿐 아니라 유개화차(貨車)를 빈틈없이 채우고, 출입구 계단마다 개미처럼 달라붙었다. 날씨가 따뜻할 때는 객차 지붕 위까지 올라간다 했다. 현규는 짐이 많지 않아, 사람들을 헤치고 빠르게 뛰어가 그나마 좌석에 끼어 앉을 수 있었다. 2명이 앉는 좌석에 5~6명이 끼어 앉아, 옴짝달싹도 할 수 없었다. 좌석에 앉은 사람보다 바닥에 주저앉거나 서 있는 사람들이 훨씬 더 많았다.

기차가 출발하자 오랫동안 기다렸기 때문인지 모두가 소풍 가는 소학교 학생들처럼 들떠, 기차 안이 왁자지껄했다. 저녁에 출발한 기차는 다음 날 아침 신경(新京) 역에 도착했다. 신경 역에서도 사람들이 비집고 올라왔다. 하지만 기차가 이미 포화 상태라 거의 오르지 못했다. 몇 시간을 멈추어 있다, 다시 출발한 기차는 어느 작은 역에 주저앉아, 해가 넘어가도 움직일 생각을 하지 않았다. 그동안 역마다 서기는 했어도, 이렇게 영 퍼지르고 앉지는 않았는데, 이번에는 달랐다. 언제쯤 출발할지, 얼마나 더 기다려야 할지 아무도 말해주는 사람도 없었다. 모두가 무슨 영문인지? 궁금해했다. 그러다 한참 뒤 귀환민들을 통해 전해진 이야기로는, 소련군의 지휘를 받던 일본인 기관수가 도망쳐 버려, 다른 기관수를 데려올 때까지 기다려야 한다고 했다. 무슨 똥딴지같은 소리인지? 그 이야기가 사실인지 아닌지도 알 수 없었지만, 무턱대고 기다리고 있을 수밖에 없었다. 하얼빈에서 지치도록 기다리다 기차에 올랐을 때는, 문제없이 봉천까지 가는 줄 알고 좋아했으나 그게 아니었다. 기차는 이제 거대한 난민 수용소가 되어 버렸다. 기차가 오래 멈추고 서 있자, 쉰밥에 파리떼 꼬여들듯 장사치들이 모여들기 시작했다. 냄비를 가져온 사람들은 마른풀 등을 모아, 철로 옆에서 밥을 해 먹기도 했다. 끼니는 행상들의 먹거리로 해결할 수 있지만 움직일 틈도 없는, 기차 안에서 잠이 문제였다. 앞뒤 의자 사이, 밑으로 들어가 새우처럼 꼬부리고 잠을 자는 사람들도 있었다. 현규도 월이와 포개듯이 앉아, 자다 깨다 토막잠을 잘 수밖에 없었다. 여름 같으면 기차 밖에서 잘 수도 있겠지만, 추위가 여전히 매서웠다. 낮에는 밖에서 움직일 수 있다 해도, 해가 떨어지기 전에 안으로 들어와야 했다. 사람들 틈에서 숨이 막혀, 바람이라도 쐬려고 나가려 해도, 사람이나 짐을 밟지 않고는 지나갈 수 없었다. 변소도 문제였다. 객차 내 변소에는 사람들이 꽉 차 있어, 이용할 수 없었다. 남자, 여자 할 것 없이 밖으로 나가, 재주껏 해결해야 했다. 기차 밖에는 오물로 넘쳐나 발 디딜 틈이 없었다. 수많은 사람이 들끓기에 이름 모를 전염병까지 번져, 아이들이 죽어 나가기도 했다. 죽은 아이는 얼어 있는 땅을 팔 수도, 묻을 곳도 없어, 포대기에 싸서 철로가 한적한 곳에 그대로 버렸다. 여기저기에서 콜록콜록 기침하는 사람들도 많았다. 현규는 월이가 걱정되어, 기침하는 사람들을 멀리하려 했지만, 좁은 공간에서 쉽지 않았다. 하루에도 몇 번씩 월이에게 몸 상태를 물어보기도 했다. 월이가 건강을 완전히 회복할 수 있도록 기다렸어야 했는데, 너무 성급하게 나왔다는 생각이 들기도 했다. 무슨 일 때문인지 다투는 소리도 자주 들렸다. 각기 움직일 수 있는 공간이 좁아, 극도로 예민해져 어쭙잖은 일에도 싸우며 목소리를 높였다. 이렇게 방치해 놓고 해결해주지 않는, 소련을 욕했다. 이 책임이 소련군에게 있는지는 알 수 없지만, 이미 남만주철도를 내어주었다는, 일본을 원망할 수는 없는 일이었다. 소련군은 애초부터 모두에게 미운털이 박혔다. 그들이 만주에 들어오고부터 일본인뿐 아니라 조선인, 중국인들까지 싫어하고 두려워했다. 일본을 물리쳐 주어, 좋아해야 할 일이지만 그렇지 않았다. 그들은 생김새부터 사람 같지 않았고, 털복숭이 산(山) 짐승 같으면서 천하에 나쁜 짓만 골라서 하니 좋아할 턱이 없었다.

먼 곳에서 '타타타타탁' 콩 볶듯, 총소리가 계속하여 들려왔다. 사람들은 이곳에서 전쟁이 터졌나? 곳곳에서 비적들이 설쳐대며, 기차 안까지 들어온다는 이야기도 있어, 비적들인가? 하며 모두가 불안해했다. 의용대원들이 호송을 담당한다고 하지만 제대로 된 무기도 없어, 막아낼 수 있을지 의심스러웠다. 하지만 비적들의 총소리 정도가 아니었다. '쿵... 쿵' 하는 대포 소리까지 들려, 틀림없이 멀지 않은 곳에서 전쟁이 일어난 것 같았다.

"국민당 군과 공산당 군이 전쟁치는 소리일 게요. 대대적인 전투는 벌어지지 않지만, 소규모로는 곳곳에서 싸우고 있다고 해요. 우리가 집을 떠나올 때도 그랬어요."

귀환민 중 누군가가 말했다. 그들은 일본이 빠져나간 만주를 서로 차지하려고 다투고 있는 모양이었다. 그렇게 또 일주일이 지나갔다.

한 주일 동안 거대한 고철 덩어리처럼 꿈쩍하지 않던 기차가 '빽' 소리를 한 번 지르고는 움직이기 시작했다. 예고도 없이 갑자기 출발하자 밖에 나가 있던 사람들은 당황할 수밖에 없었다. 그래도 날씨가 추워 나가 있던 사람들이 많지는 않았다. 밥을 해 먹으려던 사람들은 솥을 들고 뛰어오기도 했다. 간신히 기차, 난간을 붙들고 탄 사람들이 많았다. 놓치면 다음 기차는 언제 올는지 알 수 없을뿐더러 잘못하면 가족과도 헤어질 수도 있다. 화차에 오른 사람들은 더욱 난감했을 것이다. 움직이는 화차에 뛰어오르기 쉽지 않을 것이기 때문이다. 현규와 월이도 기차와 조금 떨어진 곳의 마른풀 뒤에서 소변을 해결하던 중이었다. 기차가 움직이기 시작하자, 둘은 허둥지둥 기차를 향해 뛰었다. 짐 가방을 옆 사람에게 맡겨 두었기에 반드시 이 기차를 타야 했다. 월이가 잘 달리지 못해 자칫하면 기차를 놓칠 수 있는 상황이었다. 그 순간, 다행히 먼저 오른 사람이 손을 내밀어줘 월이를 태울 수 있었다. 하지만 빨라진 기차 속도 때문에 현규는 미처 손잡이를 붙잡지 못했다. 현규는 잘못하면 월이와 헤어질 수도 있다는, 생각으로 죽을힘을 다해 기차를 따라 뛰었다. 객차 출입구 두어 개를 지나친 후, 간신히 손잡이를 잡을 수 있었다. 현규는 헐떡이는 숨을 진정시키지 못한 채, 사람들을 헤쳐가며 간신히 월이가 있는 쪽으로 다가갔다. 객차 두 칸을 건너가자, 출입문 가까이에서 아직 동동거리고 서 있는 월이가 보였다. 월이는 현규를 보자 와락 안기며 울음을 터트렸다. 현규도 월이를 안고, 가슴을 쓸어내렸다. 자칫했으면 둘이 헤어질 뻔했다.

"헤어지는 줄 알았어요. 눈앞이 캄캄했어요."

기차가 출발하자 기분이 좋아진 사람들이 다시 떠들기 시작했다. 기차가 움직이기만 하면 한 걸음이라도 고향에 가까워진다. 현규도 이제부터라도 무사히 가 주기를 바라는 마음뿐이었다. 차창 밖에는 작은 구릉 하나 보이지 않고 을씨년스럽게, 휑하니 넓은 들판이 계속되었다. 그렇게 힘들게 움직였던 기차가 채 2시간도 못 가서 또 멈추고 말았다. 이번에는 무슨 일인가 하며 의아해했다. 잠시 후, 이 기차로는 이상 더 갈 수 없다며 전부 내려야 한다는, 말이 전해졌다. 모두가 내리지 않고 영문을 몰라 웅성거리고 있었다. 누군가가 이곳이 그 유명한 공주령(公主玲)이라고 했다. 공주령이라면 귀환민들이 잔뜩 긴장할 수밖에 없는 곳이었다. 공주령은 비적 떼 소굴이라는 말이 있을 정도로, 비적들이 심하다고 소문난 지역이었다. 현규도 '공주령을 지나가면, 종점인 안동에서 알몸으로 내려야 한다.'는 말을 어떤 귀환민에게서 들은 적이 있었다. 하필 토비들이 우글거린다는 이곳에 내려놓으면 어떻게 하라는 말인지?

"여기까지는 국민당 관할 지역이고, 다음 역 사평(四平)부터는 공산당 관할 지역이니 기차가 통과할 수 없다고 하오. 전부 내려서 사평까지 걸어가야 하오."

"사평까지의 거리는 얼마나 되나요?"

여기저기에서 누군가가 물었다.

"아마 150리쯤 될 거요."

"사평 가면 기차가 있나요?"

"거기에 가면 국민당이 관할하는 기차가 있을 거요."

의용대원들이 그 이유를 말해주었다. 국민당과 공산당, 양대 세력이 이곳에서 대치하고 있는 모양이었다. 아직 완전히 국경선을 그은 것도 아닐 터인데, 기차까지 다니지 못하게 막는 이유를 알 수 없었다. 하얼빈에서는 소련군대가 남만주 철도를 접수했다고 하더니, 이건 무슨 말인지? 아직 소련 군대가 철수하지 않고 있지만, 제대로 통제되지 못하고 있는 것 같았다. 한 주일을 기다려 출발한 기차에서 겨우 2시간 가고, 내리지 않을 수 없게 되었다. 아직도 가야 할 길이 구만리인데, 걸어가는 도중에 어떤 일들이 기다리고 있을지 불안하기만 했다. 모두가 투덜거렸지만 어쩔 수 없이 짐을 챙겨 들고 내려야 했다.

5

기차역 밖으로 나서자, 희끗희끗 눈이 덮인 황량한 들판이 펼쳐져 있었다. 150리 길을 걸어가려면 꼬박 이틀은 걸려야 한다. 아무리 잘 걷는 남자라 할지라도 하루 한나절은 걸려야 한다. 칼바람이 부는 들판을 이틀 동안 걸어서 가야 한다니, 난감하지 않을 수 없었다. 짐이 많고 어린아이가 있는 사람들은 더욱 난감할 것이다. 현규는 자신은 먼 길을 걸어보았기에 문제없지만 몸도 시원치 않은 월이가 거기까지 걸어갈 수 있을지? 걱정이었다. 사평까지 간다고 해도 그쪽의 기차 사정이 어떨지 알 수 없었다. 거기에서 또 얼마나 지체하게 될지? 하지만 어떻게 할 도리가 없었다. 어느 쪽으로 걸어가야 할지? 방향도 모르지만, 누군가가 먼저 가면서 모두가 뒤따랐다. 싸늘한 벌판에 피난민 행렬이 끝없이 이어졌다. 이곳이 비적들이 들끓는 곳이라고 하니, 모여서 무리를 지어 가는 편이 안전할 것이다. 선두가 길을 잘못 들었다 하면 모두 다른 방향으로 갈 수밖에 없었다. 현규도 월이 손을 잡고 뒤처지지 않기 위해 앞 사람의 꽁무니를 열심히 따라갔다. 들판을 지나다, 얼어붙은 강을 건너기도 하고 마을을 지나가기도 했다. 처음 길게 연결되었던 행렬이 얼마쯤부터는 걸음의 속도에 따라 몇 명 단위로 띄엄띄엄 떨어지기 시작했다. 한참을 따라가다 보니, 일행 7~8명과 같이 걷고 있었다. 지나오면서 벼를 베어낸 그루터기가 보이는, 논이 더러 보였다. 이곳에도 조선 사람들이 농사를 짓고 있다는 증거였다. 얼마나 갔는지? 주위가 어둑어둑해지기 시작했다. 해가 떨어지자 추위가 득달같이 덤벼들었다. 아직은 월이가 잘 따라와 주었다. 어두워져서도 한참을 더 가자, 앞서가는 사람들이 보이지 않을 만큼 캄캄해졌다. 낯선 곳에서의 밤길을 이상 더 갈 수가 없었다. 다행히 마을과 조금 떨어진 외딴곳에 조선 사람 집인 듯 초가 서너 채가 보였다.

"내가 들어가서 우리가 쉬어 갈 만한 곳이 있는지 물어보겠소."

일행 중 어떤 남자가 한 집으로 들어가, 잠시 후 주인과 같이 등불을 들고 나왔다. 주인은 어둠 속에서도 나이가 좀 든 듯한, 키가 작은 조선 사람이었다.

"아이구 고생이 많구먼요. 집이 좁아서 들어갈 곳이 마땅하지 않어요. 창고에서라도 묵을 수 있으면 하룻밤 쉬어 가도록 하시오. 짚을 바닥에 두둑이 깔면 냉기가 덜 올라올 것이오. 뜨거운 물이 필요하시면 데워올게요."

그 농부 덕분에 노숙은 면할 수 있었다. 작은 창고에 각종 농기구며 가마니가 쌓여 있기도 했다. 모두가 바닥에 짚을 두둑이 깔고 잠자리를 준비했다. 저마다 먹을 것을 준비해 왔는지 주섬주섬 끄집어내어 먹었다. 집주인이 따뜻한 물 한 주전자를 넣어주었다. 현규도 월이와 따뜻한 물을 마시며 비상식량으로 준비한 누룽지를 씹으며 잠을 청했다. 거추장스럽더라도 이불 보퉁이를 짊어지고 다니는 사람들은 이럴 때 좋을 것 같았다. 애벌레처럼 웅크리고 마주 보며 잠을 청했으나, 코끝에 냉기가 머물며 잠이 올 턱이 없었다. 현규는 겉옷을 벗어 월이를 덮어 주며, 자신의 체온을 나누어 주려고 애를 썼다. 밤중에 월이가 기침을 간간이 하여 걱정되었다. 그렇게 밤을 새우고, 날이 뿌옇게 새자, 일행은 뻣뻣해진 몸을 일으켜 세워 다시 걷기 시작했다. 다음 날 오후가 되어서야 사평역에 도착할 수 있었다. 잘 따라오던 월이도 사평이 가까워지면서 발바닥에 물집이 생기며, 걸음 떼기 힘들어했다. 현규가 부축해 가며, 간신히 도착할 수 있었다. 사평역에서도 기차는 자주 없었고 먼저 온 사람들로 역사(驛舍) 안이 가득했다. 기차가 언제 있을지 알 수 없어 우선 가까운 여관에 들어가 추위와 피곤을 풀어야 했다. 여관마다 만원이라 힘들게 찾아 들어갔다. 그날 밤은 오랜만에 깊은 잠을 잘 수 있었다. 다음 날 자리에서 일어나자, 편하게 쉬어서인지 월이의 몸 상태도 괜찮아진 것 같았다. 여기에서도 매일 같이 역으로 나가 기차를 기다려야 했다. 다행히 사흘째 되는 날 아귀다툼하며 기차에 오를 수 있었다. 사평에서 안동까지는 1,200리 길로 잘 가면 10시간이면 갈 수 있다고 하였으나 이제는 귀환민들 누구도 믿지 않았다. 10시간이 열흘이 될지, 100일이 될지 알 수 없었기 때문이었다. 사평역을 출발하는 기차 역시 사람과 짐을 이상 더 밀어 넣을 수 없을 만큼 채워, 오후 늦게서야 하얀 김을 내뿜으며 출발하기 시작했다. 기차 밖 풍경은 어디라 할 것도 없이, 넓은 벌판이 계속하여 이어졌다. 작은 역마다 거르지 않으며 두어 시간쯤 갔을 때, 조그

마한 강을 건너가는, 철교가 나타났다.

"사람이 떨어졌다."는 소리가 들리는 것 같았으며, 이내 사람들이 웅성거렸다.

"사람이 죽어, 시신을 창밖으로 던졌다."

뒤이어 어떤 사람이 하는 말이 들려왔다. 전해지는 이야기는, 눈물겨운 사연이었다. '하얼빈에서부터 병을 앓고 있던 여인이 조금 전에 숨이 떨어졌다. 시신을 눕히지도 못하는 곳에서 옆 사람들의 눈치도 보이고, 언제 도착할지 모르는 안동까지 데려갈 수도 없는 일이다. 안동까지 간다고 해도 처리할 방법이 없어, 남편이 대성통곡하며 부인을 강물로 던져 버렸다'는 것이었다. 그 소리를 들은 주변의 여인네들이 모두 훌쩍였고 월이도 따라 울었다. 모두가 불쌍하게 죽은 여인뿐만 아니라 자신들의 신세타령도 겸해, 서러워했다. 여인의 죽음은 언제든지 자신에게도 닥칠 수 있는, 남의 일 같지 않게 느껴졌기 때문일 것이다. 귀향 도중 아이들은 말할 것도 없고 어른도 열 명 가운데 두세 명은 죽는다는, 소문이 귀환민들 사이에 파다하게 퍼져 있었다.

현규는 죽은 여인의 남편이 마땅치 않았다. 아무리 죽었다고 하지만 자신의 아내를 낡아 못 쓰게 된, 물건 버리듯 강에 던져 버릴 수는 없는 일이다. 비록 고향에 가지 못하는 한이 있더라도 아내를 업고 가까운 역에 내렸어야 했다. 이런 상황에서 거창한 장례식이야 치러 줄 수 없겠지만 양지바른 땅에 곱게 묻어 주기라도 해야 했다. 이렇게 물고기 밥으로 던져 줄 수는 없는 일이라고 생각했다. 강물에 시신을 던지고도 아무렇지도 않은 듯, 기차는 계속하여 달렸다. 수많은 사람이 전쟁터에서 피난 길에서 죽어 나가는, 어지러운 시국에 사람의 목숨도 하찮은 미물과 조금도 다르지 않았다. 죽음이 흔하다 보니, 사람들의 감정도 쇠가죽처럼 무디어져 버렸다. 얼마나 갔을까? 어둠 속에서 또 덜컥 멈추어 버렸다. 역(驛)인가 했으나 먼 불빛 하나 보이지 않는, 들판 한 가운데였다. 아무리 기다려도 움직이지 않았다. 또 무슨 일인지 알 수 없었고 이제는 그 이유를 알려고도 하지 않았다. 기차가 멈추어서는 일은 어느새 일상이 되어 버려, 사람들은 체념하는 듯했다. 멈춘 기차는 그렇게 밤을 새우고 다음 날 저녁에야 다시 출발했다. 월이가 기침을 하고 열이 났다.

6

아침나절 봉천역에 도착하였다. 봉천역에도 서간도 쪽에서 몰려온 귀환민들로 북새통을 이루었다. 만주의 귀환민들이 고국으로 돌아가는 길은 두 갈래였다. 서간도 쪽은 봉천으로 나와 안동에서 압록강을 건너 신의주로 나갔으며, 북간도 쪽은 용정을 거쳐 도문에서 두만강을 건너 함경도로 나가는 길이었다.

현규는 열이 나고 기침을 하는 월이가 아무래도 마음이 놓이지 않아, 봉천에서 약을 먹이고 따뜻한 방에 하루 이틀 푹 쉬게 하고 싶었다. 월이가 좋아지면 다시 출발하기로 하고, 만주로 들어올 때 묵었던 동호 누님의 여관을 찾아갔다. 난리통에도 여관은 여전히 그대로 문을 열어 놓고 있었다.

"아니 이게 누구야, 그동안 어떻게 지냈어요?"

동호 누님은 갑자기 나타난 현규를 보고, 깜짝 놀라며 반가워했다.
"북만주에서 내려오는 길입니다."
"거기에서 왔으면 고생 많이 했겠네. 그나저나 이 아이는 누구예요?"
"내가 거기에서 결혼했어요. 내 아내 되는 사람입니다."
월이에게 인사를 드리라고 했다.
"동호는 어떻게 되었어요?"
"서탑에서의 일은, 열흘 뒤에 나오기는 했는데, 고향에서 영장이 나왔다는 이야기를 듣고, 피해 다니다가 뒤늦게 잡혀가고 말았지요. 그런데 어디라고 하더라? 남방 쪽 어디까지 갔다가, 일본이 항복하는 바람에 집으로 가라고 하더라면서 도로 돌아왔어요. 그 애도 여기까지 오느라고 고생을 많이 한 모양이었어요. 꼴이 말이 아니었지요. 지금은 해주 집에 가고 없어요."

둘은 목욕 후, 오랜만에 속옷도 갈아입었다. 두꺼운 겉옷도 올이 보이지 않을 정도로 더러웠지만, 곧 다시 길을 나서야 하기에 빨 수가 없었다. 목욕하고 옷을 갈아입은 월이를 본 아주머니는 깜짝 놀라는 것이었다.

"세상에, 이렇게 예쁜 새댁이 새까맣게 하고 있었구나. 소련 놈들 때문에 그랬지요? 그래 언제 내려가려고요?"
"이 사람이 감기가 걸렸나 봐요. 조금 나아지면 다시 출발해야지요. 우선 감기약을 좀 구해 주셔야겠어요."
"그러지 말고 병원에 한 번 데리고 가보세요. 요새 유행하는 감기가 심상치 않다고 해요. 한번 걸리면 오래 고생해야 한대요. 여기서 시내 쪽으로 얼마 가지 않으면, 중국인 양의사가 있어요."

현규는 인력거꾼이 안내하는 병원으로 월이를 데리고 갔다. 젊은 중국인 의사는 유행하는 감기 증상 같다면서 주사 한 대와 닷새분의 약을 지어주었다. 월이를 따뜻한 방에 쉬게 했다.

"여기도 조선 사람들이 많이 살고 있으니, 한동안 시끄러웠겠지요?"

"아이고 말도 마세요. 중국 사람들이 일본 사람 밑에서 일하던 조선 사람을 왜놈과 똑같은 놈이라고 오히려 더 나쁜 놈이라면서 습격하여, 곳곳에서 많이 다치고 죽기도 했어요. 봉천에서 죽은 조선 사람만 50명도 더 될 것이라는 소문이 있어요. 봉천뿐 아니라 각처에서 오는, 우리 여관의 손님들 말로는 하얼빈, 신경, 길림, 안산 등, 각 지방에서 조선 사람 수천 명이 다치거나 죽었을 것이라고 해요."

봉천도 분위기가 어수선하기는 마찬가지였다. 동호 누님 말을 들으니, 관청이나 일본인 회사에서 근무한 조선 사람들이 중국 사람들에게 많이 당한 모양이었다. 자신은 그동안 줄곧 영란촌에만 있었기에 소문을 듣지 못했지만, 만주 곳곳에서 난리가 크게 난 것 같았다. 그래도 의란이나 통하 쪽은 나은 것 같았다. 중국 사람들과 마찰이 있었다는 소문은 무성했지만, 조선 사람이 죽었다는 이야기는 별로 듣지 못했다.

"해방이 되었는데 누님은 이곳에 그대로 계실 생각입니까?"

"내가 어쩌겠어요. 여관을 처분할 수도 없고, 버리고 갈 수도 없잖아요. 나중에 세상이 어떻게 되었건 그대로 있을 수밖에요."

동호 누님은 여관을 두고, 움직이기 힘들 것이다. 해방이 되었으니, 남편을 기다려야 하지 않을까?. 봉천처럼 큰 도시에서 장사를 하거나 하다못해 인력거라도 끄는, 사람들은 고향에 가지 않으려 할 것 같았다. 고향에 간다고 해도 뾰족한 수가 있는 것도 아닐 테고, 가서는 모든 것을 다시 시작해야 한다. 가난한 백성들에게 조선이 독립했다고 해서, 크게 달라지지 않을 것이다.

월이는 어렸을 때 봉천에 살아 본 적이 있다 했다. 독립운동을 하는 장인어른 때문에 이사를 많이 다녀, 만주 곳곳에 살아 보지 않은 곳이 없을 정도였다 한다. 봉천 시내 구경을 한번 해보고 싶어 했지만, 밖으로 나갈 수 없었다. 몸도 시원치 않을뿐더러 소련 군인들이 설치고 있기 때문이었다. 병원을 다녀온 후 약을 먹으며 닷새를 머무르자 월이의 상태가 좀 좋아지는 듯했다. 하지만 월이의 기침이 완전히 끊어지지는 않아, 출발을 더 늦추려고 했다.

"당신이 완전히 나아야 해, 지금 출발하면 언제 도착할 수 있을지도 모르고."

"나는 이제 괜찮아요. 아직 갈 길이 먼데, 출발하도록 해요."

현규는 월이의 몸 상태가 꺼림칙했지만, 마음이 바빠 출발하기로 했다.

"지금 나가, 표를 사려면 며칠을 기다려야 할지 몰라요. 잘 아는 중국 사람이 봉천역에 근무하고 있어요. 표를 물어봐 줄게요."

고맙게도 동호 누님이 표를 알아봐 주겠다고 했다. 오후에 외출한 동호 누님은 다음 날 아침 안동으로 출발하는 기차표를 구해, 돌아왔다.

봉천에서 안동까지는 700리쯤 된다고 했다. 정상적으로 간다면 7시간 정도 걸린다지만 며칠이 걸릴지 알 수 없었다. 아침에 출발한 기차는 끝없는 만주 벌판을 두어 시간쯤 달려, 조선의 관문인 안동이 멀지 않은, 본계(本溪) 역에 닿았다. 이제 평원은 끝이 나고 겹겹이 산(山)들이 싸인 곳으로 접어들었다. 조선처럼 산이 순하지 않고 가파른 악산들이었다. 인가도 띄엄띄엄, 드물었다. 기차는 오르막을 오르느라 헉헉대고 있었다. 밖을 쳐다보던 어떤 사람이 말했다.

"궁원이 가까운 모양인데 궁원 토비들도 악명이 높답니다. 모두 조심해야 할 겁니다. 거기서 당한 사람이 많다고 해요."

공주령과 사평을 피해 왔는데, 이번에는 또 궁원이라는 곳이 위험하다니. 무기도 제대로 없는 의용대원을 믿을 수 없었다. 기차가 서지 않고, 달리기만 하면 괜찮을 테지만, 역이 있다면 세울 것이다. 궁원도 무사히 통과해 주기만을 바랄 수밖에 없었다. 산길로 접어든 지 얼마 않아 기차가 멈추었다. 주위에는 가파른 산들뿐이었다. 이유도 모르게 기차가 멈추는 일은 이제 다반사가 되었다. 몇 시간 동안 멈추었던 기차가 다시 움직이기 시작했다. 산과 산이 바짝 붙은 가파른 골짜기 사이로 들어선, 기차가 힘이 빠진 듯 가쁜 숨을 뿜어내기 시작했다. 이상 더 가지 못하고 뒷걸음질 치는 것 같았던, 기차가 덜컹거리며 앞으로 갔다가 다시 뒤로 가기를 반복했다.

"여기가 유가현, 역인 모양인데 경사가 너무 심해 도로 뒤로 갔다가, 선로를 바꾸어서 다시 가려고 그러는 것 같아요."

이곳의 지리를 잘 아는 누군가가 말했지만, 현규는 그게 무슨 말인지 잘 이해할 수 없었다. 월이는 간간히 기침을 했다. 미열이 나는 것 같기도 했지만, 괜찮다고만 했다. 날이 새려고 할 때 궁원 역에 닿았다. 악명 높은 역에서 멈추어 선 기차가 다시 움직일 기척이 없었다. 위험한 역일수록 빨리 통과해야 하지만 멈춰서서 비적들을 기다리고 있는 셈이었다. 모두가 빨리 출발하기를 바라며, 불안해했다. 밤이 되어도 기차는 움직일 생각을 하지 않았다. 그렇게 밤이 지나고 또 하루가 지나가자 사람들은 신경 부근에서처럼 철로가에 솥을 걸고 밥을 해 먹었으며 장사치들도 모여들었다. 그날 저녁 모두 기차 안으로 들어와 잠을 청하려 할 때 갑자기 총소리가 '탕탕' 나면서 여자들의 비명이 들렸다. 과연 소문은 틀리지 않았다. 수건으로 얼굴을 가리고 단총을 든, 남자 2명이 우리 칸으로 들어왔다. 천장을 향해 총을 한 발 쏘고는 "가진 것 모두 내어놔." 서툰 조선말을 했다. 술렁거리던 사람들이 공포탄에 놀라, 순간적으로 조용해졌다. 놈들 가운데 한 놈이 시커먼 주머니를 들고 거기에 돈을 넣으라는 시늉을 했다. 사람들은 호주머니에서 주섬주섬 무엇을 끄집어내어 그 속에 넣었다. 다른 놈은 한 사람씩 몸을 뒤지기 시작했다. 누군가가 말을 듣지 않는지, 다시 천장으로 공포탄을 한 발 쏘았다. 또 한 번 비명이 터져 나왔다. 모두가 꼼짝없이 내어놓아야만 했다. 남겨 두었다, 걸리면 오히려 더 경을 칠 수 있다. 여자들의 목걸이와 손을 펴보라고 하여 가락지까지 빼어갔다. 현규의 차례가 되어 주머니를 몽땅 털어 주었다. 다른 놈이 몸을 뒤졌다. 옷 속으로 어떤 감촉이 느껴지는지, 총을 들이대며 "全部放弃(전부 내어놓아)"라고 큰 소리로 말했다. 놈들도 깊은 곳에 돈을 감추고 있다는, 사실을 잘 알고 있었다. 현규는 속옷에 숨겨 두었던 돈까지 몽땅 빼앗기고 말았다. 이번에는 200원이 가까운, 거금을 털렸다. 다행히 월이는 어린 소년으로 보고 뒤지지 않았기에, 남은 돈으로 아직 여비가 모자라지는 않았다. 그들도 순순히 돈만 내어놓으면 사람을 상하게 하려는 생각은 없어 보였다. 한 사람, 한 사람 전부 턴 다음에는 유유히 밖으로 빠져나갔다. 그제야 얼어붙어 있던 사람들이 숨을 몰아쉬며, 비명과 탄식, 아이고 하는 울음소리를 곳곳에서 쏟아내었다.

"아이고 내 돈 내어놓아라. 이 도둑놈들아."

"아직 고향 갈 길이 구만리인데 빈손으로 어떻게 갈고."

"아이고, 아이고……"

여자들의 통곡 소리가 그치지 않았다. 저마다 농사지은 곡식을 헐값에 처분하여 마련한 여비이다. 생명줄 같은 돈을 도둑놈들에게 몽땅 빼앗겨 버렸으니. 빈털터리로 고향까지 어떻게 가야 할지 눈앞이 캄캄할 수밖에 없을 것이다. 어떤 사람들은 이상 더 가지 못하고, 부근 도시에서 돈을 벌어 다시 간다는 이야기도 들렸다. 하지만 이 난리통에 이들이 일할 수 있는, 일자리가 있기는 할는지? 그러다 고향까지 가지 못하고 도중에 영영 주저앉는 사람도 있을 것이다. 들리는 이야기로 뒤칸에도, 앞칸에도 모두 털렸다 했다. 다 털릴 동안 의용대원들은 어디로 숨어버렸는지 한 명도 보이지 않았다. 저들도 제대로 무기를 갖춘 비적들을 당해낼 수야 없겠지만, 결정적일 때 보이지 않아 모두가 불평이었다. 오히려 그들이 비적들과 짠 것은 아닌가? 의심하는 사람도 있었다. 비적을 만나는 등 우여곡절 끝에 사흘 만에 출발한, 기차가 그다음 날 오후 국경 도시 안동역에 닿았다.

7

　안동역에 내리자, 남쪽으로 하얗게 얼어붙은 압록강이 보였다. 무엇 때문인지 멀쩡해 보이는, 철교를 통과할 수 없다고 한다. 만주 기차는 여기서 끝나고, 신의주 쪽으로 건너가 다시 조선 기차를 타야 한다고 했다. 만주도 소련의 관할 지역이고 조선의 북쪽도 소련이 관할하는 지역인데, 무엇 때문에 연결된, 기찻길을 못 다니게 하는지 알 수 없었다. 안동역에서 신의주역까지는 불과 5리도 못 되지만, 그 사이에 압록강이 흐르고 있다. 흐름이 빠른 강의 가운데에는 얼음이 녹았고, 가장자리 부분만 아직 얼어 있었다. 뱃길은 가장자리의 얼음을 부수고, 튀어놓았다. 3년 전 이 강을 건넜을 때는 돛단배들이 다녔는데, 지금은 배들이 얼음에 갇혀, 꼼짝 못 하고 있었다. 나룻배를 타고 건너야 하지만 너무 늦게 도착하여 배가 끊어졌다. 강이 바라다보이는, 여관에서 하룻밤을 지내고 다음 날 아침에 나가기로 했다. 그날 밤 월이가 열이 나고 기침을 심하게 했다. 월이의 계속되는 기침 때문에 둘 다 잠을 제대로 잘 수 없었다. 월이는 현규의 간청에도 아침밥을 몇 숟갈 넘기지 못했다. 강가에는 일찍부터 많은 귀환민이 나와, 나룻배를 타려고 웅성거리고 있었다. 크고, 작은 배 여러 척이 부지런히 귀환민들을 실어 날랐다. 사공이 노를 저어 강을 건너는데, 채 반 시간도 걸리지 않는 듯했다. 짧은 뱃길에 뱃삯도 만만치 않았다. 사람을 너무 많이 태워 위험해 보이기도 했다. 현규와 월이도 차례를 기다려, 배 위에 올랐다. 뱃전 바로 아래까지 강물이 찰랑거려 사고가 날 것 같아, 불안했다.

강을 건넜으니 이제부터는 조선 땅이다. 고향이 한결 가까워져, 여기까지만 와도 다 온 기분이 들었다. 현규가 고향에 가까워지는 만큼 월이는 더욱 멀어진다. 만주에서 태어나 자란, 월이는 고국 땅을 처음 밟아 본다. 아무리 고국이라지만 자신이 태어나 자란 곳과 부모님이 점점 멀어지면서 불안해질 것이다. 말로만 들어왔던 고국이라 별다른 감흥도 느껴지지 않을 것이다. 시집 식구들이 자신을 좋아해 주기나 할지 내심 걱정도 될 것이다. 현규는 이곳 신의주 국경 경비대에 사흘간 갇혀 있었던, 기억이 떠올리며, 그때가 엊그제 같은데 벌써 3년이란 세월이 흘렀다. 지난 3년 동안 참으로 많은 일을 겪었다. 만주에 가기 전 살아온 20여 년보다, 짧은 만주 생활이 오히려 훨씬 더 많은 일이 일어난 것 같았다.

신의주역에도 귀환민들이 새까맣게 모여있었다. 기차는 하루에 한두 편밖에 없다고 했다. 강을 건넌 귀환민들이 끝없이 몰려오고 있어, 기차에 오르려면 며칠을 기다려야 할지 알 수 없었다. 여기서도 붉은 완장을 찬, 공산당 의용대원들이 설쳐대고 있었다. 이곳 대원들은 중국 의용대원들과는 달랐다. 귀환민을 오갈 데 없는, 유랑민 대하듯 아무렇게 취급하는 것 같았다. 자신들이 순사나 헌병이 된 것처럼 말을 잘 듣지 않는다고 큰소리를 치기도, 강압적인 태도를 보이기도 했다. 조선은 이미 남쪽과 북쪽이 3.8선으로 갈라졌다 했다. 여기에서 경의선을 타고 서울까지 바로 갈 수는 없을 것이다. 그렇다면 어떻게 가야 할지 어떤 귀환민 남자에게 물어보았다.

"서울로 바로 가는 기차가 있다고 합니까?"

"바로 가는 기차는 없다고 해요. 경의선은 3.8선 좀 못가서 끊어졌다고 해요. 나도 이곳에 와서 들었는데, 3.8선을 넘어가려면 좀 복잡하게 가야 하나 봐요. 여기서 경의선을 타고 가다, 사리원에서 내려 다시 해주 선으로 바꾸어 타야 한다네요. 해주선을 타고 가다 학현이라는 곳에서 내려, 걸어서 3.8선을 넘어야 한다고 해요. 3.8선을 넘어가서는 남쪽 기차를 타야겠지요. 또 학현에 내려서 어느 쪽인지? 바닷가로 가서, 배를 타면 인천으로 바로 갈 수도 있다고 하던데, 나는 배는 타기 싫어서 자세히 물어보지도 않았소. 댁은 어디까지 가시는 게요?"

"예, 나는 김해까지 갑니다."

"나도 경기도 안성까지 가야 하는데 벌써 사흘째 이러고 있소. 그런데 방금 누가 귀띔해주는데, 의용대원에게 웃돈을 주면 야매표(암표)를 살 수 있다고 하네요. 의용대원에게 물어보려고 하던 참이어요."

"마침 잘되었네요. 무작정 기다리고 있다가 언제 떠나겠어요. 나도 우리 처가 몸이 좋지 않아 빨리 가야 해요. 같이 살 수 있도록 부탁드릴게요."

그 남자는 붉은 완장을 차고 있는 의용대원에게 다가가 뭐라고 이야기를 하는 듯했다. 그리고는 곧바로 현규에게 오라는 손짓을 했다. 둘은 의용대원을 따라 역사 뒤쪽으로 갔다. 그리고는 푯값의 3배가 넘는 웃돈을 주고, 다음 날 오후에 출발하는 표를 살 수 있었다. 저녁에는 신의주역에서 가까운, 여관으로 들어갔다. 중국 쪽과 달리 여관 주인의 불친절한 태도 등으로 보아, 귀환민들이 몰려들어 손님이 별반갑지도 않은 듯했다. 밤새 월이가 열이 나고 기침을 심하게 하여, 둘은 자는 둥 마는 둥 밤을 새우다시피 했다.

"이제 3.8선만 넘으면 개성이니까, 병원에 갈 수 있어. 그때까지 힘을 내어야 해."

"괜찮아요. 너무 걱정하지 말아요."

현규는 땀을 흘리며 힘들어하는 월이가 안타까웠다. 월이는 괜찮다고 했지만, 자신이 보기에는 감기가 점점 심해지는 듯했다. 월이 대신 자신이 아팠으면 좋겠다는 생각도 들었다. 하지만 개성에 도착하기 전까지는 어떻게 해볼 방법이 없었다. 개성은 큰 도시라 병원이 열려 있을 것이다. 어른들 말씀을 듣지 않고 성급하게 길을 나서, 후회스럽기도 했다. 다음 날 아침 다행히 월이가 간신히 일어나, 짐을 챙겨 역으로 나왔다. 오늘도 어김없이 많은 귀환민들이 강을 건너, 역쪽으로 몰려오고 있었다. 기차를 기다리는 동안 아직 시간 여유가 있었고 날씨도 춥지 않아 역사(驛舍) 밖, 광장으로 나왔다. 역사 안은 들끓는 사람들로 공기가 나빠, 월이에게 좋지 않을 것 같았다. 광장으로 나오자, 소련 병사 두 명이 대낮부터 술 취했는지 비틀거리면서 여자들을 기웃거리며 다니고 있었다. 턱수염이 수북한 놈은 키가 컸고 다른 한 놈은 키가 작았다. 놈들이 귀환민 여자들 가까이 다가가 얼굴을 들이밀자, 여자들이 흉측한 짐승을 대하듯 놀라 뒷걸음질 쳤고 남자들이 막아서기도 했다. 그들 중, 키가 큰 놈이 현규와 월이가 있는 곳까지 다가왔다. 가까이 다가온, 놈의 얼굴에는 노란 솜털이 가득했고 한 번도 맡은 적이 없는, 체취가 독한 술 냄새와 어우러져 구역질이 날 정도였다. 놈이 갑자기 월이의 손목을 잡고 끌고 가려 했다. 월이가 겁에 질려 "엄마야"라는 비명을 질렀다. 뒤이어 다가온 다른 놈이 현규에게 총부리를 겨누고 있어, 현규는 한 발자국도 움직일 수가 없었다. 누구에게 강탈했는지? 놈의 팔뚝에는 몇 개의 손목시계가 번쩍거리고 있었다. 당황한 현규의 입에서 "어, 어" 소리밖에 나오지 않았다. 현규가 무의식적으로 월이를 붙잡으려고 하자, 놈이 총개머리판으로 배를 박아 그대로 넘어지고 말았다. 땅바닥에 주저앉은 월이는 속절없이 질질 끌려가야 했다. 20여 m를 끌고 가던 놈이 "Вы женщина? Вы мужчина? (이 사람 여자야, 남자야?)" 뭐라고 지껄이며 고개를 기웃거렸다. 그러면서 한 손으로 월이의 어깨를 붙들고 다른 손을 두꺼운 겉옷 속으로 불쑥 집어넣어 가슴을 더듬었다. 월이가 깜짝 놀라 "엄마야" 하고 더욱 크게 비명을 질렀다. 그리고는 금세 손을 빼낸 뒤, 월이를 놓고 고개를 이리저리 흔들며 가버린다. 월이가 여자인지 남자인지 아리송하다는 말인 것 같았다. 그제야 현규도 다른 놈으로부터 자유로워질 수 있었다. 월이의 가슴이 작아 천만다행이었다. 월이의 짧은 머리와 시커먼 얼굴만 보고는 남자인지 여자인지 알 수 없어, 가슴을 만져보고 구별하려 했던 것 같았다. 그렇지 않아도 월이의 가슴은 새별이가 먹을 젖이 없었을 정도로 작았다. 더구나 가슴을 치마 말로 꽁꽁 묶어 빈대처럼 납작하게 만들어 놓았다. 소련 여자들과 비교하여 남자로 생각할 만큼, 가슴이 없었던 것이었다. 새파랗게 질린 월이는 현규에게 안기며 왈칵 울음을 쏟아냈다. 작은 가슴이 월이를 살렸다는 사실은, 금방 알 수 있었다. 비틀거리며 걸어가던 놈들이 어떤 젊은 여자를 끌고 가려 했다. 여자가 비명을 지르며 주저앉아, 저항했지만 아랑곳하지 않았다. 하늘을 향해 공포탄까지 쏘면서 사람들의 접근을 막으며, 역 뒤편으로 질질 끌고 갔다. 다른 놈이 총을 겨누고 있어, 남자와 아이는 꼼짝 못하고,

울부짖을 뿐이었다. 역 뒤쪽에서 한참 동안 찢어지는 듯한, 여자의 비명이 들려왔다. 두 놈이 교대까지 하는 듯했다. 그러다 얼마 후 조용해졌다. 그제야 풀려난, 남자와 아이가 여자 쪽으로 달려갔다. 놈들은 한 여자와 그 가정까지 무참히 짓밟아 놓았다. 현규는 몸도 성치 않은 월이를? 생각만 해도 아찔했다. 일찍부터 소련 군인이 여자들을 욕보인다는 소문은 들었지만 백주에 이처럼 짐승 같은 짓을 하리라고는 꿈에도 생각하지 못했다. 많은 귀환민들이 지켜보고 있는 가운데, 벌어진 일이었다. 너무나 충격적인 일이라 모두가 치를 떨며 할 말을 잊을 수밖에 없었다.

"우리가 집을 나오기 전에도 저놈들이 일본 사람들을 죽이는 것도 모자라 대낮에 길가는 사람들에게 총을 들어대며 금품을 빼앗고, 아무 집이나 들어가 물건을 강탈하거나 부녀자를 강간한 뒤 죽였던, 놈들이오. 무슨 짓인들 못 하겠소. 소문으로는 소련 군인들 중에는 감옥에 있던 죄수들이 많이 있다고 해요. 살인, 강도, 강간범 등 중죄인들이 섞여 있는 것이 틀림없는 모양이요. 정상적인 군인이라면 인두겁을 쓰고 백주에 어떻게 저런 일을 저지를 수 있겠소."

소련 군인의 행패를 같이 목격한, 안성이 고향이라는 남자가 말했다. 기차는 그날 오후 늦게 신의주를 멀리하고 사리원을 향해 달렸다. 기차는 역마다 세우면서 새벽녘에 평양에 도착했다. 월이는 기침을 계속했고 열도 많이 났다. 평양역에서도 소련 병사들과 공산당 의용대원들이 많이 보였다. 월이는 소련 병사들을 쳐다만 보아도 몸서리를 쳤다. 평양에서 내리는 귀환민들도 많았다. 평양만 해도 한결 날씨가 풀려 봄이 완연했다. 고향이 북쪽인 귀환민들은 평양에 내려,

다시 각지로 흩어질 것이다. 평양역에서 몇 시간을 서 있던 기차가 다시 움직였다.

출발하여 얼마 가지 않은, 기차가 어느 작은 역에서 멈추어 섰다. 또 언제쯤 가려나 하고 있을 때, 저만치 앞좌석 쪽에서 갑자기 찢어질 듯한 여자의 비명이 들렸다. 무슨 일인가 하고 소리 나는 쪽을 쳐다보았다. 기차 옆에 붙어선, 키가 큰 소련 병사가 창밖으로 어깨까지 나가 있는 여자를 밖으로 끌어내리려 하고 있었다. 여자는 끌려 나가지 않으려고 비명을 지르며 안간힘을 쓰고 있었다. 옆에 있던 사람들까지 합세하여 여자를 붙들고 있었다. 멈추어선 기차에서 젊은 여자가 창밖으로 고개를 내밀고 찬바람을 쏘이고 있는, 모습이 소련 병사의 눈에 띄었던 것 같았다. 놈이 그걸 놓치지 않고 잡아채려고 한 것이었다. 놈이 여자를 끌어내려 무슨 짓을 하려는지 모두가 알고 있었다. 그들이 한참 동안 실랑이하고 있을 때, 기차가 덜컹거리며 움직이기 시작했다. 그제야 그 병사가 손을 놓을 수밖에 없었고, 기차는 서서히 출발했다. 다행히 여자는 무사할 수 있었다. 현규의 손을 잡고 있던 월이가 몸을 부르르 떨었다.

"아이구 짐승만도 못한 놈들, 여자만 보면 환장을 한다니까. 저놈들이 저렇게 끌어 내려서 기차 밑으로 데리고 들어간다고 하더라고요. 저놈들은 똥개처럼 다른 사람들이 보는 데서 그 짓을 해도 아무렇지도 않은 모양이라요."

옆자리의 어느 귀환민이 말했다. 놈들이 도무지 인간 같지 않았다. 만주에서도 소련 군인들이 행패를 부린다는 이야기를 듣기는 했지만, 직접 눈으로 보기는 처음이었다. 소련 놈들은 징키즈칸 시대처럼 전쟁에 이기면, 적국 백성들을 노예로 만들거나 죽이기도, 마음대로 여자들을 욕보여도 괜찮은 줄 아는 듯했다. 더구나 중국인이나 조선인은 전쟁 당사국, 국민이 아니라는 사실도 분간하지 못하는 놈들인 것 같았다.

8

 아침나절에 사리원역에 도착했다. 여기서 다시 해주선을 갈아타야 한다고 했다. 이제 귀환민들이 많이 줄어들었다. 사리원에서 각지로 흩어지고, 3.8선을 넘어 남쪽으로 가려는 사람들만 남았다. 여기까지 줄곧 같이 온 사람들이 10여 명쯤 되는 듯했다. 몇 시간을 기다렸다가 점심때쯤 해주행 기차를 탈 수 있었다. 해주까지도 2시간이면 갈 수 있다고 했다. 하지만 이 기차도 가다 서기를 반복하다, 이름 모를 작은 역에서 밤을 새우고 해주 학현 역에는 그다음 날 아침이 되어서야 도착했다.
 학현 역에서 내려, 어느 쪽으로 가야 할지 모여 웅성거리고 있을 때 어떤 늙수그레한 남자가 귀환민들을 알아보고 가까이 다가왔다. 그는 3.8선을 넘을 수 있도록 길을 안내하겠다고 했다. 그 남자는 3.8선이 막힌 이후부터 이 일을 하고 있는, 전문 안내 꾼인 것 같았다. 한 사람당 10원을 요구했다. 10원이면 적은 돈이 아니지만, 길을 아는 사람이 없어, 그 남자의 말을 따르지 않을 수 없었다.
 그 남자는 여기에서부터 걸어서 3.8선을 넘어야 한다고 했다. 소련

군에 의해 3.8선 통행이 금지되었으며, 60리 길을 경비병의 눈을 피해 밤중에 걸어가야 한다고 했다. 3.8선에 철조망이나 특별한 경계는 없으나, 나무 팻말에 표시가 되어있다고 했다. 3.8선을 넘으려면 학현에서 남쪽 청단까지 가는, 이 길이 가장 수월하다고 했다. 가는 길이 몇 군데 더 있지만 중부 지방 쪽으로 갈수록 소련군 경비초소가 많아, 몰래 넘어가기 힘들다는 것이었다. 가는 도중 들키면 수용소에 갇히거나 처벌을 받게 되며, 도망치다가는 총을 맞을 수도 있다고 했다. 현규는 아픈 월이가 걱정이었다. 어떻게 하든 개성까지 빨리 가야 병원에 데리고 갈 수 있기에 자신이 업고라도 넘어야 했다.

학현에서 점심을 먹고 종일 대기하다, 밤중이 되어서야 출발할 수 있었다. 월이가 밥을 입에 넣지 못해, 현규도 먹는 둥 마는 둥 했다. 모두 앞장선 그 남자의 뒤를 따랐다. 어느 덧 4월에 접어들어 봄이 완연하여, 날씨도 춥지 않았다. 평화로워 보이는 산하에 무슨 일이 있었기에, 밤중에 몰래 가야 하는지 안타깝기만 했다. 풀숲 길을 헤쳐가면서 숨소리조차 죽이며 앞사람을 따라갔다. 들판을 지나가기도, 시냇물을 건너기도, 산길을 가기도, 고갯길을 넘어가기도 했다. 어둠 속에서 여기가 어디쯤인지, 어느 방향으로 가고 있는지 전혀 알 수 없었으며, 무턱대고 앞사람만 쫓아가야 했다. 때때로 안내꾼이 근처에 경비초소가 있다며, 특별히 조심하라 했지만, 어둠 속에 보이지는 않았다. 아무런 표시가 없어 3.8선을 넘었는지 넘지 않았는지 알 수 없었다. 무조건 청단이 나올 때까지 그 남자를 따라 걸을 수밖에 없었다.

어린아이를 업고 있는 일행이 있어, 간간이 아기가 울어 모두의 신경을 날카롭게 만들었다. 아이의 부모가 입을 막는지, 아이가 숨이 막혀 캑캑거리기도 했다. 월이의 기침 소리도 문제 되었다. 월이는 입을 막으며 자제하려 했지만, 의지와는 달리 멈추어지지 않았다. 며칠 동안 열이 나, 제대로 먹지 못한 월이도 위험한 길임을 아는지라 현규의 부축을 받으며 죽을힘을 다해 걸었다. 하지만 어느 곳에서는 한계점에 다다른 듯, 땅바닥에 주저앉고 말았다. 길을 몰라, 일행과 떨어져 둘만 갈 수도 없는 일이었다. 현규는 월이를 등에 업었다. 쇠약해진 월이는 의외로 가벼웠으며, 열이 많이 나는지 몸이 따뜻했다. 자주 쉬어 가느라 일행과 뒤처지기도 했다. 이렇게 멀리 왔는데 아직 멀었나? 할 즈음 세워놓은 나무 팻말이 보였다. 어두워 글자가 보이지는 않지만, 3.8선이라고 적혀 있다고 안내꾼이 말했다. 그제야 3.8선을 넘은 것이었다. 이제 위험이 사라졌다는 생각으로 숨이 트이는 듯했다. 3.8선을 넘고부터는 긴장감이 덜해져 일행과는 많이 뒤처졌다. 3.8선을 넘고도 한참을 더 걸어, 이른 새벽이 되어서야 마침내 청단이 보이는 곳까지 도착했다. 60리 길을 쉬지 않고 걸어, 6시간쯤 걸린 것 같았다. 길을 안내하던 남자는 이곳에서 되돌아갔다.

   모두 무사히 3.8선을 넘어 청단에 도착했다. 도착하자마자 미군 초소가 나타났다. 미군들은 귀환민들의 짐을 자세히 조사했다. 전염병이 돌고 있었기 때문인지, 간호부들이 짐과 사람에게 하얀 가루약을 뿌리며, 일일이 소독했다. 미군들이 중국 지방 정부가 발행한 증명서를 내어놓으라고 했지만, 가지고 있지 않은 사람도 있었다. 증명서가 없는 사람들은 따로 모아, 기다리라고 했다. 현규는 하얼빈 기차역에서 받은 등록증을 보여 주었다. 다행히 그것으로 되었는지 더는 요구하지 않았다.

청단에서 개성까지는 폭이 좁은, 협궤 열차가 하루에 두 번씩 다닌다고 했다. 개성까지는 150리로 2시간이면 갈 수 있다 했다. 초록빛이 감도는 산과 들뿐 아니라 날씨도 고향처럼 포근하고 따뜻했다. 월이가 아프지 않았다면 이제 고향에 다 온 것처럼 마음이 놓였을 것이다. 역에서 몇 시간 기다린 후 오후에 오른, 기차는 작은 역마다 세우며 시골 사람들을 태웠다가 내려놓았다. 거지꼴인 귀환민들과는 다르게 깨끗하게 차려입은, 승객들이 장에 가거나 나들이 가는 듯, 편안하고 한가로운 모습이었다. 이들도 그동안 일본 치하에서 고달팠겠지만, 이제 평온한 일상을 되찾았을 것이다. 서너 시간 걸려, 오후에 개성역에 닿았다. 개성역에도 귀환민들과 일반 승객들이 뒤섞여 넓은 역이 혼잡스러웠다. 역에는 청단뿐만 아니라 연안 쪽에서 3.8선을 넘어온 귀환민들도 많았다. 이곳에서 다시 다른 곳으로 가야 하는, 귀환민들은 임시로 지낼 수 있는 수용소가 있다며 안내하고 있기도 했다. 고열과 기침에 시달리면서 현규 등에 업혀 간신히 여기까지 온, 월이도 이제 긴장이 풀렸는지 증세가 더욱 심해지는 듯 고개가 꺾여 제대로 가누지 못했다. 다시 경의선을 타고 서울까지 가야 하지만 무엇보다 월이를 데리고 병원부터 가야 했다.

월이를 업고 역사 밖으로 나오자, 개성의 분위기는 중국이나 북쪽과 완전히 달랐다. 집집마다 태극기를 달아 놓았으며 모두가 자유롭고 활기차게 움직이는 듯했다. 미군들이 보였지만, 금품을 강탈하거나 여자들을 강간하려는 소련군과는 천지 차이였다. 귀환민 아이들에게 초콜릿이나 사탕을 나누어 주는 등 점령군이 맞는지 의문이 들 정도였다. 사상(思想)을 떠나, 문명국의 군인이라면 정말 이래야 한다는 생각이 들었다. 북쪽에서 설쳐대던 공산당 의용대원들도 여기서는 보이지 않았다. 역 앞에 대기하고 있던, 인력거에 올랐다. 제일 가까운 큰 병원으로 가자고 했다.

9

인력거꾼은 역에서 그리 멀지 않은 '제중병원' 앞에 세워 주었다. 이곳에도 귀환민 환자들이 북적거리고 있었다. 40대 조선인 의사의 청진기 진찰과 피검사, 엑스레이 등 한참 동안 몇 가지 검사를 거쳤다. 의사는 감기가 오래되어 급성 폐렴이 되었다고 하며, 의외의 말도 덧붙였다.

"감기가 너무 오래되었군요. 언제쯤 감기에 걸렸어요? 급성 폐렴으로 발전되었군요."

"봉천 못 미처부터 그랬으니 제법 오래되었네요. 선생님 괜찮겠죠?"

"입원하여, 경과를 지켜보아야 알 수 있을 것 같습니다. 그런데, 환자가 임신한 것 같은데요. 알고 계셨어요?"

"예! 모르고 있었습니다."

현규는 깜짝 놀라며, 그제야 봉천에서 월이와 나눈 말이 생각났다.

"달거리가 없어요. 있을 때가 한참 지났는데."

"없으면 편하지 뭐, 원래 불규칙하잖아."

월이 말을 대수롭지 않게, 그냥 넘기고 말았다. 귀향길에 불편할 터인데 오히려 편하게 되었다고 생각하며 곧 잊어버리고 말았다. 월이가 출산 후 젖을 빨리지 않아 달거리가 빨리 찾아왔지만, 원래부터 한두 달 건너뛴 적도 가끔 있었다. 하지만 월이는 출발 전 이미 임신한 상태였던 것이었다. 임신한 줄도 모르고 힘들게 여기까지 끌고 온, 자신이 한없이 원망스러웠다.

"선생님, 반드시 고쳐 주셔야 합니다."

"이미 폐가 많이 상해 위중한 상태입니다. 요즈음은 약 구하기가 힘들어서."

현규가 물었지만, 너무 늦게 데려와 완치를 확신할 수 없다는 듯, 몇 번을 물어도 명쾌한 대답을 주지 않고 위중하다고만 했다. 시국(時局) 때문에 약을 구하기 힘들다고까지 했다.

"선생님, 꼭 살려 주셔야 합니다."

월이의 상태가 위중하다는 청천벽력 같은 이야기를 듣는 순간 머릿속이 하얗게 되며, 다리에 힘이 빠져 휘청거렸다. 현규는 의사에게 매달리듯 애원했다. 그동안 아프다 해도 단순한 감기로만 알았지, 이렇게 심각한 상태인 줄 몰랐다. 더구나 월이가 임신했다니, 꿈에도 생각하지 못했다. 모두가 자신 탓이라는 생각이 들었다. 어른들의 말도 듣지 않고 월이를 너무 일찍 데리고 나와 이렇게 만든, 자신의 어리석음이 한없이 원망스러웠다. 자신도 모르게 기도가 입 밖으로 튀어나오며 눈물이 줄줄 흘러내렸다.

"하늘님 제발 우리 월이를 살려주십시오. 절대로 월이를 데리고 가시면 안 됩니다. 절대, 절대, 절대, 절대…. 우리 월이만 살려 주신다면 무슨 짓이라도 하겠습니다. 월이는 아직 스무 해도 살지 못했습니다. 더구나 월이는 홀몸도 아닙니다. 하늘님이 우리 새별이도 데려가

셨잖아요. 제발 월이는 그냥 두십시오."

팔에 주삿바늘을 꽂고 링거병을 매단 채 입원실로 옮겨진 월이는 고열 때문에 눈도 바로 뜨지 못했다. 독한 소독약 냄새를 풍기는 입원실에는 10개도 넘는 침대가 빽빽이 놓여져 있었다. 그나마 침대를 배정받지 못한 환자들은 복도에 이불을 깔고 누워 치료받고 있는 형편이었다. 간호부들과 환자 가족들이 분주하게 오가는, 전쟁터의 야전병원처럼 왁자지껄했다.

고열로 눈을 뜨지 못하던 월이가 해열 주사 효과를 보았는지 힘들게 눈을 떴다. 침대에 걸터앉아 있는 현규를 힘없이 바라보며 간신히 입을 떼었다.

"좀 어때? 괜찮아?"

"좀 나은 것 같아요. 왜 그렇다고 해요?"

"응, 감기래. 곧 좋아질 거라고 해."

현규는 눈물을 삼키며, 월이의 손을 잡고 안심시켰다. 월이가 충격을 받을까 봐 임신했다는 이야기는 하지 않았다. 하지만 월이가 죽으면 어떻게 하나? 라는 생각이 들면서 터져 나오는 울음을 참을 수 없었다. 이빨을 앙다물며 울음을 참는 모습을 본 월이가 이상한 생각이 들었는지 되물었다.

"왜 그래요? 의사가 안 좋은 이야기라도 하였어요?"

"아니야. 안 좋을 게 뭐 있겠어, 감기가 좀 심한 것뿐인데. 무사히 개성까지 와서 기뻐서 그래. 이제 고향에 다 온 셈이잖아."

"당신 고향 집에 빨리 가보고 싶어요. 우리 거기에서 새별이 동생도 낳아요. 꿈에 새별이를 만났어요."

"그래, 다 나으면, 고향 가서 꼭 새별이 동생도 낳자."

"이제 얼마만 더 가면 돼요?"

"이제 얼마 남지 않았어, 이곳에서 경의선을 타고 경성에 가서, 경부선 타면 금방 갈 수 있어, 여기서는 하루 이틀이면 갈 수 있을 거야."

현규는 그 말까지 하고는 더 이상 참지 못하고 울음을 터뜨리고 말았다. 울음이 터져 나오자 눈물이 봇물처럼 쏟아지며 좀체 멈추어지지 않았다.

"왜 그래요? 내가 죽을 거라고 했어요? 당신을 두고 죽기 싫어요."

현규의 눈물을 보았기 때문인지, 무슨 생각을 했는지 월이의 눈에서도 눈물이 주르르 흘러내렸다.

"우리 월이는 절대 죽지 않아."

몇 마디 한, 월이는 힘이 드는지 이상 더 말하지 못하고 눈을 감아 버렸다. 간호부가 링거액을 새 병으로 갈아 주고 갔다. 잠이 들었는지 월이는 계속 눈을 뜨지 못했다. 밤이 늦어도 병실 내의 시끄러움은 가시지 않았다. 밤이 깊어지면서 월이의 가슴 깊숙한 곳에서 가랑거리는 소리가 들려왔다. 가끔 숨을 몰아쉬기도 했다. 현규는 월이가 잘못되어 가고 있다는 것을 직감할 수 있었다. 월이가 죽음과 치열한 사투를 벌이고 있는 듯했다. 월이를 이대로 죽게 할 수는 없는 일이다.

"하늘님, 제발 우리 월이를 데려가지 마세요. 하늘님, 나한테 정말 왜 이렇게 모질게 하십니까? 무엇 때문에 우리 월이를 뺏어가려 하십니까? 어떻게 만나, 맺은 인연인데 이렇게 끝을 내라 하십니까? 세상에는 나쁜 사람들도 많은데 왜 착한 월이를 데려가려 하십니까? 그동안 죽을 고생을 다 하면서 바로 고향 문턱까지 왔는데, 혼자 어떻게 가라고 그러십니까? 월이 부모님과 우리 부모님에게는 뭐라고 말해야 합니까? 정 그러시면 나까지 같이 데려가 주십시오. 월이 없는 세상에 단 하루도 살기 싫습니다. 제발 나도 데려가 주십시오."

현규는 고통스럽게 숨을 몰아쉬는 월이 곁을 지키며 하늘님을 원망하기도, 애원하기도 했다. 그렇게 월이는 사경을 헤매며 사흘을 버텼다. 사흘째 되는 날 새벽, 창밖으로 날이 뿌옇게 밝아지며, 여명이 핏빛처럼 벌겋게 물들고 있었다. 어느 순간 월이의 거친 숨소리가 들리지 않는 것 같았다. 월이를 부르며 흔들어 보아도 움직이지 않았다. 급히 진료실로 달려가 당직 의사를 불렀다. 의사와 간호부가 뛰어 들어왔다. 의사는 월이의 가슴에 청진기를 대어보고 눈까풀을 벌려 보기도 했다.

"운명하셨습니다."

의사의 말이 떨어지기 바쁘게 간호부는 월이가 덮고 있는 하얀 천 자락을 끌어당겨 창백해진 얼굴을 덮었다.

작가의 말

어젯밤에 내린 비로 해무(海霧)가 가득 내려앉아, 손에 닿을 듯했던 절영도의 윗도리가 보이지 않습니다. 이 글을 붙들고, 꼬박 한 해가 지나갔습니다. 덕분에 지난 1년은 어떻게 지나갔는지도 모르겠습니다. 처음 써보는 장편일 뿐 아니라 80여 년 전, 일제 강점기 때 이야기라 자료가 부족하여 힘들었습니다. 자료를 뒤적이면서, 나의 아버지와 어머니를 비롯하여 당시에 살았던 사람들의 힘난했던 세월을 들여다보게 되었습니다. 그동안 막연하게 알아 왔던 것보다 훨씬 더 모진 삶을 살았더군요. 그 시대에 태어나지 않아, 정말 다행이라는 생각이 들었습니다.

역사의 격랑 속에서 지도자의 잘못된 선택이 백성들의 생명과 삶에 얼마나 많은 영향을 미치게 되는지 다시 한번 깨닫게 되었습니다. 백성들은 양 떼처럼 지도자가 모는 데로 갈 수밖에 없습니다. 비록 절벽 끝으로 몰고 간다 할지라도 거부하거나 반항할 힘이 없습니다. 인류가 살아가는, 세상에 유토피아는 없는 것일까요?

내용 중 일부는 나의 부모님의 이야기입니다. 논픽션이 좀 섞여 있다는 말입니다. 두 분이 살아 계실 때는 이 글을 쓰려고 생각하지 못했습니다. 돌아가신 후 뒤늦게 시작하여, 생생한 경험을 직접 듣지 못해 내내 아쉬웠습니다. 재미가 없어 누가 읽어 줄 것이라고는 기대하지 않습니다. 별다른 할 일도 없거니와, 자료를 찾고 글을 쓰는 일이 나름 재미있었기에 끝까지 쓸 수 있었습니다. 부끄럽습니다.

2024년 6월,
부산 송도에서 저자